KB142085

대 하

대하

김남천 지음

좋은 책 좋은 독자를 만드는 —

㈜신원문화사

차 례

대 하

1

이 고을엔 밀양(密陽) 박씨(朴氏)가 두 집이 있었다. 방선문 (訪仙門) 안 향약전 옆, 바로 길서방네 대장간 윗집에서 국수 장사를 해서 그날그날을 살아가는 집이, 이 고을서 벌써 오 대째나 산다는 박리균(朴利均)네 집이다. 그의 동생 성균(成 均)이네는 그곳서 다섯 집 위로 올라와서 마방을 한다. 아이 들은 올숭졸숭 도야지 무리처럼 많으나, 지금 쓰고 있는 초가 집 나부랭이밖에 재산이라고는 아무것도 없다. 비록 마방이 나 국숫집으로 살아가고 땅 조각 손바닥만한 거 하나 없다고 하여도, 저는 양반이노라 재었다. 조상에 정승을 지낸 이가 있다든가, 대신이나 명신이나 명장이 난 것이 아니다. 이 고 을 와서 이 대째 되는 이가 아전을 다니다 청년의 돔으로 죽 었는데, 그의 처 성씨(成氏)가 어린 아들은 남겨 두고, 남편을 따라 목을 매어 죽어 열녀가 되었다는 것이다. 그 고을 읍지

(邑誌)에도 기록되었다고, 박리균네 형제는 술에 얼근하면 그것을 한문으로도 외고, 또 풀어서 염불처럼 흥얼거리기도 한다.

"성씨는 박귀성의 처니 성논산의 장녀라. 부 박귀성이 사하매, 애호하며 자액하야 사하니, 향인이 성씨의 시체를 그 부와 일분에 장하였도다, 성씨의 시년이 이십삼이러라."

방선문을 척 나서면 왼편에 쭈르룩게 나란히 한 많은 비각 중의 제일 초라한 것이, 성씨의 열녀비가 들어 있는 집이다. 지붕 기왓골에서 잡초가 나오고, 추녀 끝에 참새가 둥지를 틀면 박리균의 형제는 손수 풀을 뽑고 새둥지를 집어 치웠다. 그러나 비각은 바른쪽으로 찌그뚱하니 넘어져 갔다. 수선을 하든가 다시 집을 고쳐 지으려면 적잖은 돈이 들 게다. 기둥을 하나 모양은 흉하나 넘어지려는 쪽에다 버텨서 겨우 그것을 의지해 나갔다. 그것은 마치 양반이라고 으스대는 그의 환상이, 마지막으로 운명(殞命)을 기다리고 있는 것같이 적막하게 보였다.

"박성권이 같은 놈이 합체 뭔가. 밀양 박가노라 해서 남의 체면만 망쳐 놓지만, 그놈이 어데매 돌 박간지 누구 알 놈이 있단 말야. 어데서 돌아먹든 놈이 도적질이나 해서 돈푼이나 잡아 가지굴랑, 내가 밀양 박갑네 하지만……."

박리균은 국수 먹으러 온 사람을 붙잡고 곧잘 이런 푸념을 했다.

그의 말처럼 아닌 게 아니라, 밀양 박가노라고 하는 또 한 집안이 이 고을에 살고 있다. 강선루(降仙樓)에서 방선문까지

가는 중턱, 바로 구룡교(九龍橋)가 있는 데서 여남은 집 아래로 내려오는 제일 지대가 높은 곳에 큰 집을 짓고 살았다. 그 집 주인이 금년에 갓 마흔인데 이름이 박성권(朴性權)이다.

박리균이 박성권을 가리켜 돌 박가니 뭐니 하지만 물론 그도 밀양 박씨다. 그의 조상에 아전 이상을 다닌 이가 있는지 없는지 모를 따름이다. 효자문이나 열녀문 선 게 없는 걸 보면 확실히 박리균네처럼 으스대고 내벌일 건덕지는 없는지 모른다.

그는 본시 이 고을 사람이 아니다. 은산(殷山) 고을서 근 이십 년 전에 이 고장에 왔다. 그의 조부는 아전을 다니며 창미(倉米)를 농간해서 적지 않게 돈을 모았다고 한다. 녹미를 저당 잡고 돈을 꾸어 주든가, 녹미를 싸게 샀다가 봄이나 여름에 쌀값이 오를 때 팔아서 돈을 잡았다는 게다. 물론 제 앞으로 있는 쌀이나 저당 잡은 쌀을 백성에게 쌀 떨어졌을 때 주었다가, 추수 때에 엄청난 이를 붙여 도로 받아서 그것으로 땅을 샀을 게다. 어쨌든 그는 적지 않게 돈을 모았는데, 성권의 아버지가 도박과 말년에 평양 출입을 하여 이 땅에 갓 들어온 아편까지를 빨며, 주색을 겸해서 홀딱 날려 버렸다. 그가 명대로 살지도 못하고 죽었을 때 재산은 얼마 남지 아니하였다.

아버지의 삼년상을 치르고 나서 얼마 안 지나 곧 갑오년 난을 맞았다. 그때에 박성권은 스물을 넘어서 서너 살, 혈기가 넘쳐흐르는 한포락이었다. 모두가 산골로 강원도로 피난들을 갈 때에, 이때야말로 대장부가 한번 활약할 시기라고, 박성권은 처자를 피난 가는 친척에게 부탁하고 자기 혼자 집에 남았다. 자산, 순천, 평양, 중화, 황해도에까지 내왕하며 병대를 상대로 장사를 했다. 농토에서 떠난 대담한 많은 농군들이 이때에 군수품 운반에 종사했는데, 대부분 그 보수를 은전으로 받았다. 이 은전을 성권은 살 수 있는 턱까지 엽전으로 사서는 남몰래 땅속에 묻어 두었다.

전쟁이 끝나서 피난에서 돌아와 보니, 박성권은 아내와 첩과 자식을 데리고 은산서 들어와 이 고장에 자리를 잡으려 들었다. 그가 어째서 은산서 살지 않고 이 고을로 이사를 했을까. 뒷날 돌아가는 말엔 그곳에는 가난한 친척이나 푸네기들이 있어서, 돈 잡은 줄 안다면 그 치다꺼리를 일일이 섬겨 나가기가 바쁠 것이매, 전과 같이 붉은 주먹 두 개밖에 아무것도 없노라고 허통을 뽑고, 슬쩍 밥벌이 떠난다면서 이리로 이사해 버린 것이라 한다.

처음 오자마자는 두뭇골에다 자그마하게 집을 세운 걸 보면, 그 말도 딴은 그럴듯한 소리다. 몇 방 안 되는 작은 집에다 첩과 큰댁을 함께 몰아넣고, 아이들 셋을 각각 제 어미를 붙여 갈라 넣어 버린 것이다. 그러나 일 년이 지나서 피난 갔던 읍 사람들이 모두 돌아와서 돈에 궁한 이가 집을 팔 때, 그는 헐값으로 지금 쓰고 있는 커다란 거릿집을 사고 장터로 나서면서, 예전 살던 집을 새로 꾸리고 늘려서, 첩과 첩의 몸에 생긴 아들을 살도록 맡겼다.

박성권이가 행길 장터로 나서기까지는 그의 아내와 첩을 본 사람이 적었다. 그러므로 밀양 박가라는 낯모를 녀석이 두뭇골에 와서 사는데 대담하기 짝이 없는 젊은 놈이라느니, 그에게는 아들 삼형제가 있는데 건방지게 색시를 둘이나 갖고 산다느니, 그가 소문에 돈이 있다느니 없다느니 하는데, 그게 사실인가 하는 등의 소문이 고을 사람의 입에 오락가락하였을 뿐이다.

제일 먼저 궁금하게 생각한 건 물론 박리균네 형제였다. 저 놈이 밀양 박가라고 하면서 행세를 해 보려 드니 과연 사실일런가. 일변, 여편네들은 그의 아내와 첩의 얼굴을 보고 싶어 애썼다. 그러나 명절 때 소재에도 안 오르고, 그넷줄 밑에도 안 나서고, 널뛰러도 나오지 않는다.

그러던 박성권이가 이 고을서 제일간다는 집을 냉큼 사 버리고 첩, 큰댁을 갈라서 두 살림을 벌여 놓았다. 시시부시한 풍설이 휙 날아가 버리고, 새 소문이 이어서 홍역처럼 고을 안에 퍼져 나갔다 ─ 은산서 온 것만은 확실하다. 그의 사촌이나 육촌이 은산서 더러 산다. 그런데 피난도 안 가고 돈을 잡으려다 고생만 죽게 했지 전과 한 모양으로 백수건달, 하는 수 없이 남부여대하고 고향을 떠났다는 녀석이 갑자기 무슨 돈이 솟아나서, 집이니 뭐니 하고 저런 치다꺼릴 하는 것일까 ─ 이게 한 가지 의문이었다.

그래서 박리균네 형제가 자기네 영업을 이용하여, 국수 먹으러 오는 사람, 마방에 들어서 자고 가는 사람, 또는 장돌림으로 평안도 일대를 연자매 돌듯 하는 도붓장수나 돌림장수들에게 널리 수소문해 본 결과, 그가 피난 가서 아무도 없는 동안 큰돈을 벌었다는 사실을 탐지해 냈다.

그를 깔보려 차비를 차리던 박리균네 형제는 감칠맛이 덜해서 일이 좀 밍밍했다 뿐 아니라 은근히 그를 그렇게 볼 놈이 아니라고 두려워도 했다. 그러나 그들은 자기네와는 파가 다른 밀양 박가로서 양반이 못 된다고 술만 마시면 여전히 '성씨는 박귀성의 처니 성논산의 장녀라' 만 되풀이하고 세월을 보냈다.

그러나 부인네들은 부인네들끼리의 호기심이 따로 있다. 부엌문 틈으로나 바자 틈으로, 의관을 갖추고 오르내리는, 기골이 장대하고 얼굴 생김새가 비범한 박성권은 본 적이 있고, 또 그의 아들도 금년에 대여섯 날지 말지 한 녀석이, 자완두 두루마기에 전반 같은 영초 댕기를 드리고, 절게나 막서리를 따라서 다니는 것을 본 적이 있으나, 아낙 두 사람의 얼굴은 영 볼 수가 없었다. 본댁은 어떻게나 생겼는가, 작은댁은 예쁘게 생겼는가, 본댁은 이 고을서 한 십 리 나가 있는 갱고지 전주 최씨의 딸이라는데, 작은댁은 어디서 얻어 왔을까, 새파랗게 젊은 아이 적에 대가리에 피도 채 안 마른 녀석이 어디서 첩을 맞아 왔는가, 그때는 돈도 없고 가난한 때일 텐데 — 생각하면 할수록 꼭 고 첩년의 상판대기를 보고 싶어 죽을 지경이다.

하루는 동서끼리 짜고, 그 옆집 음해 잘하기로 유명한 늙은 노파를 꾀어 가지골랑, 두뭇골 위턱에 있는 선앙제터에 가노라고 길을 떠났다. 노파와 리균의 마누라는 삭가지를 쓰고, 성균이 처는 아직 삼십이 안 된 젊은 축이라고 시양목 장옷을 둘러쓰고서 뒷고샅으로 빠져서 두뭇골로 갔다. 선앙제터 부근에서 어물어물하다가, 처음 의논한 대로 그들은 쏜살같이 박성권네 첩의 집으로 들어갔다. 밤에는 이곳 와서 자는 일이 많지만, 박성권은 조반만 먹으면 큰집으로 가는 것을 그들은 이야기를 들어 미리부터 잘 알고 있다. 노파가 앞서서 들어가며,

"주인 아주머니 물 좀 얻어먹으레 들렀소다. 선앙제터에 갔다가 목이 말라서……."

했다. 셋이서 한참 앉아 집안의 가도와, 작은댁의 생김새를 눈이 뚫어지게 보고 난 뒤 만족하여 돌아왔다.

그런데 집 차림이나 가도 범절에 대한 평판은, 거의 셋이 보는 바가 일치했으나 얼굴에 대한 비평은 두 패로 갈라졌다. 음해 잘하는 노파와 작은동서가 일치하여, 얼굴 바로 된 데 없다는 주장을 펴놓고, 맏동서 다시 말하면 리균이 아내는, 여자의 생김새가 아주 놀라운 미인이라 선전했다. 그리고 노파가 저러는 건 원체 음해로 사는 이니까 다시 말할 게 없는 일이고, 작은동서가 그 여편네 얼굴 바로 된 데 없다는 건, 제가 아직 젊으니만큼 샘하는 마음에서 나온 게라 설명하고, 제가 보는 바가 가락꼬치 아니면 관역이라 쟀다.

노파는 노파대로, 또 다른 소문을 퍼뜨려 놓았다. 그가 알아낸 것은, 열일곱에 시집와서 열여덟에 첫아들을 낳았다는 것뿐인데, 그는 활짝 늘이고 부연해서, 박성권이가 한포락 적에 투전판에서, 남의 갓 시집온 색시를 도적질해 업어 왔다고 훼방을 놓았다. 이 이야기는 사실과는 엄청나게 동떨어진 소리지만, 원체 조작된 말이 재미나서 마치 사실인 것처럼 퍼져

나갔다. 다른 두 동서도 당자의 입에서 그렇게 들었노라고 허설대었다. 이 소문은 오랫동안 이 고을에 잦아들어 있었다.

그러나 박성권네 후간, 토굴처럼 으슥하고 바윗돌처럼 굳은 담벽으로 둘러 지은, 그다지 크지 않은 두 칸에, 한 절반씩 땅을 파고 들여놓은 커다란 독이, 세 개가 있는 것을 아는 이는 하나도 없었다. 이것을 손수 들어다 파묻은 절게가 두 사람이 있기는 있으나 무엇 하려고 그런 것인지는 아무도 모른다. 그러므로 그 독 속에 대원 일화 은전이 그득그득 들어가 있는 것을 아는 이는 더욱 없었다. 갑오란에 엽전 몇 냥씩과 바꾸어서 모은 그 은전을, 그는 이렇게 깊게 간직해 두었던 것이다. 집안에서나 혹은 절게나 막서리들이 하는 말엔, 그 후간 토굴에는 특별한 대감님을 모셔 두었다고 한다. 물론 한편 구석에 선반을 매고 백지 조박을 늘인 당지기가 몇 개 올라가 있는 것은 사실이다. 이러한 소문을 퍼뜨려 놓은 것은 도적을 방지하기 위한 박성권 자신의 계책이었던 것이다.

좋은 밭이나 논이 날 때마다, 은값이 센 것을 보면 조금조금 은전을 팔아서, 남의 눈에 들지 않게 토지를 샀다.

한편 돈놀이를 무섭게 했다. 기일에 들여놓지 못하면 집이고 토지고 사정없이 다 끌어들였다. 집 시세는 얼마 보잘것없으므로 대개 토지를 잡았다. 세간이 아직 넉넉하고 땅덩어리나 가지고 있는 집이라면, 일 년 만에 이자를 꼬아 매고 꼬아 매고 하여, 이삼 년 안팎에 원금보다 이자가 몇 곱이 되게 만들었다. 그의 재산은 눈 위에 굴리는 눈덩어리처럼 불어났다. 그러나 그가, 이 바닥에서 갑부라는 것을 아는 이는 적었다.

얼마 지나지 아니하여 그를 박성권이라고 부르는 이는 없어졌다. 언제 누가 부르기 시작했는지, 세상 사람들은 그를 박 참봉이라 존대해서 불렀다. 그의 집에 드나드는 앞에 나선 녀석들이 아첨하느라고 지어 바친 존칭인지 모르나, 박리균에게 물어볼라 치면 그는,

　"아니 여보게. 참봉 참봉 하니 그게, 머, 제법 베슬이나 같애 뵈나, 돈으로 산 차함(借啣) 참봉이라네, 돈으루다 산 거."
하고 등골에 꽂았던 담뱃대를 쪽 뽑아선, 천둥 같은 화풀이를 하느라 애꿎은 담배만 푹푹 피웠다.

　그러나저러나 그는 박 참봉이다. 앞으로 사십을 잔뜩 쳐다보는 서른일곱 살 될 때 그는 벌써 다섯 남매의 아버지가 되었다. 그때까지 아들을 부르기를 큰놈이니, 또 은산서 난 놈을 은산놈이니, 셋째니 뭐니 하고 불러 왔는데 집의 격식을 갖추기 위하여 당당한 항렬을 지어 붙일 생각을 했다. 물론, 그의 부친은 박순일(朴淳逸)이요, 그의 이름은 박성권이니, 금수목화토(金水木火土)로 제법 항렬이 섰던 것이 분명한데, 맏아들을 낳았을 때, 박순일은 주색과 아편에 취해서 바른 이름을 지어 주지 않고 큰놈이니 장손이니 하다가 죽고 말았다. 스물 전후의 박성권 — 아니 우리도 세상 사람들의 호칭을 따라, 이제부터 가끔 그를 박 참봉이라 불러 주자 — 그 박 참봉이 삼십을 넘기까지는 아이들에게 특별한 관심을 갖지 아니하였다. 원체 어려서 소싯적부터 아들이 흔했으니까 대를 못 이을 염려도 없고, 또 쇠운에 처하여 돈을 잡느라 갖은 모험을 다 치르는 통에, 통히 처자에 대한 애착을 붙여 볼 날이 없

었다. 그래서 그는 겨우 서른일곱 살 될 때에, 아들의 이름들을 지어 주게 된 것이다. 죽은 아버지가 '순(淳)' 자로 삼수 변이고, 자기가 '권(權)' 자로 나무목 변이니, 이제는 불 화(火) 자 드는 자를 생각해 내야 한다. 수생목(水生木)이요, 목생화(木生火)이기 때문이다. 하루 종일 해를 보내며 이 책 저 책 뒤적거리다가, 빛날 형(炯)자를 생각해 냈다. 자기 이름 마지막 자에 항렬이 들었으니 이번에는 형자를 가운데 넣어서 지어야 한다. 그래서 지어낸 이름이 이러하다.

형준(炯俊)이, 형선(炯善)이, 형걸(炯杰)이, 형식(炯植)이, 딸이 하나 있으나 제석에 팔았다고 제석네라 부르던 걸 고쳐서 보패(寶貝)라 하고, 그대로 항렬에 넣지는 않았다. 형선이와 형걸이는 동갑인데, 형선이가 한 달 먼저 났다. 형걸이가 첩의 소생, 그러므로 서얼에 들기 때문에 그를 셋째라고 부르지 않고, 금년에 두 살 난 형식이를 셋째라고 불러 왔다. 여태껏 형걸이는, 자산서 저희 어미가 낳아 갖고 은산으로 왔다고 자산놈이라 부르고, 이와 구별하여 형선이를 은산놈이라 했다. 큰놈, 혹은 장손이가 형준으로 되고, 은산놈이 형선, 자산놈이 형걸, 셋째가 형식으로 되고, 제석네가 보패로 된 셈이다.

이름을 다 지어 놓고, 그는 아들 셋을 죽 불러 앉히고 이것을 발표했다. 표면에 나타내지는 않았으나, 속으로 제일 반가워한 것은, 셋째는 자기인데도 불구하고 어린 형식이를 셋째라고 부르는 데 반감을 갖고 있던 자산놈, 다시 말하면 형걸이었다. 그는 첩 소생이라 받는 갖은 차별 중에서 남에게까지 그대로 내어 밝히는 이름 위에 있는 모욕을 가장 꺼려 왔다.

그 밖에 다른 아이들도 무슨 놈, 무슨 놈 하고 그 '놈' 자가 귀에 거슬리던 차라, 대개들 기뻐하는 모양이었다.

"그라구서 제석네의 이름은 보패라구 고쳤다. 보배 보자 조개 패자, 그러니 보패라구들 불러라. 식구들에게나 절게에게나, 막서리에게나, 또 작인이나, 종들에게 전부 일러둘 게니 너이덜두 서루 새 이름으루 불러라."

아들 셋을 내보낸 뒤에 마누라를 불러서 가르치고, 종들에게 이것을 말해 두라고 명령했다.

맏아들 형준이는 그때 열아홉 살이어서, 제 방이 따로 있고 또 아내를 갖고 있었다.

밤에 일찌감치 자리에 누워서, 젊은 아내가 등잔불 밑에서 물레질을 하는 것을 멍하니 바라보고 있었다. 붕붕, 붕붕, 찌끄덕, 붕붕, 붕붕, 찌끄덕, 하는 단조로운 물레질 소리가 기름 조는 소리와 어울려서 그의 귀에 자장가처럼 스며들었다. 그는 졸음이 오는 것 같아서, 낑 하고 돌아 엎드려 담배를 한 대 피워 물었다. 아내는 실타래가 불룩하니 배가 불러지면, 가락꼬치에서 뽑아내고 새것을 꽂았다. 물렛줄이 닿는 가락꼬치에, 나무 꼬챙이로 기름을 묻혀서 바르고 흘낏 남편 있는 쪽을 바라본다. 남편은 담배를 다 빨고, 그의 옆구리 있는 쪽을 뚫어지게 바라보다가, 아내의 힐끗 보는 눈초리를 받아 씽끗 하니 웃는다. 아내는 부끄러워 물레를 아까보다 더 빠르게 돌려 댔다. 남편은 줄을 올리느라고 벙끗 왼손을 들 때마다, 높이 졸라맨 띠가 끌러져서 흰 살이 젖통 있는 옆으로 희게 번뜩번뜩 보이는 것을 그대로 바라보고 있다가,

"귀드끄런데 고만두고 이전 자."

하고 털썩 베개 위에 머리를 눕혔다. 밝은 데서 말을 주고받
기는 아직 서로 부끄러운 시절이다. 젊은 아내도 남편의 마음
을 알아차리고, 곧 일어나서 불을 끄고 옷을 끄르기가 부끄러
웠으나, 남편의 명령이니 감히 뉘 말이라고 거역할 게냐고 제
자신에게 타이르면서, 이내 물레질을 그만두었다. 물렛줄을
벗겨 놓고, 입을 모아 동그랗게 구멍을 만든 뒤에, 그 구멍으
로 숨을 혹 내뿜어서 그는 등잔불을 껐다. 캄캄한 밤이다. 옷
벗는 소리가 살랑살랑 들려온다. 저고리를 벗고, 치마를 벗어
서 윗목으로 둘러친 병풍에, 남편의 옷이 걸린 옆을 손으로
더듬어서 걸어 놓는다. 다시 앉아서, 손으로 꼼꼼히 누벼 놓
은 누비 허리띠를, 젖가슴과 허리로부터 끌러 놓고 삼성 바지
를 벗는다.

남편은 한 가지 한 가지 아내의 몸에서 벗어지는 것을 안타
까이 기다리다가, 여기까지 와서는 나직이 참았던 한숨을 내
쉬었다. 아내는 마지막으로 버선을 벗고, 무명 속옷 하나만
입은 채 가만히 이불을 들친다. 아내는 긴 원앙침 ── 시집올
때 해 가지고 온 베개 한옆에 머리를 눕히고, 곱게 빗어서 땋
아 얹었던 머리꼬를 가만히 끌러서 머리맡에 풀어 놓고, 남편
있는 쪽으로 등을 돌리고 모로 누웠다.

"오늘부터 이름이 달라졌다."

느닷없이 하는 남편의 말에 자칫하면 웃을 뻔했다. 낮에 시
어머니한테 들은 말이다. 그는 아무 말도 안 하고 캄캄한 속
에서 처음 입을 생긋이 열고 마음 놓고 웃어 보았다.

한참 있더니 남편은 아내 있는 쪽으로 몸을 돌이키고, 다리로 약간 아내의 무종아리를 새려 감듯 하면서,

"내 이름이 형준이다. 빛날 형자 준걸 준자. 형준이. 이댐부턴 그렇게 불러라."

하고 얼굴로 그의 등골을 부빈다. 이번에는 남편의 하는 말이 진정 우스웠다. 대체 자기가 어디다 대고 남편의 이름을 부른단 말인가. 시집온 지 이 년이 되건만, 여보 하고, 남편을 불러 본 적도 한두 번이 될까 말까 하다. 그런 자기를 보고 이다음부터는 형준이라고 부르라는 건, 과시 어처구니없는 장난의 말이 분명하다. 장손이든가 큰놈이든가 남이 부르니, 그것은 남들이 부르는 이름인 줄만 알았지, 여편네가 입 밖에 낼 이름이 아닌 것을 그는 잘 알고 있었다. 남편이 등골에 얼굴을 부비는 것이 간지러워, 온몸에 오싹하니 소름을 돋치면서 아내는 홱 돌아누웠다.

"둘째 이름은 형선이, 두뭇골 자산놈 이름이 형걸이, 애기 이름이 형식이, 그리고 제석네는 보패라구 했다."

다시 한번 "내 이름은 박형준." 하더니 한 팔을 북 아내의 목 밑으로 넣어 그의 머리를 끌어안는다. 아내는 가슴이 벅차서 한참 막혔던 숨을 푸 — 쉬면서,

"이제 여름부턴 애기 아버지라구 그럴 테예요."

하고 간신히 말하고는, 엉겁결에 왼손으로 남편의 등을 안았다. 형준은 비로소 다섯 달 뒤에는 아버지가 될 것을 생각하고, 아내의 약간 불룩한 배를 속옷 위로 가만히 만져 보았다.

그럭하고 삼 년이 지났다. 박 참봉 성권이가 갓 마흔이었

다. 아들의 이름을 아명으로 부르는 이는 하나도 없었다. 오직 보패만은 금년에 열두 살이 되지만, 모두 제석네라고 부르지, 좀처럼 보패라고 부르는 이는 적었다. 그러나 그까짓 계집애 이름 같은 건 아무렇게 부르거나 계관할 게 없다. 이 밖에 맏아들 박형준이가 벌써 일남 일녀를 갖고 있다. 손자놈이 네 살이 된다. 그리고 금년에 갓 낳은 딸년이 있다. 손자 이름을 성기(成基)라고 지었다.

마흔이 되어도 박 참봉의 포학하고 아구통 센 성격은 수그러지지 않았다. 원체 사십이 인생의 한창이니 정력은 더욱 왕성하여 갔다. 큰댁 최씨(崔氏)는 마흔두 살인데 가끔 영감이 한방에 들건만, 금년 다섯 살 되는 형식이를 막내둥이로 하고, 단산이 되었나 보다. 형걸이 어머니, 다시 말하면 박 참봉의 작은댁 윤씨(尹氏)는 서른일곱이니 아직도 한창인데, 어찌된 셈인지 열여덟에 자산서 형걸이를 낳은 뒤, 그 아이가 금년에 열아홉이 되도록 아무 소식이 없으니, 그도 또한 단산이 된 지 오랜가 보다. 서른일곱이라도, 생산이 적고 바탕이 예쁘던 윤씨는, 얼굴에 주름 하나 없이 젊은이 같았다. 두뭇골 집 뒤뜰 안에다 돌로 칠성탑을 쌓아 놓고 생산이 있게 해달라고 치성을 드리고, 영감이 젊은 작첩을 않게 해달라고 후간에 대감을 모셔 놓고 날마다 손이 발이 되도록 빌었다.

이렇게 마음을 쓰는 탓인지, 아직 눈에 띄게 박 참봉은 몸을 달리 갖지는 않았다. 염려될 것까지는 없어도 그 대신 그는 술을 몹시 좋아했다. 큰집에 있을 때나 작은집에 있을 때나, 무시로 술상을 청하므로, 안사람들은 항상 술안주를 준비해 두었다. 포육이니, 명태니, 과일이니, 건조기니 —— 이런 것은 언제나 벽장에서 떠나지 않았고, 육질도 어교 같은 걸 끊지 않았다. 고기 사냥 잘하는 영감을, 평양서 하나 데려다가 큰집 사랑 뒷방에 두어 전념하여 물고기를 낚게 하고 겨울에는 젊은 축들을 시켜서 매[鷹]를 가지고 꿩사냥을 시켰다. 소싯적부터 잘하는 술인지라, 이즈음은 한포락 때처럼 폭음은 하지 않으나, 술을 몸에서 떼는 날이 적었다. 손수 술을 양조해 쓰고, 가끔 배와 새앙을 담가서 이강주를 만들고, 살구를 넣어서 술맛을 돋우어도 보고, 때로는 살모사나 구렁이를 독한 술에 녹여서 보약으로 마시기도 했다. 술 탓에 다소 위장이 상한 것도 사실이겠으나, 원체 기운으로는 무엇에게나 져본 적이 없는 강인한 분인지라, 그런 건 조금도 괘념치 않았다.

술에 취하여서도 돈과 밭과 집안 가도와 자식들은 잊지 않았다. 누구에게나 상의하는 적이 없는 그는, 술이 얼근해서 혼자 사랑에 누운 채 노상 이것저것을 궁리하고 있었다. 무엇을 한번 결정하면 무엇이든지 해놓고야 마는 괴팍한 성질이 있다. 자신만만하여 묵묵히 실행하는 그의 꿋꿋하고 휠 수 없는 성격은, 그의 생각한 바가 한 번도 그릇된 적이 없는 데서 오는 자신에 의해 배가되었다. 그리고 그는 돈의 위력을 누구보다도 확신하는 날카로운 선견지명을 갖고 있다. 그는 아직 문벌이나 가문이 행세를 하는 세상인 줄 알건만, 이런 것이 자기의 돈 앞에 궤배할 날이 머지않아 올 것을 확신한다. 무엇보다도 이십 년 전에 사 두었던 은전이 이즈음 행세하게 되는 것을 은근히 믿는 때부터 그의 자신은 더욱 든든해졌다.

맏아들은 서당에서 한문 공부를 시킨 후엔 별반 신식 공부를 시키지 않는다. 그는 집을 물려 지킬 장남이니, 그만 공부면 충분하다 했다. 돈놀이하는 것과, 추수하는 것과, 집안일 전체를 감독하고, 사람을 부리는 재주만 배워 두면 그만이라 했다. 또 아들 자신도 제 동생놈들이 기독학교(基督學校)가 생겼다고, 서당을 집어치우고 그리로 들어갈 때, 함께 몰려갈 염을 내지 않았고, 삼 년 만에 이것이 없어지고 군수가 주해서 동명학교(東明學校)가 설립될 때에도 새 학문을 배우려 하지 않았다. 하기는 동생들이 대번에 심상과 삼년생이 되고, 이듬해에는 고등과 일년이 될 판인데, 지금 겨우 일학년 학생이 되는 것이 부끄러워서 안 가겠다고 했다는 말도 지어낸 말만은 아닐 것이다.

아들의 혼인에도 박 참봉은 머리를 썼다. 맏아들 형준은 이미 삭명(朔明) 경주(慶州) 김씨(金氏)와 혼사를 지내, 벌써 장손과 손녀를 보았고, 또 보아하니 가도 범절이 옳아서, 며늘아이의 하는 품이 상냥하고, 손 쓰는 법도, 맏며느리 되기에 흠잡을 곳이 없다.

둘째 아들 형선이는 한 고을 안 상부(上部), 강선루 뒤에 있는 연일(延日) 정씨(鄭氏)와 혼사를 작정하여, 편지도 부쳤고 선채도 보냈다. 오래지 않아 장가 날이 올 것이다. 정씨 집안일은 한 고을 안이니 손에 끼어들게 잘 안다. 지금은 그만두었으나 벼슬도 높았고, 또 재산도 상당하다.

염려가 된다면 형선이와 동갑 되는 형걸이가 다소 문젯거리가 된다 하겠다. 서자인 때문에 좀처럼 좋은 혼처가 생길 성싶지 않은 것이다. 그러나 어디 상당한 집안의 규수가 있는 줄만 알면야, 못 될 일이 세상에 있으랴 하고, 그것도 별반 마음에 언짢게 새겨 두지는 않는다. 형걸이 놈이 성질이 왈패스럽고, 키도 한 달 먼저 낳은 형선이보다 훨씬 큰 것은 그렇다 치고, 제 맏형 놈보다도 다섯 푼 가량이나 커 보이는 것이 좀 못마땅했다. 크는 키는, 안 자라는 키와 함께 인력으로는 어찌할 수 없는 일이라 쳐도 심술이 짓궂은 것만은 딱 질색이었다. 어렸을 때부터 서당에서나 학교에서 남의 아이를 상처가 나도록 때려서 말썽을 일으키는 적이 한두 번이 아니다.

작은댁이 귀하다고 밸을 길러 그런가 하면 또 그런 것만도 아닌 것 같다. 박 참봉 자기가 어렸을 때 그렇게 포학한 말썽꾼이던 것을 그는 형걸이 놈이 일을 저지를 때마다 가끔 생각해 보고, 혼자 속으로 빙그레 웃어도 보는 것이다.

그건 어쨌건 박 참봉 성권네 가운은 활짝 뻗칠 대로 올라 뻗친 셈이다. 그가 만족할 뿐 아니라 온 가족이, 그리고 표면으로 보기는 종이나, 절게나, 막서리나, 작인이나, 모두 만족해하는 것 같았다. 그는 때때로 뒤곁에 나가 십이봉(十二峰) 밑으로 유유히 흘러 대동강을 이루는 비류강(沸流江)의 강물을 만족스럽게 바라보았다 ── 이십 년 가까운 동안 저 강물은 나와 함께, 노력과 공포와 기쁨을 일시에 휩쓸어 삼키면서 몇 천 년 한날처럼 대동강으로, 황해 바다로 흘러가는, 그의 걸음을 멈춘 적이 없었다.

2

복수(福手)나 복인(福人)을 가지고 말하자면, 박 참봉 이상 갈 사람이 이 고을 안에 있을 성싶지 않다. 재산을 보아 그러하고, 자식이 사남 일녀요, 손자 손녀가 모두 건강할 뿐 아니라, 생산된 자식 중에 역참을 당한 이도 하나 없으니, 이것을 두고 일러도 또한 그러하다. 가족이 모두 산해진미에 물리고, 사라능단(紗羅綾緞)에 휘감겨 있고, 비복이 방 안에 찼고, 막서리와 절게가 앞뒷방에 그득하고, 소와 말 또한 한두 필이 아니니, 어느 모로 따져도 복에 떠 있는 사람을 부르자면 그이상 가는 이가 없을 게다. 그러나 자기 일에, 자기가 나설 수는 없다. 그래서 자식 잘 기르는 구훈장(具訓丈)을 데려다, 형선이의 머리를 올리고 성복을 시키기로 했다.

오늘은 박 참봉의 둘째 아들 형선이가 강선루 뒤, 정씨 집으로 장가를 드는 날이다.

26

박 참봉은 지난밤은 큰집 사랑에서, 처남 되는 최관술(崔寬述)이와 같이 잤다. 그는 형선이가 장가가는 데 후행을 가기 위해 어제 저녁, 이 고을서는 한 십 리 폭이나 되는 갱고지서 일부러 들어온 것이다. 최관술이는 삼십 고개나 겨우 넘었겠는데, 주둥이 위에 자개수염을 뻐드럭하니 기르고, 또 머리를 반반히 깎았던 것이 적지 아니 좋았다. 낡은 습관을 엄숙하게 지키는 집안이라면 동학(東學)에 취한 최관술이를 보내서 안 될 일이 많겠으나, 마침 사돈 되는 정봉석(鄭鳳錫)이가, 이즈음 예수를 믿기 시작했다는 말이 돌아다니리만큼 개화사상에 흥미를 갖는 이므로, 이 고장서는 하나밖에 없는, 서울 출입 자주 하는 처남으로 손우수를 작정한 것이다. 신식으로 내뻗치자면, 최관술을 당할 놈이 없으리라고 생각했던 것이다.

　둘이 다 한시에 자리에서 일어났다. 박 참봉은 머리맡에서 살쩍을 내어, 머리카락을 몇 번 상투 있는 쪽으로 치쓸어 올리고, 안방에서도 들릴 만큼 한 번 목을 돋우어 침을 뱉었다. 하기는 이 기침 소리는 자고 깨나면 이즈음 유난히 목이 걸걸해지는, 가래를 돋우느라고 하는 것만이 아니라, 비복이나 마누라에게 자기가 기침을 하였노라고 알리는 신호도 되었다. 자리끼 물을 북 끌어다가 양치를 울걱울걱 하고, 옷 괴춤을 허리띠도 가눈 뒤에 담뱃대를 끌어 나무 재떨이에 땡땡 울렸다.

　관술이는 윗목에 깔았던 요 속에서 냉큼 일어나서, 조끼 주머니를 만지더니 담뱃갑을 꺼낸다.

　"히로가 마침 두 대 남았으니, 형님 이거 한 가치 피워 보소."

하고 한 가치는 제가 물고 또 한 가치를 내대면서, 이편 한 손
으론 담뱃갑을 비비어 내버린다.

"응, 히로."

하고 입속에서 중얼거리더니, 담뱃대에 담으려던 잎담배를
놓고, 관술이가 주는 궐련을 받아 든다. 입술 가운데에 오므
라뜨려 물고 주머니에서 부싯돌을 꺼내서 불티가 튀게 마주
치고 있는데,

"아니 이 냎성내를 쓰지, 거, 머 시끄럽게."

하면서 선반 위에 올려놓은 긴 대팻밥을 하나 꺼낸다. 대팻밥
끝에는 노란 인(燐)이 유황색으로 반짝반짝한다.

"다 됐쉐. 괜한 돈을 색여, 이게믄 심심치두 않구 좋은걸."

손끝으로, 불붙어 오르는 불깃을 꼬집어 들고 궐련 끝에 갖
다 댄다. 서너 모금 뻐금뻐금 빠니 불은 담배에 옮아 붙는다.
관술이는 슬며시 잎성냥을 다시 바나나 뭉치처럼 묶어 놓은
속에 꽂고, 박 참봉에게서 담뱃불을 빌려 온다.

"이놈 좀 독했으믄 좋겠데, 원 김빠진 술맛 같애서."

"깡초만 잡숫던 이야 뽕닢 말리어 피우는 맛일걸요."

안방에서 마누라가 나오더니,

"구 훈장 아직 안 왔지요?"

하고 물으며 자리를 가만가만히 개어 놓는다.

"내 자리는 내 개리다. 두어 두소, 뉘님."

하는 것을,

"두어 두게. 내 개게."

하면서,

"누구 사람 보낼까요?"

하고 재차 묻는다.

"두어 두소. 어젯밤 사람 보냈으니, 안 오리. 머, 그리 바쁘게 하구 어데 한 백 리 길을 갈랴우. 한 고을 안인걸. 어서 최주사 세숫물이나 떠다 올리우."

안으로 난 외짝 문을 열고 마누라는,

"세숫물 사랑에 떠라."

하고 소리를 지른다. 문을 열어 잡은 채,

"어떻게, 조반 전에 해장들 하실랴우."

하면서 영감과 제 오라비를 번갈아 본다.

"누님 고만두슈. 오늘 남의 집에 가면서 새벽부터 취하겠소."

하고 관술이가 말하는데, 참봉은 못 들은 척하고 나직이,

"구 훈장이나 오거든."

할 뿐이다. 마침 구 훈장이 마루 위에서 기침을 두어 번 한다.

"들어오우. 지금 안 온다구 사람 보내려든 참이오."

흰 두루마기에 갓을 단정히 쓰고 두 손을 맞비비면서, 오십 줄에나 든 구 훈장이 들어서니, 최관술이 약간 궁둥이를 들었다 놓고, 주인 마누라는 살며시 뒷문으로 나간다.

"아직 새벽엔 춥습니다."

바른손으로 수염을 한 번 싹 내리쓸더니,

"얼음 풀린 데가 얼마 됐다구 춥지 않겠수."

하는 주인의 말에 또· 한 번 손을 마주 비비며 세웠던 다리를 주저앉힌다.

세숫물이 나오고 이어서 술상이 들어왔다. 그러나 모두들 가볍지 않은 책임을 앞에 둔 만큼 석 잔 이상은 하지 않았다. 곧 술상을 물리고 조반상을 받았다.

아침을 먹고 나선 구 훈장을 데리고 안방 윗간으로 들어갔다. 이 방에서 형선이가 땋아 늘였던 머리를 올려 틀고, 옷을 바꾸어 입고 사모관대를 하게 마련이다.

문을 열어 보니 방 안이 텅 비었다.

"형선이 건너오구, 또 대야에 물이랑, 얼깃이랑, 모두 준비해 오너라."

이렇게 부엌과 맞은 방 쪽을 향하여 분부를 내리고,

"자, 구 훈장 들어앉으소. 최 주사두. 난 밖에 나가 마바리꾼이랑, 권매상꾼이랑, 모두 조반들 먹었나, 좀 돌아보구 올게니."

참봉은 담뱃대 쥔 손으로 뒷짐을 지고 중대문을 지나 마당으로 휭하니 나간다. 허리끈에 찬 주머니와 담배쌈지와 돋보기가 움직일 때마다 일시에 출렁출렁 그네를 뛴다.

산산이 풀어 헤친 머리를 한편 목에 늘어뜨리고, 형준이와 함께 형선이가 토방으로 나서서 이편 마루로 옮아 선다. 형준이는 벙글벙글 웃는데, 형선이는 윗눈시울을 내리깔고 얼굴이 불그레해서 부끄러워한다.

"어째 머릴 안 깎구 그러는가 했더니, 장가갈 때 상투 한 번 틀어서 색시한테 뵐라구 그랬구나."

하면서 저의 외삼촌인 최관술이가 바라보며 웃으니, 신랑 될 사람은 아무 말도 안 하고 씽긋이 웃기만 한다.

"왜, 좋으냐?"

하고 껄껄 웃다가, 문지방으로 들어갈 때 펑퍼짐한 웃지개를 보고는,

"아, 저 녀석, 저 어깨통 보게. 옛적으로 치자면 아들 삼형제는 밑졌다."

사실 열아홉 살이라면 대단히 늦은 장가다. 지금 머리를 반반히 깎고 히로를 붙여 물고, 서울 출입만 하는 최관술이 자신이, 열네 살에 장가를 들었는데, 그때에는 이것도 늦은 장가라고 아들 둘은 밑졌다고들 야단이었다.

"너이 색시가, 열아홉 되두룩 장가도 못 간 게 대체 어찌 된 병신인가 하구, 지금쯤은 조마조마해서 아침두 못 먹었을라."

하고 또 한 번 제쳐서 놀려 대니, 건넌방에서 주인 마누라가 신부 댁에서 어저께 살쌍과 함께 가져온 신대의 옷을 들고 건너오면서,

"색시두 열아홉인걸. 이즈음 개화한 사람들이라 그래야 된답데."

하며 말참견을 한다. 문 밖까지 와서 마루에 아직도 그대로 서 있는 저희 오라비에게 옷보를 주며,

"아니 들어가지, 왜 이러구 섰누."

한다. 관술이는 그제야 옷 보퉁이를 받아 들고 방 안으로 들어가서 문을 굳이 닫았다.

밑으로 땋아 내렸던 머리카락은 잡아 올려다 바짝 죄서 상투를 틀고, 농이로 바드득바드득 죄니 머리 밑이 아픈지, 형선이는 눈살을 잔뜩 찌푸리고 꿇어 앉아 있다.

"아프냐? 고것쯤이야 뭘, 남의 체니를 잡앗또리 할래문, 그만 아픔은 참아야지. 고, 좀, 바싹 더 잡아 댕겨 주우."

"외삼촌은 패니 그럽네다레."

하고 형선이는 처음으로 입을 연다.

"어째서 언짢으냐. 네 형보구 물어보름. 내 말이 괜한 말인가. 그런데, 너 참 색시를 한번 본 적이나 있니?"

이 말에는 형준이가 웃으면서,

"아마 본 적이 있게 혼삿말이 난다니 좋아서 하루 종일 밥 두 안 먹었지."

하니, 형선이는,

"내가 왜 밥을 안 먹어, 여느 때보다 한 그릇이나 더 먹은걸. 뭐이 슬퍼서 밥을 안 먹어."

하고 홍 하니 코웃음을 친다.

"옳다. 그 말이 잘한 말이다. 늦장가 들면서 기쁘믄 기뻤지, 슬퍼서 밥을 안 먹을 일이야 없을 거라."

이러는 새에 상투는 다 틀어 올렸다. 상투 끝에 새빨간 산호를 꽂고 나서는,

"인젠 세수를 하시게."

하고 구 훈장이 다시 한번 낯을 숙여 형선이의 새로 단장한 얼굴을 엿본다.

머리채가 드리어서, 해에 그을리지 않은 곳이 유난히 희었다. 뒷데석이 허청하여 솜털만이 보르르하고, 덜미가 형선이 자신에게도 한결 가뿐하다. 온순한 얼굴이, 더부룩하던 머리카락을 다듬어 올리니, 갸름하여 더욱 예쁘장스럽다. 코 밑에

수염으로 될락 말락 한 솜털이 아직 애송이답게 보수수하다. 그러나 웃통을 벗어부치고 꺼끔 서서 세수를 하는 걸 보니, 팔과 어깨와 가슴이 어른 부럽지 않게 두드럭두드럭하다.

'저 팔과, 저 가슴과, 저 어깨로……'

이렇게 등 뒤에서 멍하니 아우의 모양을 내려다보던 형준이는, 제가 장가들던 날을 생각하면서 속으로 빙그레 웃었다. 이제 다시 올 수 없는 시절이나, 지금 생각하여도 가슴이 울렁거리는 감격의 날이었다. 형선이 혼사가 대략 작정되었을 때 색시 선을 본다고, 어머니와 두뭇골 서모와, 그리고 형준이의 처가 셋이서, 정봉석이네 집을 찾아갔던 일이 있다. 이제 혼사는 절반 이상 된 혼사요, 이것은 일종의 형식에 지나지 않지만 다녀온 뒤엔 모두 색시 인물이 깨끗한 것을 칭찬했다. 밤에 형준이가 아내더러 물으니, 얼굴은 반달처럼 실한데, 눈이 갸름하고, 콧날이 오뚝하고도 뾰족하지 않으며, 무엇보다 자그마한 입술이 귀엽더라고 한다. 뒷자태가 바르고, 땋아 늘어뜨린 머리채가 궁둥이 밑에까지 치렁치렁하더라고. 그래 은근히,

"자네 체니 적보담두 곱던가?"

하고 물었더니,

"별말씸을 다."

하면서 옆구리를 약간 찌르는 듯하고,

"나 같은 촌 체니가 머."

하면서 씩 웃는다.

"난 그래두 자네가 제일 고운데."

하고 또 한 번 빈정대었더니, 진정 노하기나 한 듯이,

"아이가 둘씩 되는 늙은 할밀 두구…….'

하면서 나직이 한숨까지 짓는다. 지금 겨우 스물셋에 이렇게 낙심을 하는가 — 그래서 두득두득 잔등을 두들겨 주었다. 그러나 그의 육체에서 전날과 같은 땐땐한 굳은 탄력이 없어진 것만은, 형준이 자신도 어찌할 수 없는 사실이었다.

이튿날 형선이 놈이 학교에 갔다가 오는 걸 붙들고서, 연자간 뒤로 갖다 세우고,

"너 형선이, 호박이 넝쿨째 떨어졌다."

하니 무슨 영문인 줄을 모르고,

"왜 내가 무슨 삼십육계를 했소?"

한다.

"엑키, 삼심육계에만 호박이 떨어지냐. 그보담두, 이건 참 진짜루다 횡재한 셈이다. 아니, 네 혼삿말 난 정 좌수 딸이 양귀비 찜쪄 먹게 곱드라는구나."

하고 어깨를 툭 내리쳤다. 아우는 와락 형의 팔을 자기 어깨로부터 뿌리치고, 횡하니 달아나며,

"괜한 소리."

하였지만 그의 입은 터진 팥자루처럼 벌어져 있었다.

이렇게 한갓되지 않은 생각을, 형준이가 두루두루 하고 있는 동안, 형선이는 소금으로 양치질을 하고, 더운물에다 낯을 씻었다. 그리고는 옷 보퉁이를 끌러서 흰 명주 바지에 옥색 저고리를 입고, 그 위에 도리불수 조끼를 입은 뒤에, 삼성 버선을 한편으로 몰아쳐 신고 나서 옥색 대님을 질끈 졸라맸다.

홀쩍 일어나서, 장날 화장수한테 갓 사다 매었던 실로 땋은 허리끈을 뱀 사리듯 내동댕이치고, 전반처럼 넓게 접어 온 새 끈으로 바지 괴춤을 느직하니 잡아맨다. 새총 바지가 된 무종아리를, 잡아 내려서 옹구뿔 바지통을 만들고, 덤덤히 자기 옷 입은 품을 바라보고 서 있는 세 사람의 눈이 부끄러워, 슬그머니 돌아서서 두루마기를 쳐들어 올렸다. 그래도 웃음이 자꾸 나와서 참기가 거북하다. 괜한 실없는 웃음이 이렇게 설뚱한 가슴속에서 우러나오는지, 자기로서도 제 마음을 알 길이 없다.

두루마기를 입고 난 뒤에, 다시 단령을 입고 사모를 쓰고 각띠를 띠었다. 이제는 사선을 들고 말안장 위에 올라앉기만 하면 그만이다.

그러나 곧 출발을 하지는 않았다. 이렇게 성복을 하고 아버지와 어머니를 뵌 뒤에, 다시 두루마기까지를 벗고 나서 그는 비로소 여태껏 굶었던 빈 뱃속에 아침밥을 넣었다. 그러나 밥도 잘 안 먹혔다.

십이봉 밑을 꽉 얼어붙었던 두터운 땅덩지 같은 얼음이, 시루떡처럼 구멍이 숭숭 뚫어져서 그것이 노전떼만큼씩이나 크게 틈이 갈라지더니, 연사흘을 두고 쉴 새 없이 너부주룩하니 흘러내렸다. 이것이 맑히 흘러내린 뒤엔, 물이 유난히 탁해지고, 수위가 눈에 띄게 부풀어 오른다. 다시 물이 맑아지고 수위도 제대로 가라앉을 무렵이면, 십이봉 양지바른 곳엔 산들산들 바람이 불고, 나뭇가지마다 물이 올라서 목화씨같이 언 눈에 살이 오른다. 아침저녁은 추우나, 대낮에 해가 쨍쨍 내리쬘 때엔 포근하고 따스하다. 긴 하루해가 지루하게 졸음을 부르는 시절이다. 바로 오늘이 그런 날씨다.

얼마 아니 해서 오정이 되리라는 때에, 형선이는 많은 사람이 둘러선 가운데서 받들어 주는 사람도 없이 말안장 위에 냉큼 올라앉았다.

박 참봉네 행길 건넛집은 이칠성(李七星)네 집이고, 윗집은 나카니시 상점이고, 아랫집은 조그만 사탕장수라고, 깨엿도 놓고 호두엿도 놓았는데 진소위 사탕이라 명칭이 붙는 것으론 채다리과자와 얼음과자가 작은 나무통에 들어 있는, 김용구(金容九)네 집이다. 사내라고 생긴 건 아이까지 나서고, 늙은 여편네들도 부엌 챙 바자 앞에 나섰다. 바자 틈으로 힐끗힐끗 흰 그림자가 보이는 것은, 행길가에 나설 수 없는 젊은 아낙네와 나이 찬 처녀들이 숨어서 행길 쪽을 엿보는 탓이다. 나카니시네 집에서는 본시 나카니시가 혼자 홀아비 생활을 하고 있으니, 다른 누가 나설 이도 없다. 처음에 체부(遞夫)를 다니면서 처음 이곳에 온, 이 나카니시는, 그 뒤에 진위대(鎭衛隊)가 없어지면서 수비대가 얼마간 주둔해 있을 때에, 용달을 맡아서 일 년 안짝에 적지 않은 이를 보아 지금은 제법 큼직한 잡화상이 되었다.

아래 윗거리에서도, 부잣집이고 행세하는 집들 간의 혼삿날이니만큼 많은 사람들이 모였다. 이 집과 친히 내왕하는 사람은 박 참봉 옆에 서 있고, 거래가 그리 많지 않은 사람은 저희끼리 두세 사람씩 패를 지어 수군거리며 말 있는 행길 가운데를 구경하고 있다.

신랑이 타고 있는 둘째 번 흰말이나, 후행이 탈 갈색으로 팡파짐하니 다부지게 생긴 노새나, 안부(雁夫)가 탄 맨 앞에 자그마한 당나귀나, 모두 박 참봉 제 집에서 친히 기르는 짐승들이다. 흰말과 당나귀는 먼 길을 갈 때나, 추수할 때 타작하러 가느라고 가끔 타고, 노새는 연자질을 시키느라고 손수 먹여 기른다. 길 가운데 서서 수많은 눈이 저희들을 보고 있는 걸 아는지 모르는지, 발굽을 울리며 커다란 눈을 껌벅거리고 탈 사람들을 기다리고 있다.

마바리꾼에게 줄 것으로 흰 무명 세 필을 한 끝씩 풀어서, 안장과 짐승의 코숭이와 꼬리 있는 데까지 희게 줄을 늘인 것이, 풍족해 보여 볼품이 좋았다. 말꾼들은 말초리가 끝에 붙은 채찍을 등골에 꽂고, 말꼽지를 단단히 밭게 붙들고서, 그중의 한 사람은 말의 머리를 가만가만히 쓸어 주고 서 있다. 기러기를 안은 구 훈장이 탄 당나귀 앞에 저만치 앞서, 권마성꾼 둘이 서서 박 참봉 쪽을 눈이 찌그뚱해서 바라보고 있다. 이들의 고함 소리가 청 높은 염불처럼 거리를 뒤흔들 때엔, 말방울이 울고, 말꾼의 채찍이 보기 좋게 말 궁둥이를 후려갈기는 때이다.

모든 준비가 되었는데 박 참봉과 후행 갈 최관술이가 대문 안에서 무슨 일인가 수군거리고 있다. 사람들의 시선은 모두 그쪽으로 쏠려 있다. 말 탄 채 벌써 적지 않은 동안을 기다리고 서 있는 구 훈장과 신랑도, 궁금해선지, 하나는 기러기를 안고, 또 하나는 뻔히 사선을 든 채 그쪽을 바라보고 있다.

이야기는 최관술이가 쓰고 있는 국자보시를 벗고, 갓을 대신으로 쓰라는 교섭이다. 그러나 최관술이는 좀처럼 박 참봉의 말을 듣지 않는다.

지금까지 이 고을서 쓰는 개화된 신식 모자는 두 가지밖에 없었다. 학도들이 쓰는 사포 — 다시 말하면 학생 모자가 그의 하나요, 학도 아닌 사람들이 쓰는 국자보시가 다른 또 하나다. 국자보시라는 건 헌팅 비슷한 건데, 이곳서는 그것을 도리우치라고도 안 하고 국자보시라 한다. 물론 그것을 쓰는 사람도 별로 없다. 최관술이가 금테로 만든 개화경을 코허리에 걸고 검정 명주 두루마기에 발목덜미까지 높이 엮어 올린 구두를 신고, 반반히 깎은 머리 위에 뎅그렁하니 올려놓은 것이, 이 국자보시란 게다. 그는 다시 울퉁불퉁한 황양목을 껍질을 벗겨서, 옹지 있는 곳을 약간 불로 태워 그것을 개화장이라고 짚고 다닌다.

다른 것 다 말고, 저 더부룩하니 깎은 머리 위에 홀랑하니 방정맞게 올라앉은 꼭지 있는 바리깨 같은, 국자보신가 젓가락보신가 한 것만 벗어 버리고, 그 대신 구 훈장처럼 점잖은 감투와 갓만 써 준다면, 그까짓 코허리가 시근시근한 개화경이니, 개백정들이나 들고 다닐 개화장이니 한 것 같은 건, 그런대로 모른 척도 할 수 있을 것 같다.

처음 박 참봉은 이왕 신식 사람을 보내는 바엔, 그가 어떠한 모양을 하건 눈감아 주리라 했었는데, 정작 말이 나서고 사람들이 모인 가운데서 처남이 하고 있는 품을 바라보니, 아무래도 마음 한 모퉁이가 께름하고 믿음성이 가지 않아 참을 수가 없는 것이다.

그러나 당자가 우겨대는 판국이니, 지금 이 자리에서 아옹다옹 다투고 있을 수도 없는 형편이다. 소견대로 하라고 내맡기니, 최관술이는 자개수염을 한번 비비고, 성큼성큼 개화장을 둘러 가며 노새 있는 쪽으로 걸어간다. 말을 타고 개화장을 두를 수도 없는 터라, 말 옆에 우뚝 서서 몽둥이를 횡횡 객쩍게 둘러본 뒤에, 그놈을 난뜨럭 말안장 앞에다 가로질러 끼운다. 휙 하니 말 위에 올라타더니 한번 개화경을 햇빛에 번쩍하니 빛내고,

"자, 가자구."

하면서 발뒤꿈치로 노새 배퉁머리를 가만히 두어 번 찌른다. 이 말이 떨어지기가 무섭게 잔뜩 대기하고 있던 권마성꾼이,

"아— 아으아—."

하고 앞에서 목청을 돋우어 소리를 지른다. 당나귀가 아장거리고, 신랑 탄 흰말이 꼬리를 두어 번 치다가 떼꾹떼꾹 걸어간다. 새서방은 사선으로 얼굴을 가리고 눈앞에 우쭐거리는 먼 앞길을 황홀하게 비치어 본다. 손우수가 탄 노새도 냉큼냉큼 발굽을 두어 번 구르듯 하더니, 방정맞게 외해행 소리를 치며 앞 말을 따라간다. 말이 강선루를 바라보며 앞으로 움직이는 대로, 권마성과 말방울 소리를 맞추어 구 훈장의 갓과 신랑의 사모와 손우수의 국자보시가 흐물흐물 춤추듯 한다.

강선루 앞에서 망을 보던 아이 놈이, 먼 데서 권마성 소리가 나고, 말과 사람이 움직이는 것을 보더니, 풀맷돌처럼 날쌔게 달음질을 쳐서 정 좌수네를 향하여 뛰어간다. 눈앞에 정 좌수네 집 대문이 보이고 그 앞에 많은 사람이 아물거리는 걸

보고는 바른팔을 내두르며,

"샛시방 온다. 구룽다리께 지냈다."

하고 아직 구룽교에 다다를 겨를도 못 된 것을 보탬을 해서 지저귀어 댄다. 이 아이 놈의 소리를 받아 가지고, 대문 밖에서 어정대며 잔심부름을 하던 축들이, 두서넛 안마당으로 뛰어 들어가며,

"샛시방 구룽다리께 지낸 지 오래다니, 어서 상 준비하우."

하고 소리를 지른다. 이 말은 순식간에 마당과, 후간과, 청간과, 부엌과 움 안에까지 퍼져 나갔다.

과방간에서 큰상을 고이 든 과방꾼들이 약과 과줄을 산같이 괴어 놓은 목구를 옮겨 주고 옮겨 받으며,

"빨리빨리 합세다. 샛시방 문 밖에 왔답네다."

하고 수선을 피운다. 신랑이 들어앉아 큰상을 받을 안방 윗간에 돗자리를 깔고, 그 위에 호랑요를 깔던 이 집 막서린가 누군가는 뒤곁에 펼쳐 놓은 산수 병풍을 바라보면서 툇마루로 뒷걸음을 치다가, 엉겁결에 실족을 하여 뜰 가운데 비스듬하니 나가떨어져 뒹굴었다. 남이 아프거나 말거나, 모두 와—하고 웃는 가운데서, 넘어졌던 자는 궁둥이를 턱턱 털며, 소리난 것 봐선 별로 다친 곳도 없는지 제풀에 벌씬 웃고 돌아서는데, 사랑 뒷문을 열고, 떠들어 대는 안마당에 눈을 돌렸던 정 좌수가 일의 사연을 알고 별반 상처난 것도 없는 것을 안즉,

"덤베지들 말구 조심조심히 해라."

하고 나직이 기별을 하고는 문을 도로 닫는다. 부엌에서도 이

40

것을 내다보고, 국숫물을 끓이던 용네 어미가, 뒤뜰 안 움 잔
등에서 떡에 참기름을 바르고 있던 주인 마누라에게 달려가
서,

"마루에서 떨어져서 누가 다리를 상한가 봐요. 지금 막 밖
에까지 샛시방이 왔다는데, 다리를 삐었는지 부러뜨렸는지
일어나질 못하고 쩔름거립네다."

누가 상하였다는 바람에 주인 마누라가 떡함지를 놓고 부
엌으로 뛰어나와 안뜰을 내다보니, 별로 그런 일이 일어난 것
같지도 않다. 모두 음식을 들고, 과방간으로 왔다갔다하는데,
어디 한 사람치고 몸에 상처를 입은 이가 있는 성싶지 않다.

"누가 업구 사랑엘 갔나."

하고 용네 어미가 그 뒤의 일을 조사하러 뜰 안으로 나가려는
것을 원반 할 만두를 빚고 있던 부인네 하나가,

"상하긴 뭐이 상했다구 용네 엄매는 저리구 댕기나."

하는 바람에, 두룩두룩 여러 사람의 얼굴을 번갈아 쳐다보는
데 벌써 주인 마누라는 용네 어미의 허풍선인 것을 알아차리
고 그대로 떡함지 있는 움 잔등으로 간다.

사랑에서는 신랑 일행이 오기를 대기하고 있는, 인접과 손
대들이 모두 의관을 갖추고 부슬부슬 일어나 밖으로 나간다.

"권마성 소리가 안 들리니 아직 강선루 앞에두 안 온가 부
다. 너머 일즉 나가 뭘 하간."

하고 정 좌수는 여러 젊은이들에게 말했으나, 자기 자신도 일
어나서 갓을 쓰고 흰 두루마기를 입었다.

강선루의 옆 담장을 휙 돌아서니,

"아 — 아으아 — ."

하는 권마성 소리가 유난히 높이 들려오고 이어서 구 훈장 탄 당나귀가 삐뚝삐뚝 나타난다. 신랑 탄 흰말과 그 뒤로 최관술이의 국자보시가 보이면서, 올숭졸숭한 많은 아이들이 옆으로 뒤로 따라선 것이 보인다.

"기러기 안은 건 구 훈장이구, 손우수는 갱고지 최 주사로구만."

하고 눈 밝은 젊은이들이 떠들어 대는 것을, 정 좌수는 대문 아래 서서 먼 발로 일행이 올라오는 쪽을 바라보고 있다.

새서방이 왔다는 바람에, 일하던 사람들까지 일손을 놓고 모두 대문 밖으로 몰려 나왔다. 부인네들만이 안타까운 생각을 누르고서 부엌 안에서 허성댔다. 본시 바탕이 없는 여편네들만은 사나이 장정들 틈에 끼어, 시시덕거리며 말 위에 탄 신랑을 보고, 다시 노새를 탄 최 주사의 모양을 보고 웃었다. 이 고장서는 볼 수 없는 가죽구두를 신고 머리 위에도 뭔가 별스러운 걸 썼다. 미상불 이들에게는 생각도 못했던 일이므로, 놀랍고도 우습지 않을 수 없었다.

여럿이 부축해서 신랑을 말에서 내려 세우니, 파란 명주 두루마기를 입은 젊은 인접이 두 사람, 그를 안내해 대문 안으로 데리고 가고, 안부와 후행은 손대가 나서서 사랑으로 인도한다.

"최 주사, 수구러히 오셨습네다."

하고 인사를 하니, 어느새 삐어 들었는지, 개화장을 두르며 걸어오던 최관술이는, 바른손으로 국자보시를 벗어 들고,

"천만에 말씀이올세다. 퍽이나 바뿌시겠습네다."

하고 전부터 안면이 있는 정 좌수에게 마주 인사를 한다.

"춘부장께서도 안녕하시겠습지요."

하고 다시 한번 정 좌수가 인사말을 하니,

"덕분에 건강하올세다."

하고 대답한다. 그들은 사랑으로 들어갔다. 엮어 올린 구두끈을 끄르느라고, 한참이나 마루에 꺼끔 서서 어물거리는 최관술이를, 행길에 서서 바라보고 있던 어린아이 놈들은 구두 속에서 나오는 것이 흰 버선이 아니고 까마툭툭한 양말인 데 또한 번 놀라,

"야, 저게 구두버선이다. 가죽으루다 맹그른 건데, 아마 백냥 남아 한대."

하고 한 아이가 아는 듯이 설명을 한다. 나카니시 상점에서도 구두버선은 파는 것이 없었다. 한 켤레밖에 없는 구두버선은, 가죽으로 만들기는 샘스러, 발뒤꿈치가 나간 것을 삼성 조박지로 잡아 옭아매었다. 그러나 최관술이는 의기양양해서 개화장을 마루에 세워 놓고, 개화경을 번쩍이면서 방 안으로 들어간다.

안방 윗간에서는 지금 막 큰상을 들인다. 가운데 앉은 신랑의 상이 들어가고 양쪽에 앉은 두 사람 인접의 상이 들어간다. 절편, 증편, 이차떡, 조차떡, 설기떡으로 높직하니 다섯목구가 높은 축대처럼 올라앉았는데 흰 과실, 붉은 과실이 한목구씩, 약과가 첨성대처럼 한 목구, 이 밖에 깨다식, 콩다식, 지짐, 산적, 행적, 파적, 사과, 배, 날밤, 대추, 빠진 것 없이

듬뿍 쌓아 올렸다. 그 위에는 오색이 영롱한 갈꽃이 한 떨기씩 꽂혀 있다. 세 개의 상이 가지런히 놓인 앞으로, 국수 그릇과 술잔과 은수저가 놓인 작은 상이 곁들여 놓였다.

구 훈장네 서당에서 지난 밤새도록 구 훈장더러 단자를 베껴 가지고 온 어린 총각 아이들이, 마루에 한 뭉치 모여 앉아서 단자 들일 준비를 하고 있다. '입월복기삼(立月卜己三)'이니, '좌칠우칠횡산도출(左七右七橫山倒出)'이니 뭐니 하고 여남은 장 써 가지고 그 중의 한 장을 인접을 통해서 들이니, 신랑의 학식을 시험하느라 사람들은 백차일 치듯 마루와 뜰 안에 둘러섰다.

부엌 안에서 작은사위의 얼굴을 엿보지도 못하고 서 있는데, 큰딸이 쪼르르 사람들 등 뒤에서 신랑의 얼굴을 보고 와서,

"얌전한 게 새서방이 곱게 생겼소다."

하는 바람에 주인 마누라는 벌써 오므라지기 시작한 입 가장자리로 해죽하니 웃음을 짓는다. 용네 어미가 또 손을 내두르면서 뛰어 들어오며, 큰딸이 있는 것도 모르고,

"큰사위 둘 가지구두 못 당하겠쇠다. 아니 이게 남중절색이 아니외까. 오마니두 참 잘 맞었단 말요. 엥이 나두 고런 샛서방이나 한번 얻어 봤으믄."

하고 객쩍게 웃어 보다가, 옆에 입을 딱 다물고 선 이 집 큰딸을 발견한즉,

"어머니는 딸두 잘 나셨거니와 사위도 잘 맞으신단 말이에요. 아니 어쩌면 큰사위가 그렇게 인물이 절색인데 또 작은사

44

위마저 저렇게 곱답네까."

하고 다시 마당으로 뛰어나간다.

인접에게서 단자가 온 것을 힐끗 보더니 들려 주는 붓은 받지도 않고, 형선이는 옆에 있는 인접에게,

"그대루 물레 주우."

하고 나직이 말한다. 모든 사람은 적잖이 실망했다. 서당 공부도 상당히 했고, 벌써 몇 년째 기독학교니 동명학교니를 다니는 학도니만큼, 십여 장의 단자 같은 건 훌훌 써 내갈길 줄 알았던 그들은, 아예 들이델 척도 안 하는 신랑의 태도에 실망을 느낀 것이다. 그러나 어쩔 수 없는 일이다. 상을 안 주겠다면커니와, 딴말 없이 물리라는 데는 다시 두말이 있을 수 없다. 인접이 대신하여 커다랗게 '퇴(退)' 자를 써서 내갈기니, 이 소리를 부엌에서 들은 신랑의 장모는,

"단자상은 따루 채려 올릴 게니, 큰상은 그대루 둬 두소."

하고 밖을 향해 소리를 질렀다.

"큰상은 웃어룬들이 계시다니 보내 올려야 하겠소다."

하고 다시 뇌우친다.

큰상을 놓아 둔 채 원반상이 들어왔다. 만둣국에 흰밥을 만 것이다. 인접이 권하는 대로 신랑은 술을 들어 원반을 몇 술 떠먹었다.

"만두 세 개는 먹어야 첫아들을 본다네."

하고 어느 늙은 노파가 놀려 대니 모두들 와 하고 웃어 댄다. 그러나 형선이는 만두 한 개를 먹었을 따름이었다. 사랑에서는 주안이 한참 벌어져 있었다.

3

　보부(寶富)는 사촌 오라비 되는 강선루 앞, 정영근(鄭永根)
네 집에서 하룻밤을 잤다. 윗방에는 오라비 되는 정영근이 큰
아들을 데리고 자고, 아랫방에는 올케가 작은아들과 젖먹이
아이를 끼고 아랫목에서 잤다. 비록 사촌 오빠네 집이라도 이
렇게 제 집을 나와서 딴 곳에서 자 보기는 이번이 처음이었
다. 정영근은 진위대에 장교로 다니다가, 그것이 없어진 뒤엔
학교에 체육 교사로 있다. 새벽에 일어나면 일곱 살짜리 아들
을 깨워 가지고, 비류강에 가서 낯을 닦고 강변으로 다니면서
나팔을 불었다. 그는 학도들에게 나팔도 가르쳐 주었다.
　이불 속에서 오므리고 자던 잠이 언뜻 깨니, 아랫방에서는
아직 모두 새벽잠에 취해 있다. 먼저 천장을 보고, 바람벽에
걸린 것을 휘 둘러보고, 이것이 내 집이 아니라, 사촌 오라비
네 집 아랫방이라는 것을 생각하고, 동시에 제가 어젯밤 올케

와 함께 강선루 뒤, 자복사(慈福寺) 골목을 지나서 물 옆길로 이곳까지 온 것을 연상한다. 처음 언뜻은 그가 어째서 이리로 와서 난생처음 딴 집에서 밤을 새지 아니하면 안 되었는가를 생각지 못한다. 그러나 어젯밤 이곳까지 와서 아랫목에서 자라고 권하는 것을 기어코 윗목에다 자리를 잡던 것과, 불을 끄고 자리 속에 들어서 모두 숨소리를 높이고, 또는 코를 골면서 잠에 깊이 취하도록, 자기는 두 눈이 새록새록한 채 잠이 오지 않던 것과 구름 같은 생각과, 또 생각에 따르는 까닭 모를 가슴의 심한 동기와, 약간 잠이 들면 꿈이나 가위에 눌려 이불만 뒤치던 모든 것을 두루두루 생각하고는, 비로소 훤하게 밝아 오는 오늘이 자기에게 있어 일생에 가장 큰 날이라는 것을 의식하는 것이었다. 오늘, 열아홉 살 맞는 처녀 정보부는, 여태껏 자랑으로 삼아 왔던 삼단 같은 긴 머리를 끌러서 틀어 올리고 연두 회장저고리에 붉은 치마를 입고, 생전 처음 보지도 못한 남의 집 총각과 더불어 앞으로 아득하게 벌어질 생활의 광야를 향하여 처음 그의 열쇠를 열어젖히려는 것이다. 오늘 하룻밤 동안에 운명의 신이 가져다 주는 열쇠를 그가 두 손으로 꽉 바로잡는가 못 잡는가로써, 그의 일생의 행복은 결정이 된다. 그의 가슴이 두근거려 거의 덮은 이불을 울릴 듯하고, 그의 머리가 천근인 양 무거운 채 지척을 가눌 수 없는 건, 모두 이 긴박하고 짜릿짜릿한 중요한 순간을 맞이하여, 당연히 가져야 할 순결한 육체와 정신의 피할 수 없는 자세인 것이었다. 호기심과 초조와 알지 못할 환희와, 감격과 흥분이 함께 뒤엉켜서 장마 때의 성난 비류강처럼, 마지

막에는 묵직한 공포의 한줄기 흐름이, 옥같이 맑고 돌같이 딴
딴한 그의 야무진 탄력 있는 육체를 스치고 흘러갔다.

그 사람은 어떠한 사람일런가. 이런 생각도 가끔 머리에 떠
오르지 않음이 아니었다. 아버지 어머니와 웃어른들께서 오
죽이나 자기를 위하여 잘 택하여 놓았으랴마는, 그럴수록 자
꾸만 생각되는 것도 남편 될 사람의 얼굴 모습과 몸가짐이었
다. 안 생각하려고 해도, 그리고 이런 걸 생각하는 건 자식 된
도리로서나, 또는 이미 백 년을 같이 늙게 마련이 된 그이를
위해서나, 그릇된 행위인 것을 생각하면 생각할수록, 자기도
모르게 꿈결같이 사나이의 얼굴이 빙그레 웃으며 지나간다.

물론 이 젊은 총각의 얼굴이, 박 참봉, 박성권의 둘째 아들,
박형선의 틀림없는 얼굴인지는 알 길이 없고, 또 사진도 아니
고, 초상화도 아니고, 머리에 떠올랐다가 구름같이 사라지는
하나의 환영이매, 누구를 붙들고 물어볼 길도 없다.

언젠가 저녁녘에 행길로 난 부엌문 챙 바자 안에서 구정물
을 내버리려는데, 영근이 오빠와 또 한 총각이 나팔들을 끼고
위쪽으로 올라간다. 이화정(梨花亭)이나 천주봉(天柱峰) 앞으
로 나팔 연습을 가는 모양이었다. 영근이 오빠를 따라가는 총
각은 검정 두루마기에 머리채는 땋아 늘인 채 사포를 썼는데,
콧날이 세고, 눈이 이글이글하고 웃을 때는 옥같이 흰 이빨이
가지런히 나타났다. 활개를 치면서 영근이에게 무슨 말을
하면서, 언뜻 보부가 있는 쪽을 정면으로 바라보고 지나간다.
물론 잘게 수숫대로 엮은 바자 안에 있는 이가 젊은인지 늙은
인지, 밖에서는 거의 여잔지 남잔지도 분간치 못했을 것이되,

처녀의 마음은 무슨 죄 될 일이라도 저지른 것처럼, 부엌 안으로 옹패기를 들고 뛰어 들어왔다. 놀란 비둘기의 심장처럼, 그의 가슴은 발딱발딱 뛴다. 그는 부끄러워, 종에게 그대로 부엌일을 맡겨 버리고, 어머니가 있는 방으로 올라와 버렸다. 조금 지나더니, 위쪽 강가에서, 띠따띠따 하는 쌍나팔 소리가 산을 울리며 그의 귀에까지 들려왔다.

어머니가 꿰매고 앉았는 삼성 버선에, 볼을 받느라고 무릎 앞에 다가앉아 보나, 유랑한 나팔 소리가 일으키는 심장의 고동은 머물려고 하지 않았다. 저 나팔 소리는 오빠의 것인가, 총각의 것인가. 아마 먼저 가르치듯이 거침없이 조자가 맞아떨어지는 것은 오빠의 것이리라. 그리고 좀 서투르게 이따끔 동떨어진 큰 소리를 내는 것은 혈기가 가슴에 넘쳐 있는 총각의 것이리라. 다시 함께 어우러져서 쌍나팔이 맞은편 산에 우렁차게 반향이 될 때엔, 어느 것이 뉘의 소린지 분간할 수가 없고, 이상스럽게 가슴만 두근거렸다. 가끔 나팔 소리는 멎고 조용해진다. 벌써 다 불었는가 —— 이렇게 생각하고 있는데, 마침 장옷도 쓰지 않고 영근네 언니가 왔다. 그래서,

"오라버니는 이제 누군가하구 나팔 끼구 위쪽으로 가시드라."

하고 넌지시 알려 댔더니,

"응, 박 참봉네 작은아들하구 나팔 불레 가시는가 부든."

하고 올케도 천연히 대답한다. 그래 그전에 본 키 크고, 눈이 이글이글하고, 웃으면 흰 이가 새하얗게 내보이는 총각이, 박 참봉네 작은아들인 것을 비로소 알았고 이따금 언뜻 그 얼굴

이 그의 눈앞을 지나가곤 했다. 그 뒤에 얼마 지나서 박 참봉 네 둘째 아들과 보부의 혼담이, 정식으로 벌어지려 할 때, 밤 깊어 남들이 이미 잠들었을 때, 혼자 총각의 얼굴을 생각해 내려 했으나, 여태껏 무시로 나타나던 그 얼굴이, 머리에서만 아물거리고 도시 눈앞에 떠오르지를 않았다. 그는 이것이 무 슨 조화의 일인지 알 수가 없었다. 아른아른 나타날 듯 나타 날 듯하다가도, 바람에 불려서 흩어지는 안개처럼 휙 산지사 방으로 날아가 버리곤 한다. 귀신에 홀린 거나 같아, 밤새껏 안타까워한 적이 있었는데, 또 그 뒤엔 무슨 일을 할 때 같은 때, 생각도 안 하는데, 마름질하던 옷감이나, 아궁이에 이글 이글하게 타오르는 불길 가운데, 그 얼굴이 뻔히 떠오르는 때 도 가끔 있었다. 그는 자기와 혼사가 된 박 참봉의 둘째 아들 박형선이를 그때의 그 총각이라 확신했다. 연세로 따져 보아 도 그러하고, 학교의 학급으로 생각해 보아도 틀림없는 그 총 각이었다. 그는 은근히 만족했다.

그러므로 신랑이 장가오는 날은, 색시 될 처녀가 집에 있으 면 안 된다고, 이렇게 하룻밤을 사촌 오빠 집에서 지내고, 아 침 ── 그에게 있어서는 두 번 다시 올 수 없는, 이 거룩한 아 침을 이불 속에서 맞이하면서, 적잖이 흥분과 감격을 맛보아 가며 그의 눈앞에 문득 그려 보곤 하는 사나이도 또한 나팔을 끼고 사촌 오빠와 웃으며 지나가던 억세게 생긴 그 총각이 아 닐 수 없었다. 그도 어느 결엔가 박 참봉은 연세가 같은 아들 을, 하나는 큰댁의 소생으로, 또 하나는 작은댁의 소생으로 갖고 있다는 소리는 들은 법도 하건만, 이 경우에, 그때에 본 총각이 혹은 작은댁 몸에서 난 서자는 아니었던가 하는 생각을 가져 볼 여유는 없었고, 도시 그런 것을 기억조차 하고 있지 아니하였다.

그러므로 분으로 얼굴을 단장하고, 녹의홍상에 칠보 족두리를 한 뒤에, 신랑 방에 들어가서 내리깐 곁눈으로 흘낏 새서방의 얼굴을 볼 때까지, 이런 환영을 품은 채로 있었다면, 그는 졸지에 사람이 바뀐 것처럼 놀라서, 기절을 했을는지도 몰랐을 것이다. 그러나 운명은 그에게 끝까지 짓궂지는 않았다. 졸지에 환영을 갈기갈기 부숴 버려서, 처녀의 가슴을 대번에 몽땅 구렁텅이로 차 던져 버리지는 않고, 먼저 그에게 자그마한 암시를 보내서 처녀의 굳은 가슴속을 헝클어 놓았다.

정오가 가까워서 신랑의 일행이 권마성 소리와 말방울 소리를 울리면서, 영근네 집 앞을 지나갈 때까지도, 보부는 영창에 구멍을 뚫고 잠깐 남몰래 행길 쪽을 내다보기는 했으나, 아무것도 그것에서 새로운 것을 찾아내지는 못했다. 방 안에 아무도 없는 것에 용기를 얻어 떨리는 손으로 그 짓을 하기는 했으나, 강아지가 떨렁거리는 소리를 사람의 발소린 줄 알고 엉겁결에 아랫목에 와서 두 손으로 머리를 괴고 앉아 버렸고, 그 짧은 순간 손가락으로 뚫은 작은 구멍으로 한 눈을 감고 내다본 것은, 벌써 담장 옆을 올라가는 신랑의 잔등뿐이었고, 무어 이상한 거, 가끔 영근이 오빠도 쓰는 국자보신가를 쓰고 개화경을 긴 삼십 난 자개수염만 옆얼굴로 보았을 뿐이었다. 그러니 신랑의 얼굴 같은 건 도시 새롭게 문제가 될 이유조차 없었다. 그러던 것이 그만 늙은 종이 점심인가를 가져오느라고, 대낮이 훨씬 기울어서 부엌문으로 들어와 펼쳐 놓은 일장 보고가, 의문을 던져 주는 계기가 되어 버렸다.

"아니 참 샛시방두 곱기는 한걸. 키는 자그마한 이가, 얼굴이 갤숨하구, 눈이 또 자그마하니, 생글생글한 게, 퍽 정지가 있고 상냥하실 게라구 말씀이 많습데다. 거저 복 받으시는 집 안덜은, 사위를 맞어두, 고렇게 얌전한 이만 쏙쏙 뽑아다가 삼으신단 말이에요. 자, 어서 마음 놓구 원반이나 좀 잡수아 보시굴랑. 인제 아마 누가 초벌 단장시키러 오실 게구만요."

이런 말도 그대로 어리벙벙하니 지나쳐 버렸으면 좋을 것을, 무슨 혼으론지, 그만 정신이 별똥같이 말똥말똥해서 처음 몇 마디를 놓치지 않고 귀담아들어 버린 것이, 약이라면 약이요 탈이라면 탈이었다.

키는 자그마하고, 얼굴이 갤숨하고, 눈이 또 자그마하니 생글생글하다 — 이 늙은이의 하는 말을 몽땅 그대로 귀담아듣는 것도 안 될 말이지만 보부 자신이 생각하던 것과는 너무도 뒤틀리는 형용이었다. 아무리 늙은 눈이기로서니, 어금비금한 건 몰라도, 이렇게 정반대의 것을 보았을 리야 있을 텐가. 두어 술 떠먹고, 또다시 음식을 권하며 수선을 피우려 드는 것을, '어서 가서 우리 오라비를 보내라'고 부탁해서 노파는 쫓아 버렸다. 그를 보낸 뒤에 방 안에 혼자 앉아서, 다시 제가 기억하고 있는 총각의 얼굴과, 늙은 종이 한 말을 대조해서 이리저리 되새겨 가며 생각해 본다. 아무리 새기고 되새겨 보아도, 도무지 통하질 않는 말이었다. 고얀 년의 늙은 것이 나를 놀려 먹느라고, 조작의 말을 가지고 씩둑거린 것이 아닐

52

까. 그래서 일부러 생김새와는 정반대의 형상을 그려서, 나를 깜박 속였든가, 밤에 신랑 방에서 어리둥절한 채 흠뻑 흠살을 맞히려던 것이 아닐까. 정녕 그럴 것이다. 그녀의 늙은 것이 나를 골릴 양으로 심술궂게…… 하고 픽 웃으려던 때에 문득 번개처럼 생각나는 것이 있다. 박 참봉 성권이는 나이 비등비등한, 아니 동갑 연세의 아들을 둘을 두었다는 말, 그 중의 하나는 큰댁의 소생이요, 또 하나는 작은댁의 소생이라던 말, 쌍둥이같이 자라나지만 불과 한 달의 차이라는 것, 그렇게 새겨 보니 아우가 형보다도 훨씬 크고 장대하다던 말까지 언젠가 귓등으로 들은 법하다. 아뿔싸, 자기는 어째서, 여태껏 이것을 까맣게 잊고 있었던가.

여태껏 머릿속으로 그려 보고, 눈앞에 나타내어 보고, 남몰래 가슴속에 품어 보던, 나팔을 든 키 크고, 눈이 이글이글하고, 웃으면 가지런한 이빨이 새하얗게 내보이는 총각은, 오늘 밤에 두근거리는 가슴을 진정하면서, 백 년 앞날의 생활의 첫 열쇠를 같이 더듬어 찾을 남편 될 사람이 아니었고 야속스럽게도 시동생이 될 사나이였다. 다른 사람도 아니고 바로 시동생이 될 사나이, 그를 남편과 바꿔서 사모해 왔다는 것은, 이 어이 이토록이나 야속할까 보냐.

부끄럼이 일시에 솟구쳐 오른다. 이런 변도 세상에 있을 것이냐. 사연이 확실히 드러나진 않았더라도, 보부가 사람을 바꾸어 생각했던 것만은 틀림없는 일이라 확신해 버리는 것이다. 아니, 확신할 수밖에 없는 일이었다. 그는 이 이상 더 이 자리에 머물러서, 저 억세게 생긴 나팔 든 총각을 눈앞에 그려 보며, 마음을 즐겁게, 또한 안타깝게 향락해 볼 수는 없었다. 그것은 용서할 수 없는 일이었다. 이 원망스런 환영을 가루가 되도록 부숴 버리고, 그 가루를 다시 안개처럼 날려 없앨, 새로운 또 한 개의 환영을 급작히 붙들어 세워야만 한다. 여태껏 사나이다운 얼굴이라고 생각하던 총각의 얼굴은, 지금 이 시각부터 당장에, 징그럽고, 추잡하고, 망측하고, 해괴하고, 더러운 얼굴이라는 것을, 억지로라도 제 마음에 타일러야 한다. 눈에도 보여서는 아니 된다. 머리에 떠올라도 아니된다. 마음속에 숨어들어서는 더욱 아니 된다. 웃거든 침을 뱉어야 하고, 가까이 오거든 밀치고 윽박질러야 하고, 뭐라고 말이라도 건넬 듯이 입술을 벌름거리거든, 주먹을 부르쥐고 볼을 후려치든가, 코와 입술 있는 데를 각재고 쥐어뜯고 해야만 한다.

그러나 대체 자기는 그 원망스런 총각 대신에, 어떠한 새로운 환영을 그려 보아야 한단 말인가. 키가 작다고 한다. 아니 자그마하다 했으니 채 작다는 것과는 다르다. 눈도 자그마하다고 말했다. 얼굴은 개르스름하고 ─ 그러나 이런 것만으로는 도무지 사람의 형상을 그려 볼 재주가 없다. 밤까지 기다려야 할 것인가. 그러면 밤이 될 때까지 몇 시간을 어떻게 아무렇지도 않은 것처럼 백지 상태를 유지해 갈 수가 있다는 말일까. 이왕에 아무 일도 없다면야, 앞으로 아무것도 생각지 않으며, 일 년도 이 년도 기다릴 수 있을 것 같다. 그러나 마음 한 귀퉁이에 자리를 잡고 있던, 총각의 환영을 들어내기 위해서는, 그것을 대신할 새로운 것이 있어야 할 것이다. 귀신 당지기를 들어내려면, 성경책과 예수가 필요하지 않았던가. 보부는 제 마음을 도무지 가눌 수가 없었다.

사실 그가 번개같이 이곳에 생각이 미쳤을 때, 귀밑과 얼굴에 솟구쳐 오른 것은, 부끄럼으로밖에는 나타나지 아니하였으나, 이루 헤아릴 수 없는 여러 갈래 복잡한 생각이, 일시에 머릿속을 향해 몰아쳐 쏟아지는 바람에, 가슴은 물차관처럼 설레고 폭포처럼 쿵덩거려 한참은 정신을 종잡을 수가 없었다.

한 마디로 말하여 부끄럼이라고 할 수도 있을 것이다. 그러나 그 속에는 아버지 어머니에 대한 죄스러운 생각, 남편으로 작정된 이에 대한 미안한 마음, 아뿔싸 이 일을 어쩐단 말인가, 하는 마지막 판국에 항용 사람들이 가지는 일종의 낙심, 그리고 확실히 그 어디엔가, 여태껏 마음속에 그리고 있던 사나이를 놓쳐 버리는 데서 오는 가벼운 미련과, 거기에 따르는 실망에 가까운 심리, 다시 마지막으론 그 총각이 다른 사람 아닌 제 시동생 될 사람이라는 데서 오는 망측스런 생각, 이런 것이 뒤범벅을 개는 가운데를, 설령 아무도 알 리 없고, 또 누구 하나 본 이도, 엿들은 이도 없다손 치더라도, 그의 마음에 오랫동안 품고 지냈던 것이 사실이므로, 마치 몸을 간음당한 때처럼 줄기찬 자책과 회오가 등골을 스치고 지나가지 지는 못했던 것이다.

그는 두 다리를 세운 가운데로 얼굴을 푹 파묻고 오랫동안 낯을 들지 못했다. 두 눈과 코와 볼을, 함께 치받치고 있는 손가락 사이로 어느새 눈물이 쭈르르 젖어 흐른다. 이 눈물이 어이 된 것인지, 무슨 영문으로 흘러내리는 것인지, 그것은 보부 자신도 알 수 없었다.

그러나 얼마를 지나니 아무런 일도 없었던 것처럼, 마음과 머리가 가뿐하다. 구름은 지나가고, 햇빛이 환하니 그의 가슴을 비추는 것 같다. 가장 중대하고 거룩한 시각을 앞둔, 처녀의 마지막 감상(感傷)인 것처럼 눈물은 그의 마음에 있던 모든 협잡물을 맑게 씻어 가지고 깨끗하게 흘러가 버린 것 같다.

올케가 늙은이를 한 분 데리고 초벌 단장을 시키러 온 것은 마침 다행이었다.

'이저는 쉬 저녁때는 됐으니, 어서어서 서둘러서 몸을 닦고 단장을 하자'는 게다. 목욕은 어젯밤 집에서 하고 왔으니, 지금 다시 할 필요도 없고 또 할 수도 없었다.

올케는 젖먹이를 아이에게 업혀 밖으로 내몰더니 부엌으로 가서 물을 끓여 왔다. 웃옷을 벗고 속적삼만 입으니, 가슴이 구릉처럼 부풀어서 앞이 잘 여며지지 않는다. 꼭 집어 허리띠에 꽂아 놓으나, 꺼꿉 서면 흰 가슴이 팡파짐하니 엿보여서 부인네들끼리지만 부끄러웠다.

단장시켜 주는 늙은이는 옛날에 기생으로 있던 이다. 항용 불러 평양집 어머니라고 한다. 빗접고비와 분합과 분첩을 내놓고, 다시 족집게와 실꾸리를 꺼내 대야 옆에 펼쳐 놓는다. 명주실을 가늘게 비벼서, 이것으로 얼굴에 아직도 보르르한 솜털을 밀어 버렸다. 배배 비벼서 상에다 대고, 쭉 밀면서 끌어 젖히면, 눈물이 폭폭 쏟아지게 때끔때끔하다. 다른 곳은 그런대로 참을 수 있겠는데, 이마의 관자놀이와 목덜미를 밀 때는, 땀이 바지지 솟아나는 것이 노상 참을 수가 없었다. 입을 다물고 다리에 힘을 주었다. 평양집의 손이 떨어질 때엔 저도 모르게 긴 한숨이 터져 나왔다.

"뼈근하웨니. 체니루 색시 되기가 엔간한 줄 암마."

이렇게 늙은이는 비수까지 먹이며 앙칼스럽게 털을 밀었다. 낯이 술 먹은 사람처럼 후끈후끈하다. 이것이 끝나면 족집게를 들고 눈썹과 이마를 지었다. 이것은 때끔때끔하여 누선(淚線)을 직접 건드리는지, 눈물과 콧물이 연해 흐르기는 하지만, 아까 것에 비하면 한결 덜 아팠다. 우선 이렇게 해놓고는 평양집은 가 버렸다. 나머지 두벌 화장은 저녁을 먹고 집으로 가서 신랑 방에 들어가기 전에 마저 하자는 것이었다.

이러구러 긴 이른 봄날도 저물어 갔다. 비류강 위에는 산산한 찬바람이 움직이지 않는 물 위에서 잔잔한 물결을 희롱하고 있다. 움이 틀락 말락 한 나뭇가지들이 바람이 지나갈 때마다 포르르하니 떨었다. 십이봉 화줏머리〔華柱峰〕 위에 낫 같은 뾰족한 달이 파랗게 질려서 걸려 있다.

이제는 영락없는 밤이다. 자복사 골목을 올케와 함께 올라가서 살그머니 뒷문으로 들어가는데 개가 뿌르르 쫓아 나오며, 앞발을 들고 킁킁 냄새를 맡느라 코끝을 박는다.

"이가이, 이가이."

올케가 회청박이 신으로 개를 뿌리치며 가는 것을, 보부는 나직이,

"월아, 월아."

하며 손을 내두르며 따라갔다. 하루 종일 안 보았다고 개일망정 반가워하는 것이다. 오늘 집에서는 큰 잔치가 벌어졌는데 보부, 너는 어디 갔다가 해 지고 바람이 찰 때에 뒷문으로 찾아 들어오느냐고 짐승은 수상스레 생각하지는 않는가. 부엌으로 들어가니 모두들 큰방에 들어가고, 넓은 부엌엔 등잔불이 하나 있어 부뚜막과, 찬장과, 돌상과, 토방 위에 지저분한 음식 그릇을, 간들간들 졸며 비춰 주고 있다.

부엌 이편 두 칸 방으로 보부는 올케를 따라 들어갔다. 그곳에는 어머니와 언니와 평양집이 있을 따름이다. 모두 그를 쳐다보며 해죽하니, 벌심하니, 또는 바특바특하니 웃었으나, 보부는 이내 눈을 깔고 낯을 돌려 버렸다. 마음이 어딘가 설뚱하다. 발치 구석에는 단장하고 입을 옷과, 머리에 지니고, 옷고름에 찰 패물이, 혹은 보통이에 싼 채, 혹은 상자에 든 채 채근채근히 널려 있다.

다시 웃통을 벗어부치고 목에서, 가슴에서, 겨드랑이에서 얼굴에 이르기까지 한번 더운물로 씻어 내렸다. 이제부터 본격적인 단장이 시작되는 것이다.

얼굴에는 분을 뽀얗게 바르고, 볼과 입술엔 약간 연지를 찍었다. 난생처음 바르는 분이건만, 본시 살결이 고운 보부의 얼굴은 분첩으로 두어 번 두드리기가 무섭게 혹은 코에 혹은 볼에 혹은 양미간과 이마에, 얼룩이 안 가게 골고루 퍼져서, 물을 뿌려 놓은 흰 옥처럼 깨끗하고도 부드러웠다. 연지를 찍은 곳은 붉은 혈조가 떠오른 것처럼 귀엽다. 입술은 본래 앵두보다도 빨갛다. 눈썹은 실낱같이 있는 듯 만 듯하면서도,

정기차게 뻣뻣하니 여덟 팔자를 그리며, 관자놀이께를 향해 꼬리를 빼물고 뻗쳐 나갔다. 듬뿍한 숱진 머리카락은, 윤나고 향기 좋은 동백기름을 함빡 머금고, 까만 공단처럼 반뜩거린다. 이것을 성키성키 땋아서 뒤로 나지막하니 쪽을 짓고, 작은 비녀와 커다란 뚝절을 일직선으로 가로질렀다. 나래를 활짝 벌린 두 놈의 봉황이 입을 맞비비고 있는 장식이 노랗게 눈부시다. 칠보 족두리를 바르게 탄 흰 가르마 위에, 냉큼 하니 가볍게 올려놓고 멀찌감치 눈을 떼어 바라보니, 그 밝지 않은 불빛에서도 금, 은, 유리, 마노, 파려, 진주 등이 영롱하게 반짝거려, 마치 하늘의 한 부분을 떠다 얹어 놓은 것 같다.

모두 아무 말이 없다. 평양집은 황홀히 바라보다가 혀를 한 번 찬다. 말은 안 하여도, 하늘에서 내려온 선녀가 어찌 이럴 수 있으랴 감탄하는 표정이다. 어머니도, 언니도, 올케도, 한 가지 여자의 몸으로 태어나서, 이렇게 예쁘게 생겨날 수 있는 것은 어느 신령님이 점지하시는 일인가 싶어, 그리고 자기네들도 젊었을 처녀 시절에 이렇도록 아름답고 예뻐 본 적이 있었던가 싶어, 멍하니 보부의 단장한 얼굴을 바라보고 있을 뿐이다. 다시 딸기처럼 빨간, 밤알만한 알에 은실과 금실을 수놓은 두 알의 타니가, 얼굴보다도 하얀 두 귀밑에 매달렸다. 목을 약간 움직이는 대로 타니는 풍경처럼 귀엽게 하늘하늘 떨고 있다.

꼿꼿하게 치뻗친 오뚝한 콧날의 동그스름하니 모가 죽은 봉오리가 팔신 무너지듯 하면서 콧구멍이 약간 발름발름하더니 드디어 한 입술이 발신하니 웃는다. 개름한 두 눈의 시울이 긴 속눈썹에 덮여 까만 손톱자리같이 움직이지 아니한다. 동그스름한 탐스런 얼굴이 만족하게 미소를 띠어 보는 것이다. 그러나 이내 머리를 돌려서, 발치 구석에 놓은 옷 보퉁이를 어루만지듯 하여, 이 웃음은 아무개의 눈에도 띄지 아니하였다. 부리나케 웃음을 삼켜 버리고, 그대로 조심성 있게 일어나서 옷을 갈아입는다. 연두회장 도리불수 저고리에 버선바닥에까지 치렁치렁하는 노을처럼 붉은 홍치마다. 저고리 앞가락이 치마에 잇닿는 데서부터, 노리개며, 장두며, 치통이며, 호랑이 발톱이며 하는 갖은 패물이 연달아 매달렸다.

밤은 얼마나 으슥했는가. 파탈하고 아랫목에 뎅그렁하니 앉아 있는 신랑의 방에는, 흰쌀 위에 세워 놓은 촉대 위에서 붉은 홍촛불이 너울너울 춤을 추고 있다. 사모와 단령은 모두 벗어서 넣고, 두루마기까지도 벗어서 뒤 병풍 위에 걸어 놓았다. 이야기하러 왔던 말동무들도 일찌감치 밤참을 먹고 물러간 뒤다. 아랫방과, 뜰 안과, 사랑과, 건넌방과 부엌이 웅성웅성하건만 벌써 한참 동안이나 형선이가 무료히, 그러나 적잖이 긴장하여 홀로 앉아 있는 이 방 안은 괴괴하다 싶을 정도로 고요한 분위기에 싸여 있다.

갑자기 밖이 요란스러워졌다. 이 급작스레 요란스러워진 동정 속에서, 신랑은 시각이 임박한 것을 알아차린다. 일어나서 옷을 입을까 하다가 모른 척해 버리는 것도 한 재미라고 언뜻 생각해 본다. 그는 침착해지려고 애쓴다. 누군가 나직하나 똑똑히 들릴 수 있도록 "색시 잡아넣는다." 하는 소리를 지저귀며 마당을 건너간다. 방마다 문이 열리는 소리. 어스름하던 뜰 안이 문마다 불빛을 뱉어 갑자기 새벽 먼동이 튼 것 처럼 훤해진다. 누가 문밖에 와서 창문에 기댄다. 이어서 창 구멍 뚫는 기척이 들리고,

"샛시방이 아랫목에 반듯이 앉아 있다."

하는 소리가 들린다.

"두루마기 닙언?"

"다 파탈하구 그린 듯이 앉았다."

아뿔싸, 이 소리는 어서 두루마기를 입으라는 말은 아닌가, 참말 신부를 처음 대하면서 아무리 사나이기로서니 두루마기 도 안 입는다는 것은 이치에 어그러지고, 예법에 뒤틀려도 한 방이 없는 소리다. 그는 갈팡질팡하는 자리 잡지 못한 그의 두 다리를 의식하면서, 발딱 일어나 두루마기를 병풍에서 집 어 들었다.

두루마기를 들고 그것을 채 펼치지도 못했는데, 마루 위에 유난히 높은 비단 쓸리는 소리가 나고 이어 앞문이 방싯하니 열린다. 촛불이 한번 활개를 치고 꾸풀꾸풀 뱀처럼 몸을 뒤친 다. 두루마기를 입을 겨를도 없이 멍하니 들어오는 사람을 바 라보고 있는데, 중늙은이의 여인네가 앞서 들어오고, 이어서 찬란한 눈부신 의상이 고요히 움직이며 방 가운데로 들어온 다.

"머 안 닙으믄 멜한가. 어서 벗은 채루 두시게."

하고 여인네가 인상 있게 웃으면서 두루마기를 손에서 빼앗 듯 하여 다시 병풍에 건다. 색시는 무릎을 세우고 불을 향하 여 신랑에게 옆얼굴을 보이며 가만히 앉는다. 형선이는 비로

소 새색시를 보았다. 붉은 치마가 아랫도리를 휘감고 꽃화분처럼 단장한 미인을 치받들고 있다. 예쁜 꽃화분이다. 이렇게 생각하는 순간 언뜻 얼굴을 보았다. 그리고 기름을 발라 틀어 올리고, 명주실로 빤질빤질하게 밀어 올린 얼굴이건만, 볼에서 목과 귀밑으로 흐른 곡선이 얼마나 부드러운 것인가를 겨우 인식한다. 그는 만족했다. 그리고 아직도 연두 도리불수의 비단이 반사하여 붉은 촛불과 어울려서, 아름다운 무지개가 뽀얗게 풍기는 색시의 얼굴을 멍하니 바라보고 있다.

그새에 데리고 들어온 여인네는 ─ 아마 이 집 친척 부인네로, 다복하고 팔자 좋으신 부인넬 게다 ─ 병풍을 한목으로 몰고 그 뒤엔 준비해 두었던 요와 이불을 내려다가, 아랫목에다 깔아 놓는다. 이불을 들고 그의 옆을 지나가려 할 때에야, 비로소 신랑은 한참 동안이나 자기가 굶주린 사람처럼 색시의 얼굴을 정신없이 바라보고 있던 것을 깨닫고, 부끄러운 김에 눈을 아랫목으로 돌리고 허성대어 본다.

"자, 오늘 곤할 텐테 어서들 자리에 들으시게. 그러구 큰상에 났든 사과하구 배하구 밤이 있으니, 다른 건 말구래두, 이 사과 한 알만은 둘이서 나누어 먹으시게. 전해 오는 말에 이걸 나누어 먹어야, 의좋게 아들딸 낳구 잘산다니. 자, 그럼 넌 두."

하고 이번에는 색시를 향하여,

"넌두 인제 딴사람이 아니니 그렇게 앉었지만 말구. 자, 그럼 난 나갈게 첫날밤을 재미나게덜 보내시게."

다시 한번 병풍 뒤를 살펴본다. 병풍 뒤는 두꺼운 바람벽밖에 아무것도 없는 것을 다시 한번 살핀 뒤에 두 젊은 남녀가, 하나는 자리 옆에 서 있고, 또 하나는 아까대로 불 있는 쪽을 향하여 그린 듯이 움직이지 않고 앉아 있는 것을 보면서, 절반은 뒷걸음을 치듯 사뿐히 앞문을 열고 나간다. 밖에서는 많은 사람들이 둘러서서, 숨을 죽이고 방 안에서 들려오는 말소리를 엿듣고 있었는지, 여인네가 문을 나서자 웅성웅성하고 갈피를 잡을 수 없는 말소리가 일어난다. 말소리는 이내 조용해졌으나, 이따금 키득거리는 소리와, 참았던 숨을 깊게 짚는 소리가 들려오는 것을 보면, 아직도 사람들은 흩어지지 않은 모양이다.

이들은 오랫동안 문 밖을 떠나지 않는 풍속인 것을 방 안에 있는 두 사람은 잘 알고 있다. 새로 이루어지는 침방을 지켜주는 것이 처음 이런 풍속의 근원이었는지 모르나, 그들은 호기심이 명령하는 대로 불을 끈 뒤에도 손가락으로 문풍지나 창호지를 뚫고, 귀나 눈을 들이대고, 방 안에서 나는 소리와 눈에 띄는 광경을 보고 듣고 하며 즐거워하는 것이었다.

한참 그대로 사진을 박으려는 사람들처럼 움직이지 못하고 신랑과 신부는 서 있다. 누가 먼저 뭐라고 할런가, 또 하여야 하는가, 이들은 아는 것 같으면서도 모르는 것 같다.

무료히 그럭하고 섰다가 무슨 결심이나 새로이 먹은 것처럼, 앉은 사람에게 시위하는 것 같은 심리 상태를 제 스스로도 의식하면서, 뚜벅뚜벅 신부의 앞을 지나간다. 그리고 촛불 앞에 가서 우뚝 선즉, 무슨 말을 할 것처럼 멍하니 서서 신부를 머리 위로부터 내려다본다.

"어서 옷을 벗기지 않구."

이런 소리가 문 밖에서 들려온다. 누가 구멍으로 엿보다가 안달증이 나서 하는 소린가, 그렇지 않으면 놀리는 소린가, 이 소리에 용기를 얻어서 신랑은 바른손을 약간 들었으나, 그 손으로 신부의 몸을 만지지 못하고, 훌쩍, 아직도 너펄거리는 촛불로 손을 가져간즉, 불 심지의 밑을 자르듯 하여 불을 꺼 버린다. 방 안은 캄캄해졌다. 신부는 사나이의 손이 몸에 닿을 것을 의식하고 마음 졸여 하다가, 불이 껌뻑 꺼지는 바람에 등골에 냉수를 끼얹힌 듯한 놀람을 느끼고, 캄캄한 질식할 듯한 공기 속에서 비로소 푸 한숨을 나직이 짚었다.

조심성 있게 신랑은 신부의 앞을 걸어간다. 그는 잘못하여 신부의 발이나 손을 짚을까 저어하는 것보다, 치마를 짓밟든가, 또 활개를 치다가 족두리나, 뚝절이나, 타니를 후려 떨구지나 않을까를 마음에 생각하고 있는 것이다.

아랫목에 가더니 털썩 주저앉아, 대님을 풀고 제 조끼 단추를 끄른다. 캄캄한 데서 하는 것을 볼 리야 있으랴마는, 밖의 사람들은 비단 쏠리는 소리로 이것을 분별하였는지,

"샛시방두 원, 제 옷고름만 끌르지, 재미없다. 색신, 뭐, 꾸어 온 보릿자룬가."

하는 실없는 부인네들 소리가 난다. 그러는데 누가, 아마 신부의 어머니든가 친척 되는 이의 목소리인지,

"인전 고만덜 보시소, 젊은 사람덜이 주름이나 좀 페라구, 인전 고만덜 두소."

하는 말소리가 뜰 가운데서 들려온다.

"그러잖아두 재미없어 고만두겠소다. 어린애덜두 아닌 나
차른 색시 샛시방이, 이야기덜이나 좀 하던가 하지 슴슴해서
어디 보갓쉥가."

문설주에서 두서넛 물러가는 소리가 난다. 그러고는,

"그럼 안녕히들 주무시우. 난 내려가겠소다."

하는 인사의 말도 들려온다. 이제는 보는 사람이 없어졌을 게
다. 설령 밑질긴 한두 사람이 보고 있다손 치더라도, 어서 사
나이 할 구실을 하고, 편히 쉬어야 되겠다고 신랑은 생각하면
서, 그러나 역시 말로는 내지 못하고, 가만히 팔을 뻗쳐 신부
의 손목을 더듬어 쥐었다. 따끈하고 포근하다. 그러나 아무
반응도 없이 잡히는 대로 가만있다. 가만히 이쪽으로 이끄는
듯하니, 색시는 제 편에서 몸을 쳐들고 끌리는 쪽으로 쏠리듯
한다. 가만히 있었으나, 역시 조그만 인력으로도 움직여 동할
만한 준비는 되어 있었던 것이다.

보부는 삼촌댁에게 이끌려 신랑의 방에 들어와서, 불이 꺼
질 때까지 눈을 깔고, 땅 밑만 바라보았지 곁눈 하나 팔지 않
았다 ─ 이렇게 삼촌댁에게나, 신랑에게나, 또는 문구멍으로
들여다보는 사람들의 눈에는 보였다. 그러나 아무도 모르게,
그는 재치 있게 꼭 한 번 신랑을 쳐다본 적이 있었다. 얼굴이
잘생겼는가, 못생겼는가, 대체 눈은 어디에 붙었고, 코는 어
디로 솟아났는가 이런 것을 알기 위해 사나이의 얼굴을 도적
질해 본 것은 아니었다. 내일 아침 문창이 훤히 밝아 오면, 자
는 얼굴을 제 얼굴 바로 밑에서 얼마든지 바라볼 수 있을 것
이요, 또 바라보고 그것이 어떻게 생겼든 간에 이제 이렇게

그와 한자리에서 잠을 이루고, 그것을 예식을 갖추어 세상에 발표해 놓은 뒤니, 어떻게 할 도리가 있는 것도 아니다. 부모가 작정했고, 세상에 발표했고, 그리고 오늘 모든 사람들에게 인정을 받고 축복을 받았다. 그가 절름발이라도 살아야 하고, 그가 애꾸눈이라도 모셔야 하고, 그가 곱사등이라도 섬겨야 할 것을 보부는 잘 알고 있었다. 남이 수상히 생각하리만큼 눈알을 굴리며, 남편의 생김새를 물색하려 들 만큼 조급하지도 않다.

그러나 그는 조심성 있게, 아무도 눈치 채지 못하게라도 해서, 그의 얼굴을 보지 않을 수 없었다. 보지 않고는 참을 수 없었다. 삼촌댁이 자리를 들고 아랫목으로 가고, 사나이의 타는 듯한 눈길이 자기의 얼굴에서 그쪽으로 쏠렸다고 생각하는 순간, 내리깔았던 윗눈시울이 파뜩하니 나래를 치면서 사나이의 얼굴을 날쌔게 보아 놓았다. 비록 바로 보지 않았을 때에도, 얼굴 앞에서 허청대는 사나이의 키가 대충 얼마나 하다는 것은 그림자처럼 눈어림으로 짐작할 수 있었고, 그래서 그의 키가 큰 키는 아니라는 생각을 가만히 품어 볼 수는 있었으나, 제 눈으로 비록 짧은 순간이나마 바라본 사나이는 예상과 같이 사촌 오빠와 나팔을 끼고, 언젠가 구정물을 쏟을 때에 행길을 지나, 이화정으로 올라가던 그 총각은 아니었다. 결코 놀라지는 않았다. 역시 '생각대로 그이는 아니었구나' 하는 체념은 필시 가벼운 실망의 이면인지도 모르기는 하지만, 어떻게도 할 수 없는 불행이 이제부터의 자기의 생활을 찾아올 것 같은, 그런 불길한 예감은 조금도 들지 아니하였다. 그러므로 그의 얼굴이 어떻게 생겼든지, 그것을 확실한 인상으로 의식지 못하면서도 —— 사실, 그는 그가 나팔 든 총각인가 아닌가를 직감적으로 분별하였을 뿐이지, 이 사나이의 얼굴이 어떤 인상을 주었는지 종잡을 수가 없었다 —— 사나이가 손을 뻗쳐서 제 손을 더듬어 이끌 때에, 사나이의 입김가까이 제 몸을 실을 만한 마음의 여유는 가지고 있었다.

나는 오늘부터 이 사람의 것이다. 이 사람에게 몸과 마음을 통히 바쳐 버린 사람이다. 아니, 그대로 속속들이 이 사나이에게 맡겨 버린 사람이다. 그러므로 여태껏, 자기의 마음 한 귀퉁이에서 어른거리던 나팔 들고 키 큰 총각의 환영은, 그것이 설령 자기의 시동생이 될 사람이건, 누구이건, 한 개의 마귀에 불과했다. 이리하여 그는, 여태껏 총각을 그리던 제 마음을 마귀가 가르친 사념(邪念)이라 생각하고, 더 일층 자기를 죄인으로 의식하면서 미안한 마음으로 새로이 맞는 남편에 대한 깊은 애정을 인도하려고 하는 것이었다.

사나이의 손이 긴 뚝절을 더듬어 뽑고 있다. 침착하나, 더운 입김이 그의 귓바퀴에 와서 설렌다. 손은 약간 떨리는 듯하나, 실수 없이 그것을 머리에서 뽑는다. 다시 족두리를 내린다. 사나이의 두 손이 앞이마 위에서 간지럼을 피우듯 허청거릴 때, 색시는 손수 그의 손을 끌어다가 함께 족두리를 끌러 내렸다. 끌러 놓은 것을 가만히 윗목 상 위에 옮겨 놓고는 한참 아무 말 없이 앉아 있다. 족두리를 끄를 때에 손을 도왔으니, 이제는 제 스스로 옷고름을 끄르라는 것일까. 그러나 족두리나, 뚝절이나, 비녀와 달라, 어떻게 제가 제 손으로 옷

고름을 끄른단 말인가. 여태까지 속옷으로 감싸고, 허리띠로 동여매고, 속적삼과 저고리, 바지와 치마로, 누가 볼세라 보일세라 감축해 둔 가슴과 배와 다리를, 어떻게 대담하게, 버릇없게도 내 손으로 끄를 수 있단 말인가. 만일, 이대로 사나이가 내버려 두고, 저 혼자 자리 속에 누워 버린다면, 자기는 이대로 혼자, 요렇게 청승맞게 뎅그러니 앉아서, 동녘이 훤히 트고, 창문에 해가 들도록 눈 깜빡 안 하고 새워도 그만이다. 이렇게 속으로 생각하고 있는데, 그러나 사나이란 역시 다정했다.

치마끈을 끄른다. 장난을 하느라고 여러 곱을 매어 놓은 것이라, 한 매듭씩 끄르고 있다. 미안해서 그 다음은 제가 맡아서 끌렀다. 그랬더니 사나이는 저고리 고름을 끌러 준다.

끌러 줘야 되는 건 다 끌러 주었다. 치마끈과 패물 찬 끈을 끌렀으니, 바지나 속옷 끈은 제 스스로 어떻게든지 할 게다. 저고리 고름도 끌러 주었으니, 벗거나 말거나는 색시 제 마음에 달렸다. 그래서 형선이는 제 것만 훌쩍 벗고 속옷만으로 자리에 들어가 버렸다. 이 이상, 사나이기로니 어떻게 뻔뻔스레, 추근추근하게, 손을 끌든가, 말을 붙이든가 할 수야 있을 것이냐. 그래 베개 위에 머리를 눕히고, 조용히 색시의 거동만 캄캄한 속에서 기다리고 있다. 잠시 조용하다. 형선이의 가슴이 둘럭둘럭하는 것이 들려진다.

보부는 사나이의 벗은 옷을 차곡차곡 접어 개킨다. 그러더니 그것을 윗목 병풍 밑에 사뿐히 올려 민다. 한참 또 가만히 앉아서 어떻게 할 바를 모른다. 아니 무엇을 어떻게 해야 할

지는 빤히 알고 있으나, 그걸 내처 할 용기가 더럭 나지 않는 것이다. 누가 말을 걸든가, 아까처럼 손목은 아니라도 바지 밑이라도 잠깐 잡아당기는 체해도, 그는 그걸로 언저리를 삼아 대담한 용기를 내볼 수도 있을 것 같은데, 안타까운 경우를 만들어 놓은 사나이는 야속하게도 자기를 혼자 내버려 둔 채, 잠자리 속에서 까딱도 안 한다.

그러나 형선이 역시 그렇게 짓궂지는 않다. 제가 어떻게라도 손을 쓰지 않으면, 색시는 언제까지나 저렇게 끈을 끌러 놓은 옷을 입은 채, 이부자리 옆에 앉아서 밤을 샐는지도 모르겠다는 것을 생각지 못할 만큼 무정하지도 박절하지도, 또 등신도 아니다. 그래 성큼 일어나서, 저고리를 활짝 벗겨 버리고, 치마도 홀홀 풀어 버린 뒤에, 덥석 팔을 끌어다 긴 베개의 한옆에 머리를 베어 주고 싶은 마음은 간절하나, 그렇게 왁살스런 행동도 할 수 없어, 그에게 행동의 디딤보가 될 만한 구멍수만 틔어 주는 것이다. 형선이는 낑 하고 기지개나 펴듯이, 한 다리로 이불의 절반을 둘러 감고 아랫목으로 돌아 뒤치어 누웠다. 이불 소리가 바스락바스락 나고, 사나이의 낑하는 소리와, 가볍지 않은 몸집이 뒤치는 소리가 함께 엉켜서 뒤섞일 때에, 색시는 눈치 빠르게 치마와 윗저고리만을 벗어 버리고 가만히 자리로 몸을 옮겨 놓았다. 그러나 몸을 뉘는 처럼만 했으나, 살이 사나이에게 닿을세라, 얼굴이 베개에 닿을세라, 이러노라니 다시 몸을 도사리고 뎅그러니 앉아 있는 거나 같았다.

이때에야 나 어린 사나이의 가슴엔 표범 같은 피가 꿀드럭하니 목구멍을 치받았다. 그는 비로소 성난 짐승처럼 몸을 뒤치면서 색시를 베개에 눕히고 또다시 이불을 그의 몸 위에 덮어 주었다.

모든 것이 끝났다. 이불 안이 몹시 더우나, 이젠 잠만 들면 그만이다.

그런데 아뿔싸, 또 한 가지 잊은 것이 있다. 아까 여인네가 신신 부탁하던 큰상에 놓았던 사과 한 알 — 이것을 먼저 생각한 건 형선이였을는지도 모르나, 곧 몸을 일으켜 사발에서 사과를 집어 온 건 오히려 보부였다. 이것을 잊어버린 채 사나이가 자 버리면, 이거야말로 큰 낭패가 아니냐. 그는 속으로 행복하게 부귀를 누리면서 첫아들을 낳고 잘살아 보기를 이렇도록 저도 모르게 희망하고 있는 것이다. 사과를 집어 가지고 와서 다시 자리에 누웠다. 그러고는 용기를 내어 그것을 가만히 사나이의 얼굴 위에다 가져갔다. 사나이는 그것을 받아서 한 입 덜컥 깨물어 서벅서벅 씹으면서 그대로 색시에게 준다.

캄캄한 가운데서 비로소 해죽이 만족한 웃음을 웃어 보며, 그리고 비로소 이불 속에서 사나이의 체취가 코로 풍기는 것을 취하듯이 느끼면서, 먹다가 준 사과를 입으로 가져간다.

그때였다. 바로 그때였다. 마루가 쿵 하고 울리고 적지 않은 돌덩어리 같은 것이 꽝 하고 문설주를 짓부순다. 덜컥 놀랐다. 사과는 손에서 떨어뜨리지 않았으나, 거의 기겁을 하여 색시는 사나이의 가슴에 낯을 묻듯 했다.

"아니 거 누구?"

70

뒤이어 문 여는 소리, 하나, 둘, 셋 — 아랫방과 건넌방과 사랑방의 문이 어금비금하여 일시에 열린 것이다. 그러나 아무 소리도 없다. 개 짖는 소리가 난다.

농하고는 너무 심하다 — 이렇게 생각한 건 보부뿐만이 아니었다. 뜰 안이 소란해졌다. 누가 마루에 와서 그곳에 던진 큰 돌을 들어 내리는지,

"아니 이게 웬 돌이야. 적지 않게 큰데. 이런 원, 망할 놈들이 안 있나."

누가 대문 밖에 쫓아 나가 보고 오는지,

"발세 강 있는 쪽으루 없어졌는데, 누군지 알 수 있나, 키는 훨씬 큰 놈 같은데……."

이 말에 보부는 가슴이 뚱하였다. 키 큰 사람 — 그것이 누구였을까. 만일 이것이 단순한 농이나 장난이 아니라면, 두 사람의 결혼에 불만이나 불평을 갖고 있는 자의 행위라는 건, 언뜻 누구나 생각할 수 있는 일이다. 이런 까닭인지, 뜰 안에서는 대문 닫는 소리만 이어서 나고는,

"거, 누가 농두 세게 한다."

정 좌수의 일부러 신랑 들으란 듯이 한 말을 마지막으로, 모두 제 방으로 들어가서 조용해지고 말았다. 자기 딸에게 마음을 두고 있던 놈의 행위라고 보는 게 누구나의 첫 짐작이니 만일 이야기가 벌어지는 때엔 결코 적지 아니한 문제로 될 것을 그들은 알아채고 있는 것이다.

보부는 부모나 또는 새로 맞는 남편에게 자기가 오해를 받을까 두려웠다. 아무도 없었다. 실로 자기가 누구에게 손짓,

눈짓 한번 해본 일도 없거니와, 또 어느 사나이한테서 그런 걸 받아 본 적도 없었다. 단 하나, 그러나 생각되는 당자도 결단코 모르게, 시동생이 될 나팔 든 총각을, 지금 같이 누워 있는 남편인 줄 알고, 마음에 홀로 그려 본 바가 없다고는 할 수 없으나, 그것을 알 사람은 아무도 없다. 물론 알고 모름이 문제가 아니리라. 그렇기 때문에, 돌 던지는 소리가 요란스럽게 나고, 이어서 키 큰 놈이 물가로 뛰더란 말을 듣고는, 보부 역시 그의 마음을 선뜻 두드리고 지나는 것이 없지는 않았다. 키 큰 사람이 어찌 한둘일 것이냐. 그러나 키 큰 놈이 물가로 뛴다는 말과 함께, 그의 가슴을 두드린 것은 역시 나팔 든 총각, 아니 자기의 남편과는 불과 달포밖에 차이가 없는 시동생이 아닐 수 없었다.

사실 그이는 아닐는지 —— 자기 자신으로서도 수상하리만큼 이런 생각이 문득 난다. 만일 그이라면 어째서 자기 형 되는 사람의 장가든 방에 와서 이런 행패를 할 것인가. 그가 나를 사모할 리는 만무한 일. 자기가 그를 홀로 생각해 온 것은 사실이라 할지라도, 그가 자기를 자기처럼 이토록 생각해 오지 않은 것만은 사실이 아닐 거냐. 그렇다면 그가 오늘 우리들의 행복을 방해하거나 불만해하거나 할 리도 없을 것이요, 다시 이러한 행패질을 할 리도 만무할 일이 아니냐. 역시 그는 아니다. 그러면 대체 누구일까. 까마득하다.

남편은 어떻게 생각하고 있는가. 만일 남편이 자기를 의심하려 들면 얼마든지 의심할 수 있는 건덕지다. 애매한 이 일을 어찌한단 말인가. 부끄러운 줄도 모르고, 사나이의 가슴에 얼굴을 묻은 채 숨도 변변히 못 쉬며 처분만 기다릴밖에 없다. 무슨 변명이 있을 것이냐, 아니 도무지 자기도 알 수 없는 영문 모를 일에 대하여, 뭐라고 입을 떼서 이러니저러니 할 수가 있을 것이냐. 매를 치면 매라도, 벌을 주면 벌이라도 받아야 할 판국이다. 이렇게 생각하면서 그대로 남편의 가슴에 얼굴을 묻고 있는데,

"어서 사과나 마자 잡수."

이어서 사나이의 억센 팔이 그의 가슴을 둘러 감는다. 남편에게서 들은 첫 번 음성이고, 그에게서 받은 첫 번 포옹이다. 아니 어머니의 품을 떠나 나이 찬 이후, 고이고이 감축해 두었던 제 몸에 다른 사람의 팔이 와 닿은 처음이다.

아무렴, 역시 남편밖에는 없다. 그의 말 한 마디와 한 번의 억센 포옹이 모든 것을 원만하게 해결하는 것을 지금 그는 감격과 함께 느끼고 있다. 이 남편은 무슨 일을 겪으면서도 섬겨야 한다. 아니 몸을 부숴서 가루를 만들어 모시고 섬겨도, 결코 충분하다고는 할 수 없을 만큼 커다란 존재로 생각되었다. 그는 눈물이 풍풍 솟구쳐 오르는 것을 참지도 않으면서, 사나이의 품에 안겨 그가 먹다 준 사과를 깨물었다. 눈물이 사과에 묻었는지 입맛이 짜다. 그는 한 입, 두 입, 덤성덤성 소리가 나게 씹고 있었다. 눈물은 사나이의 가슴에까지 번져 옮았다.

4

다른 날따라 없이 형걸이는 늦잠을 잤다. 여느 날 같으면 학교 뒤 솔밭이든가, 강가에 나가서 나팔을 불든가, 그렇잖으면 학교 운동장에 가서 철봉을 하는 것이, 아침 먹기 전에 형걸이가 하는 버릇처럼 된 일과였는데, 오늘따라 그는 늦잠을 자고 있다.

그러나 창문이 훤하니 밝은 것을 모르고, 이불을 막 쓰든가, 베개에서 떨어져서 침을 흘리든가 하면서 늦잠을 자고 있는 것이 아니라, 두 눈을 멀뚱멀뚱 뜨고 뎅그렇하니 번듯이 자리 위에 누운 채 일어나지를 않는 것이었다. 그는 처음 어째서 이날 아침이 다른 날 아침과 달라서, 자리에서 일어나기가 싫은지 자기 스스로도 알지 못하는 것 같았다. 아버지가 어젯밤은 큰집에서 자고 없으니, 늦게 일어나도 꾸중할 사람이 없어서 그런 것일까. 그러나 아버지는 그가 늦게 일어나건

이르게 일어나건, 그런 데는 별반 참견하지 않는 이다. 지금 저 사랑방에 아버지가 앉아서 담뱃대를 땅땅 두드린다든가, 그렇잖으면 기침을 유별나게 한다든가, 또는 아침상을 설령 받고 있다고 해도,

"형걸이 놈은 생게두 안 니러났니. 어젯밤 늦두룩 논 게로군."

하고쯤 상귀에 나앉은 작은댁에게 물어볼는지는 몰라도, 그 이상 이러니저러니 하든가 그러지는 않을 것이다. 물론 어머니는 일어나는 것이 늦으면, 그의 방에 찾아 들어왔다.

"해가 한 뼘이나 솟았던데 넌 생게두 자네."

라든가, 그렇잖으면,

"오늘은 나팔 불러 안 가네."

라든가 하고 그의 자리 옆에 서서, 발심하니 웃으면서 아들의 자는 얼굴을 내려다보는 것이다. 오늘도 벌써 한참 전에 방문을 열어 보고 갔었다. 그러나 아들이 눈을 멀뚱멀뚱한 채 누워 있는 것을 보고는 아무 말도 안 하고 방싯하니 열었던 방문을 닫아 버렸다. 형걸이는 눈여겨보진 않았으나, 어머니가 어째서 오늘따라 아무 말이 없는지, 그리고 어째서 나들이옷을 갈아입고 새벽부터 집을 나가는 것인지, 그리고 다시 아침도 먹지 않고 어디로 가는 것인지, 이런 걸 그는 비로소 똑똑히 의식한다.

아니, 그가 이렇게 오늘따라 해가 한 발은 샘스러, 좀 허풍을 치는 이라면, 거의 중천에 올라왔다고까지 서둘러 댈 시각에 잠도 안 자며 시름없이 자리 위에 누워 있는 것은, 그런 걸

모두 다 잘 알고 있기 때문이라고도, 말할 수 있을 것이다.

사실, 그는 잘 알고 있다. 왜 자기가 자리 속에 누워서 일어나기가 싫고, 어머니도 아무 말을 못 했는지, 형걸이는 잘 알고 있다. 오늘 아침은 불과 한 달 상관으로 어엿한 형이고, 뿐만 아니라 큰어미의 소생이기 때문에 자기보다도 소중한 대우를 받는 형선이가 정 좌수 집으로 장가를 드는 날이었다.

그래서 아버지는 어젯밤, 두뭇골로 오지 않고, 그대로 큰집에서 잔 것이고(물론 아버지라고 늘 두뭇골만 와서 자는 것은 아니었으나), 다시 어머니도 새 옷을 갈아입고 아침도 들기 전에 큰집으로 간 것이고, 방문을 방싯하니 열고 아들이 누워 있는 것을 보면서도 아무 말 못 하고 그대로 문을 닫아 버릴 수밖에 없었던 것이다.

어머니가 가고 한참 만에 큰집에서 사환아이가 왔다고, 삼남(三男)이가 문을 열고 전고를 한다.

"큰댁에서 조반 잡수시라구, 나오시라구, 사람이 왔어요."

그대로 큰댁에서 조반 나와 잡수시라고 사람이 왔다면 될 것을, 혹시나 실수할까 어린것이 지나치게 마음을 쓰느라, 되레 우스꽝스런 말이 된 것이, 어쩐지 불쾌해서 형걸이는 아무 대답도 하지 않았다. 그랬더니, 뻔히 듣고도 대답하지 않는 것을 알고 있건만, "잡수시라구, 나오시라구."를 또 한 번 외고 섰다. 만일 대답이 없으면 작인의 아들 삼남이는 하루 종일이라도 이러고 섰을 참인가 하고 생각하니, 형걸이는 와락 분노가 치밀어 오르면서도 한편 가련한 생각이 들었다. 그래서,

"난, 여기서."까지는 성난 목소리를 질렀다가 그 다음, "여

기서 먹는다구 그래라."는 나직이 부드럽게 말했다. 그러나
성이 나서 말하거나, 부드럽게 말하거나, 그런 건 아무것도
아랑곳할 게 없다는 듯이 그대로 표정 없는 얼굴을 한 채 문
을 닫고는,

"여기서 잡수신다구, 그러시라구, 그러시래."
한다. 형걸이는 이 말소리를 방 안에서 가만히 듣고 누웠다
가, 작은 발자국 소리 둘이 대문으로 사라지는 것을 들으면서
벌떡 자리에서 일어났다.

아이놈의 하는 짓도 좀되고 불쾌한데, 아침부터 이러고 누
워 있는 자기 모양도 어지간히 싱겁게 뵈는 것이다.

"우리 청년 학도들은 용감하고, 쾌활하고, 대범하고, 희생
심이 있어야 한다."

산술 선생이나, 역사 선생이나, 지리 시간에나, 체조 시간
에나 언제나 들어 온 말이다.

옷을 주워 입고, 공기를 바꾸느라 마당으로 난 문을 열어젖
혔다. 일어서서 자리를 개려고 하는데, 부엌에서 중년세나 되
는 종이 들어와서, 이게 무슨 일이시냐구 말로는 안 냈으나,
황송해하는지 황겁해하는지, 분간할 수 없는 표정으로 이불
을 빼앗듯 한다.

그는 아무 말도 안 하고 밖으로 나왔다. 봄날 아침의 해는
광선이 따스하다. 한참 눈이 시도록 태양을 겨누어 응시를 한
다음 그는 낯을 닦았다. 방 안에 들어오자 밥상이 나온다. 방
금 함지에 이고, 큰집 종이 아침을 날라 온 걸 그는 잘 알고
있다. 그러나 그는 예전대로 아침을 먹고 학교에 갈 준비를

한다. 혹시 학교에 늦을는지도 모른다고, 좀 황황히 서두르면
서 두루마기를 입고, 등골로 주의 속에 들어간 머리채를 쭉
뽑아내다가 문득 생각되는 곳이 있다. '이 머리채' ── 그것을
앞으로 끌어다 놓고 한참 동안이나 들여다본다. '이 머리채'
── 세 갈래를 잡아서 미츳하니 땋아 내려가다가 맨 끝이 꺼
먼 댕기로 맺혀 있는 이 머리채.

"에히, 오늘은 세상 없어두 이놈의 머리채를 잘러 버리구야
만다."

다시 획 잔등께로 넘겨 버리는데, 체조하듯 하는 그의 바른
손 속에 굳은 결심이 들어 보였다.

사포를 쓴 뒤에 문 밖에 놓인 갓신을 신고 집을 나섰다. 학
교는 얼마 멀지 않다. 두뭇골 개울의 징검다리를 건너서 논두
렁 길 같은 좁은 길을 한참만 가면 곧 학교의 운동장이 나온
다. 솔밭 중턱에 문묘(文廟)가 있고, 그 옆에 서원(書院) 자리
가 있다. 이것이 교실이었다.

대문을 나서서 큰 버드나무와 우물과 느티나무만 돌아서면
학교 운동장이 바라보인다. 검정 두루마기를 입은 채, 새끼줄
넘기를 하는 학생도 있고, 주의를 벗어 걸고 철봉에 매달린
학도도 있다. 아직 시간이 좀 있는 성싶다. 그러고서 쳐다보
니 해는 생각했던 것보다는 그리 높이 솟진 않았다. 학교 뒷
산 솔밭 위에 한 칸쯤 솟아 있다. 그는 뛰지 않고 책보를 바른
손에 들고, 갓신에 힘을 주어 병정처럼 뚜벅뚜벅 걸을 때 만
족을 느낀다. 머리채가 물결치듯 잔등에서 꾸풀대며, 궁둥이
께를 댕기가 스치는 것이 오늘 아침은 유난히 마음에 거슬린

78

다. 제법 철썩 소리가 나는 것도 같다. 이놈을 오늘 몽땅 잘라서 내버려야 속이 시원할 게다 하고 생각하니 마치 누구에게 오래 묵은 원수를 갚는 것 같은 통쾌한 생각이 들었다.

형걸이는 고등과 일년이다. 그러므로 심상과 생도는 그를 만나면 걷던 다리를 딱 모아 붙이고 경례를 한다. 그 대신 고등과 이년생, 삼년생을 만나면, 그가 경례를 해야만 한다. 경례를 하는 것이나 받는 것이나 모두 유쾌했으나, 윗학급에 자기보다 나이 어린 놈이 없는 건 더욱 다행이었다. 어떤 자는 경례를 붙이고는 격식을 갖추느라 입으로 나팔을 부는 자도 있다. 손대봉(孫大鳳)이 그 중의 하나다. 이는 그의 어머니가 양덕 온천 대탕지(大湯池) 뒷산, 대봉산에서 산신령께 치성을 드리고 온정을 했더니 산덕과 물덕을 입어 잉태해 낳았다 해서, 이름마저 대봉인데, 부모가 완고해서 승혈(僧血)이 만강(滿江)이라고 머리를 깎지 못한 채 있으나, 신식이라면 머리를 싸매고 대서는 자이다. 그는 상급생을 만나면, 제가 그렇게 하고, 하급생을 만나면 그들에게 이 짓을 시켰다.

지금 형걸이가 운동장 어귀에 세운 '동명학교'의 현판이 붙은 대문을 지나가는데, 운동장의 커브를 손대봉이 껑충껑충 뛰면서 이편으로 굽어 돈다. 조끼 바람에 사포는 벗어 던지고, 머리채는 거치적거린다고 뱅뱅 둘러 머리에 가뜬하니 틀어 붙였다. 재빠르게 다리를 놀리지 않고, 성큼성큼 조자를 맞추는 품이 아마도, 대운동회에 할 이인삼각(二人三脚)을 연습하고 있는 모양이다. 먼눈만 팔다가 형걸이의 한 칸쯤 앞에서 비로소 그를 발견하고, 엉겁결에 넘어질 듯이 다리를 가누지 못한 채, 겨우 기척을 하고 경례를 붙인다. 형걸이도 걷던 걸음을 멈추고 경례를 받는데, 숨이 하늘에 닿도록 헐떡이면서도 왼손을 말아서 입에 대고, 대봉이는 나팔조로 기운 있게 한 곡조 불어 넘긴다.

"띠다디따, 띠다디따, 땃따띠따 띠 띠다디 따—."

손대봉이는 심상과 삼년생인데, 작년에 평양서 열린 대운동회에 갔다 와서부터는, 이렇게 경례 뒤에는 꼭 나팔을 불었다. 대봉이를 본떠서 이렇게 하는 학도가 늘어 갔으나, 또 같이 평양 나갔던 학도 중에는, 손대봉이가 하는 것은 괜한 조작이지 평양 대성학교라든가 다른 곳 학도들 중에 나팔 부는 시늉을 하는 자는 하나도 없다고, 그의 하는 짓을 비방하는 자도 있었다. 그러나 대봉이는 태연하니 이렇게 해서 지금까지 내려왔다.

펙 전에 한 학도가 체육 교사 정영근에게, 경례 붙이면서 나팔 부는 것이 격에 어그러지지 않는 게냐고 질문한 적이 있었으나, 교사는 그렇게 하는 것도 무방하다고 말했다고 한다. 정 교사 역시 손대봉이를 두고 말하는 것을 잘 알고 있었다. 대봉이는 상급생뿐만 아니라, 선생을 만나도 한가지로 경례 뒤엔 나팔을 불었기 때문이다. 정 교사는 처음 손대봉이한테서 이런 경례를 받을 때, 잠시는 웃으면서도, 좀 얼떨떨했었다. 그러나 그의 하는 품이 군대식으로 엄격했기 때문에, 적잖이 만족했던 것이 사실이었다.

"형선이 장가간다구 오늘 아침은 늦었구나."

경례를 치를 때만 엄숙하고, 이것이 끝나면 그들은 너, 나

하는 장난 친구다.

"남이 장가드는데 내가 늦을 턱이 뭔가. 앞집 체니 시집가는데, 뒷집 총각은 목매러 간다던가."

농말을 하면서도 형걸이는 좀 언짢았다. 시간에 늦은 것은 아니나, 여느 때보다 늦게 온 것은 사실이고, 또 늦어진 까닭이 형선이의 장가든다는 데 있었다는 것도 부인할 수 없는 사실이기 때문이다.

"그런 게 아니라, 내가 결심한 게 하나 있넌데, 넌두 나하구 같이 하자."

"결심이 또 무슨 결심인가. 네가 결심을 했건 말았건, 내가 너하구 같이 따라가야 된다건 또 어떻게 하는 말인가. 내가 네 색시란 말가, 네 집 비복이란 말가."

"이놈은 색시하구 비복밖엔 모르냐. 그런 게 아니다, 좀 이리루 오나라."

형걸이는 대봉이를 끌고 커다란 은행나무 그늘로 간다.

"너 인제 이걸 짤라 버리자."

그러고는 빙그레 웃으면서 머리채를 만져 보았다.

"지금 난 깎군 못 배겨 낸다."

대봉이는 여느 때 없이 얼굴 위에 난색을 나타낸다.

"난두 내 오마니 때문에 못 깎구 됐넌데 오늘은 결심했다. 쓸데없넌 걸 붙여 둘 리가 하나두 없구, 매사에 방해되는 놈을 달아 둘 턱이 하나두 없구, 또 이가 끓구 구질구질하다. 자 인제 난 깎는다."

"우리 청년 학도는 용기가 있어야 된다. 엣다 나두 깎았다."

둘이는 하하하 웃고 학교 사무실께로 올라간다. 형걸이는
머리채를 뽑아서 한 손으로 주무르면서 걷는데, 대봉이는 머
리에 틀었던 놈을 끌러 내리고 이마와 머릿속에 젖은 땀을 댕
기 끝으로 묻혀 낸다. 그러더니 별로 길지도 않은 노르스름하
니 불이 붙은 머리채를 휑휑 둘러대며,

무쇠 골격 돌근육
소년 남자야,
문명의 정신을
잊지 말아라.
우리는 덕을 닦고
지혜 길러서
문명의 선도자가
되어 봅세다.

하고 창가를 불러 댄다. 두 사람은 조자를 맞추어 걸으면서
언덕을 올라갔다. 그들은 한 번 결심한 생각이 다른 데로 흩
어지지 않게 하기 위해, 저도 모르게 애써 딴 잡념이 섞이지
않게 노력하는 것이다. 깎은 뒤에 일어날 일을 생각하면 혹
이 결심이 흩어질는지도 모른다. 그래서 그들은 곧 학교의 심
부름꾼인 사채를 불러서 이발 기계를 들고 나오라고 했다.
    "이제 얼마 안 해 상학 나팔 불 텐데."
하는 것을 강제로 끌고 나오면서 형걸이는,
    "나팔은 내 불게. 우선 대봉이부텀 머리를 깎아."

하면서 달랬고, 한편 대봉이는 언덕 옆에 있는 돌각담 위에 올라서서 운동장과 교실을 향하여 커다랗게 소리를 질렀다.

"고등과 일년생 박형걸이와, 심상과 삼학년생 손대봉이가 머리를 깎는다."

머리 깎느라고 시간에 늦어졌다면 선생도 그다지 나무라지 않을 걸 그들은 알고 있다. 학도들은 머리 깎는 걸 보자고 모두 이리로 쓸어 올라왔다. 그들은 황철나무 밑에 놓인 청결통 옆으로 가서 쭉 둘러선다. 손대봉이가 윗저고리의 동정을 꺾어서 밖으로 접고, 둘러선 가운데 가 꺼꿉 서 앉는다.

"형걸이하구 대봉이하구 머리를 깎으니 아무래도 내일 해는 서편에서 뜰라는가 부다."

고 누가 중얼대는데, 벌써 삭발한 지 오래인 길손이가 가운데로 들어서면서,

"머리채는 내 들구 있지."

하고 댕기를 잡아 쳐들어 준다.

"내 머리에 기계가 와 닿을 때에 창가나 한 마디 불러 주게."

하는 손대봉이의 말이 농말 같지 않고, 어딘가 비장한 데가 있는 거 같아서, 형걸이는 솔선해서 창가를 메겼다.

왔도다 왔도다
봄이 왔도다.

하고 메길라치면 일동은 거기 맞추어서,

   왔도다 왔도다
   봄이 왔도다.

하고 우렁차게 따라갔다.

   새벽 맞는 이 산천에
   봄이 왔도다.
   만물은 때를 쫓아
   빛을 발하니,
   춘풍 화기 중에
   은혜 깊도다.

   창가 소리가 나는데, 똑딱거리면서 이가 드문드문 빠진 기계는, 대봉이의 머리를 밑으로부터 깎아 올라간다. 가장자리부터 올라가다가 맨 위 꼭대기에 가서 잠깐 기계를 멈추었다. 댕기 들고 있던 길손이가 바른손으로 잡아당겨 보니, 한 줌만큼만한 머리카락이 아직도 머리 위에 붙어 있다.
   "자, 마저 깎는다."
   사채도 좀 긴장해서 두 손으로 기계를 머리카락 속에 박는다. 모두 조용하다. 기계 소리가 사채의 두 손이 움직거리는 대로 유난히 높이 들려온다. 마지막 한 번을 획 밀어내면서 기계를 뽑아 올리니, 댕기 달린 머리채는 홀랑 머리에서 떨어졌다. 길손이가 그놈을 냉큼 쳐들고, "손대봉이 만세."를 부른 뒤에 청결통에다 집어넣는다. 대봉이는 머리를 털며 헤벌

쭉하니, 웃는지 또 울지나 않으려는지, 분간키 어려운 표정을 하며 서운해서 일어선다.

이제 형걸이 차례가 왔다. 그는 각담 위에 책보와 사포를 놓고, 그 위에 다시 두루마기를 벗어 얹는다. 팔소매를 성금 성금 걷어붙이려니,

"옛다, 형걸이 큰일 치를낸다."

하고 누가 놀려 댄다. 그러는데 마침 사무실에서 상학 나팔이 들려온다. 이 소리를 들으면서 사채가,

"한 시간 하구던가, 점심시간에던가 마저 깎자."

는 걸, 모두,

"그래서는 안 된다."

"그리다간 못 깎구 말는지두 모른다."

고 반대해서, 곧 깎기로 하고 둘러섰던 학도들은 교실로 갔다.

"선생보구는 내 말하마."

하고 손대봉이는 아까보다는 좀 기운이 나서, 학도들과 어깨를 걸고 가는 것이 보인다. 형걸이는 한번 손을 둘러 뵈고 가만히 앉았다. 사채는 빗자루로 기계를 한 번 쓴다. 나사를 풀어서 소제를 하고, 안약병에 넣은 석유를 꺼내서 쇠자박이 맞닿는 데다 바른다. 다시 나사를 조이고 귀 밑에다 대는 듯하면서 팔로 기계를 가만가만히 놀려 본다. 만문한가 뻑뻑한가 그 소리를 들어 보는 게다. 사온 지 일 년이 남짓한 것인데 이 고을서는 둘밖에 없는 기계인지라, 하루에도 열 명 가까운 사람을 깎아 대니 그놈이 성할 이치가 없다. 언저리에 동록이 슬고, 이가 두세 개 빠져서 가끔 털을 꽉 문 채 옴짝도 안 하

는 때가 있다. 그러나 기계는 으레 좀 뜯고 아픈 것으로 모두들 알고 있기 때문에 그만 것쯤은 상관치 않았다.

선뜩하고 쇠가 형걸이의 데석에 와 닿는다. 그러더니 똑딱 소리를 연신 내면서, 찬 금속물은 머리를 한 바퀴 오르내린다. 머리에 부는 바람이 갑자기 차서 등골이 산뜩하였다. 머리채가 털석 하는 소리를 내며 귀 옆을 스쳐서 그의 눈앞 까만 흙 마당 위에 떨어져 뒹군다. 그러나 기계는 아직도 머리를 다스리느라고 그냥 오르내리기만 한다. 빗자루로 머리를 확확 쓸어내리니 시원하기는 비할 데 없으나, 또 한편으로는 걷잡을 수 없는 서운한 생각이 뿌옇하니 가슴을 치받쳤다. 바른손으로 가만히 머리를 만져 보니, 여느 때 같으면 기름진 머릿발이 미측할 텐데, 바늘 끝처럼 손뼉을 찌르면서 착각같이 손은 허전허전하다. 내 것이 아닌 것처럼 손맛이 온통 변해 버렸다.

"수구했네."

하고 옷을 털며 일어서서 머리채를 청결통에 팽개쳐 넣는데, 까만 긴 머리채에 어려서, 어머니의 적막한 얼굴이 떠올랐다. 그는 눈앞에 떠오르는 어머니의 얼굴을 뿌리치듯 하면서, 곧 두루마기를 입고 사포를 썼다. 사포가 귀 있는 데까지 거침없이 쑥 떨어지고 안에 댄 가죽이 싸늘하다. 그는 책보를 끼고 장달음을 놓아 교실로 뛰어 들어갔다.

점심시간에는 집에 오지 않고, 형걸이는 향교 가까이 있는 길손네 집에 가서 그와 둘이 길손이의 점심밥을 나누어 먹었다. 어쩐지 집에 오기가 싫었다. 어머니는 아직 두뭇골 집으

86

로 돌아오지 않았을 것이므로 머리 깎은 것을 들킬 염려도 없
을 것이요, 하기야 아무 때라도 한 번은 겪어야 할 판이니, 어
머니의 눈을 피하느라고 그런 것만은 아닐 것이나, 여러 가지
생각이 겹쳐서 그저 어쩐지 집으로 가기가 싫었던 것이다. 오
후에 한 시간을 하고는, 백 명 가까운 전교 생도가 두루마기
를 벗어부치고 신에 들메를 한 뒤에 대운동회의 준비를 위해,
연합체조의 연습을 정 교사의 지휘로 한 시간쯤 했다. 이것이
끝난 다음엔 형걸이는 집으로 돌아와야 한다. 그대로 산에나
강에나 가서 나팔이라도 불고 싶으나, 우선 책보를 집에 갖다
두어야 할 게요, 책보는 아무렇게나 들든가 또는 병대들의 가
죽부대 모양으로 둘러진다손 치더라도 나팔이 집 안에 있었
다. 그래서 그는 교문을 나서며 한참 생각다 못하여 그대로
혼자서 산으로 올라갔다. 따스한 양지바른 곳에서 낮잠이나
자 보려는 것이다.

대성전(大成殿) 뒤 솔밭 속을 지나서 삼송정(三松亭) 앞 언
덕으로 돌아왔다. 작년 가을에 말라 버린 누런 잔디에 봄날의
따스한 태양이 함뿍 내리쏟고 있었으나, 아직 푸른 움은 트지
않았다. 그는 책보를 베고 사포로 얼굴을 가린 뒤에 번뜻하니
나가 넘어졌다.

역시 눈을 감아도 잘라 버린 머리채와 어머니 생각이 머리
에 떠올랐다. 어머니는 삭발한 것을 보고 놀랄 것이다. 여태
껏 형걸이가 몇 번이나 머리를 깎으려고 할 때마다, 관례(冠
禮) 지내는 것을 본 뒤에 깎으라고 한사코 말려 온 것을 오늘
아침 이렇게 깎아 버렸으니, 그의 삭발과 형선이의 혼례식과

를 맞붙여서 생각할 것은 사실이었다. 어머니는 기필코 형선이가 장가드는 것에 불만하여 삭발을 해버린 것이라 생각할 것이다. 그렇지 않아도 자기가 어엿한 본댁이 아니고, 또한 단 하나뿐인 아들이 서자의 대우를 받는 것을 마음 아파하던 윤씨로서는 형걸이의 이 행동은 적지 않은 충격으로 될 것이다. 형선이가 오늘 장가를 든 정 좌수집 둘째 딸 보부를 본 적은, 형걸이로서는 한 번도 없었다. 그러나 윤씨는 처음 형걸이를 보부와 혼사 지낼 의향으로 그를 수소문해 보았고, 다시 그는 영감에게 그 뜻을 전해 본 적도 있었다. 박 참봉은 혼처는 적당하고 규수가 인물로나 무엇으로나 훌륭한 것을 듣기는 했으나, 정 좌수가 필시 형걸이를 서자라고 나무랄 것을 생각지 않을 수 없었다. 그래서 윤씨의 말이 나오자마자 지금 정씨 집 규수하고는 형선이와 혼삿말이 있다는 헛소리를 하고, 또 혼사는 비록 한 달의 차이라도 순서가 있으니, 우선 형선이를 보낸 다음에야 형걸이 차례가 아니냐고 말했다.

영감이 적자나 서자를 그다지 차별하지 않는 것을 알고 있는 이상, 아무리 마음이 내켰었다고 할지라도 이 말에 거역할 수는 없었다. 그래서 그만 형선이와 정씨 집 규수와 혼사가 되어 버린 것이다. 형걸이는 이런 것을 자상하게 알지 못하나, 한번 어머니가 정씨 집 딸이 훌륭한 게 있다는데, 네 맘이 어떠냐구 물어본 일이 있었다. 그 뒤 그는 윗동리에 사는 동무들에게 눈치 채지 않게 의중을 떠 보고, 그 규수가 인물이 절색이고, 또 자기 부친에게서 한문과 언문 공부를 했고, 바느질도 잘한다는 것을 알았다. 그러나 어머니는 다시 그러한 말을 하지 않았고, 뒤이어 형선이와의 혼사가 성립이 되고 말았다.

어머니가 오늘 아침 형걸이의 태도에 아무 말을 못 건넨 것도 이런 일이 있는 때문이었고, 또 형걸이 자신도 어머니의 심경을 모르는 바 아니다. 그러나 가슴에 솟구쳐 오르는 지향 없는 울분을 또한 어떻게 처치할 길이 없었다. 그 울분을 억눌러서 삭발로 인도해 놓은 것만 지극히 온당한 행동이었다고 아니 할 수 없을 것이다.

머리는 깎아 버렸다. 어떻게 되었든 이왕 머리는 깎아 버린 게다. 사실 장가를 들 때 머리를 깎았으면 어떻고, 또 상투를 틀었으면 어떨 게냐. 사모, 단령에 각대와 목화를 몸에 안 붙이고, 그대로 사포와 두루마기라도 그만이 아니냐. 언제 갈지도 모를 장가를 기다리면서 오래잖아 오월 단오가 오면, 대운동회가 있어, 각처에서 많은 학도가 모여들 텐데, 그때까지 귀찮게 머리 꽁지를 달고 다니는 것만이 더한층 창피한 일이 아닐 수 없다. 그러나 그건 그렇다 치고 어머니의 슬픔은 어떻게 생각해야 할 게냐.

생각이 자꾸 두루두루 맴을 돈다. 아무것도 생각지 않기 위해 잠을 청하니 좀처럼 눈을 붙여 볼 수가 없다. 그래서 그는 마지막으로 늘상 잠 안 올 때마다 해보는 방법을 써 본다. 콧속에다 힘을 주어 어느 정도까지 숨을 막아 놓으면, 머리의 중추가 뗑해진다. 이것을 잠깐 동안 계속하면 머릿속이 혼란해지고, 와사 같은 것이 꽉 차는 것 같아지면서 이윽고 진공 상태에 가까워지는 것을 느낀다. 이렇게 해놓으면서 일변 건

둥으로 하나 둘을 세어서 백까지만 가면 알 도리가 있다. 과시 머리가 횡해 오면서 여든여섯을 세는데 팔삭하니 눈가 위가 무거워 온다. 여든일곱은 채 세지도 못했다. 그는 잠이 들고 말았다.

얼마나 잤는지, 누가 고양이처럼 살그머니 와서 그의 얼굴을 가렸던 사포를 젖힌다. 눈을 떠서 보니 장옷도 안 쓴 젊은 색시다. 해는 이미 지고 사방엔 산산한 저녁 바람이 일기 시작한다. 솔밭을 지나는 바람 소리가 개울물 흐르는 것 같다.

웬 한 여자가 이런 산등에, 장옷도 안 쓰고 또 남의 젊은 총각이 자는 데를, 버릇없이 무엄하게도…… 하면서 자상히 쳐다보니 두칠(斗七)이 아내 쌍네였다.

쌍네라면, 장옷을 쓸 리는 없다 쳐도 어인 일로 해 저물어 이런 곳에를 왔었을까. 나무하러 갔던 두칠이를 마중 나왔다가, 해지는 줄을 모르고 찬 땅 위에 누워 있는 젊은 총각이, 상전댁 도련님인 것을 발견하고 잠을 깨우는 것인가, 하고 뻐언히 쳐다보아도 얼굴을 숙인 채 아무 말이 없다.

형걸이는 슬며시 일어나 앉았다.

"누구, 두칠이를 마중 나온 길이냐?"

물어보아도 대답이 없고 손을 읍한 채 가만히 서 있다. 슬그머니 화가 동했다. 그래서 훌쩍 일어서서 마주 서는데, 핏뜩 마주 쳐다보는 얼굴이 한없이 아름답다.

스물두 살, 형걸이보다 그러므로 세 살이나 위이다. 그는 비로소 그의 앞에서 어려서부터 그의 집에 팔려 와서 잔뼈가 굵은 종간나도 아니요, 지금은 막서리 두칠이의 아내도 아닌

하나의 난만한, 원숙한 여자의 육체를 발견하는 것이다. 붉게 큼직한 입술이 쭝긋쭝긋하고, 퀭하니 뚱그런 눈에는 꺼먼 그림자가 약간 어리어 있는 듯하다. 머리는 좀 흩어진 채, 흰 수건 뒤로 꺼먼 댕기의 꼬둘채가 늘어져 있다. 앞섶을 팽팽하니 여미어서 불룩하니 터져 오르는 젖가슴을 겨우 가누고 있다. 그는 손과 팔을 본다. 추운 삼동간 물에 튼 손잔등은, 그러나 벌겋게 달뜨면서, 팔소매 안으로 흘러 내려온 흰 살과 비스듬하게 잇대어서 아마, 그것이 어깨와 가슴으로 부드러운 구릉처럼 뻗어 있을 것이다.

이렇도록 아름답고 탐스런 색시를 어째 자기는 여태껏 몰라보았을까 — 이렇게 생각에 취해 황홀히 바라보는 순간, 그는 색시를 손을 덥석 쥐었다. 색시의 얼굴에 붉은 물감이 쭉 돈다. 귀는 얼굴보다 더 빨개졌다. 폭 수그린 얼굴, 등골에 나풀거리는 솜털이 형걸이의 두 눈을 간지럽게 한다. 무어라고 말하려고 하나, 말문이 막혔는지 목구멍이 움직이지 않는다. 밤은 벌써 산을 캄캄하니 둘러 감았다. 가슴을 치받는 정열이 가리키는 대로, 그는 색시의 손을 이끌고 솔밭 숲 속으로 뛰어든다.

덤성덤성 끄는 대로 소와 같이 유순하게 따라올 줄 알았던 색시가, 그 자리에 오뚝 선 채 움쩍도 안 한다.

"저는 남의 아내 된 몸이에요."

그러나 지금 와서 이런 소리는 형걸이의 행동을 제어할 아무 힘도 없었다. 그것은 쌍네 자신도 잘 알고 있을 것이다. 대체 두칠이는 뭐고, 두칠이의 아내란 뭐냐. 그는 삼십이 되도록 절게로 있다가, 작년에 겨우 쌍네를 아내로 맞은 것이 아니냐. 쌍네를 주지 않았으면 그는 지금도 더벅머리 늙은 총각으로, 을씨년같이 지냈을 것이요, 쌍네 역시 종간나로 늙어 꼬부라질 것이 아니냐. 지금 그들이 어엿한 부부처럼 제법, "남의 아내 된 몸이에요" 하지만 지금도 그대로 박 참봉네 집에 매여 있는 비복과 다를 게 없다. 도련님이 이끄는데, '남의 아내 된 몸이라'니 어디다 대고 하는 무엄한 수작이냐 ── 그러나 이런 것까지를 구차하니 생각할 필요도 없었다.

성난 호랑이처럼 휙하니 쌍네의 몸을 낚아 들고, 성큼 앞으로 바꾸어 안은 뒤에 그는 으슥한 솔밭 속으로 뛰어 들어간다.

색시는 발버둥을 치며 네굽질을 하는 듯하더니, 그대로 털썩 몸을 도련님께 실으며 두 팔로 그의 목을 둘러 감는다. 뜨거운 입김을 사나이의 목덜미에 쏟으면서, 그러나 그것과 함께 형걸이의 귀에 들린 말은 뜻밖이었다.

"아무리 매인 사람이래두, 너무 숙보지 않아요."

그러나 그 다음 말은 더욱 그를 놀라게 했다. 떨어지게 해라를 하면서,

"넌두 첩자식이라고 수모 사는 일은 없냐."

도무지 쌍네의 말소리가 아닌 것 같았다. 어디다 뇌를 쓰고 어느 하늘에다 머리빡을 솟구고 이런 죽여 마땅할 수작을 쏟아 놓는 게냐, 하고 품에 안은 쌍네를 보니, 그는 조금 전에 낚아 안은 쌍네가 아니었다. 녹의홍상에 큰머리를 해 얹은 새색시, 이는 정녕 정 좌수 집 둘째 딸이 아니냐고 기겁을 하는데…….

뻑 그의 귀에는 요란한 소리가 난다. 깨어나니 꿈이었고, 그의 옆에는 나팔을 든 손대봉이가 웃고 서 있다.

"산에서 낮잠이 뭐야. 귀신한테 홀릴라구. 옛말도 몰라, 산에서 자다 여우한테 홀린 말."

대봉이의 말이 귀에 잘 들리지 않는다. 그는 지금껏 취해 있던 꿈에서 아직 깨지 못한 채 있는 것이다. 가슴이 두근거리고 머리는 뗑하고, 나팔 소리에 고막이 윙 운다. 아직 긴 봄날의 해는 십이봉 화줏머리 위에 높이 떠 있다.

"머, 정말 꿈이래도 꿔댄나."

털썩 그의 옆에 앉는 대봉이를, 윙 하니 덮쳐서 깔고 앉고, 멱암치를 내리눌렀다. 느닷없이 몰아치고 덮쳐 대는 바람에, 미처 손쓸 새도 없이 밑에 깔린 대봉이는, 들었던 나팔을 마른 잔디 위에 내던지고 바른팔로 형걸이의 한 손을 잡아 비틀었다. 두 다리에 힘을 넣어 뒤채는 바람에 둘은 함께 부여안은 채 언덕을 굴러 내려간다.

한 번 뒤채고, 두 번 고비를 돌고, 또 한 번 굴러 내리려는데, 조그만 솔포기에 걸려서 두 살덩어리는 멈칫하니 언덕에 걸렸다. 밑에 깔린 건 형걸이고, 위에 타고 앉은 것이 대봉이다.

'이 자식' 하고 멱살을 내리누르려다 두 눈이 서로 마주쳤다. 밑에 깔린 형걸이가 반쯤 벌심하니 웃는다. 위에 타고 앉았던 대봉이도 따라서 웃었다. 그 다음엔 소리를 내서 웃었다. 이윽고 그들은 손을 털고 일어났다.

우물에 물을 뜨러 나왔던 길손이 어머니는, 바로 조금 전에 집 앞을 지나 올라가던 손장이 아들 대봉이가, 삼송정 앞에서 웬 총각하고, 맞닥뜨려 단판 씨름을 해서 나뒹구는 걸 보고, 물동이를 우물가에 놓은 채 집으로 뛰어 들어왔다.

톱으로 널쪽을 헤고 앉았는 길손이를 보더니,

"어서 손장이네 집에 가 알려라. 큰일났다, 큰일났어. 그 애가 누구하고 칼을 번쩍이면서 맞닥뜨리려 하는데, 지금쯤은 모두 누혈이 낭자해서 나가넘어졌는지도 모르겠다. 어서 손장이네 집에 가 알리우라구. 원 저 일을 어떡허나. 남의 집 외아들, 불공 디리고 치성 디려서 낳은걸, 원 하늘도 무심하다."

길손이가 뛰어나와 보니 언덕 위에는 두 총각이 나란히 서 있다. 하나는 대봉이고 하나는 형걸이다. 그래서 지금도 야단났다고 덤벼 대면서 대문 밖으로 나오는 어머니를 보면서,

"아니, 어데서 누가 싸웠단 말인가."

하고 의아해하니,

"넌 눈깔이 썩어졌네, 저 삼송정 언덕도 안 보이네, 저기 저."

하며 삼송정을 가리키나, 안개 낀 그의 눈에도 나란히 서 있는 두 총각밖에 보이는 게 없었다. 아, 이놈들이 대체 어이 된 일인가, 눈을 비비며 다시 보는데,

"엄맨 노망했건, 노망해서, 어서 물이나 길어라애."

하고 길손이는 늙은 어머니를 핀잔 준다. 이윽고 산에서는 나팔 소리가 들려온다. 길손이 어머니는 아직도 혼자 마당귀에 서서 삼송정 쪽을 바라보며, 내가 아마 죽을 날이 머지않은가 보다 하고 쓸쓸하니 제 신세를 한탄하고 있었다.

두뭇골 집에 돌아와서 종보고 물어보니, 형결이는 아무 말 없이 큰집에서 가져온 조반을 먹고, 학교로 시간 맞추어 갔다고 한다. 그가 대문을 나간 뒤에도 퍽 오래 지나서야, 나팔 소리가 학교에서 났다고 하니, 그리 늦게 일어나지 않은 것도 알 수 있었다. 그런데 어쩐 일인지 점심을 먹으러 오지 않았다고 한다.

무슨 바쁜 일이라도 생겼던 게지, 아침 잘 먹고 갔으면 뭐 그리 배가 고프랴, 하고 저로서도 생각하고, 또 근심하는 종에게도 말했으나, 학교가 필한 뒤에도 일찌감치 돌아오지 않으니, 윤씨로서는 근심이 되지 않을 수가 없었다. 삼남이와 종을 시켜 학교와 또 강가에 나가 찾아보라 했으나, 학교는 텅 빈 채 아무도 없고, 강가에도 그럴듯한 사람의 그림자가 보이지 않는다고 한다.

그런데 해가 거의 넘어갈 무렵에야 손장이 아들하고 둘이서 대문을 들어선다. 형결이는 모자를 푹 쓴 채 제 방으로 들어가 버리고, 손대봉이가 일부러 안마당을 경충경충 걸어오더니, 영창문을 열고 앉았는 윤씨를 보고, 토방 밑에서 사포를 벗어 인사를 한다.

"그새 안녕하신가요."

"대봉이 오래간만에 오는구나. 그런데 너 머린 웬일이가."

대봉이는 머리를 한번 바른손으로 북 쓸어 보면서,

"거치적거리구, 말째서 오늘 깎았이오. 학교에서도 깎으라고 해서."

그러고는 헤벌심하니 웃어 보인다. 그러나 윤씨는 웃지 않고,

"너 어머니랑 아버지 보이셨네."

하고 재우쳐 묻는다.

"낮에 뵈었어요."

"그래 잘했다고 그러시던?"

"그럼 깎은 걸 뭐 별수 있나요?"

"장가도 안 가고 머릴 깎으면 쓰나. 학곤지 뭔지, 원 무슨
영문인구."

"머리 깎아야 산술 잘한대요."

"전에 사람들은 그래 과거한 사람도 없고, 진사 급제한 사
람도 없다더라."

"학교 공부가 서당 공부와 같은가요. 그러게 서당에서 신식
공부는 모르지요."

윤씨는 아무 말두 안 하고 담배를 피워 문다. 이윽고 대봉
이는 형걸이 방 있는 데로 걸어간다. 토방에 갓신을 벗어 놓
고 방 안으로 들어서면서 눈을 찔금하는데, 형걸이는 약간 혀
를 빼 보았다.

대봉이가 형걸이 방으로 건너가는 것을 보고 윤씨는 영창
문을 닫았다. 아무래도 두 놈의 하는 품이 께름하다. 대봉이
가 인사를 하는 거야 언제나 놀러 오면 하는 일이지만, 머리
를 갓 깎고 우정 그걸 보이듯이 토방 밑에까지 와서 나부라지
게 반절을 한다든가, 그놈이 이러니저러니 말대꾸를 하는 거
라든가, 또는 형걸이가 이쪽을 본체만체하고 제 방으로 횡하
니 들어가 버리는 품이라든가, 모두가 무슨 까닭이 있어 보인
다. 그래 윤씨는 담뱃대를 놓고 마당으로 나와 신을 신고 뜰

안을 건너갔다. 아들의 방문을 드윽 열면서,

"너 점심 어떻게 핸?"

하고 물어본다. 대봉이는 사포를 벗고 맨머리째, 다리를 펴고 앉아서 나팔을 닦다가, 문 여는 소리에 다리를 끌어 세우는데, 형걸이는 사포를 귀에 닿게 꼭 쓰고 다리를 세우고 앉았다가, 어머니의 낯을 바라본다.

"바빠서 길손네 집에서 얻어먹었어요."

"남의 집에서 그렇게 얻어먹어 버릇 하면 쓰나."

하고 형걸이의 귀 옆을 보았다. 구레나룻에 비죽이 내밀던 머리카락이 하나도 없고 새하얗다. 가슴이 뚱하고 물러앉는다.

어머니의 얼굴이 갑자기 변하는 것을 보고, 형걸이는 황급히 낯을 푹 숙였다. 어머니는 아무 말도 못 한다. 한참 그럭하고 섰더니, 문을 닫고 다시 안방으로 건너가 버린다. 무어라고 말할는지 도무지 생각이 엄두에 오르질 않던 것이다.

한편, 어머니가 삭발한 것을 알고도 아무 말 못 하고 건너가, 잠잠하니 소식이 없는 걸 본 형걸이는, 윤씨와는 다르지만, 역시, 그는 그대로 또한 마음이 언짢지 않을 수가 없었다. 삭발한 걸 지금 새삼스럽게 후회한다든가, 그런 마음은 터럭만치도 없다. 해야 될 것을 해버린 데 불과하다. 단지 이것 하나만이 원인이 되어, 어머니가 슬퍼한다든가 노여워한다면 손대봉이처럼 그런 걸 무시해 버려도 무방할 것 같다. 그러나 그의 삭발이 가져오는 문제는 결코 그런 것만이 아니었다.

온몸을 내던져서, 죽어라고 분풀이를 해대야만 할 곳이 어디엔가 꼭 한 귀퉁이 남아 있는 것 같다. 누구를 실컷 뚜드리든가, 그렇잖으면 누구한테 늘어지게 맞아 보고 싶었다. 그랬으면 한결 가슴이 후련하고 속이 시원하니 뚫릴 것 같다. 그러나 누구를 때리고, 또 누구에게 맞아야 할 것이냐. 그 대상이 그에게는 똑똑지 않았다. 간지러운 것처럼 안타깝다.

그는 대봉이가 간 뒤에, 저녁을 대강 먹어 치우고 번듯이 방 가운데 누웠다가 맨머리 바람으로 어머니의 눈을 피해 방을 나와 버렸다. 강에 나가 시원히 바람이라도 쏘이면 조금 나을 것 같다.

두뭇골서 흐르는 작은 개울물은 구룡교 다리로 흘러서 비류강으로 들어간다. 그는 이 개울물을 쫓아서 작은 길을 더듬어 큰 거리로 나간다. 밤은 벌써 캄캄하다. 바람이 살랑살랑 앙상한 나무를 건너간다. 달이 실낱같이 차다.

임강정(臨江亭)을 지나 강선루의 우중충한 큰 그림자를 무시무시하게 먼발치로 바라보면서 그는 천추봉 있는 쪽을 향해 강을 따라 거슬러 올라간다. 휘파람을 불어 본다. 그러면 마음이 좀 시원할 것 같다. 권학가(勸學歌)를 조자를 맞추어서 날카롭게 불어 넘겼다. 그의 휘파람 소리는 냉랭하니 괴괴한 밤하늘에 퍼져 나간다. 뒤에서 발자취 소리가 나는 것 같다. 휘파람을 멈추고 돌아보니 허연 두 여자의 그림자가 강선루 뒤 자복사 골목으로 들어간다. 그들은 곧 각담에 가려 보이지 않는다. 승선교(乘仙橋) 밑 여울물 소리가 와—귀에 새롭게 들려온다. 소나기 소리 같기도 하고 또 어떤 때는 가는 빗소리 같기도 하다. 그는 방수성(防水城)을 내려서 마른 잡초를 헤치고 강가로 나갔다. 물 있는 쪽은 더 캄캄하다. 하늘이 비친 곳만 초승달을 거꾸로 마주 그리면서 좀 희끄무레하다. 가만히 앉아 본다. 물 위에서 오는 찬 김이 머리에 시리다. 손을 담가 본다. 얼음 같다. 그걸로 머리를 적시어 본다.

그러는데 선뜻 생각이 떠오른다. 지금 탑 골목으로 가는 두 여자는 정 좌수집 사람은 아닌가. 올라가던 골목이 그곳이다. 신부가 어디 가서 숨었다가 신랑 방에 단장하고 들어가려고, 지금 그의 친척집 부인네와 함께 돌아오는 길은 아닌가.

뒤를 돌아다보니 강선루의 커다란 그림자, 그리고 그 뒤에 자복사의 오뚝한 탑, 그 뒤로 인가가 있는지 없는지 그대로 꺼멓다. 정령 정 좌수의 딸, 형선이의 새색시다, 하고 생각하면서 그는 손을 털고 일어섰다.

낮에 산에서 꾼 꿈 생각이 불현듯이 솟아난다. 정 좌수 딸의 녹의홍상하고 큰머리한 몸집, 두칠이 처 쌍네의 풍만한 육체, 그는 그의 가슴이 갑자기 물차관처럼 설렁거리고, 커다란 몽둥이 같은 것이 가슴으로 뿌엿하니 치받쳐 오르는 것을 느낀다. 코에서 더운 김이 훅 하며 내솟는다. 그는 한참 멍하니 서서 제 욕망을 진정시키려고 애쓰다가, 그대로 느리게 발을 옮겨 놓으면서 다시 길 위로 나섰다.

그는 한참 뒤에 자복사 골목을 올라가고 있는 자신을 발견하고 잠깐 주춤했다. 그러나 그는 그 길을 더듬어 올라가기를 멈추지는 않았다.

5

긴 거리가 끝나고 방선문을 쑥 나서면, 왼편으로 박리균네 조상 할머니 성씨의 것도 함께 끼여 있는, 다섯 여섯 낡은 비 각이 서 있고, 다시 그 비각에 연달아서 맨머리만 뎅그렁한 비 석이 초라하게 상판대기가 얼금덜금 더럽힌 채 두서너 개 서 있다. 그 앞은 널찍한 마당인데, 말뚝이 총총히 들어선 걸로도 짐작할 수 있겠지만, 하루 엿새마다 벌어지는 장날, 크게 우시 장이 서는 곳이다. 항용 불러서 소우전 마당이라 한다. 이 마 당 한편 모서리가 뚫려서, 공동묘지와 손우개로 통하는 작은 길이 있고, 또다시 바른쪽 언저리가 그대로 줄기차게 뻗어서, 커다란 황철나무를 서너 너덧 세운 채, 평양과 원산으로 통하 는 신작로와, 망지다리〔望主橋〕에서 마주 붙고 있다.

이 밖에 허리끈 같은 가는 길이 신작로를 바른 질름을 해서 각각 두 갈래로, 하나는 돌차니고개를 넘어 평양 가는 방향으로, 또 하나는 망지고개를 바라보면서 원산 쪽으로 개울과 산을 더듬어 올라가고 있는 곳이 보인다.

황철나무의 푸른 눈이 터서 이파리가 파릿파릿 내발리고, 그 밑에 깔린 풀에서 포르스름한 새싹이 돋아 오르고, 아무도 모르게 누가 떠다 옮긴 진달래가 한 포기 분홍빛 꽃을 피우고 있는 따스한 어떤 날 오후도 퍽이나 기울어서, 말발굽 소리를 요란스럽게 울리면서 흰 말이 하나 방선문을 지나 날쌔게 달려오더니, 소우전 마당으로 한 바퀴 횡하니 돌아서, 신작로로 통하는 황철나무 밑을 땅에 붙듯이 휘감아 돌고, 흰 먼지를 뽀얗게 날리면서 망지다리를 향해 달아나고 있었다.

말은 구름 속을 달리듯 거침없이 달아난다. 신작로는 흰 먼지와 말발굽 소리에 뒤엉켜서 멀리 가물가물하게 달아나는 흰 말과 그 위에 탄 젊은 기수를 덤덤히 바라보고 있다.

흰 말은 행인 없는 신작로를 날듯이 달아난다. 멀리 망지다리를 왼쪽으로 휘돌면서 원산 가는 길을 잡아서, 망주산 고개를 쏜살처럼 댓바람에 스쳐 올라간다. 고개를 거반 올라갔다. 그런데 웬일일까. 말은 갑자기 요란스럽게 코를 불면서 앞발을 까맣게 들어서 하늘 허공을 들이찬다. 탔던 기수는 까풀하고 안장에서 떠올랐으나, 말목에 몸을 딱 붙이고 능숙하니 말을 잡아 길 위에 세운다. 기수는 말꼽지를 잡아당겨서 무서운 속력으로 달아나던 말을, 길 복판에다 잡아 세우려던 것이다. 뛰는 말은 그 바람에 한번 앞발을 높이 들고, 공중을 휘젓듯이 살판을 뛰려다가, 우르렁 하고 코를 불면서 길을 가로잡고, 기수가 시키는 대로 급정지를 한 것이다. 말은 아직도 뛰는 속력이 몸에 남아서 건정건정 신작로를 짓밟으며 돌아간다. 호들기 바람에 학생 모자를 뒷데석에 붙이고, 턱에다 끈을 맨 젊은 기수는, 말채찍과 말꼽지를 왼손에 몰아 쥐고, 바른손으로 말의 등허리를 뚜덕뚜덕 두들겨 주면서, 찐득하니 흐른 땀을 수건을 내어 문대어 준다. 말은 주인의 애무를 달게 받으면서 눈을 꺼뻑거리고 섰다. 이윽고 말 위에 탄 기수는 고개 아래턱을 내려다본다. 그곳에 삼십 장정이 소를 몰고서 작은 지름길을 더듬어 신작로로 올라오고 있었던 것이다.

"그리다 어찌실려구 그리우."

버륵버륵 웃는, 수건을 질끈 동인 장정은 두칠이였다. 말 탄 총각은 이 말엔 아무 대답도 안 한다. 그는 물론 형걸이였다.

"말 참 용하게 타시는군."

이 말에도 대답지 않고, 형걸이는 소와 사람이 신작로 위에 오르기만 기다리고 있다.

"어데루 가나?"

"나무 실으레 삼밭이 가는 길이웨다."

"삼밭이? 삼밭이가 삼십 린데, 이제 가믄 어떡헐라구?"

"요즘 달이 있는데 좀 늦어선 오갔지요."

그는 소와 두칠이가 고개를 더듬어 올라가는 것을 바라보고 있다가,

"그럼 잘 댕겨 오우."

하고 처음으로 두칠이에게 하우를 했다. 그랬더니 두칠이는 휙 돌아보면서,

"예, 조심히 들어가시우."

한다. 형걸이는 두칠이가 고개를 다 넘도록 그곳에 서 있다
가, 이윽고 말을 지름길로 들이세웠다. 말은 앞을 굽어보며
배배 꼬인 좁은 길을 내려간다. 형걸이는 말꼽지를 느리게 잡
고 뒤로 몸을 젖히듯 하면서 말이 꺼득꺼득 하는 대로 허리를
흔들거린다.

형걸이는 지금 말 위에서, 두칠이가 밤이 퍽이나 이슥해서
야 집으로 돌아올 것을 생각하고 있다. 오늘은 보름이 인제
얼마 안 남았으니, 밤에는 밝은 달이 우렷하니 산과 들과 집
과 강물을 밝혀 줄 것이다. 개나리와 진달래와 병꽃이 활짝
핀 밤, 나뭇가지마다 새 움을 까고, 철 이른 버들가지 파랗게
향기를 뿜는 밤, 달에서 흐르는 이슬을 받아서 무어라고 종알
거리며 피어 나오는 파란 잔디. 이 밤에 형선이는 얼마 전에
데려온 정 좌수 딸과, 젊은 감격을 나눌 것이고, 두칠이의 처
쌍네는 오래간만에 해방된, 흠썩하고 탐스러운 몸을 가누지
못해, 강물 쪽으로 향한 큰집 막간, 좁은 한 칸 방에서 혼자
몸을 뒤채고 있을 것이다. 그는 혼자 있을 때 무엇을 생각하
고 있을까. 나무 실러 간 남편 두칠이가 돌아오기를 기다리고
있을까. 혹은 아무것도 생각지 않은 채, 뚫어진 창문 틈으로
숨어드는 달빛에, 커다랗게 부풀어 오른 가슴을 내맡기고 곤
하니 잠이 들어 있을까.

말은 평지를 걷는다. 딴눈도 팔지 않고 뚜벅뚜벅 단조롭게
걸어간다. 형걸이는 비로소 눈을 들어, 멀리 물이 불은 사창
못과, 그 옆에 선 커다란 두 개의 황철나무 가지에 삼 년 전부
터 있는 낡은 까치 둥지와, 그리고 그 뒤로 비스듬히 밭을 넘

어서 보이는 학교의 운동장을 바라보며, 생각을 털고 바른손을 높이 들어 말 궁둥이에 채찍을 준다. 말은 껑충하고 뛰기 시작한다. 채찍이 또 한 번 궁둥이를 휘갈기니, 말은 몸을 펴고 길 위를 날기 시작한다. 밭샛길을 더듬어서 방선문엔 들리지 않고, 산 밑을 거슬러 올라가면서 말은 단숨에 학교 운동장까지 줄달음을 쳤다.

운동장에는 형선이도 있고, 길손이도 있고, 대봉이도 있다. 그 밖에도 두서넛 있었다. 그들은 활짝 두루마기와 모자를 벗어부치고, 삼신에 들메를 깐 듯하니 한 뒤에 경주 연습을 하고 있었다. 철봉 밑에 백묵으로다 땅바닥에 줄을 긋고 그 위에 바른발을 하나씩 내짚고 있다. 발은 백묵을 타고 신호가 나기를 긴장하여 기다리고 있다. 길손이는 줄 밖에 서서 신호를 부르고, 다른 네 명이 뜀을 뛸 참이다. 철봉을 하던 이태석(李泰錫)이도 손을 비비며 그것을 바라보고 섰다.

"하나."

길손이는 기운차게 불러 댄다.

"두울, 셋!"

셋 소리와 함께 네 사람은 달아난다. 길손이는 흰 줄 위에 서서 뛰어가는 경주자를 뒤로부터 바라본다. 형걸이는 말 위에서 내렸다. 말을 나무에 매고 그는 운동장으로 넘어 들어온다.

경주는, 운동장 저만큼 서 있는 황철나무를 치고 돌아오는 거다. 떨어지고 앞서고, 뒤엉키면서, 제각기 황철나무를 손뼉으로 갈기고는 그들은 되짚어 뛰어온다. 형선이가 맨 앞이다. 그 다음이 대봉이다. 나머지 두 사람은 한 칸만큼씩 떨어져 있다. 그러더니 거의 가까이 와서 대봉이가 바싹 채치는 바람에, 형선이는 입을 감물고 애를 다하나, 한 발만큼 떨어져서야 금을 넘었다.

"형선인 요즘 기운을 너머 빼서, 하하하."

하고 태석이가 웃어 대니, 잔디 위에 펄신하니 앉아서 푸푸하고 헐떡거리던 형선이는,

"에라 망할 자식, 내 우정 졌다."

하고 벌떡 일어선다.

"그래, 덕분에 내가 한번 이겼다."

하면서 형걸이를 보고 대봉이는 눈을 찔끔한다. 형걸이는 아무 말도 안 하고, 풀판 위에서 손을 땅에다 대고 획획 살판을 몇 번 뛰었다. 그러고는 다시 두 팔뚝을 걷어붙이고 철봉으로 가서 윅윅 턱걸이를 몇 번 했다.

"대운동회 때 씨름두 할라는가 몰라."

하고 태석이가 잔디 위에 앉으면서 말하니, 형걸이가 그 옆에 펄신하니 마주 앉으면서,

"단오에 씨름을 안 할라구."

한다.

"글쎄 대운동회 하는데 어데서 할까."

하고 형선이도 그 옆에 와 앉는다. 그는 장가를 들고서 곧 머리를 깎았다. 대봉이는 며칠 전에 두 번째 깎아서 새하얀데, 형걸이와 형선이는 머리 깎은 지가 한 달이 훨씬 넘어서 수북이 돋았다. 장가갔다 사흘 만에 돌아와서 형선이는 머리를 깎고 학교로 왔다. 그 뒤에 한 달이 지나서 곧 색시를 데려왔다.

농말이 아니라 그가 학교를 필하면, 이렇게 동무들과 노는 동안도 색시 생각이 나서 안절부절못할 지경인 것이 사실인 것이다. 그러므로 늘 이겨 오던 대봉이한테, 마지막에 힘이 모자란 것을 놀려 대는 태석이의 말도, 미상불 바로 맞힌 말이 아닌 것은 아니었다.

"대운동회는 하루믄 안 되나. 그러니 첫날은 방선문 소우전 마당에서 씨름을 붙이구, 대음날은 솔밭 소재에 예펜네덜 구눌 띄우구, 사흘째 되는 날 여기서 운동회 하믄 그만 아닌가."

형걸이는 형선이의 말을 잡아서 자상하게 설명해 들려주듯 한다.

"글쎄 그렇게 하믄 몰라두, 씨름을 붙인다게 되믄 하루엔 아마 못 될게라."

형선이는 아우의 말을 별로 바로잡은 것은 아니나, 다시 좀 제 의견을 세워 보려 한다.

"안 되믄, 소재 오르는 날, 사나히들끼린 씨름 붙이믄 그만이지."

별로 아무개에게서도 말이 없다. 형걸이는 생각난 듯이 말 있는 쪽을 잠깐 돌아본다. 그 바람에 모두 말을 바라본다. 말은 뜯어먹을 풀도 없어서 시름하니 눈만 꺼먹거리고 서 있다.

"운동회 때에 어데어데서 올려넌지 물루나, 안즉."
하고 길손이가 손을 조끼 주머니 속에서 아무적거리며 물으니, 말을 멍하니 바라보던 대봉이가,

"작년에 폐양 왔던 고장선 거반 다 올 게다. 그렇거믄 위선 폐양."

하고 넌떡 손을 들어 꼽으면서,

"쉰천, 은산, 자산, 엥유, 강세, 농강, 이건만 해두 닐급이지. 거기다가 대드리에서 올 게구, 기창이랑 아마 이런 데서두 올 게다. 강동이랑 양덕 촌놈덜두 올래나. 아마 거긴 안즉두 학교가 없는지두 몰라."

길손이도 조끼 속에 넣은 손으로, 대봉이를 따라 손가락을 꼽아 세고 있다가, 대봉이의 말이 뚝 떨어지자,

"야아, 거 법제히 많갔넌데, 다 오믄 열한 고장이구나. 아따 인제 참 굉장하갔다."

하고 두 손을 쫙 들어 열을 만들었다가, 다시 또 엄지손가락 하나만을 번쩍 들어 본다.

"그럼 패일날 백일장은 어떡허나."

이렇게 형선이가 또다시 걱정을 하는 것을,

"그까지 패일놀이 좀 번디문 어때. 대운동회가 한 달이 있으믄 올 텐데, 그때나 한번 본때 있게 해야지."

하고 제 맘대로 할 것처럼 형결이가 가로맡아 이야기한다.

"패일날은 백일장보다두 비류강에 등불 띄우는 게 더 보기 좋더라. 백일장은 전부 협잡이 많아서 원."

하고 태석이도 한말 추럼에 든다.

한참 또 덤덤히 앉아 있다. 저녁 해는 화줏머리 위에 너웃너웃한다. 둘러앉은 젊은 축들은 모두 제가끔 생각에 취하여 멍하니 딴 곳만 바라본다.

── 형선이는 처음은 파일날 생각을 잠간 하다가, 곧 색시 생각을 하고 있다. 저녁이 다 됐을 텐데 기다리지 않을까, 가

봐야겠는데, 먼저 일어서면 놀릴 게고…….

— 형걸이는 언뜻 두칠이 처 쌍녜가 지금은 큰집 부엌에서 뭘 하는가, 연자간에 있는가, 물을 긷는가, 물에 나가 다리를 걷어 올리고 물 속에서 빨래를 헹구지는 않는가, 이런 걸 생각하다가, 다시 대운동회 할 때든가 씨름터에 다른 이는 몰라도, 그는 구경 올 수 있으려니, 두루두루 이렇게 생각해 보고 있고…….

— 대봉이는 작년 평양 운동회에 나갔던 걸 회상하고, 그때 그 굉장하던 광경을 이 자그마한 고을 안에다 이모저모 옮겨다 놓으면서 있고…….

모두 제가끔 생각이 갈라졌는데, 길손이는 씨름이 한창 어울리는 생각을 하고 있었던지,

"가기 전에 씨름이나 한 번씩 하자."

하고 방정맞게 궁둥이를 털고 일어선다. 이 바람에, 모두 달콤한 생각이 깨어져서 푸수수 일어나는데, 그럭하고 생각하니 참말 씨름이라도 한 판씩 했으면 싶은 표정들이다.

이런 땐 서글서글하니 형걸이가 불쑥 잘 나선다.

"옛다, 한 판이 어느 놈이구, 절구 굴리듯 해보자."

하면서 사포를 휙 풀판에 던지고 반반한 잔디 위에 무릎을 꿇고 앉으면서, 번쩍 두 팔을 내벌린다.

"한번 어울려 볼까."

하면서 연세가 제일 많은 태석이가 허리 괴춤을 죄면서 대선다. 길손이는 제 허리끈을 풀더니 샅타래를 만들어서 두 사람이 마주 앉은 데로 던지고, 또 한 학도도 허리끈을 풀어서 형

걸이를 준다.

　그들은 샅타래를 바싹 올려 끼고 서로 맞붙어서 슬슬 어른다. 형걸이는 한 손으로 샅타래를 끼고, 또 한 손으론 태석이의 궁둥일 뚜덕뚜덕 뚜들겨 본다.

　"아니, 이거 아즈마니가 이렇게 살지게 길러 줌뗑까?"

하고 말하니, 태석이는,

　"엑키 버릇없게, 누가 그런 죄 될 말두 하나."

하면서 일어서려고 어름어름한다.

　"버릇없는 걸 볼라믄."

　이렇게 말을 해놓고, 홀떡 형걸이는 일어서면서 그 다음은,

　"어르라."

　소리를 요란하게 불러 댄다. 들어 던지려고 하나, 태석이가 배를 주지 않아 맞붙지를 못하고, 그 다음 배지기를 들어 날쌔게 휙 감아 던지며,

　"오눌 나죽에 아즈마니께 미안하다구 그러우."

하고 땅에 손을 짚은 태석이를 굽어보며 손을 털고 다리를 뽑는다. 태석이는 형걸이를 바라보고 벌신벌신 웃으면서, 그대로 두 손을 땅에 짚고 궁둥이를 쳐들고 앉았다.

　"자아, 이젠 형제끼리 한번 붙어 봐라."

하고 대봉이가 형선이의 손을 끌고 잡아당기니, 형선이는 눈을 약간 찌푸리며,

　"에라, 씨름은 무슨 씨름."

하면서 손을 뿌리친다. 형선이의 생각을 알아채고 형걸이는 이내 모자를 쓰면서,

"저낙이나 먹으레 가자."

하고 말 있는 길가로 뛰어간다. 형선이가 바로 집으로 가는 길이니 그에게 말을 맡기고, 자기는 곧바로 두뭇골 집으로 가면은 십상 좋겠는데, 형선이는 몸을 아껴서 본디부터 저 혼자는 말을 타지 않았다.

그래 형걸이는 그들을 뒤에 두고 말잔등으로 뛰어올랐다. 길손이 혼자서 향교 앞으로 도로 올라가고, 나머지 여럿은 쭈르니 일자로 서서 거리로 통하는 긴 길을 뭐라고 떠들어 대면서 내려오고 있다.

이들의 중얼거리는 소리를 등 뒤에 남겨 놓고, 형걸이는 말 궁둥이에 채찍을 하나 주었다. 말은 네 다리를 골고루 놀리면서 건성건성 뛰기 시작한다. 핏덩이처럼 붉은 해가 십이봉을 넘느라고, 하늘과 산봉우리를 주홍빛 놀로 물들이고, 비류강 있는 앞쪽은 파르스름하던 신록이 까맣게 싸여 보인다. 형걸이는 그곳을 먼발로 바라보면서, 말 가는 대로 맡기고 있다. 말은 이윽고 우물께를 지난다. 그런데 웬일인지 뚜벅뚜벅 걸음을 늦추며 코를 한 번 부르릉 불어 본다. 이 소리에 놀라 길 앞을 보니, 두칠이 처 쌍네가 양푼에 무엇을 넣어 들고, 큰길을 이리로 오다가, 두뭇골 가는 작은 길로 들어서려는 것이 보인다. 말은 하루 세 때 그에게 먹을 것을 주는 쌍네를 그곳에서 발견하고 반가워 그런지 코를 한 번 불어 본 것이다. 형걸이는 생각지 않았던 곳에서 뜻밖에 쌍네를 만난 것이, 처음은 가슴이 뚱하였으나 그 다음은 적잖이 반가웠다. 쌍네는 말이 아는 체하는 것이 고맙고 반가워서, 말에게 대고 발신하니 웃어 보다가 힐끗 말 위에 탄 형걸이를 쳐다보곤, 얼굴에서 황급히 웃음을 거두고 총총히 작은 길로 들어서 버린다.

말은 그대로 거리를 향하여 뛰어간다. 형걸이는 쌍네의 종종걸음을 쳐서 걸어가던 양푼 든 뒷모양과, 말을 보고 발신하니 웃다가 제 눈과 부딪치자 웃음을 거두던 표정과, 낡은 흰 수건으로 머리를 두른 밑으로 약간 보일락말락하던, 해에 그을지 않은 살이, 얼마나 희고 보드랍던가를 말 위에서 생각해 보고 있었다. 말은 행길로 나섰다. 형걸이는 그 길로 곧장 외양간에 가져다가 말을 매어 두기가 싫고, 비류강을 줄기차게 건너간 승선교를 한번 건너갔다 오고 싶었으나, 불현듯이 다시 무엇을 생각하고 말이 가는 대로 내맡겨 두었다. 말은 제 외양간을 찾아갔다.

말을 외양간에 매고 사랑 앞마당을 지나는데, 중문 안뜰을 지나서 형선이 처 보부가 뒷뜰 안으로 들어가는 것이 번꿋 들여다보였다. 형걸이는 잠깐 주춤하니 서서 그의 뒷모양을 바라보듯 하였으나, 이윽고 아버지 눈에 띄지 않게 횡하니 사랑 마당을 빠져서 다시 행길로 나와 버렸다. 그는 다시 향교 길로 들어서서 지금 마주 내려오는 형선이, 대봉이들과 인사말로 헤어지곤 곧 우물께에서 두뭇골로 가는 작은 길에 들어섰다. 해가 넘어가 버리니 갑자기 벌판 위에는 꺼머룩한 장막이 땅 위에 기어들고, 동녘만 희멀그럼하니 트여 있다. 형걸이는 외로운 길 위에서 잠시 주저앉아, 제가 생각하고 있는 일을 수습하려고 했다. 그러나 그렇게 저녁을 먹을 염도 안 하고 길 위에 앉아 있는 것이, 두뭇골로 갔던 쌍네가 돌아오는 것을 은근히 기다리고 있기 위함이란 걸, 스스로 의식하기엔 그다지 오랜 시간이 필요치는 않았다.

그는 잠깐 놀란다. 내가 진정 쌍네에게 맘을 두는 것인가. 이것을 면바로 생각하는 것은 여러 가지로 지금의 형걸로선 겸연쩍었다. 그는 여태껏 이런 질문이 제 의식 속에 떠오를 기미가 엿보일 때마다, 그것을 회피하여 멀리로 도망질을 했다. 저의 마음이 두칠이 처 쌍네에게 끌린 것이 진정에서 나온 것인지, 그것조차 그는 분간키 어려웠다. 아름답기나, 깨끗하기나, 신선함이 어이 보부를 따를 것이냐, 그러나 그는 이미 형수였다. 그를 번듯 먼발로라도 본 뒤에는, 형선이는 어떻게 복을 탄 놈이기에, 저렇도록 예쁘고 훌륭한 색시를 맞을 수 있었던가 하는 희미한 오기가 뒤따른다. 그러나 곧 그 생각은 쌍네의 활짝 핀 난만한 얼굴이 덮어 버리고 만다. 과연 이것은 보부를 그리워함인 때문인지, 쌍네에게 맘이 더 쏠리는 탓인지 제 마음을 종잡을 수가 없다. 종잡을 수 없는 만큼, 그대로 그런 생각이 나올 여지가 없도록, 덮어 버리려는 노력이 앞서는 것이다.

그는 생각하려 하지 않는다. 두칠이 처는 또한 이미 두칠이 처다. 그는 남의 아내다. 그러나 또 한편으론 그는 그의 집 종이었고, 지금도 그의 집 막서리다. 어떻게도 할 수는 있으나, 그런 만큼, 한편으론 창피도 하다. 이러한 여러 갈래로 벌어진 문젯거리가 쌍네를 기다리고 있는 이 어둠이 찾아든 외로운 길 위에 총총히 뿌려져 있는 것을, 그는 의식하는지 못 하는지 그대로 한참 동안이나 덤덤히 앉아 있을 뿐이다.

사실 그는 이런 것과는 딴것을 생각하고 있었다. 눈, 코, 입, 등골, 그리고 가슴, 저고리 속에 감춰진 채 불룩한 가슴, 이런 것을 두루두루 언뜻언뜻 머리에 떠오른 대로 생각하고 있는 것이 사실이었다.

 저편 쪽에서 희끄무레한 것이 나타났다. 이 그림자가 이쪽으로 가까이 오는 것만 알고도 그의 가슴이 울렁거리기에는 충분했다. 그는 먼발로 어떤 희끄무레한 그림자를 발견하자, 이렇게 두근거려 본 적이 기왕에 있었던가, 가까이 오는 그림자가 쌍네의 것인 줄을 똑똑히 알고, 길 위에 몸을 숨기고 그가 제 앞으로 다가오는 것을 이렇게 산란스런 마음으로 기다려 본 적이 지난날에 있었던가, 남의 아내, 아니 자기 집 비복, 어렸을 땐 업으라고도 하고, 끄덩이를 낚아채며 때려 대기도 한 이 종간나를 지금처럼 가눌 수 없고 종잡을 수 없는 생각으로 기다릴 날이 찾아올 것을 예상인들 한 날이 여태껏 있었던가——그러나 거의 이런 걸 생각할 나위도 없을 짧은 순간에 지나지 않았다. 그대로 마음이 설레는 것을 팍 눌러 버리고, 한 줄기 모든 감정을 운전하는 커다란 힘에 이끌리어, 그는 불쑥 몸을 일켰다.

 뜻하지 아니한 사나이가 불쑥 길 위에서 솟아나는 바람에, 빈 양푼을 들고, 말여물을 누가 주었는가, 여직 말이 먹을 것을 못 받고 자기가 오기를 눈이 빠지게 기다리고 있지는 아니한가——이런 얌전한 생각에 싸여서 종종걸음을 쳐 오던 두칠이 처 쌍네는, 적잖이 놀라서 거의 소리를 지를 듯 기겁을 하며 길 위에 오똑 섰다. 그러나 길 위에서 일어난 사나이가 다른 사람이 아닌 상전의 도련님, 지금 양푼에 별식이라고 설기 떡을 가져다 주고 오는 두뭇골 집 도련님, 바로 그이라는 것을 발견했을 때 쌍네의 놀람은 또 한 번 더했다.

어둠이 낯색을 희끄무레하게 감추어 버린 뒤라, 형걸이의 얼굴에 불그레하니 떠오른 상기된 표정을 알아볼 수는 없었으나, 뭐라고 이야기를 걸려고 하다가 주춤거리며 푸 내뿜는 입김이 얼마나 홧홧하니 뜨거운 것인지는 넉넉히 분간할 수 있었다. 두 눈이 벌겋게 핏줄이 내발린 것은 물론 쌍네에게는 자상하게 보이지 아니하였다. 그러나 힐끗 쳐다보는 사나이의 눈이 이상한 불길에 횃불처럼 이글이글 끓고 있어, 그는 대번에 그 눈살을 피해 버리고 말았다. 이러한 사나이의 표정이 어떠한 의사를 표시하는 것인지는 쌍네로서도 직감할 수 있었기 때문이다. 어떠한 예상치 못했던 말이라든가 행동이, 자기의 몸 위에 떨어질 것을 고요히 기다리기나 하듯이, 쌍네는 머리를 숙이고 가만히 형걸이의 앞에 서 있다.

"어데 갔더랬소."

모든 감정을 억누르고, 겨우 이 한 마디를 하느라 형걸이는 부득부득 애를 썼다. 그러나 이 한 마디 말이 지금의 형걸이의 마음을 표시하기에는 너무도 동떨어지고, 또 싱겁기 짝이 없었다.

그러나 이 한 마디 말이 두 사람에게 동시에 이상한 어울리지 않는 어감으로 느껴진 것은, 그것이 형걸이로서는 뜻하지 아니하였던 존대의 말이었기 때문이다. 쌍네로서는 난생처음 이러한 조심스런 말을 들어 보았다. 한편 형걸이는 제 입으로

금방 나온 말이 어떻게 된 영문인지 도무지 제 말 같지가 않
았다. 그는 겨우 제정신을 찾아 붙든 듯이,

"두뭇골 갔더랬서?"

하고 어인 일인 줄을 몰라 덤덤히 서 있는 쌍네에게서 눈을 돌
리듯 한다. 가느다란 한숨이 나오며, 그는 비로소 감정이 한소
끔 끓어오르다 잦은 때처럼, 고요한 적막을 느끼면서 평정을
찾고 있는 제 자신을 발견한다. 그는 여유를 만들려고 마주 선
데로부터 한 보를 물러선다. 다시 쌍네를 굽어보았을 때, 그는
오므라졌던 목을 들고 안심한 표정을 얼굴에 그리면서,

"두뭇골 댁에서 저녁이 늦으시다구 기다리시든데요."

하고 다시 발밑을 내려다본다. 길만 비켜 주면 이 이해할 길
없는 장소에서, 어서 몸을 빼 달아날 것을 희망하고 있는 것
이다. 형걸이는 그러나 쌍네의 그러한 말은 무시하듯 덮어 버
리고,

"두칠인 삼밭이루 가드만. 아마 늦게야 올걸."

하고 쌍네의 눈을 빤히 들여다본다. 땅거미가 이미 캄캄한 어
둠으로 변한 속에서, 커다란 두 눈이 색시의 눈 속을 들여다
보려고 눈시울을 활짝 뻗치는 것이다.

쌍네는 지금에야 비로소 형걸이의 여태껏 수상한 행동을
알아차린 듯하여, 진정으로 부끄럼을 느꼈다. 일순간 그는 비
복의 지위를 망각한, 순수한 하나의 젊은 색시인 자기를 의식
한다. 그러나 곧 그는 두칠의 아내요, 다시 두칠이는 지금 눈
앞에 선 도련님네 막서리요, 자기는 여태껏 이분의 비복이던
것을 생각하고, 그 말에는 아무 대답도 하지 않는다. 죽을 용

기를 다하여 길을 비켜 달라는 듯이, 고개를 숙인 채 한 발자국을 나서서 바른편 개울 쪽으로 몸을 뽑으려고 하는데, 덥석 형걸이의 커다란 팔이 그를 붙들어 버린다.

"누가 보믄 어떻게 하실라구."

말로는 이렇게 부드럽게 건네 보면서도, 그는 팔 속에서 가슴을 밀어 던지며 파득거려 보았다. 물론 그의 연약한 팔 힘이 형걸이의 굳게 껴안은 가슴과 팔을 거역할 힘은 없었다. 그러고 있는 새에 형걸이의 입술은,

"밤에, 달이 넘어갈 때."

하고 알아들을 수 없는 소리로 토막말을 조약돌처럼 뱉으면서, 낯을 돌리는 쌍네의 입술을 찾아서 더운 김을 내뿜다가, 드디어 기진한 듯이 양푼 든 팔을 늘어뜨리고, 팔 속에 파묻히고 마는 색시의 얼굴을 눈앞에 가까이 부둥켜 올린다. 한참 만에 다시 생각난 듯이,

"놔 달라구요."

하고 몸을 뒤채 보는 것을, 또 한 번 얼굴을 더듬어 입술을 빼앗은 뒤에 그는 겨우 쌍네에게서 팔을 떼었다. 쌍네는 고개를 푹 숙인 채 형걸이의 팔 속에서 몸을 뽑더니 양푼을 한 손으로 추켜들고 덤덤히 길을 쫓아 뛰어간다. 그는 아직도 '두칠이가 오기 전에' 하던 형걸이의 목소리를 귀밑에 새록새록하니 생각하면서 큰길로 올라섰다.

겨우 발그레하니 빛을 내는, 한 귀가 으스러진 달이 얇은 구름 속을 지나가는지 길이 포근하게 희다. 쌍네는 흐르는 눈물을 씻지도 않고, 이 눈물이 자기에게 행복을 가져다 주려는

116

것인지를 분간치 못한 채, 흰 길 위를 종종걸음을 쳐서 뛰어
갈 뿐이다.

형걸이는 쌍네가 길 위에서 보이지 않게 되도록 우두커니
그 자리에 서 있었다. 쌍네가 향교 골목을 돌아서 행길 쪽으
로 몸을 숨겼을 때, 그는 달을 쳐다보고, 다시 두뭇골 쪽으로
가만가만히 발을 옮겨 놓았다.

6

쌍네가 박 참봉 댁에 종으로 팔려 온 것은 지금으로부터 십삼 년 전, 그가 아홉 살 났을 때였다. 그는 이 고을서 삼십 리를 서편으로, 강 둘을 건너가면, 마주 보이는 모래언덕 위에 있는 서창(西倉)이라는 작은 부락에서, 가난한 농가의 셋째 딸로 태어났다.

쌍네 위로 딸 둘은 이미 같은 농가에 팔린 뒤였고, 그의 집에는 쌍네 밑으로 아들 둘이 있었다. 그가 팔리던 해에는 장마 뒤에 역병이 돌아서, 그의 모친은 많은 동네 사람들과 함께 세상을 떠났다. 그 전해에 가뭄이 들어서 이 지방 전체에 큰 흉년이 들었었는데, 또다시 장마에 역병까지 겹친 터라, 가을이 되어 역병은 가라앉았으나 밭에서 거둘 것은 아무것도 없었다. 시골마다 농토를 떠나서 유리하는 방랑민이 길을 덮고, 남부여대하여 함경도나 황해도 쪽으로 이주하여 가는 부락민이 초겨울까지 끊이지 않았다. 쌍네의 집 가족도 그 중의 하나였다.

아버지는 얼마 되지 않은 그릇 자박 바가지짝을 꿰어 매어 짐을 꾸려 지고, 네 살 난 놈을 그 위에 올려 앉히고 여섯 날 난 놈과 쌍네의 손목을 이끌면서, 가을도 이미 저문 시퍼렇게 흐린 날 늦은 아침에 서창을 떠나 고을로 들어왔다. 방선문 안 박성균네 마당에서 하룻밤을 쉬어서, 세월 좋다는 원산으로 사백 리 길을 떠나려는 판이다.

네 살 난 놈은 이럭저럭 짐 위에 올려 앉히고 간다 해도, 여섯 살 난 놈과 쌍네가 연속하여 사백 리 길을 가려면 신작로도 나기 전 험한 길을, 열흘이 걸릴지 보름이 걸릴지 종잡을 바가 없다. 하루라도 바삐 가서 겨울이 닥쳐오기 전에 자리를 잡아야 할 판인데, 열흘 동안 노비를 쓸 것조차 주머니 속에는 남아 있지 아니하다. 어디 말이나 당나귀라도 하나 얻어서 아이를 태우고 들어갔으면 싶으나, 물론 그렇게 할 돈이 있을 리 만무하다. 밤이 새도록 어린것을 눕히고 생각한 끝이, 드디어 남들이 다 그렇게 하는 한 가지 방도였다.

짐을 덜고 노비를 장만하는 일거양득의 길, 그것은 쌍네를 종으로 파는 길밖엔 없었다. 오십이 가까운 아버지는 집을 떠날 때까지는, 결단코 이런 방도만은 취하지 않으려 했다. 그러나 정작 삼십 리 길을 걸어서 첫날밤을 맞아 보니, 어린 세 아이를 데리고 먼 길을 떠나서 오랫동안 여행을 한다는 것이, 거의 불가능한 처사인 것을 깨닫지 않을 수 없었다.

한 방에서 자는 마바리꾼에게 상론했자 별 뾰족한 수가 생길 리 없다. 처음은 속으로 노염도 갔으나, 백이면 백 사람의 입이 한결같이 그 방도밖에 생각지 못할 때, 그는 드디어 이 길을 취하지 않을 수 없었다.

박리균에게 부탁하여 종으로 쌍네를 살 사람을 수소문했으나, 역시 지금 한창 세간을 늘리고 세력을 부리려 드는 박 참봉 성권네밖에, 이런 흉년에 뭉텅이 돈을 던져 사람을 살 이는 이 고을에 있을 성싶지 않았다. 그래도 박성균이는, 박 참봉이 종은 무슨 얼어 빠질 종을 또 살 게냐고 가 보지도 말라고 했으나 결국은 그 집에서 맡아 버리기로 작정이 되었다. 박 참봉네 집에는 벌써 나이 찬 종이, 한 집에 하나씩 있어서 별반 새로운 손이 필요치는 않았으나 한편으론 헐값으로 살 수 있는 것이고, 또 한편으로 심술궂은 박리균네가 뒤에 있다는 것을 알고 부쩍 쌍네를 데려다 두기로 했다. 그때 몸값이 이백 냥. 아무리 흉년이기로니 삼백 냥은 내라고 졸라 보았으나, 이제 겨우 아홉 살 난 것을 이백 냥에 싫거든 그만두라는 판에, 그만 하는 수 없이 그 값에 흥정이 된 것이다.

아버지는 작은놈을 둘러업고, 짐과 큰아이를 나귀에 싣고서 방선문 밖으로 내키지 않는 길을 떠났고, 쌍네는 그날부터 박 참봉네 집의 매인 재산이 됐다.

그때 서른 살이 겨우 넘은 젊은 박 참봉의 아낙은, 쌍네가 울고 앉았는 것을 처음은 위로하며 달래다가, 그 다음은 도고하게 음성을 가다듬어 훈계의 말을 한 뒤에, 박 참봉은 나리님, 자기는 마님, 아이들은 도련님이라고 부를 것을 가르치고, 나이 찬 종은 연세에 따라 형 또는 오마니라 부르라고 일러 주었다.

"네 나이 아즉 열이 안 된 어린아이니 대소범절을 가르쳐 주거니와, 첫째는 순종, 둘째는 공경, 셋째는 저 맡은 일을 감당할 것, 이걸 잊지 말고 행실머리를 바로 가져야 옳다."고 다시 당부했다. 그 다음부터 쌍네는 마음대로 울지도 못하는 신세로 되었다. 서각이나 자리 속에서 간혹 눈물을 흘리다가도 누구의 인기척이 나면, 불시에 눈물을 털고 일어서서 그린 듯이 낯색을 고쳤다.

두칠이가 절게로 오게 된 것은 쌍네가 와서 삼 년이 지난 뒤, 그러므로 지금부터 만 십 년 전의 일이 된다. 그때에 두칠이는 스물한 살의 나이 찬 총각이었다.

박 참봉의 장인 되는 갱고지 전주 최씨네 작인으로 있는 김바우의 셋째 아들로 세상에 났으나, 형제가 많고 집이 가난하여 나이 차도록 장가도 들지 못하고, 거듭하는 흉작과 살림에 쪼들려서, 드디어 두칠이는 절게살이를 떠나게 되었던 것이다. 어엿한 부역 병모가 있고, 형제 동기가 수두룩한 몸으로, 절게살이를 떠난다는 것은 장본인으로서도 섭섭한 일이었으나, 돌이켜 생각하면 이 밖에 성가할 뾰족한 딴 수가 보이지도 않을 뿐더러, 제 하나가 희생이 되지 않으면 그 해 농사는 커녕, 열 넘는 가족이 금시에 굶어 뻐드러져야 할 궁박한 형편이었다. 그래서 김바우는 최 초시를 찾아가서 사연을 아뢰고 박 참봉 댁에 절게를 살게 해주십사고 간청을 대었다.

박 참봉은 작금 이삼 년 동안 계속되는 흉작과 역병에 농토를 던지는 자가 부쩍 늘어서, 그동안 한달갈이를 넘게 헐값으

로 사 둔 것이 있었으나, 작인의 이동이 심하고 적당한 작인
을 만나기도 힘들고 귀찮아서, 어디 절게를 몇 더 늘려서 금
년부터는 자농이라도 해보려던 참인데, 두칠이 같은 장정이
제 발로 기어 들어오겠다는 것은 마침 십상이긴 했으나,

"거 원, 장인 영감이 그렇도록 부탁한 게니 두어 보기는 하
겠네마는, 지금 있는 손두 남아돌아 걱정인데, 알다시피 곡가
는 비싸고……."

이렇게 한번 척 늘어져 본 뒤에, 담배를 떵떵 떨면서, 무릎
을 꿇고 굽신굽신 절을 하고 있는 바우와 두칠이를, 먼발로
보는 둥 마는 둥,

"아무려나, 자농을 얼마 해서라도, 어데 내 집에 찾아 들어
온 사람을 몰아낼 도리야 서는가. 하니 그 폭을 요량해서, 일
일랑 부지런히 해준다믄, 뒷날이라도 해롭진 않을 테야. 농가
에서 한참 곤궁할 대목이니 좁쌀이나 두어 섬 가져다가 쓰려
는가."

하고 뒷마무리를 해버렸다.

이리하여 조 두 섬을 미리 받아다 먹고, 그해 일 년은 그대
로 살아 주게 마련이 되어 버린 것이다.

다음해부터는 돈 서른 냥씩을 받기로 되었다. 이 밖에 그가
박 참봉 댁에서 받는 것이란 세 때의 끼니와, 두루마기 없는
겨우살이 한 벌, 이른 봄에 푸중의적삼, 단오 대목 해서 희중
의적삼, 여름에 베등지게, 가을에 솜바지저고리 ── 이렇게 옷
가지나 얻어 입고 발에 두르는 감발 두 감에, 머리에 동여맬
수건 세 채가 고작인 것이다.

이럭저럭 삼 년을 살아 보았으나 별 싹수가 보이지도 않았고, 스물두세 살의 한창인 시절을 남의 일로 허송하는 것도 생각해 보면 헤먹기 짝이 없어, 절게살이를 그만두고 갱고지로 돌아가서 농사를 도울까 하고도 생각해 보았고, 그의 본집에서도 그렇게 하기를 은근히 권해 보았으나 막상 사 년에 접어드는 봄이 오니 두칠이는 박 참봉의 컴컴한 절게방을 떠나려 들지 않았다. 그는 아무 말 없이 절게살이를 계속하면서 소처럼 되게 일만 했다. 그에게는 미상불 딴 궁리가 없지는 않았던 것이다. 열여섯을 맞아 지금 한참 피어나려는 쌍네, 그를 은근히 두칠이는 탐내고 있었던 것이다.

 그러나 쌍네는 비록 비천한 몸이기는 하나, 피어나는 처녀의 마음이라, 두칠이 따위를 안중에 둘 리가 없다. 그와 나이 동갑세인 도련님으로 형준이가 있고, 그보다는 삼 년씩 아래지만 형선이와 형걸이가 있다. 종 된 몸으로 어디다 뫼를 쓰고 도련님께 마음일망정 두어 보랴마는, 뚱그렇게 맑은 그의 두 눈은 싫도록 그들을 보아 온 터이다. 이들을 익히 보아 온 처녀의 눈이, 여드름이 툭툭 튀어 올라 벌겋게 관 상판대기와, 어느 윤동짓달에 빗어라도 보았던가 싶은, 마구 땋은 머리채를 빙빙 둘러 꾹 찌르고, 무명수건으로 횡횡 둘러 감아 놓은 저, 어수선한 머리빡과 때와 땀에 전 무명옷 주제에 마음이 끌린다든가 쏠린다든가 할 리는 만무한 일이었다.

 어렸을 때는 하루 세 때 제법 밥상이라도 날라다 주던 것이, 나이 차면서는 면바로 그의 얼굴을 쳐들지도 않으려 들고, 밥상 같은 건 나이 많은 종에게 내맡기고 두칠이의 옆에 가까이 오는 것조차 모피했다.

그러나 쌍네는 자꾸만 커 갔다. 열여덟으로 접어드니 고된 노동과 하찮은 의식(衣食)에 눌려서도, 꽃은 제 시절을 잊어 버리진 않는다. 얼굴을 덮었던 솜털은 새하얀 살결에 몰려서 떨어져 벗어지고, 볼에는 불그레한 살이 도동하니 올랐다. 쩍 지는 일었을망정 입술의 색깔은 유난히 붉어지면서, 가슴은 적삼 속에서 눈에 띄게 부풀어 올랐다. 치마 밑으로 궁둥이의 뼈가, 탄력 있는 근육에 흡신하니 둘러싸였다. 인제는 누구의 눈에도 나이 찬 색시의 것으로서, 부끄러움 없을 발육을 보인 여자의 육체였다.

두칠이의, 자라나서 몸에 겨운 성욕은 마침 스물일곱의 무서운 고개를 넘고 있었다. 어느 이슥한 여름날 저녁, 두벌 김을 늦게까지 조밭에서 매고 온 두칠이는, 제 방에서 저녁상을 받았다. 그날따라 나이 많은 종은 심부름을 가고 밥상을 들고 온 것은 쌍네였다.

굵은 맹패치마로 아랫도리를 두르고, 말라 올라붙은 베등지게가 하이얀 살을 그대로 내놓았다. 밥상을 그의 앞에 놓으려 할 제, 상에는 통히 정신이 없는 두칠이는, 눈으로는 푹 수그린 쌍네의 가리마를, 그리고 두 손으론, 상 언저리를 잡은 쌍네의 활짝 걷어붙인 두 팔을 덥석 붙들었다. 상은 그런대로 방바닥 위에 고이 놓였으나, 벌떡 일어서는 두칠이의 무릎이 갓짠지 냉국을 밀어 엎었다. 성난 짐승처럼 두 팔이 쌍네의 웃통을 낚아채려 들 때, 쌍네는 발로 문턱을 벗디고, 찰거머리 같은 사나이의 손을 털어 버리려 든다. 냉국물이 쏟아져서 발등을 적시고, 이어서 잎순가락이 그릇에 부딪쳐서 왱가 당거리며 소리를 내었으나, 두칠이의 귀에는 들림 염도 안 했다. 무서운 힘으로, 버둥거리는 쌍네의 몸을 방 안으로 끌어들이려고 하는데 인기척이 났다. 잡았던 손을 놓는 바람에 쌍네는 토방에 뒤로 나가자빠지고, 두칠이는 십 리 길이나 뛴 것처럼 숨을 헐떡이며 컴컴한 방 안에 넘어져 버렸다.

"아니 쌍네가 왜 이러니."

하는 나직한 목소리가 늙은 종의 말소린 것이 분명할 때에, 두칠이는 다소 안심했다. 이러한 사연의 내용을 알아차리고 뜰 안에서도 아무 말이 없다. 쌍네는 늙은 종의 옆에서 어깨춤을 훌쩍훌쩍 추면서 어청어청 부엌 쪽으로 걸어가고 있었다.

이 일이 있은 다음부터는 누구의 눈에도 띄리만큼, 두칠이의 앞에 나서기를 쌍네는 꺼렸다. 한번 그가 밀마당질을 하러 두서넛 일꾼과 방선문께를 갔는데, 쌍네더러 점심밥 광주리를 여다 주라니까, 그는 상전 마님의 명령인데도 불구하고 한참이나 부엌에서 주춤거렸다. 쌍네를 가엾어하는 늙은 종이, 제가 간다고 나서는 바람에 별일은 없었으나, 박 참봉의 아낙은 그때부터 두칠이를 꺼리는 쌍네의 태도에 관심을 갖지 않을 수 없게 됐다.

박 참봉은, 두칠이가 고된 일에 불평도 없이, 육칠 년 동안이란 긴 세월을 소처럼 근직하게 일해 내려온 것이, 자라나는 쌍네에게 맘을 둔 탓이라고 넘겨짚어 오는 데가 퍽이나 오래였다. 그러므로 마누라 최씨가,

"두칠이란 놈이 쌍네보고 무슨 장난을 쳤는지, 밭에 점심도

안 가지고 갈람네다레."

하고 일러바칠 때, 입에 물었던 담뱃대를 빼물고,

"두칠이 나이 얼마 안 해 삼십이 아닌가."

하고 대답했을 뿐이었다. 다시 입에 담뱃대를 물고, 뻐금뻐금 연기를 내뿜는 박 참봉의 옆얼굴을 물끄러미 바라보던 그의 마누라는 지금 말로는 안 하지만 속으론 영감이

'참 그러고 보니 쌍네가 오래지 않아 스물이 되는구먼.'

하고 어쩌면 새삼스럽게 활짝 피는 쌍네의 팡파짐한 궁뎅이 께를 생각하고 있는지도 모를 게라고 선뜻 생각해 보고 얼굴 이 좀 붉어졌다. 그러나 마누라는 아무 말도 안 하고 안방으로 물러가 버렸다.

그런데 또 한 가지 작은 사건이 마누라의 눈에 띄었다. 맏 아들 형준이가 삭명 경주 김씨의 집으로 장가를 들던 날, 쌍 네가 아침밥도 안 먹었고, 밤이 이슥해선 뒤뜰 안 벌통 앞에 서 시름없이 우는지 한숨을 짓는지 멍해 앉았더라는 게다.

형준이가 장가를 들자 곧 색시를 데려왔으니, 부부간 의가 나쁜 처지도 아닌 바엔, 쌍네가 아무리 공연한 생각을 품어 보았자 이러니저러니 말썽이 일어날 리도 없었으나, 한 해를 넘어 열아홉이 된 몸짓을, 가만히 눈붙여 보매 쌍네의 얼굴이 점점 남의 눈에 띌 만큼 아름다워지는 것이 사사모사로 일을 저지를 위험성이 없지도 않았다.

맏아들은 그대로 아무 일 없다 쳐도, 장차 형선이와 형걸이 가 장성해 가고, 또 한편으론 돈 모으는 재미에 작은댁 이외 에는 딴 염을 못 냈던 영감도 아니 할 말로, 이제부터는 어떻

게 몸을 가질는지 모를 일이었다. 그렇게 생각이 뻗치니 한시라도 빨리 묘방을 써야 될 것처럼, 그리고 꼭 아들이나 영감이 그런 잘못된 골로 빠지고야 말 것처럼 갑작스레 생각이 들고 말았다. 그래서 두루두루 혼자 궁리한 끝에 얻은 것이 한 가지 지혜였다.

그런 어떤 날 오라비 되는 최관술이가 사랑에 온 것을 조용히 안방으로 불러들였다. 관술이는 그때 동학인가 뭔가를 믿기 시작한다고 처음 서울 출입을 하기 비롯할 무렵인데, 매부 되는 박 참봉에게 개화사상과 동학을 깨우쳐 드린다고 자주 사랑에 발길을 하던 때이다.

"두칠이를 우리 집 쌍네에게 장가들이는 게 어떨까 해서 의논하는 말인데, 주사는 어떻게 생각이 감마?"

하고 누이가 물으니, 삭발하고 개화경을 낀 관술이는, 그때는 아직 갓을 쓰고 다녔는데, 한번 버릇처럼 갓끈과 수염을 만져 보고는,

"개화사상은 서학이나 동학이나를 물론하고 모두 비복을 해방하라는 주장이올시다. 그러니 쌍네가 낳는 계집자식을 일후에 다시 종으로 잡아 둘 생각만 없으신다면야, 물론 그렇게 하시는 게 지당한 일이올시다. 그런데 원 형님이 들으실는지 모르겠습니다."

하고 공손히 누이에게 말한다.

"거야 임자 형님도, 두칠이가 쌍네에게 맘을 두고, 고된 일도 아무 말 없이 십 년 가까운 세월을 이 집에서 지내 온 걸 알고 계시니까."

이렇게 말하기는 했으나 관술이 누이 최씨는 속으론 물론,

'영감이야 반대하든 말든, 어서 두칠이와 쌍네를 부부를 만들어 줘야 모든 일이 안심이 된다. 만약에 이 말에 반대를 놓을 지경이면, 그 이면이 아무튼 구린 게 분명하니, 무슨 이유를 붙여서라도 뜻대로 작정을 지어야만 할 게다. 가령 마지막에는 쌍네가 형준이에게 맘을 두었던 게 이러저러한 걸로 보아 틀림없는 일이니, 지금은 장가들어 얼마 되지 않으니 딴맘을 먹을 새도 없을 게로되, 계집의 맘이란 꼭 두부 모를 뜨게 하는 고양이의 도긋과 같아서, 이대로 내버려 두었다가는 집안에 백 년의 화를 남길는지도 모를 게라든가, 쌍네는 생김새가 계집애로서 영악하고도 간사스러워, 종차론 형선이와 형걸이에게도 어떤 한갓되지 않은 행실머리질을 할 염려도 없지 않아 있다든가 —— 어떻든 간에 영감이 깨우쳐 알도록은 있는 말 없는 말을 다 해서라도, 이 일만은 작정을 보아 둬야 한다.'고 생각하고 있는 것이다.

그러나 이렇도록 주밀스레 갈피갈피 생각하고 궁리해 둔 걸 채 털어놓기도 전에, 박 참봉은 마누라 최씨의 의견을 그대로 단마디에 좇아 외려 마음이 께름칙했다. 요렇게 반갑게 대답이 나올 리도 만무하고, 다긋통이 센 영감이 많은 돈을 먹여서 사 놓은 재산을, 이렇게 대수롭잖게 놓아 줄 이치가 없는데, 혹은 속으로 무슨 딴 속을 차려 볼 생각이 있지는 않은가. 두루두루 되새겨 보아도 그럴 법한 생각이 도무지 머리에 떠오르질 않는다.

"개화문명이 모두 그렇다고 하니 시세에도 좇을 겸, 아니

할 말로 아이들도 나이 차서 장성해 가는데, 종차로 무슨 실수를 저질러 놓을는지도 염려가 되고요, 이모저모 그렇게 하는 것이 십상일 것 같아서 권해 본 말씀이웨다으레."
하고 최씨는 다시 한번 다져 놓은 뒤에 뒷일을 자상하게 상론해 두었다.

박 참봉 내외의 생각이 일치하고도 또 얼마를 그대로 지낸 뒤에, 하루는 두칠이가 노는 날을 택하여, 박 참봉은 사랑으로 그를 불러다 앉히고,

"네 나이 내년이면 스물아홉이니 오래잖아 삼십이야. 네가 내 집에 온 지도 팔 년이 됐으니 인제는 성가를 할 나이 아닌가. 너는 잊었는지 모르지만, 내가 너보고 처음 해둔 말도 있지 안 한가, 일만 부지런히 할 지경이면 뒷날 결단코 해롭겐 안 할 테라고. 그래 어떤가, 네 맘만 내킨다고 보면 쌍네도 이왕 나이 찼으니."

여기서 좀 말을 끊고 두칠이의 낯짝을 바라보니, 그의 얼굴엔 기쁜 표정이 가득했으며 그 커다란 입을 벌신하니 웃어 보이며,

"나리님 처분에 다시 이를 말씀이 있습너니까."
하고 굽신 머리를 굽혀 절을 할 뿐이다. 두칠이의 얼굴에 떠오르는 감출 수 없는 즐거움을 넌지시 바라보고,

"네 처 될 년으로 말할 지경이면, 아홉 살에 제 애비가 원산으로 가면서 내게다 맡긴 것인데 그때 한참 바른 돈에 적지 않은 금액을 지애비 손에 들려 주었더란 말일세. 그러고 보니 오늘날 그 이자를 따진다고 들어도 수천금에 이를 것이야. 하

나, 내가 너에게 그렇게 야박수레 굴 생각은 없어(이 대목에서 약간 긴장했던 두칠이의 얼굴에 안심의 빛이 돌며, 또 한 번 굽신 허리를 굽히고 두 손을 무릎 위에서 맞비비어 본다). 또 하나 너에게 말해 둘 건, 년에게서 나오는 소생이 만약 딸자식이고 볼 지경이면, 고것이 고대로 내 집에 매인 것이 되는 건 여태껏 내려오는 관습이로되, 내 생각하는 바가 따로 있어, 종차론 그런 풍속을 없이 할 생각이니, 아들을 낳건 딸을 낳건 그건 너희들 맘대로 기르란 말일세. 금년은 이대로 지내고 내년 추수나 치른 뒤에 머리나 올려 주고, 물역 쪽 막간을 맡아서 살아 보게나 그래."

이 말이 끝난 다음 두칠이는 코가 땅바닥에 닿도록 절을 하고 제 방으로 물러 나왔다. 절게로부터 막서리로 되는 것이 기쁜 게 아니다. 인제 누가 뭐래도 그 탐스런 쌍네가 제 것이 될 테니 그것이 기쁜 것이다.

그러나 그 이튿날 쉬 저녁때쯤 해서 사랑에서 물러 나온 쌍네는, 두칠이와는 반대로 두 눈에 눈물이 어리어서 그대로 서각으로 뛰어갔다. 아무도 없는 재통에서 그는 한참 동안을 울어 보았다. 울어 보니 무슨 소용이랴. 좋건 글렀건 내년 가을이면 그는 두칠이의 아내가 되고 마는 것이다. 먼 데로 도망을 가거나, 목숨을 끊어 강에 던지거나, 비상을 먹고 살을 썩히든가 해버리기 전에는 울어 보나 버둥거려 보나, 그는 두칠이의 아내가 되어 버리는 것이다.

뜻에 합당한 남편이라면 종신을 종으로 지낸다고서 무슨 원한이 남으랴. 그 남편이 절게면 어떻고, 생기는 딸자식이

대를 이어 종살이를 한단들 무슨 유한이 있을 거냐── 더구나 종간나보다 막서리의 처가 얼마나 훌륭한 지원지, 절게보다 막서리가 얼마나 월등한 지벌인지, 쌍네에게는 알 수 없는 일이었다. 막서리가 된다 해도 하는 일, 당하는 일은 매한가지가 아닐 거냐. 그럴 바엔 마음에나 내키는 사나이와 한세상 살아 보고 싶은 것만이 단 한 가지의 소원이었다. 마음에 내키는 사나이 아니면 안 된다고 작정한 사나이라도 있는 것이 아니다. 그러나 저 두칠이에게만은 징그럽고 구질구질하여 마음이 도무지 끌리지 않는 것이다.

그러나 신세타령을 한다고 든다면, 아예 당초에 그이 아버지가 그를 종으로 팔았을 때부터, 일은 이렇게 되기로 마련이 된 것이 아니냐. 지금 이 지경이 돼서 이러니저러니, 조밥이다 쌀밥이다 하고 가리려 드는 것이 어리석은 일이 아닐 수 없었다. 쌍네도 그것을 모르는 것이 아니다. 그렇기 때문에 그는 박 참봉이 하는 말에 푹 머리를 수그린 채 아무 대꾸도 못하고 사랑을 물러 나온 것이다.

일은 작정한 대로 가혹하게 실행이 된다. 그리하여 그 이듬해 가을에는, 쌍네는 두칠이의 아내가 되어, 박 참봉네 큰집 물역 쪽으로 있는 막간방에서, 두칠이의 오랫동안 막혀 쌓였던 정욕의 가엾은 대상이 되어 버렸다.

우렷한 달빛이 창에 훤하다. 두칠이 처 쌍네는 비류강 쪽으로 향한 막간방에 혼자 자리도 안 깔고 번듯이 누워 있다.

그는 두뭇골 댁에 설기떡을 갖다 두고 오던 길에, 형걸이를 길 위에서 만나 뜻하지 않았던 변을 당하고, 한참 동안은 흐르는 눈물을 씻지도 않고 그대로 종종걸음을 쳐서 행길로 나왔다. 물역 쪽으로 난 뒷대문으로 돌아서 저의 방을 옆으로 보며, 그는 안뜰을 지나 부엌으로 들어왔다.

"어떻게 이리 늦었느냐?"는 말에, 두뭇골서 베 도투마리 감는 걸 잠깐 도와주고 온 탓이라고 거짓말을 할 만치, 그때에는 벌써 가라앉은 마음을 가질 수 있었다. 방 안에서 그 말을 듣던 최씨는,

"심부름 간 사람을 잡아 놓고 일을 시키문 어쩌자는 겐가."
하고 혼자 두뭇골 작은댁을 나무라고 있었다. 말이나 노새나 당나귀나 소의 여물들은 어찌 됐는가고 물었더니, 늙은 종이 전부 갖다 주었다고 한다. 그래 쌍네는, 떡 한 그릇과 두칠이가 오거든 주라고 밥과 오가리 찌개와 김치를 함지에 얹어 이고, 제 방으로 돌아왔다. 좁은 부엌에 함지째 놓아두고 그는 그대로 방 안에 들어왔다. 저녁 생각이고 뭐고 도무지 배가 고픈 것 같지가 않다. 가슴이 금시에 울렁거리다가도 얼마 전에 길 위에서 당한 일이 꿈이 아니었던가, 내가 미쳐서 어느 귀신에게 홀렸던 거나 아니었던가 하는 생각이 들면, 영락없이 그리된 일임에 틀림없는 것도 같아서 가슴은 철썩 물러앉고, 낯에서 피가 쭉 밑으로 흘러 버려서 가벼운 현기증조차 느껴지는 것이다. 사실 꿈에도 당해 보지 못한 일이었다. 그와 동갑 되는 맏도련님 형준이가 삭명으로 장가를 드는 날, 밥도 안 먹고 밤에는 뒤뜰에 있는 벌통 앞에서 한숨을 지었다는 것이, 그 뒤 늙은 종이나 작인의 마누라들 간에 한갓되지도 않은 주둥아리의 군입심감이 되었다고 하나, 그거라고 별

로 도련님에게 마음이 달떴던 때문도 아니었다. 다른 집 따라 없이, 열여덟이 되도록 도련님들의 혼사를 지내지 않는 이 댁 풍습이, 남들은 이러니저러니 시비질을 하지만, 어느 겨를에 시집이고 뭐고 가마 탈 세월이 올 것 같지도 않은 쌍네에게는, 상전의 도련님이 아직 장가갈 염도 안 하는데, 하여 적잖이 위안이 되던 것이 사실이었다. 그 위안조차 형준이의 혼사로 인해 부서지고 말았으니, 그렇잖아도 마음이 산란스러워 참을 수 없는 낮세에, 한숨이나 눈물이 나와 솟구쳐 오르지 않을 리 만무였다. 대체, 저를 이 고장에다 내버려 두고 원산 쪽으로 살길을 찾아 길을 떠나간 지가 십 년이 되었건만, 생사의 소식조차 전하지 않는 아버지와 어린 동생들은, 지금은 어디서 어떻게 살고 있는지, 죽어 뼈드러져 흙이 되어 버렸는지, 귀신이 되어 어느 허공에 실 끊어진 종이연 모양으로 너풀거리고 있는지, 궁금하다기보다 그립고, 그립다기보다 안타깝고, 안타깝다고 가슴을 부여 뜯을 땐, 우선 눈물이 낯을 적셔 버린 뒤였다. 나를 어쩌라고 이 구덩이에 몰아넣고 ― 이렇게 원한까지가 뒤섞이면 이런 세상 한평생 살아가느니 오히려 목숨을 끊어 자결을 해버림만 같지 못하다는 모진 생각까지 들게 되는 것이었다. 이런 생각을 겨우 진정하고 마음을 수습하노라니 아침밥도 굶었던 것이요, 밤이 으슥해선 뒤뜰 안에 혼자 앉아 시름없는 세월도 보냈던 것이다. 도련님의 품에 안긴 꿈이라니, 어느 하늘에 머리를 솟구고 무엄하게도 입 밖엔들 낼 수 있을 것이냐. 그렇던 그것이 얼마 전에 꿈도 아닌 생시에, 도련님 중에서도 가장 미츳하고 깨끗한 두뭇골 도련님과 어엿하게 길 위에서 벌어졌다니, 귀신에 홀렸다는 생각을 가짐도 과시 무리는 아니었다. 그러나 아무리 생각하여도 꿈은 아니었다. 눈을 바로 뜨고 창문을 바라본다. 창살구멍이 저렇게 똑똑히 보이고, 그 틈으로 하늘 중천에 한 모가 이지러진 보름 가까운 달이, 물 같은 달빛을 뿌리고 있는 것이 저렇도록 분명히 보이는데, 귀신에 홀렸다는 건 더구나 안 될 말이다. 혀를 내어 입술을 빨아 본다. 아직도 쌍긋한 두뭇골 도련님의 침 맛이 남아 있다. 불보다 더 뜨거운 도련님의 입술이, 볼과 인중께를 미칠 듯이 돌아가다, 겨우 제 입술을 찾았을 때에 느꼈던 감격이, 아직도 이 몸에 남아 있다. 꿈은 결코 아니었다. '달이 넘어갈 때' 하는 도련님의, 더운 입김과 함께 뱉은 말이 생각난다. 그는 불현듯이 물역 쪽으로 통한 문을 열고 밖으로 나갔다. 대문에 이르기 전 저만큼에, 나지막한 가시울타리가 있고 작은 문이 달려 있다. 필시 도련님이 오신다면, 물역 쪽으로 돌아서 뽕밭 머리를 지나 이 울타리 문으로 들어올 게다. 아직 두칠이가 나무를 싣고 돌아오지 않았으므로 바깥 큰 대문이 열려 있으나 그 문을 지나자면 사랑 마당과 외양간을 지나고 서각 뒷목을 돌아와야 이곳에 이를 것이니, 남몰래 이 방을 밖에서 찾아들자면 물역 쪽, 이울타리께로 오는 것이 가장 곧바르고 틀림이 없다. 안으로 통하는 외짝 문이 있으나, 그것은 다시 부엌을 넘어서야 바깥뜰 안으로 통할 수 있다.

그는 버선발로 뛰어나가 걸었던 울타리 문을, 밖에서 밀면쉬이 열릴 수 있도록 빗장을 뽑아 놓았다. 달을 쳐다보니 십이봉 위에 아직도 두 발만큼이나 떨어져 걸려 있다. 저놈이 진 때라면, 두칠이가 올 때일 텐데, 하고 무심코 생각하고 나니 자기가 과연 도련님이 찾아오기를 기다리고 있는 것일까 하는 생각이 든다.

그는 방 안으로 들어와, 문을 닫고 아랫목에 아무것도 깔지 않은 채, 번듯이 드러누웠다. 두칠이 생각이 난다. 그가 매일처럼 고된 몸을 돌아보지 않고, 달게 구는 것이 그토록 싫던 쌍네로서, 도련님을 맞아들일 마음의 준비가 이왕부터 마련되어 있어서던가 하는 생각이 든다. 아무리 비천한 몸이기로, 그리고 두칠에 대한 애정은 있거나 없거나, 자기는 남의 아내 된 몸이 아니냐. 생각을 돌이켜 보면, 생뚱한 총각에게, 입술을 뺏기고 품에 안겼던 것만 해도 죄스럽고 원통한 일인데, 그는 제 스스로 남편 아닌 딴 사나이가 찾아들라고 문을 열어 주고 있지는 아니한가.

그러나 그는 다시 일어나서 문을 걸러 나가려곤 하지 않았다. 길 도중에서 남편인 두칠이가 무슨 이변이라도 만나서 새벽녘에나 돌아오면, 아니 그대로 삼밭의 농막에서 밤을 새고 동녘이 훤히 터서야 돌아오면 ── 이렇게 그의 마음 한 귀퉁이에선 은근한 기원을 올리고 있는 것이 사실인 것이다. 그는 부질없고, 거추장스럽고, 찌겁찌근한 다른 생각은 일체 하지 않기로 기를 쓴다. 단 하나 도련님과 길 위에서 만나서 헤어지던 대목만, 몇 번이고 되풀이해 보는 것이었다.

아무것도 모르고 덥벅덥벅 좁은 길을 양푼을 들고 걸어오던 것과, 길 가운데서 불쑥 허연 것이 솟아오를 때 기겁을 하여 놀랐던 것과, 그것이 뜻하지 아니한 두뭇골 도련님인 데 또 한 번 가슴이 놀라고, 거진 소리를 지르려다 그 다음은 어쩐지 몹시 부끄러운 생각이 들던 것과 — 여기까지는 대충대충 빨리 생각을 채치고, 도련님이 그에게 존대의 말을 엉겁결에 건네던 고비에서부터는 될수록 느리게 발걸음을 쓸데없는 곳에서 마실을 시키면서 끌어 오다가, 입을 맞춘 뒤에 몸을 뽑아, 달이 구름장을 지나가는 우렷한 길 위를, 종종걸음을 치며 까닭 모를 눈물을 흘리던 고팽이까지를 그는 양껏 향락해 보는 것이다. 이것을 되풀이하여 싫증이 나기 전에 도련님의 발자취 소리가 뽕밭 머리에서 들려오기만 한다면, 그 뒤에는 두칠이 따위가 소를 몰고 돌아오든 말든, 아무 관계가 없을 게라고까지 생각이 드는 것이다. 그는 여태껏 무수하니 두칠이와 잠자리를 같이하였고, 머리 올린 지 반년 만에 유산까지 치른 경험이 있지만 이렇게 도련님의 애무를 상상해 보고 있을 때엔, 마치 아무개에게도 몸을 허락한 적이 없고, 고이 고이 싸 두어서 누구 하나 손끝도 얼씬 못한 처녀인 것처럼 자기가 생각되어지는 것이다. 사실 길을 막고 물어볼 말로, 시집이라고 든 지 달로 쳐서 일 년하고도 반년 동안, 한 번인들 감격에 몸을 맡겨 본 적이 있었던가 싶었다.

두 손을 들어서 가슴을 눌러 본다. 제 가슴을 제 팔로 꽉 껴안아도 본다. 그러나 엉겁결에 한 손에 양푼을 든 채 도련님께 껴안겼을 때와 같은, 벅차고도 울렁거리던 형언할 수 없는 감동이 좀처럼 솟아나지는 않는다. 그는 푸 한숨을 짓고 몸을 뒤챈다.

어느 결에 창문 있는 쪽이 어둑어둑해져 갔다. 울렁거리는 가슴을 가누지 못하며 창을 바라보니, 달이 산봉우리 뒤로 거지반 떨어져 간다. 그는 두 팔로 낯을 꽉 가리고, 이 일을 어찌할까냐고 고함을 지를 듯 안타까워한다. 그것은 달이 떨어지니 인젠 곧 도련님이 올 게라는 두려움 섞인 심리의 발작인지, 넘어가는 달을 잡아 두고 싶은 간지러운 희망의 표시인지, 그로서도 도무지 종잡을 수가 없었다.

그런데 아뿔싸, 사랑 쪽으로 난 큰 대문이 활짝 열리는 소리가 나며, 확실히 두칠이의 말소리로 이라 쩌쩌 하는 소 모는 소리, 큰 나뭇바리가 대문 문설주에 싹 하고 대이는 소리조차 똑똑히 들린다.

두칠이가 왔다. 도련님은 아니 오고 두칠이가 왔다 ── 이 생각이 그의 머리에 뚜렷하니 새겨질 때 쌍네는 머리에서 손을 떼며, 꿈에서 깬 듯 '잘됐다' 하고 가느다란 한숨을 지었다. 두칠이는 오락가락 육십 리 길을 소를 몰며 다녀오고도, 아무런 불평 없이 사랑 마당에서 나무만 부리고 있다.

쌍네는 가만히 일어나서 컴컴한 방 가운데 잠시 서 보았다. 뗑해진 머리를 두 손으로 부둥켜 들고 또 한 번,

"이르게 오길 잘했다."

하고 소리가 나도록 중얼대어 보았다.

7

한 달 전에 부임해 온 문우성(文字誠) 선생에게서 산술을 배우고 나면, 고등과 일학년의 오늘 학과는 그것으로 마지막이 된다. 그러나 매일처럼 하학한 뒤에 한 번씩 전교 생도가 정영근 교사의 지휘로 시행하는, 대운동회 목표의 연합체조 연습이 아직 남아 있었다. 그래서 형걸이는 책보를 끼고 이십 명 가까운 학도들과 교실을 나와서 곧 운동장으로 내려간다. 고등과 일학년 학도 중에는 머리를 안 깎은 총각 학도가 대여섯 되었으나, 상투를 틀고 초립을 쓴 학도는 둘밖에 없었다. 그러나 윗학년으로 올라가면 나이 찬 새서방이 많아서, 이들은 관을 썼거나 또는 초립이나 갓을 썼다.

학교에서는 머리채를 땋아 늘어뜨린 총각은 물론, 이렇게 상투를 튼 장성한 학도들에 대해, 벌써부터 삭발을 장려해 왔고, 더구나 대운동회까지는 될수록 전교 학도가 모두 머리를

138

깎아야 한다고 훈계할 때마다 주의해 내려왔는데, 아직까지
도 머리를 그대로 둔 자가 상당히 많았다. 이들은 연합체조에
참가하기를 꺼렸다. 사실 이들 중에는 고을서 몇 십 리씩 떨
어져 있는 시골서 상당한 한문 공부를 치른 삼십 가까운 청년
이 대부분이었다. 그들은 공부를 끝내면 연합체조를 피해 그
대로 교실에 남아 버리든가, 날씨가 좋은 날은 산으로 가든가
해버리는 수가 많았다.

  정 교사는 이러한 학도들의 태도를 가장 엄격하게 다스리
기를 주장해 왔으나, 너무 심하게 취급하고 보면, 그러지 않
아도 수효가 적은 학교에서 달아나 버릴 염려가 있으므로, 방
임주의를 써 오는 것이 학교의 정책이었다.

  교실에서 운동장으로 오는 길에, 손대봉이가 한반 학도 두
서넛과 삼송정 쪽으로 내려오는 것과 맞대었다. 그들은 한 시
간 전에 공부를 끝마치고 산에서 시간을 기다리다가, 연합체
조 연습에 참가하기 위해 지금 운동장으로 내려오는 길이다.
형걸이를 보더니 대봉이는 두어 발자국 뜀을 뛰듯 하여 그의
옆으로 오면서,

  "갈 때에 쟁고 구경 함께 가자."

하고 형걸이의 등에 손을 없듯 한다. 형걸네 큰집, 알기 쉽게
말하면 박 참봉네 거릿집 행길 건넛집은 이칠성이네 집이다.
그가 평양서 며칠 전에 자행거(自行車)를 사 왔다는 것은, 이
고을 안에 하루 동안도 안 걸려서 쫙 소문이 퍼졌다. 그래서
어제 그제, 그 집 앞에는 광대나 잔치패가 왔을 때처럼, 사람
들이 꼬이고 아이들이 모여들었다. 칠성이는 박 참봉네 근방

에 살면서 이모저모로 그의 그늘을 입는 터이라, 자행거를 사 온 이튿날, 곧 그놈을 밀고 그 집 사랑 뜰 안으로 와서 온 가족에게 구경을 시켰다. 그때엔 형걸이도 있었고, 물론 안부인 네들도 일부러 중대문을 닫아 건 뒤에, 문틈으로 자행거를 놀리는 놀라운 광경을 내다보았었다.

대봉이는 처음 칠성이네가 자행거를 사 왔다는 소문을 들었을 때, 그까짓 쟁고 같은 걸 뭐 별거라고들 파리 떼처럼 꼬여 드는가, 작년에 평양 갔을 때 자기는 그런 쟁고를 잔나비가 나뭇가지 위에 놀 듯이 재주 있게 타고 노는 걸 봤는데, 칠성이쯤이야 인제 겨우 길이나 섬기나마나 할 정도일 게니, 그까짓 게 뭐 구경거리가 되느냐고 동무들에게 호통을 뽑았었는데, 며칠을 지나니 먼발로만 휙 보고 온 자행거의 실물이 보고 싶고, 또 그때 평양서 보기에 반들반들하고 복잡하던, 그놈 자행거의 기계 속의 모양을 손으로 만져 보고 싶어서, 어제 오늘은 적이 안달증이 났다. 그런데 또 한 가지 은근히 그의 입맛이 당기는 데가 있다. 그건 얼마 전에 평양서 얻어 온 칠성이의 마누라를 어쩌면 또 한 번 볼 수 있을는지도 모를 게라고. 그래서 그야말로 뽕도 딸 겸 님도 볼 겸이다.

그런데 들리는 말에 어제 아침부터 칠성이는 문을 닫아걸고 자행거 구경을 시키지 않는다는 것이다. 처음은 조사하노라고 사람들이 꼬여 들면, 연방 안장도 두드려 보고, 또 종도 울려 보고, 발디디개를 휑휑 돌려도 보고, 흥에 겨운 때는 그놈을 타고 삐툴삐툴하면서 길 위를 한 바퀴 돌아보기도 했는데, 한 사나흘 계속하니 그 다음은 그 일이 시끄러워졌다. 그

140

는 본시 도붓돌이를, 어렸을 때는 상자나 멧산자 보따리를 지고 다니면서, 그 뒤 좀 돈푼이나 모아서는 당나귀로, 이 부근 몇 고장 장날을 빙빙 돌던 것이, 이즈음 일 년 동안 좌전으로 돌려 앉고 이어 평양 출입을 자주 하면서, 가까이는 세매끼 장사라고 제법 반찬, 미역, 쌀가마니 등속을 갖다 놓았다. 제 말로는 이왕 신작로도 났으니 이놈을 타고 바삐 평양 내왕을 할 참으로 이 자행거를 사 왔다는 것인데, 며칠 동안 이걸로 인해 장사도 못하고 분주히 돌아가다, 생각하니 공연한 짓 같아서, 그 다음부터는 일체 구경을 안 시키기로 한 것이다. 가령 돈 회계를 좀 하려고 문서책을 펴놓고 주먹구구를 하는데도 아이놈들이 와서는,

"쟁고 구경합세다."

부처끼리 깨가 쏟아지게 맞상을 하고, 짠지외다 고등어외다 하고 서로 입맛을 다셔 가며 저녁을 먹는데도 아니 놈들이,

"쟁고 좀 봅세다으레."

하고 하게를 먹인다. 이놈 겪어 나가기가 시끄러워, 누구 말마따나 돈이라도 받고 구경을 시킬까 하고도 생각해 보았다가, 그대로 "쟁고 못쓰게 됐다."고 고장을 빙자하여 헛청간에 고이 세워 두어 버린 것이다. 그러니 대봉이의 낯이나 세력으로는 이놈의 자행거를 구경할 수가 없다. 형선이가 누구보다도 십상 일등이겠으나 그와는 사이가 좀 좋질 않고, 그래 아삼륙으로 친한 형걸이의 덕을 입자는 판이다.

"난두 타는 걸 보니 안즉 될 날이 멀었데. 네가 평양서 잰내

비 놀리듯 하는 걸 본 눈으루 본다문야, 구역이 나서 견데 배기겠나."

　이러고서 형걸이는 대봉이를 놀려 먹는다.

　"내가 안타까이 보고푼단 건 아닌데, 길손인가 누구 말인가를 들은즉슨 암만 봐두 새것 같지두 않구, 꼭 남이 쓰다 낡은 것 같다대그려. 그래 그런 것두 살펴볼 겸, 또 어물어물하다 우리 그놈 좀 얻어 가지굴랑 한번 타는 걸 배와 두는 것도 십상이 아닌가."

　"누가 빌려 준다덩가. 지금 아마 제 여편네하고 둘을 놓구서, 어느 걸 빌리겠냐구 물으면 여편네를 내놓으면 내놨지 쟁고는 안 될 판인데."

　그러나 형걸이 자신도 자행거를 얻어서 배우자는 말엔 귀가 솔깃했다. 말을 타고 몰아치는 맛도 장쾌한 일이거니와, 쇠로 만든 두 바퀴 달린 요놈의 기계에 난뜨럭 올라앉아, 횅횅 둘러서 제비처럼 날아다니는 맛이란 더없이 기막힐 듯싶다. 그래서 어떻게 참 대봉이 말마따나, 그 자행거를 좀 얻어 탈 묘한 방책은 없을 건가 해서 궁리를 하면서 걷고 있는데,

　"그깐 놈 쟁고 싫다믄 여편네두 좋지."

하고 대봉이는 여전히 딴 변두리에서 흥얼거리며 따라온다.

　그러나 그들은 벌써 운동장 가운데 들어와 있었고, 이어서 나팔 소리가 나고, 정 교사가 채찍을 들고 뛰어나오는 바람에, 학년을 따라 바삐 나란히를 해야 할 판이었다.

　'추립' 하고 호령을 부르는 소리를 듣고, 가로세로 술렁술렁 뛰어가며 제자리를 찾느라고 바쁘면서도, 아직 대봉이와

형걸이는 각각 자행거와 연줄을 가진 생각에 머리를 묻고 있었다.

그러므로 '기척, 우로 나란히, 내렷, 번호, 우향 앞으로 갓!'을 빨랑빨랑 해치우고, 종대 사열 행진에서 횡대로 변하는 대목을 몇 번인가 되풀이하면서, 한 반시간 동안 운동장을 빙빙 돌아 행진을 하는 것으로 오늘의 체조 연습이 끝났을 때에, 그들은 이내 칠성이네 집으로 달려갔다.

대봉이는 밖에 서서 잠깐 기다리고, 형걸이만 흠 없는 집이라고 덥벅덥벅 안으로 들어가며,

"칠성이네 형님 있수꿰."

하고 제법 존대를 해서 부른다.

"촌에 가구 없이요."

하고 부인네 말소리가 나더니 이어서,

"나오셨소."

하고 형걸이에게 인사를 한다. 안에서 나는 소리를 들으니, 밖에서 이렇게 섰을 게 아니라, 좀 능청맞지만 따라 들어가야 할 게라고, 대봉이도 어슬렁어슬렁 형걸이의 뒤로 대섰다. 젊은 부인네는 방문을 열고, 한 발을 문턱에 얹고 왼손으로 문설주를 쥐고 서서 형걸이와 이야기를 하려다가, 웬 한 모를 총각이 어슬렁거리고 들어서는 바람에 잠시 감추듯 하다가,

"아니, 머, 칠성이네 형이 안 계신가."

하고 이쪽에서 묻는 바람에, 다시 얼굴을 문 밖으로 엿보이면서,

"촌에 갔시오."

하고 또 한 번 대답하곤, 이번에는 낯을 감출 염도 아니한다.

"그럼 이거 안됐네그려."

하고 대봉이가 형걸이를 바라보면서 눈을 한번 찔끔한다.

"글쎄."

하고 대봉이에게 대답한 뒤에, 두 총각은 안방을 향하여 일시에 벌신하니 웃었다. 이 웃음에 색시도 따라 웃을 듯하다가, 다시 무슨 일로 그러느냐고 묻는 게 인사라고 생각했는지, 뭐라고 입술을 날름거리려 하는 것을 형걸이는 이내,

"아즈마니, 그런 거 아니라요."

하고 한 발자국 안뜰로 들어선다.

"나는, 머, 우리 사랑 마당에서 쟁고 놀리는 걸 봤으니께루, 또 볼 것두 없는데 저 손대봉이가, 아즈마넌 모르시는지 모르지만 이 아래 손장이네 자제 되는 이예요. 그래 저 사람이 쟁고가 첨인데 좀 구경시켜 달라구, 그래서 둘이 왔든 길이웨다으레. 그런데 형님이 없으니 머, 일은 다 틀렸지요."

하고 뒤를 돌아다보면서,

"아무려나 자네가 신수는 나쁠세. 며칠이 되두룩 안 와 보구설랑, 똑 안 계실 때 온당께 그게 무슨 얼어붙을 운수란 말인가."

하고 지정머릴 친 뒤에,

"그래, 머 먼 길 떠나셨나요?"

하고 이번에는 색시에게 묻는다. 형걸이가 드물게 볼 만큼 제법 주워섬기는 게 희한하고 또 한편으론 이놈 혼자서 잘 해먹누나 하는 심술도 나는 터라, 어느새 대봉이는 형걸이의 옆에

와서 빤히 색시의 얼굴을 바로 쳐다보고 있었다.

그는 속으로,

'자행거 열 번 타느니 이 재미가 십상이다. 이왕이면 가지런히 마루에 나란히 앉아서 이야기나 했으면······.'

이런 걸 생각하고 있는데,

"알메〔卵山〕루 아침 떠났으니 일을 보구래도 아마 내일 저녁에나 오실가 부외다. 그러나저러나 쟁고 구경이야 머 주인 없다구 못 하실 게 있겠소. 저 헛간에 딜여 세우고 보자기를 씌워 놨으니께루, 가만 계시소."

쪼루루 부엌으로 돌아 내려가는 품이 신을 끌고 나올 모양이다. 대봉이는 형걸이를 보고 한 번 혀를 날름해 보인다.

"괜찮다."

그러나 형걸이는, 자행거를 보는 게 괜찮다는 겐지, 색시 얼굴이 괜찮다는 겐지 잘 분간하지 못했다. 오히려 형걸이는 이때에 잠깐 두칠이 처 쌍네를 연상했다. 어차피 자행거 얻어 타기는 파이다. 자행거나 만지면서 남의 여편네와 잡소리를 흥얼거리는 것도 그다지 입맛이 당기진 않았고, 그럴 바엔 길 위에서 한번 간단한 포옹이 있은 뒤에 한 달이 넘도록, 조용한 기회나마 붙들지 못한 채 내려오는 쌍네의 얼굴이라도 한 번 보고 싶었던 것이다. 그래서 칠성이 아내가 부엌에서 나오기 전에,

"쟁고는 다 탔다. 난 간다."

하고 나직하니 말하니,

"쟁고보담 색시가 좋다."

하면서 대봉이는 또 한 번 눈을 찔끔한다. 칠성이 처는 누런 삼신 낡은 것을, 뒤축을 질끈 눌러서 끌고, 맨발을 새하얗게 벗은 채 부엌에서 뜰 안으로 나오면서,

"온, 쟁곤지 뭔지를 신주 때가리 모시듯 하니……."

하고 콧구멍을 발름발름해 본다. 젊은 총각들에게 미상불 악의를 갖지는 않는다는 표적일 게다.

"이거 온 여러 가지루 안됐습네다."

하고 대봉이가 가로맡아 인사를 하니, 그는 붉은 갑사 댕기를 뻐드럭하니 빼어 올린 커다란 머리를 수건도 안 쓰고 흔들거리며, 아무 말 없이 헛간 문을 열고 들어간다. 헛간 안에는 소금 냄새, 미역 냄새, 반찬 비린내 — 이런 게 함께 엉켜서 적잖이 코를 울려 대는데, 대봉이는 색시의 뒤에 이어 대서면서, 그의 궁둥이께를 뚫어지게 바라보았다. 뜰 가운데 남아 있던 형걸이는 빨랫줄에 걸린 여편네의 속옷 다리를 아무 생각 없이 바라보다가,

"그럼 천천히 구경하고 나오게, 난 집에 가서 말을 끌구 나올게……."

하고 혼자서 대문으로 뛰어나가니, 대봉이는,

"아, 같이 나가지 어드르나구 그러나."

하고 황황히 서두르는 척했으나 속으론,

'일은 십상 잘된다. 그놈두 눈칫밥은 안 먹구 살게 생겼는 걸.'

하고 은근히 기뻐했다. 그렇다고 대봉이가, 금방 아무도 없는 이 헛간 속에서 남의 집 부인에게 어떻게 나쁜 행동이나 뭐,

146

그런 걸 저질러 보려는 건 아니다.

대봉이는 이미 시집간 손위의 누이와 단 두 동기간이니, 말하자면 그는 손장이의 독자다. 독자라고 귀해하기는 다른 집 자식들의 몇 배 더했으나, 그리 부자는 되지 못한 때문에 그다지 훌륭한 곳에 대봉이의 혼처를 정하지는 못했다. 밀양 박가, 그 중에 박리균네가 그래도 양반이라고 그는 마방을 하는 리균이 동생 성균이의 맏딸, 지금 열아홉 살 난 금녀〔金女〕와 혼사를 작정했다. 벌써 폐백도 끝나고 초여름이 오면 장사를 들 판인데, 금년 열여덟 살째 잡히는 그는 그 집에 장가드는 걸 그다지 달가워하진 않는다. 그 집이 공연한 양반 타령뿐으로 실속은 아무것도 없는 건달판인 것도 그리 반갑지 않은 조건이었으나, 그보다도 금녀가 마음에 들지 않았다. 동네가 같으므로 몇 년 전까지도 그는 금녀를 눈 익히 보아올 수 있었다. 질쿠냉이를 잘한다는 소문과, 마방인 때문인지 음식 솜씨가 놀랍다는 칭송이 자자하다고 하나, 대봉이에게 그런 건 매력이 되진 못한다. 오히려 무명하고, 명주 짜고, 물레질하는 그런 질쿠냉이를 잘한다든가, 그런 것보다는, 언문이라도 몇 자 안다든가, 아니 통히 그런 것보다도, 얼굴이 얌전하고 살커리나 흠석하다면야 별 불만이 없을 것 같다.

금년이 열아홉이니 한창 피어나는 연세라, 이삼 년 전과는 물론 달라졌을 것이다. 그러나 대봉이는, 그가 이 년 전에 마지막으로 박리균네 국숫집 부엌에서 금녀를 본 기억이 지금껏 머릿속에 남아 있다.

그때 본 바로는 바싹 말라서 살커리는 바르고, 얼굴엔 핏기

하나 없는데 웬 여드름인가 붉지도 않은 차랍 같은 게 게적지 근히 깔려 있던 것이다. 저런 걸 뭣이 얻어 갈려나 하고 속으로 은근히 그의 남편 될 사람을 동정했었는데, 그 남편 될 사람이 바로 손대봉이 자기여야 한다는 것이다.

처음 중매쟁이가 왔다 갔을 때, 그는 어머니에게 "난 장가 안 간다."고 한번 제겨 보았으나, 그렇잖아도 장가가 늦었는데 그게 무슨 수작이냐고 댓바람에 코를 떼였다. 그때에 털어놓고 "두꺼비 잔등 같은 그따위 상판대기를 한 체니는 죽어도 싫다."고 선후를 가려 자상하니 말했더라면 좋았을걸, 그대로 장가만 안 간다고 제겨 보았으니 될 리가 없다. 어머니가 친히 선을 보고 와서 혼잣말처럼 하는 말이,

"볼따구니에 살 달린 건 미욱해 못쓰는 법이니라. 목이 좀 행금하구 볼편이 가든하야, 상냥하구 영리해서 웃어룬 공경두 잘하는 법이니라. 게다가 자대는 바르구, 난하지 않구, 질쿠냉이랑 임석시세가 일등가니, 예서 더 좋은 혼처는 구할래야 없을 게다. 아무려나 대봉산 신령님의 덕을 끝끝내 입는가 부다."

하고 마지막에는, 가을쯤 잔치를 치른 뒤, 새 곡식이 나면 양덕 대탕지 뒷산 산신령께 떡말어치나 해가지고 치성을 드리러 가야겠다고까지 말하고 앉았었다.

어떤 때는 색시가 막연히 그리워서 장가간다는 게 그리 싫지도 않았으나, 흠썩한 남의 색시나 처녀를 보면 금네를 데리고 일평생을 지낼 생각이 한심했다. 방선문께를 지날 땐, 인제는 처삼촌이 된다고, 박리균이가 눌러 논 국수에 점심을 먹

고 가라고 그를 불러들이는 게 또 하나 질색이었다. 한번 마지못해 따라 들어갔더니 박 참봉이네 음해질과, 또 항상 외는 '성씨는 박귀성의 처니 성논사의 장녀라'를 되풀이하면서 집안 자랑을 해대는 것과, 안 했으면 좋은 걸 끝으론 조카딸 금네의 자랑까지 늘어놓는 데는, 아닌 게 아니라 학질을 뗄 뻔했다. 그래서 그 다음부터는 그 집 앞을 피해서 물역으로 다니든가, 간혹 할 수 없을 때 붙들리면, 지금 막 점심을 먹고, 술을 빼면서 오는 참이라고 거짓말을 했다.

어떻든 금네에게 장가들기는 싫은데, 바싹 우겨서 싫다는 소리도 못 하고, 한편으론 타고난 성질로 탐스런 색시라도 보면, 진수작이라도 하면서 지정머리를 쳐 보고 싶은 것이다.

지금 칠성이 처가 자행거 위에 덮었던 보자기를 잡아 젖히니, 아래위를 한번 훑어보면서,

"그놈 참 묘하겐 생겼군."

하고 안장을 툭툭 두드려 보고, 다시 핸들을 손끝으로 만져 본 뒤에,

"요놈이 아마 종이지오."

하고 동글납작한 흰 쇠로 된 놈을 이리저리 바라보노라니, 색시는 기쁜 표정으로 만족하니 서 있다가, 필시 이 총각은 종을 울릴 줄 모르는 모양이라고, 가만히 바른손을 얹어 따르릉 한번 고놈을 틀어 보았다. 대봉이는 짐짓 놀라는 척하며,

"이크, 이게 무슨 소리웨까. 아니, 거참, 그 속에서 요란한 소리두 납네다. 그래 이 안장에 올라앉아, 이놈으루 길을 잡아 섬기면서, 가끔 개새끼나 사람이나를 만나면 요놈을 째르

롱 하구 울려 댄다 말입지요. 허허— 참."

그리고 나선 또 발디디개와 사슬 있는 쪽을 살펴보고, 바퀴를 손끝으로 눌러도 본다.

"아마 칠성이 형님은 잘 타지요?"

하고 색시의 얼굴을 쳐다보니,

"머, 갓애 사온 게 잘 탈 새 있나요."

하면서 또 발신하니 웃는다.

"오늘 아침 알메루 가셨다면서 왜 쟁골 안 타구 가셨나. 옳아, 길이 사나우니."

"그럼은요. 길두 사납구, 또 험한 길에 잘 타지두 못하는 어른이 실수하믄 어떡해요. 그래서 이제 평양 갈 때나 타신대요."

여기까지 오고 보니 인젠 별로 더 할 말도 없다. 그만 잘 구경했노라고 인사의 말이나 하고 나와 버린다든가, 퇴짜 맞을 걸 각오하고라도 한번 길에서 타 보았으면 싶다구, 염치없이 대들어 보든가 할밖에 없는데, 그래서 그는 또 한 번 자세히 자행거를 살펴보는 척하다가,

"아즈마니, 댁이 평양이시란데 어데신가요?"

하고 물어본다.

"사창마당이에요."

"사창마당? 오라, 그럼 바루 설수당꼴 맞은쪽인가요?"

하고 들은 풍월로 대봉이가 집어 섬기니,

"아니 피양엘 갔더랬나요?"

하고 칠성이 처는 놀라는 듯하면서도 반기는 표정이다.

"머, 작년에 한번 운동회 때 갔더랬시요. 그때 쟁고를 보기
는 했는데."

이 소리를 듣더니 칠성이 처는 손잔등으로 입을 가리며,

"애개 망측해라, 그런 걸 종을 못 친다구."

하고 웃어 본다.

"보기나 했지 실지루 만져야 봤이야지요."

하고 대봉이도 따라 웃는다.

"거, 칠성이 형님이 여간 본때가 있는 게 아니란 말이에
요."

하고 이번엔 혼잣말처럼 푸념을 치면서,

"피양 아즈머니 넌뜨럭 얻어 오더니, 이번엔 또 쟁골 사 오
구. 좌우간 이 고을선 뭐이던간, 일등이구 처음이닝께루."

칠성이 처는 이 말엔 좀 낯이 발개지면서,

"온 벨소릴 다 합네. 그까짓 나 같은 거나 평양서 쥐다가
뭘 하겠소. 괜하니 평양물만 디려 놓지."

"아니 왜요. 온 난두 가 봤지만, 평양이라구 아즈머니보담
인물 나은 이 어데 또 있습뗑까."

이 총각이 기어이 나를 놀리려 든다고 생각하면서도 속으
론 결코 불쾌치는 않아서,

"그까짓 촌에 와서 썩기야."

하면서 한탄조로 나온다.

한편 대봉이를 칠성이네 집에 남겨 둔 채 행길을 건너서 큰
집 대문을 들어선 형걸이는, 오른쪽으로 보이는 사랑방 윗목
에선 고기잡이꾼 평양 영감이 그물코를 꿰매고 앉았고, 아버

지는 아랫목 문갑 앞에서 커다란 주판알을 따지며 치부책을
뒤적거리고 있는 걸 보고는, 이어 중대문 앞을 지나 연자간으
로 돌아가 보았다. 연자간에는 처맸던 헝겊을 눈에서 벗기고
맷돌을 끌다가 그대로 서서 마른 여물을 먹고 섰는 노새가 코
를 벌심거리고 있다. 노새를 몰고 쌀을 뒤채 놓던 사람은 어
디로 갔는지 없다. 쌀이 멍석과 멕함지에 담긴 채로 재지풍
앞에 버려져 있고, 키와 체 같은 게 그대로 흩어져 있는 걸로
보아, 금방까지 일을 하다가 짐승에게 마른 여물을 주고, 자
기는 어디 잠깐 물을 먹으러 부엌으로 가거나, 그렇지 않으면
오줌이라도 누러 간 게 분명했다. 쌍네가 돌아올 때까지 이곳
에 섰을까. 그러나 그는 일부러 보고 싶어 찾아온 것처럼 보
이는 건 싫었다. 역시 말 외양간으로 돌아가서 말을 보고 오
는 길에 우연히 들른 것처럼 하는 게 자연스러울 것 같다. 그
래서 발길을 돌려 말 외양간으로 가려는데 발자국 소리가 등
뒤에서 난다. 쌍넨가 하고 돌이켜 보았더니, 열두 살 난 누이
동생 보패였다.

　"오라바니 왜 예기 세인?"

　내심을 들킨 것 같아 좀 부끄러웠으나,

　"말 외양간에 가던 길이다."

하고 그대로 가던 길을 내처 걷는다. 외양간에는 당나귀도 없
고 흰 말이 혼자 우두커니 서 있었다. 형걸이는 한참 그곳에
서서 말을 바라보고 있다. 이윽고 쌍네가 연자간으로 나왔는
지 보패와 이야기하는 소리가 도란도란 들린다. 그는 그대로
돌아서서 연자간으로 왔다.

"당나귀는 어쨌?"

하고 딱히 누구에게라고 없이 물어본다.

"두칠이가 타구서 보항(步行) 가서."

하고 쌍네의 옆에 섰던 보패가 대답하니,

"어데 멀리루?"

하고 재처 물어본다. 이렇게 물어 놓고 쌍네를 보았으나, 그는 얼굴이 발개져서 공연히 좁쌀 멍석만 뒤채고 있었다. 형걸이도 자기의 묻는 말이 품고 있는 내용에 생각이 미쳐서 잠깐 주춤했다. 그래서 이야기를 딴 곳으로 돌릴 양으로,

"작은오래비 뭘 하던?"

하고 또 한 번 물어보았다.

"몰라, 작은형님 방에서 뭘 하는지."

"작은형님은 뭐 하던?"

하고 이번엔 좀 탈선된 질문이긴 하나 보부를 물어본다.

"작은형님은……."

하고 들고 섰던 빗자루로 맷돌이 지나간 뒤를 한번 쓸어 올리고,

"작은형님은 아마 성경책을 보든가, 바느질을 하든가 그러구 있겠지."

"성경책?"

"그럼, 예수책 말이야. 찬미책 말구 또 하나 두꺼운 거 있지 않네."

형걸이는 잠깐 덤덤히 서 있다.

"머, 작은형님이 예수를 믿는다던?"

하고 좀 있다가 물으니, 보패는 비를 놓고 멍석귀로 나앉아서 쌀장난을 하면서,

"내가 한번 물어봤더니 믿지는 않는대. 믿는 사람은 이방 사람관 혼사 안 한다는데."

하고 제법 자즈레하니 이야기를 꺼내려 든다. 그래서 형걸이도 기독학교를 좀 다녀서 예수교 문제는 다소 알면서도, 보패의 이야기를 듣느라고 짐짓,

"이방이라니 무슨 말인가?"

하고 물어본다.

"이방두 몰라, 예수 안 믿는 사람, 이방 사람들, 것두 몰라."

하고 보패는 생글생글 웃는다.

"그럼 예수를 믿는 사람이드면 우리 집과 혼사를 안 할 텐데 이방 사람들끼리가 돼서 혼사를 지냈단 말이구나."

하니 쌍네가 이 말에 처음 발신하니 웃는다.

"그래 또 맏오라바닌 뭐 하던?"

"맏오라바닌 낮잠 자구, 맏형님은 애기 젖 먹이구."

모두 늘어진 상팔자로다 하고 형걸이는 생각했으나 물론 말로는 내지 않았다.

"작은오래비 오늘 너보구 멜하지 않던?"

하고 또다시 물으니,

"멜하긴 뭘, 학교 댕기란 거? 아버지가 알지 누가 아나."

그러더니 무엇을 생각했는지 홀딱 일어서서,

"그럼, 난 해지기 전에 앞집 탄실이하구 둘이 가갔다."

하고 중대문께로 뛰어간다.

"아니 어델 간단 말이가?"

하고 뒤에서 물어도, 보패는 대답하지 않고 치맛바람을 내며 뛰어만 간다. 멍석에서 맥함지에 조를 옮겨 담다가 남매끼리 주고받던 말끝을 받아서,

"산나물 뜯으러 같이 가자구 그러는 걸, 일 때문에 어데 갈 수 있어야지요."

하고 쌍네가 별로 형걸이에게 대답하는 말 같지 않게 끝을 우물거리고 만다. 대답해 줄 생각으로 시작은 해놓았으나, 도련님과 단둘이 있는 것을 생각하니, 갑자기 마음이 설레던 것이다.

그러나 마음이 설렁거리긴 형걸이도 매일반이었다. 달 전에 길 위에서 잠깐 동안 감격을 나눈 뒤 얼굴만은 가끔 마주볼 기회가 있었으나, 단둘이서 말을 주고받긴 이번이 처음이다.

둘은 한참 동안 이상스런 분위기를 몸과 마음에 느끼면서 덤덤히 서 있었다.

다 찧어진 쌀을 퍼다가 재지풍이에 옮기고, 새로이 조를 퍼 넘겨야 할 텐데, 도련님의 두 눈이 볼때기에 따가워서 도무지 옴짝달싹할 수가 없다. 그래서 그는 맥함지를 붙듯이 쪼그리고 앉아서, 공연한 쌀만 모았다 폈다 하고 있다. 한참 만에 형걸이의 기침 소리가 난다. 무슨 말을 하려는 게다 하고 귀를 기울이는데,

"보항을 어데로 갔어?"

하고 좀 떨리는 목소리다.

"한 이틀 걸리는 먼 길이래요."

겨우 이 말을 대답했는데, 사랑 마당에서 두런거리는 소리가 들려온다.

형걸이는 지금 아버지와 사랑 마룻전에서 이야기를 하고 섰는 것이 손대봉인 것을 알았다.

"그럼 말궁이 있는 데 가 보겠습네다."

하는 대봉이의 말소리는 쌍네도 들었다. 이 바람에 쌍네는 훌쩍 일어나서 연자매께로 가서 노새를 세우고, 이어서 비와 바가지를 들고 맷돌 뒤로 돌아갔다.

"여기서 뭘 하구 섰나."

하고 대봉이가 싱글싱글 웃으며 형걸이의 등 뒤에 선다.

"노새는 연자망질하구, 당나귀는 어데 촌에 가구, 흰 말밖엔 없는데, 그래 쟁고는 어떻게 좀 얻어 탄?"

형걸이는 본정신으로 돌아와서 대봉이를 마주 본다.

"쟁고, 쟁고를 타긴 어떻게 타. 말이나 끌고 방선문께 나가자. 그놈이나 좀 타 보게."

이윽고 형걸이와 대봉이는 말궁이 있는 데로 갔다. 형걸이가 외양간으로 들어가서 말을 풀어내다 대봉이에게 꼽지를 잡히고, 자기는 안장을 꺼내다가 등허리에 얹는다. 끈을 말 배통이에 깡듯하니 추켜 매고 말꼽지를 받아 잡는데, 대봉이는 나직한 목소리로,

"얘, 밤에 칠성이네 집에 놀래 가자. 가만히 보니 칠성이 처가 적적해하길래 우리 둘이 밤에 마실 간다구 했다."

대봉이의 추근추근스럽고, 붙임성스러운 데 어처구니가 없어서, 형걸이는 벌신벌신 웃고 있는 그의 얼굴을 뻔히 쳐다보고 있었으나 이윽고,

"난 싫다, 안 갈란다."

하고 대답해 버린다.

"왜, 무슨 일이 생겐? 누구 오늘 밤 오라는 이래두 있던?"

　이 말엔 아무 대답도 안 하고 형걸이는 흰 말을 마당 가운데로 내세웠다.

8

한가한 게 지나치면 권태로 된다. 호랑이라도 잡을 한포락에, 제가 맡은 일이라고 특히 지정된 것이 없고, 긴긴 해를 집안 구석에서 빙빙 돌기란 하루 이틀은 몰라도, 그것이 몇 달이고 몇 해고 기약 없이 계속되면, 어쩔 수 없는 권태로 되어 젊은 육체를 늘어지게 휘감고 돈다.

형준이는 스물이 넘어 두 해로 접어드는 한창인 시절에 별로 할 것이 없다.

이따금씩 말을 타고 농막을 돌아보는 것과, 추수 때에 타작하는 데를 쫓아서 따라 도는 것과, 평양 영감을 동무해서 가끔 고기 사냥을 가는 것과, 그리고 마음이 내키면 겨울에 매사냥에 한몫 끼어 싸다니는 것, 이것이 그의 일 년 동안에 하는 전부의 일이다.

그러나 추수 때에 농막을 찾아 타곡한 것을 나누러 다닌다든가, 장마 뒤에 밭을 돌아보는 것도, 결코 그 혼자서 맡은 전임이 아니었다. 이것을 하기 위해 따로 사람을 두었다. 그러므로 일이 바빠서 손이 모자랄 때, 그는 마음이 내키면 말을 타고 소풍 삼아 나가 보는 것이다.

이런 것조차 제가 책임진 일이 아니고 보니, 그 밖의 집안 가도에 관계되는 일은 하나도 그의 간섭 밖에 놓이지 않은 것이 없다. 해도 좋고, 안 해도 괜찮은 일, 장난삼아 심심풀이로 하는 일, 이것은 젊은 사람의 정력을 이끌어 들일 만한 힘을 갖고 있진 못하다.

세간의 한 부분을 맡아서 해나간다든가, 땅이면 땅, 돈이면 돈, 장사면 장사, 무엇이든가 제가 어느 정도까지 자유로 조처할 수 있는 어떠한 업이 있어야 할 것인데, 박 참봉은 아직 장남인 형준이에게 그것을 허락지 않았다. 자기의 그 시절을 회상하다 보면 형준이의 연세가 부족하다든가 그렇진 않을 것인데, 어딘가 아직도 앳되게 보이는 게 호락호락하고 위태위태하고, 또 한편 아들에게 일을 맡기기엔 박 참봉의 연세가 너무 젊다. 지금 갓 마흔, 아무리 많은 일에 몸을 잠가도 남아 돌아가는 정력과 궁리를, 유치한 아들에게 의지할 필요가 없었다.

박 참봉이 스물 안짝에 가도 범절을 맡아서 치러 나가고, 다시 그만한 어린 낫세로 기울어진 살림을 부둥켜 세운 데는, 시대나, 또는 박 참봉의 성격이나, 그런 것이 적지 않게 관계되었겠지만, 그의 부친 되는 박순일이가 일찍부터 집안일을 돌보지 않고, 사시장철 집을 비우고 재산의 탕진에만 정열을 써 버린 탓에, 소시에 벌써 크고 작은 모든 일에 스스로 단련을 치른 때문이라고도 할 수 있을 것이다.

그러나 형준이는 본시 성격이 박 참봉 같지 않은데다, 환경과 경우가 그의 아버지와는 판이하다. 그는 아버지가 하다가 남은 사소한 일에, 심심풀이로 손을 댄다든가 하는 외에 별 일거리가 없는데, 그것조차 밑으로 비복, 절게, 막서리가 수두룩하니 있어서, 그의 할 일이란 아무것도 없어진다.

형준이가 만약 장남이 아니고, 집안을 계승할 책임이 있는 종자(宗子)가 아니라면, 농막을 한 부분 갈라 받아 세간을 낸다든가, 무슨 딴 일을 시켜서 살림을 새로이 배설해 줄 도리도 있을 것인데, 처지가 그렇게 된 터라, 그는 어차피 이 집을 떠날 수 없는 팔자였다.

그런데다가 첫째 형준이는 돈을 자유로 쓰지 못한다. 제 몫이라도 도맡아서 들이고 내는 것이 없으니, 한 푼 돈이라도 소용될 때마다 아버지나 어머니에게 타서 써야만 한다. 먹고 입는 것이 하나도 부족됨이 없고, 또 저 혼자 독립된 것이 아닌데다가, 밖으로부터 사들여야 할 것이 거의 하나도 없는 탓으로 별반 용돈이라고 소용이 없다. 한편 술이나 딴 장난에 취미를 갖지 못한 때문에, 여태까지 돈이라고는 필요치도 않던 것이다.

그가 유족한 집 장남으로 태어나서 상당한 연세에 이르도록, 주색이나 잡기에 빠지지 않는 데는 아직 그의 아내에 대한 애정이 권태기에 들어가지 않은 것도 한 가지 이유가 되겠지만, 함께 어울릴 동무로서 맞는 이가 없었다는 것도 이유가 될 것이다. 아버지가 나이 아직 사십 줄에 있는 만큼 형준이보다 조금 나이 지긋한 사람은 모두 아버지의 친구요, 그보다 조금 처져 붙으면 곧 형선이와 형걸이의 친구들이다. 그래 그와 동년갑에 맞차운 동무가 있어서, 같이 어울려 다녀야 할 것인데, 다행히 그런 작자가 아직까지 없었다. 그는 밤이 아무리 무료하고 적적하여도, 제 집 밖으론 나갈 줄을 몰랐다.

그러나 이미 색시를 얻은 지도 사오 년이 지난 뒤라, 결혼 당시의 단꿈도 식어 버리고 벌써 아들 하나 딸 하나의 어미가 된 그의 아내는, 사나이의 변함없는 정열의 대상이나 매력이 나가 되기에는, 이모저모로 부족한 느낌을 주지 않을 수 없었다. 땐땐하던 근육이 탄력이 없어지고, 젖은 본시부터 밑으로 처져 붙어 커다란 박참외 같은 것이 아이들을 둘씩 기르는 동안에 훨씬 더 모양 없이 늘어지고, 밑배와 한가지로 포동포동하고 매끈하던 젖가죽에는 살이 터서 번득번득하는 줄기가 지고 얼룩이 졌다. 눈썹과 머리카락이 유난히 엷어지고, 이들도 볼편에 살이 빠져서 좀 나온 듯하다. 게다가 맏며느리 노릇하랴, 아이들에게 시달리랴 하여, 밤이면 실꾸리도 몇 개 못 걸고 곯아떨어져서, 남편의 애무도 때로는 시끄러울 때가 있는지, 별로 만족해하는 기색이 없다. 형준이는 이 봄을 맞이하면서 확실히 자기의 심경이 변하는 것을 느끼는 것 같았다. 마음이 지향 없이 달뜨는 것 같고, 공연히 싱숭생숭한 것 같으면서 어떤 때는 가슴속에 잔인스럽고 포악한 발동이 치밀어 오르는 것처럼 막연하게 느껴지기도 하는 것이다.

이러한 자기의 심경이 무엇을 요구함인지를 확실히 종잡

못하는 그는, 얼마 전에 생각다 못해서 나카니시 상점과 칠성이네 세매끼 장사와 용구네 과자방을 예로 들어서 자기도 이러한 여러 저자를 도합한 것만한 커다란 잡화상을 벌여 보겠다고 아버지에게 상론했으나, 아직 이르다고 승낙을 받지 못했다. 장사라는 직업을 천직으로 삼는 것이 이르다는 것인지, 형준이가 그러한 것에 손을 대는 것이 이르다는 것인지, 형준이는 한참 동안 아버지의 말뜻을 몰라서 쭈그리고 앉았는데,

"장사라는 게 우리의 못할 업이라구는 생각지 않는다. 그러하나 건넛집 칠성이나 나카니시와 어울려서 가게를 벌이기에는 이모저모로 시기가 안즉 일러. 또 칠성이에게 돈을 융통해 준 게 있으니 그 애 하는 걸 당분간 보아 가는 것이 우선 상책이야."

박 참봉은 아직도 모든 영업이나 장사를 대금(貸金)으로 얽어 두는 것을 가장 현명한 책이라고 생각한다. 돈변을 놓은 이상엔, 밭이거나 집이거나 장사거나 언제든지 필요한 때는 내 것이 될 수 있다고 믿는 것이다. 그러므로 칠성이의 장사는 내 장사나 같다고 생각하는 것이다. 장차 잡화까지를 널리 벌여 놓게 될는지도 모르나, 무섭게 불어 나가는 돈 이자 앞에 그의 상점이 얼마나 견뎌 나갈는지는 볼 만한 거라고 그는 지금 생각하고 있는 것이다. 이자를 실컷 뽑아 먹다가 낚아챌 수도 있는 것이요, 그대로 두면 이는 이대로 먹고 그의 은인까지 되는 것이다. 남에게 머리를 굽히며 손수 나가 장사를 벌일 필요가 없다고, 그가 굳이 생각하는 것도 까닭이 없음은 아니었다.

형준이는 아버지가 저녁을 먹고 두뭇골 집으로 가 버린 뒤에, 사랑에 불을 켜고 잠시 아버지가 앉았던 보료 위에 우두커니 앉아 보았다. 문갑과 벽장에는 쇠를 채워 버렸다. 박 참봉은 문서는 대개 큰집 사랑 벽장과 문갑 속에 두고, 현금은 두뭇골 집 사랑에 붙은 골방 깊숙이 간직해 둔다. 그러나 그가 방을 나가 버릴 때엔 어느 곳에든가 굳이 자물쇠를 잠가 두는 것이었다.

　한참 그럭하고 앉아 있는데 마당에서 바깥 큰 대문 잠그는 소리가 들린다.

　"거 누구?"

하고 위엄 있게 불러 보니,

　"저올세다."

　쌍네의 나직한 목소리가 대답한다. 문을 잠그는 소리가 난 뒤에 밖에서는 잠시 아무 기척이 없다. 무슨 호령이나 분부나가 들릴까 하여 잠깐을 그럭하고 서서, 쇠고리에 손을 얹은 채 기다려 보는 것이다. 그러나 사랑에서는 다시 아무 소리도 나지 않는다. 등잔불이 창문에 붉을 뿐이다.

　동안이 퍽 떠서야 댓돌을 내려서는 좀 높직한 쿵 하는 소리와, 마당을 지나가는 신발 끄는 소리가 들려왔다. 발소리는 점점 멀어 가더니 이윽고 없어져 버린다. 서각 뒤를 돌아 물역 쪽으로 쌍네는 제 방에 돌아가 버린 것이다.

　형준이는 잠시 동안을 더 그럭하고 보료 위에 앉아 있다. 그는 막연히 지금 쌍네가 대문을 잠근 것으로 연줄이 닿아,

　'인젠 오늘 밤중으로 내 집에 들어올 사람은 없겠구나.'

하고 생각해 본다.

'두칠이는 돈을 받으러 회창(檜倉)으로 보행을 갔다.'

그는 다시 두칠이가 보행 떠나던 것을 회상한다. 바로 어제 저녁 이맘때, 박 참봉은 저녁상을 물린 뒤 두칠이를 불러다 앉히고, 회창으로 보행 갈 것을 말한 뒤에,

"보행전(步行錢)으론 스무 냥을 적었다. 길두 사납고 나귀 도 놀구 있으니 그놈을 타구 일찌감치 떠나거라. 꼭 이번엔 받아 들고야 오랬다구서, 당나귀를 들이매구 너는 아랫목에 가 자빠져 누웠거라. 그런 괘씸한 놈이 안 있나. 사람을 속여 두 분수가 있지. 요즘 사푼 변이 어디 있다구, 생색을 해준 것 두 모르굴랑."

이렇게 말하면서 기둥뿌리를 뽑아서라도 이번엔 꼭 돈을 받아 갖고 오라고 당부한다. 이튿날, 즉 오늘 아침 동이 훤히 터서 쌍네가 나귀 멩이를 들고 나더니 해가 불쑥 치밀자 두칠 이는 바깥 큰 대문으로 나귀를 내세우고 회창을 향해 떠나갔 다.

'이틀, 어쩌면 삼사 일 걸릴는지두 모르겠다.'

형준이는 훌쩍 일어나서 문을 모두 걸쇠로 돌려 닫고 불을 껐다. 평양 영감 방으로 가 보니 그는 아침 일찍이 자리를 치 러 나가 보겠다고 중얼거리며 그물을 꿰매고 있었다.

"피양 영감, 장기나 한번 둡세."

하니 허리가 좀 꼬부라지고 머리에는 거의 허옇게 된 상투를 고치송이만큼 댕글하니 세워 놓은 영감은, 그물을 놓고 뒤꼍 에서 장기판과 쪽이 든 구력을 내놓는다.

그러나 장기를 절반도 안 두어서 곧 형준이는 싫증이 났다. 본시 얼마 두고 싶어서 시작한 장기도 아니다. 멍하니 빈 사랑에 혼자 달랑하니 앉았기도 멋쩍고, 그렇다고 어디 바람을 쐬러 나갈 만한 곳도 없고, 제 방으로 돌아가 일찌감치 잠자리에 들자니 마음이 생숭해서 발길이 내치지를 않는다. 그런데다가 그는 지금 오랫동안 생각만 해오던 것이 오늘 밤을 기약하여 벌어질 것 같은 막연한 생각이 그의 마음속에 이루어지고 있는 것을 느끼고 있는 것이다. 그래서 그 시각이 올 때까지 그는 어떻게 해서든지 시간을 허비해야만 한다. 평양 영감을 도와 그물코를 꿰맬까 했다가, 장기판을 보고서 그래도 두어 볼까 하는 한갓되지 않은 생각으로 장기쪽을 손에 들었던 것이다.

그러나 평양 영감은 그렇지 않았다. 오늘 밤 안으로 그물을 고쳐 놓고 일찌감치 자리 속에 들었다가, 아침 새벽에 강으로 가려고 될수록 재빠르게 손을 놀리던 때에 서방님이 들어와서 한참 물끄러미 섰더니 장기를 두자고 하는 것이다. 처음엔 이 양반이 남 바빠서 이러는데 한가한 작자들이 나무 그늘에서 팔자 푸념을 하느라고 두는 장기는 어이자고 — 이렇게 좀 내심에 끌리지 않는 걸 할 수 없이 시작은 했었으나, 오십이 넘어 육십이 가깝도록 취미라곤 장기 두는 것밖에 없는 그로서는 정작 두어 가니 바짝 입맛이 당기던 것이다. 그래 어둑시근한 등잔불 밑에서 장기판을 보살피느라고 눈을 잔뜩 찌푸리고 말 가는 길, 차 가는 줄, 뛰어넘는 포, 엇비듬히 덮치는 상, 졸망구니 귀사와 졸병들을 빈틈없이 쫓아가고 있는데,

서방님이란 이가 어이 된 일인지 빤한 것을 덤뻑덤뻑 먹히는
채 내버려 두는 것이다.

찻길에다 말을 내세운다든가, 불과 한 수만 앞일을 생각하
면 빤한 곳에도 정신없이 중한 포를 넘나들게 마련이든가, 도
무지 장기판에 정신이 있는 성싶지가 않다.

"장운이."

하면, 뒷일을 생각지도 않고 그대로,

"멍훈."

하고 아무렇게나 막고 마는 것이다. 그래 너무 패가 기울어지
는 것도 오히려 재미가 없어,

"아니 서방님 찻길이 아니웨까."

하고 말을 가르쳐 주기도 했는데,

"에이, 손에 잡히길 않으니 그만둡세."

하고 아직도 말쪽이 많이 남아 있는 걸 장기쪽으로 헝클어 버
리고, 번뜻이 양손을 뒤로 의지하여 노전 위에 기대 버리고
만다.

"왜 자미가 없웽까?"

하고 평양 영감은 약간 웃어 볼 뿐이다. 하나하나 장기쪽을
구럭에 넣어 제자리에 걸어 놓고 장기판을 댓바람에 세우더
니 다시 그물틀을 끌어다 댓바늘만 놀리고 있다. 그는 서방님
이 번뜻이 누워서, 아무것도 바르지 않고 갈빗대처럼 서까래
가 까맣게 보이는 흙매질한 천장을, 정신없이 바라보고 있는
것을 마음에 생각지도 않는지 통히 그쪽으론 눈도 팔지 않으
면서 그리고 조금 전에 하던 일을 중단하고 서방님과 장기를

두던 것도 솔챙히 잊어버린 듯이, 꿰어진 그물코만 고르고 앉아 있다. 머리는 희나 얼굴은 몇 해째 해에 그을려서 까마룩하니 탔다. 붉은 낡은 궤를 하나 물매질한 뒷바람벽 앞에 댕그러니 놓고, 그 위에 영감이 덮는 얇은 요와 이불이 땀에 전 목침과 베개와 함께 올라앉았다. 네대를 그물이 걸려 있고 여름에 쓰는 삿갓이 하나 걸려 있을 뿐, 그러한 가운데 그물틀을 무릎 앞에 놓고 평양 영감이 그림처럼 고요하게 앉아 있는 것이다. 그러한 공기와 분위기 속에 형준이는 오래 누워 있을 수 없었다. 영감내가 홀아비내와 섞여서 나고, 거기에 물비린내와 생선 냄새까지 풍긴다. 초조한 젊은 마음이 이러한 풍경 속에 누워 있으면 속만 더 질식할 듯이 답답하다.

형준이는 평양 영감 방에서 나와 제 방으로 갔다. 제 방에 들어오기 전에 그는 맞은 방에서 형선이와 제수가 불을 켜 놓은 채, 형선이는 책을 읽고 제수는 버선코라도 꿰매는지, 혹은 둘이 다 무슨 책을 읽고 누웠는지 이따금씩 도란도란하는 나지막한 말소리가 들려오는 것을 잠깐 귀를 기울여 듣고 섰다가, 이윽고 큰 안방을 바라본다. 형식이와 보배는 잠이 든 모양이나 불이 아직 발갛게 커져 있다. 물레질을 붕붕 하고 있는 것은 늙은 종이 분명한데 어머니도 나직이 기침 소리가 나는 걸 보면 무슨 명주를 뽑고 있든가, 바느질에 손을 대고 있든가 하는 모양이다.

── 아직 밤이 이르다.

그는 제 방문을 열고 안으로 들어갔다. 아랫목에 딸자식을 끼고 누워서 아내는 불을 켜 놓은 채 잠이 든 모양이다. 그 다음 자리에서 성기란 놈도 자고 있는데 형준이의 자리는 윗목에 깔아 놓아두었다.

형준이가 들어오는 바람에 아내는 자던 눈을 뜨고 눈이 시어서 잠시 방 가운데 선 남편의 얼굴을 쳐다보았으나, 그대로 눈시울을 두어 번 비비고 다시 아이께로 몸을 돌린다. 물렸던 젖을 별안간에 뽑는 통에 아이가 끙끙거린 때문이다. 무어라고 입 안으로 둥얼둥얼 아이를 달래다가 저도 마저 잠에 취해 버린다.

형준이는 제자리에 가 앉아서 아내의 자는 것을 바라보고 있었다. 그렇게 앉았기가 무료해서 그는 담배를 붙여 물었다. 몇 모금도 못 빨았는데, 가운데서 자던 성기가 담뱃내에 기침을 콜록콜록 한다. 그래서 그는 다시 담배를 끄고 방싯하니 문을 열어 연기를 뽑았다.

그는 옷을 입은 채 자리에 누워 본다. 건넌방에서 나던 물레질 소리도 그쳤다. 형선이 방에서 들려오던 도란도란하던 말소리도 없어졌다. 아이들의 숨소리에 섞여서 아내의 코고는 소리가 들려올 뿐.

형준이는 불을 껐다. 캄캄하다. 뜰 안도 까맣다. 방마다 불을 끄고 잠자리에 든가 보다. 캄캄한 속에 혼자 누워 있으면, 여태껏 흐리멍덩하니 생각되던 것이 눈앞에 벌어지기 시작한다——두칠이 처 쌍네, 얼굴, 가슴, 궁둥이.

형준이는 벌떡 자리에서 일어나 앉았으나, 방문은 소리 안나게 열었다. 가만히 방문을 닫고도 그는 토방 위에서 한참을 그럭하고 서 있다가, 방 안에서 여전히 숨소리와 코고는 소리가 들려오는 것을 알고야 이윽고 뜰 아래 내려섰다.

마루 밑에서 자던 검정개가 뿌르르 기어 나오더니, 형준이 앞에서 꼬리를 설레설레 젓는다.

"끼 개."

하고 나직이 꾸짖으니 개는 형준이 앞에서 물러섰으나, 중대 문께로 헐떡대며 달아난다. 혹 깊이 잠이 들지 못한 이가 있어, 제 인기척에 놀라 눈에 띄지나 않을까 저어하여, 방 앞을 지날 때는 형선이 쪽에서 짐짓 나직이 기침을 한다.

그는 중대문께로 가서 소리나지 않게 빗장을 뽑고, 몸 하나 가 겨우 나갈 만치 문을 열었다. 좀더 활짝 열어젖히면 빼그득 하는 귀 째는 소리가 들려오는 것을 알고 있는 때문이다. 개도 주인의 뜻을 받아, 살짝 문틈으로 몸을 뽑고 사랑 마당 가운데로 뛰어갔다가, 다시 형준이 옆으로 달려오면서 나직이 코를 쿵쿵거린다.

"끼 개."

"끼 개."

이렇게 꾸짖어서 개를 달래 놓은 뒤에, 그는 서각 뒤를 돌 아 외양간 옆을 지나서 물역 뒷대문께로 가만히 발을 옮겨 놓 았다.

캄캄한 가운데서도 별이 총총 박힌 하늘은 희끄무레하게 트여서, 그것이 십이봉의 우쭐우쭐한 봉우리에까지 잇닿았 다. 그는 수숫대 바자에 손을 얹고 잠시 그곳에 서 있었다. 저 만큼 굳게 닫은 뒷대문이 있고, 그곳에 잇대어서 두칠이가 사 는 막간방 부엌이 있다. 그 방 안에 지금 쌍네가 혼자 곤하니 잠이 들어 누웠을 것을 생각해 본다.

드디어 형준이는 이렇게 바자를 짚고 주저거릴 필요가 없다는 생각을 갖는다. 무슨 큰 결심을 한 듯이 용감하게 덥벅덥벅 걸어간다. 그러나 방이 가까워 오매 다시 발소리는 낮아지고, 걸음은 떠졌다.

이윽고 그는 부엌문 앞에 서 있다. 인제는 문걸쇠에 손을 대고 그놈을 낚아채고 들어가서 다시 한번 샛문을 열면 그만이다. 그러나 그렇게 단순하고 간단한 행동이 생각대로 되질 않는다. 몇 번을 주저하고, 몇 번을 더 걸쇠에 손을 대었다 떼었다 하다가, 팔에다 힘을 넣어 잡아당겨 보았으나 뜻밖에 안으로 문이 걸렸다.

아뿔싸. 그는 손을 떼고 잠시를 또 그렇게 서서 마음을 진정해 본다. 벌써 그때엔 가슴이 한소끔 끓어올랐다가, 뿌엿한 것만이 묵중하니 남고, 낯에선 피가 쭉 흘러내릴 때였다.

어째서 문을 잠갔을까. 그러나 다시 생각해 보니, 언제나 이렇게 문을 안으로 잠그고 자는지도 알 수 없었다. 만일 항시 이렇게 문을 잠가 두진 않는다 해도, 두칠이도 없는 때라 휙 문을 닫고 들어가던 김에 그대로 덜컥 문걸쇠를 돌절구에 얹어 놓은 것인지도 알 수 없었다. 그러니까 문이 걸려 있다는 걸 괴이하게 생각할 것도 없고, 두어 번 덜강덜강 흔들어 보다가,

"이, 부엌문 열어라."

하고 나직이 분부를 내리면 그만일 게다. 그러면 아무리 깊이든 잠이라도 푸시시하니 눈을 뜨고, 잠시는 누가 이 아닌 밤

중에 문을 열라고 이러는 것일까, 하고 수상히 생각해 볼 것이나, 곧 덜렁거리는 소리는 부엌문이라는 걸 알 것이고, 이어서 문 열라고 분부하는 이는 상전댁의 누구라는 거, 아니 목소리로 보아 그이가 맏서방님이라는 걸 알 것이다. 그러면 곧 저고리를 꿰고 치마를 두르고 머리카락을 만지면서 보스락거리느라고 바빠 할 때, 자기는 또 한 번,

"어서 문 열어라."

하고 재치면, 거의 넘어질 듯이 덤비면서 문을 열 것이다. 그때엔 아무 말 말고 따라 부엌으로 들어가, 그의 손목을 잡고 방 안으로 들어가서 그럭하고, 또 그럭하고, 그러면 될 것이다. 이렇게 두루두루 생각해 보고 문을 낚아채 흔들려고 하는데, 도란도란 말소리가 들리는 것 같다.

형준이는 처음 제 심장의 고동 소리에 제가 놀란 거나 아닌가 하여 주춤했으나, 그것과는 달리 제 가슴에서는 달락달락하는 맥 뛰는 소리가 여태껏 들리고 있다. 그러면? 혹시 쌍네가 잠꼬대를 하면서 중얼거린 게나 아닌가. 그래서 다시 귀를 기울여 보는데 벌써 말소리는 들리질 않았다.

어디서 또 달려오는지, 검정개가 발부리에서 설레 댄다. 뒷발로 개를 뿌리치면서 손을 문걸쇠에 갖다 대는데, 이번에는 확실히 사나이의 음성이 방 안으로부터 들려온다. 뭐라는 소린지는 몰라도 짤막한 말로, 그건 똑똑히 사나이의 음성이었다. 그렇다면 그 음성이 누구의 것일까? 두칠이의 것이 아닌 건 뻔하다.

두칠이가 아니라면 이 방 안에 쌍네와 함께 캄캄한 속에 불

도 안 켜고 드러누워 있는 사나이는 대체 누구일 것이냐.

　잠깐 동안 그 자리에 서 있다가, 형준이는 이 방 앞에 처음 찾아올 때와 다른 목표로 그의 마음을 돌려 잡아 버렸다. 그는 몇 발자국 물러섰다가, 발소리를 짐짓 크게 굴리면서 뒷대문께로 돌아가서 빗장을 뽑고 강역으로 통한 토방으로 돌아섰다. 목소리를 가다듬어 쌍네에게 호령을 하려 하는데, 문은 오히려 방 안에서 열리고 캄캄한 속에서 젊은 사나이가 불쑥 나왔다.

9

박 참봉은 오늘 유난히 유쾌한 아침을 맞이할 수 있었다. 그가 이 고을에 이사 와 근 이십 년 동안 큰일 작은 일에 훼방을 놓고, 앞으로 뒤로 방망이를 들던 박리균네 형제가, 인제 드디어 박 참봉한테 완전히 굴복할 날이 왔기 때문이다.

두뭇골 집 사랑에서 형걸이 모친 윤씨는 일찌감치 자리를 떠나 안방에서 평양 영감이 잡아 들여온 물고기를 조리는데, 간을 맞추어 장을 두어 주고, 갱엿을 청간에서 내다가 간장이 한소끔 끓어오를 때에 넣으라고 종에게 이르고 있었고, 박 참봉은 혼자 자리 속에서 새벽잠에 아직 취해 있었다.

그런데 대문 밖에서,

"박 참봉 어른 기침하셨쉥까?"

하는 목소리가 들려왔다. 그가 박리균이가 아니면 그의 동생일 게 분명한 건, 어제 저녁에 사랑에 와서 대충 이야기를 맺고, 내일 아침 박리균이든가 박성균이를 직접 들여보내겠노라고 한, 중간에 선 김 생원의 말로써 짐작할 수 있었다.

박 참봉은 부르는 음성을 듣고, 그게 누구라는 걸 짐작하고도 이내 자리에서 일어나지 않고, 삼남이란 놈이 대문간에 나갔다 와서 전갈을 할 때까지 베개에 머리를 눕힌 채 있었다.

그는 힘들게 일어나서 옷을 대충 주워 입고 자리를 부욱, 요포단을 가운데로 접어서 뒷목으로 밀어 놓은 뒤에, 사랑문을 열어서 공기를 뽑았다.

"들어오라구 그래라."

이렇게 이르고 그는 버릇인 기침을 두어 번, 그 다음엔 자리끼 숭늉 남은 걸로 입을 가시어 타구에 뱉었다. 아랫목 보료 위에 돌아와 담뱃대를 들어 소털 같은 기새미를 담으려는데 박리균이가,

"너무 일러서 이거 안됐소외다."

하며 들어온다. 오십이 넘어 감투 쓴 머리에는 흰 털이 많이 섞이고, 궁이 끼고 초라스럽게 생긴 갤즘한 상에는, 잔주름과 노란 수염이 채신머리없어 보인다. 이 상판대기가 술이 얼근하면, 연신 '성씨는 박귀성의 처녀 성논산의 장녀'만 되풀이하니, 과시 볼 만한 일일 게라고 박 참봉은 속으로 생각하면서,

"어서 들어오십시오. 머, 이번에 또 큰 배포를 가지셔서, 아무려나 시세에 따라 남보다 먼저 손을 써 보는 것두 괜찮은 일이왠다. 담배나 한 대 붙이우다."

부스럭부스럭 두루마기 속에서 주머니를 만지는 품이, 집

문서를 꺼내려는 게 분명한 걸, 박 참봉은 또 한 번,

"자, 한 대 붙이우다."

하고 기새미 담은 옥초합을 밀어 내놓는다. 그러니까 박리균이도 주머니 만지던 손을 빼서, 담배를 한 대 담는다. 옥초합을 밀어 놓고, 놋화로에다 긴 담뱃대를 박고 뻐끔뻐끔 빨아올린다.

"어젯밤 김 생원한테서 대강한 이야기는 들었는데, 머 거기에 더 다른 말씀은 없겠습지요."

담뱃대를 물고, 문갑 옆 사방침에 의지하여 척 한 마디를 한 뒤에, 다시 이어서,

"두 집문서에, 사백 냥, 육자 변으루."

하고 이야기의 요령을 추려서 말하니, 박리균이가 물고 있던 담뱃대를 급작스레 쪽 소리가 나게 입에서 뽑고, 안 나오는 웃음을 노란 수염 오라기 옆에 그려 보면서,

"머 틀릴 리가 있가쉥까."

하고 저보다 여남은 살이나 아래인 박 참봉에게 껀듯 머리를 숙이듯 한다.

박 참봉이 쇠를 들고 뒷벽장문을 열려고 일어서는데, 박리균이는 주머니에서 집문서 두 장과 표 쓴 걸 내놓느라고 앉은 자리에서 아무적거린다.

문서와 표를 훑어본 뒤에, 박 참봉은 사백 냥의 돈을 박리균이 앞에 내놓았다.

"그럼 집을 곧 떨어 고쳐야 단오에 쓰게 되겠군요. 그러구 이왕이니게루 방선문 비각두 떨어 고치기루 하지요."

이 마지막 말은 적잖이 박리균의 귀를 간지럽게 할 줄 알고 하는데 말인데, 오히려 그는,

"첨엔 그렇게두 생각해 봤는데, 내 집을 떨어 고치구, 또 내 아우의 집두 대강 고칠 곳이 많아서 돈이 자랄 것 같지가 않구면요. 그래 비각 같은 건 차차루 하구, 우선 두 집에 달린 열 넘는 식구가 살구야 볼 일이 아니웽가."

하고 자기를 완전히 죽여 버리듯이 박 참봉의 말에 빌붙고 만다.

"암, 그 다 이를 말씀이웽까. 비각이 밥 멕여 주는 건 아니닌 게루. 아무려나 생각은 잘하신 생각입네다. 이제 종차루야 객줏집두 새법을 좇어야지 마방을 가지구야 마바리꾼이나 재웠지, 어데 점잖은 손을 맞을 수가 있웽까. 신작로두 나구, 인제 평양과 원산 새에 길이 열리구 볼 지경이면, 아마 점잖은 객이 많이 들릴 게구, 지금 칭량사〔測量師〕나, 모두 이런 신식 양반들이 통히 이 큰 객주를 들게 될 게 아니웽까."

아무려나, 처음은 적잖이 마음이 불쾌한 대로 하는 수 없이 김 생원을 이 집에 보내 돈 교섭을 시켰을 값이나 이왕 이리 된 바에는 별수 없는 일이었다. 겉으로라도 기쁘두룸해서 물러 나갈밖에, 뒷일을 위해서는 별도리가 없었던 것이다.

물론 박리균이도 단오에 열리는 대운동회를 기회삼아 제 집을 떨어 고쳐 신식 여관을 차리고, 동생 성균네 집은 그래도 좀 성성하니 그대로 낡은 곳만 고쳐서 마방과 국숫집을 차려 보자고, 형제간 성론이 되어 돈을 내려고 할 때, 처음부터 박 참봉을 생각했던 것은 아니었다. 그러나 이 집 저 집 다녀

176

보아도 집을 잡고 돈을 줄 곳은 없었으나, 끝으로 나카니시네 집에서는 틀림없이 되리라고 생각했던 것이, 운동회 앞두고 잡화상을 부쩍 늘릴 생각인지 돈이 바르다고 거절을 당해, 결국 하는 수 없이 박 참봉에게로 사람을 보내 본 것이었다.

박 참봉은 박 참봉대로 딴 배짱이 있었다. 종차론 여관이나 잡화상 같은 것이 성해 갈 눈치가 뻔하지만, 제 손으로 그런 걸 벌여 보기엔 아직 시기상조라고 본다. 그러나 이런 걸 남보다 먼저 손쓰는 편이 결국 이긴다는 것도 또한 뻔한 일이고 보니, 구차한 일은 남에게 시켜 놓고 자기는 뒤에서 실권만 잡아 두는 게 어느 모로 따져도 영리한 계책이라고 생각하는 것이다.

그러므로 누가 여관 같은 걸 차려 놓겠다면, 손해나지 않을 정도로 돈을 융통해 주겠다는 것이 박 참봉의 본 배짱인데, 마침 날아 들어온 불벌레가 박리균네 형제다.

그래 그는 두 집 문서를 잡고, 그 중의 한 채는 단오 전에 곧 떨어 고칠 것을 약조로, 그편에서 요구하는 대로 한 푼도 깎지 않고 알돈 사백 냥을 돌려주기로 한 것이었다. 여관이 잘되면 잘되는 만큼씩 변리를 물어 가느라 바쁠 것이요, 생각대로 잘 안 되면 일이 년 안짝에 집을 뺏기고 바가지쪽을 차게 될 판이다. 그야 어찌 되었건, 박 참봉으로서는 무엇으로든지 한번 박리균네 형제를 끓려 엎으려고 벌러 오던 참이다.

박리균이를 보내고 나서, 그가 만족하여 아침 밥상을 든 것도, 과시 까닭이 없지 않진 않았던 것이다. 그런데 유쾌한 일이 뜻밖에 불쑥 생겨난 뒤에는, 가끔도 불유쾌한 일이 뜻하지 않은 곳에서 튀어나오는 것도, 살아가노라면 흔히 볼 수 있는 일인 성싶다.

박 참봉이 아침을 먹고도 한참 동안이나 두뭇골 사랑에 앉아서, 문서를 정리하고 표를 뒤적여서 채국채국 꿰매 간직하고, 어젯밤 김 생원과 먹었던 술찌꺼기를 터느라고 밀수를 타서 시원하니 배를 씻은 뒤에, 오늘은 제법 날이 따가우니 자리그물이나 한 떼 들고 평양 영감과 매생이나 강 위에 띄워 볼까나 — 이렇게 척 기분을 돋우면서 감투 바람에 두뭇골서 큰집 사랑으로 나왔던 것이다.

마당엘 들어서니 평양 영감이 그물을 추녀 끝에 널고 있다가,

"날새 안녕하시웽까?"

하며 인사를 한다.

"낮에 어데 넘은 강에나 가 볼까요."

박 참봉은 영감을 위로하느라, 얼마 전부터는 깍듯이 예를 했다.

"나리께서 자리를 치시구, 절랑 어데 쏘가리나 좀 낚아 봅세다. 잠수를 했으믄 쏘가리놈이나 찔러 내겠던 걸, 늙어서 건 못해두, 돌꼬미나 미끼해서 어데 몇 놈 낚아 봅세다."

아마 평양 영감도 박 참봉의 유쾌한 낯을 대하는 건 기쁜 일임에 틀림없는가 보다.

담뱃대를 물고 박 참봉은 마당을 한번 휘하니 돌아본다. 연자간으로, 곡식이 가득하니 들어가 있는 토굴 앞으로, 외양간으로 가서 말을 한참 들여다보고, 그 다음은 다시 이쪽으로

돌아서 바자를 넘어 파종해 놓은 나무샛과, 잎이 파란 과일나무를 바라보고, 뒷대문께까지 갔다가 다시 되짚어서, 사랑 마당으로 돌아오는 것이다. 모두 평온하다. 소는 밭갈이를 나가고 노새는 연자간에서 쌀을 찧고, 그리고 재지풍이 옆에는 두칠이 처 쌍네가 수건을 쓴 채 겨와 먼지에 싸여서 여전히 일을 하고 ── 그래서 그는 유쾌한 김에 중대문을 들어가 안마당을 돌아보는 것이다. 며느리들이 인사를 한다. 큰댁도 인사를 한다. 손주란 놈이 뿌르르 뛰어나온다. 그는 아이를 좀해서 안아 주는 성질이 아니다. 그러나 오늘은 어인 일인지 성기가 걸어 나오는 걸 냉큼 들고 또 한 대문을 들어가 뒤뜰 안으로 간다. 가시 울타리 앞에 커다란 살구나무가 있고, 그 밑에 대감인가 토궁인가 무슨 귀신인가를 모신 볏짚 주저리에 흰 백지를 매단 복낟가리가 있고, 그 주위로 창포가 한창 자라나고 있다. 머리칼로 꼰 빨랫줄이 중간에 장떼기를 한 개씩 세우고, 이편 추녀에서 저편 추녀까지 살대처럼 건너가 있다. 움이 저렇게 저만큼 보이는데, 모란꽃과 함박꽃이 푸릏게 자라나오고 있다. 늦은 봄에서 이른 첫여름으로 옮아가는 계절의 태양 볕은, 뜰 안에 쨍쨍하니 함뿍 퍼붓고 있다.

"이놈, 너 웬 밥을 이렇게 먹었노."

"뚱게 뚱게 뚱게뚱."

이렇게 손자보고 중얼대면서 박 참봉은 다시 중뜰 안으로 나온다.

"에끼, 그놈 무거워 못 들겠다."

토방에다 성기를 놓으니,

"애, 성기 오늘 호사했구나. 하루바니한테 다 안겨 보구."
하고 형식이를 문턱에 세우고 앉았던 그의 할머니는 손을 너
울너울 아이에게로 내미는데, 형준이 처는 부엌문에 있었다.
그들은 시아버지가 중대문을 나가서 없어지도록 그럭하고 서
있었다.

집 안팎을 한번 돌아보아, 모두 평온하고 흡족한 것을 제
눈으로 친히 본 뒤에, 박 참봉은 더욱 만족해 오늘은 강 위에
매생이나 띄우고, 고기나 낚으면서 고추장 불림에 술이나 한
잔 들이켜 보자고 내심에 생각하면서, 문갑과 장간과 벽장을
보살핀 뒤에 옷을 깡총하니 갈아입으려던 때이다. 맏아들 형
준이가 조용히 할 말이 있다고 사랑으로 나와서 박 참봉 앞에
꿇어앉는 것이다.

대님을 풀어서 버선을 바꾸어 신으면서,

"그래 무슨 말인지 해봐라."

'혹시 얼마 전처럼 또 잡화상 같은 걸 벌여 보겠다고 그러
는 거나 아닌가. 만일 그렇다고 보면 박리균네가 집을 잡히고
돈을 내어다, 마방 대신에 커다란 여관 객주를 시작하겠다는
것까지를, 소상하니 말해서 이제 일이 년만 그대루 집안일을
보살피고 있으라고 타이르리라.'

속으론 이렇게 생각하고 있는데, 뜻밖에 형준이는,

"형걸이 혼사가 어떻게나 되어 가는가요?"

하고 첫 허두를 시작한다.

'맏형 된 몸으로, 나이 차도록 장가를 들지 못한 아우의 혼
사 걱정을 하는 건 지당한 일이다. 그래 새삼스럽게 어데 좋

은 규수래도 맞차운 곳에 생겼다는 말인가.'

　속으로는 이렇게 생각해 보면서,

　"지금두 거저 그러하구 있다."

하고 대답한다.

　"머 맞차운 집에 규수가 없어서 그러는 겐가요."

　"글쎄, 말하자믄 그렇다구두 할 수 있지만, 그래 어데 될 만한 곳이래두 있더냐?"

　"아니올세다. 너머 좋은 델 고르다가 시기를 놓치든가, 잘못이 생기든가 할까 봐서 하는 말씀이올세다."

　"좋은 델 고르는 게 아니라, 정 너절한 델 피한다는 게 온당한 말일 게다."

　여기서 박 참봉은 말소리를 좀 낮추어 가며,

　"너이덜과는 사정이 달르질 않냐. 어데 웬만한 데는 그쪽에서 잘 안 들을 것 같애, 멀찌감치 비쳐만 보구서 마는 일이 많구, 또 체면이 있으니 마구 처져 붙을 수두 없구. 그래 안즉은 거저 여기저기 비쳐만 보구 그러한 채루 있다."

　형준이는 아버지의 설명을 듣고도 물러 나가질 않고 한참 동안 그렇게 앉아 있다. 자리에서 일어나서 안방을 향해, 고기 사냥 갈 테니 점심 준비를 해서 매생이 맨 데로 가져다 두라고 이르려는데, 피뜩 형준이의 얼굴을 보니 아직도 할 말이 남아 있다는 듯이, 입 주둥이를 약간 우물거리고 앉았다. 그래서 다시 박 참봉은 자리를 바로 하고 한번 아들의 얼굴을 쳐다보았다.

　"다름이 아니오라, 형걸이를 그대루 두다가는 창피한 꼴을 보겠습너니다. 어젯밤 으슥해서 마당을 한번 돌아보는데, 형걸이가 두칠네 방에서 나오는 걸 봤습너니다."

단바람에 죽 일러바치고 형준이는 잠시 낯을 수그렸다. '마당을 한번 돌아보는데.' 하고 간단하니 말했으나, 그 한마디 속에 실로 이루 말할 수 없는 수만 곡절이 들어 있던 걸 생각지 않을 수 없었던 때문이다.

물론 박 참봉은 이 말에 적잖이 놀랐다. 아닌 밤중에 두칠이 없는 쌍네 방에서 형걸이가 나오는 걸 봤다는 것이 무엇을 의미함인지는 설명치 않더라도 뻔한 일이기 때문이다. 박 참봉은 잠시 아무 말도 하지 않는다. 그런데 형준이는 이러한 아버지의 태도에 기운을 얻었는지 다시,

"그래, 제가 잡어 세우굴랑, 지금 혼삿말이 여기저기서 빗발치듯 하는데, 네가 몸 처신을 이렇게 하구 보면 어떻게 되겠느냐구 일렀습더니, 그는 잠자코 섰다가, 누가 뭐랬는가구 하는구만요. 그래 밤두 늦었으니 인젠 가 자라구 하구서, 두칠이 처보구 몇 마디 기갈이래두 할까 했다가, 외려 덮어 두는 게 창피가 덜할 것 같애서 그대로 내버려 뒀습너니다."

박 참봉은 여기까지 말하도록 잠자코 앉았다가 아들의 말이 떨어지자 곧,

"알갔다. 이젠 네 일이나 나가 봐라."

하고 안문 쪽으로 턱을 돌렸다. 또 무슨 말을 내친 김에 좀더 늘어놓으려다가, 형준이는 아버지의 말에 좀 무색해져서,

"예."

하고 나직이 대답하곤, 푸시시하니 안뜰로 통한 문을 열고 나

갔다.

형준이가 나간 뒤에 박 참봉은 잠시 동안을 멍하니 앉았다가 바꾸어 입었던 옷을 다시 갈아입었다.

평양 영감이 재촉이나 하듯이 윗마루로 올라와서 방문을 벙싯하니 열어 보는 것을,

"난 또 갑재기 볼일이 생겨서 못 갈까 부외다. 내일이나 가보았수다."

하고 말해 버린다.

박 참봉은 지금 당한 일이 적지 않게 불쾌했던 것이다. 평양 영감은 얼굴에다 웃음을 띠면서 매생이 놀음을 재촉하려다가, 느닷없이 거절을 당하고 나서 어인 일인지는 모르고, 좀 메사해서, 방문을 닫았다. 그가 그물과 낚시를 들고 매생이죽을 둘러메려 할 제, 박 참봉이 감투 바람으로 횡하니 대문을 나가는 걸 바라보고 속으로 혼자, 무슨 일이 생겼나 보다 하고 생각해 보았다.

박 참봉은 담뱃대를 뽑아서 횡횡 내두르며, 향교 골목을 돌아 밭샛길로 들어서서 두뭇골로 댓바람에 쫓아갔다. 물론 형걸이는 학교로 간 뒤이다.

그러나 박 참봉이 지금 두뭇골 집으로 되짚어 오고 있는 것은, 형걸이를 불러 세우고 책망을 한다든가, 사실의 진부를 가리려든가, 뭐 그러기 위해선 아니었다. 그러므로 형걸이야 있건 없건 상관은 없었다.

그러나 대문을 들어서서, 그가 완전히 두뭇골로 돌아왔다는 걸 의식했을 때, 금방 제가 하고 있는 행동이 좀 채신머리

없이 느껴진다. 그만한 일에 제가 고기 사냥 가려던 걸 중지하고, 부리나케 두뭇골로 쫓아왔다는 건, 생각해 보면 창피스런 일이 아닐 수 없었다. 아들이 비복의 방에 들었다는 것 — 그것이 가령 형준이 말대로 사실이라고 해볼 값이라도, 이렇게 큰 변이 난 것처럼 서둘러 댈 거야 없지 않느냐 말이다.

이렇게 생각이 가니, 그는 그대로 방 안에 들어가기가 싫었다. 실인즉 작은댁과 형걸이의 혼삿말이나 두루두루 급히 이야기해 볼 양으로 달려온 것인데, 그것 역시 급히 서둔다고 신통하게 잘될 일도 아니고, 또 그다지 시각을 다툴 만한 일거리도 아니었다.

사실 박 참봉의 이러한, 저 자신조차 종잡을 수 없는 수상한 행동의 동기가 된 것은, 유쾌한 아침을 갑자기 흐리게 한, 그것에 대한 분통이었다. 형준이가 그런 걸 듣고 형걸이의 혼처를 너무 고른다느니 뭐니 하는 게, 마침 작첩(作妾)에 대한 무엄한 비평같이 들려서 그게 못마땅했던 것이다. 그러나 형준이의 말에 이러니저러니 타박을 하고 앉았기도 열없고, 그래 어디 대고 분풀이라도 하고 싶은 지향 없는 격분이, 이렇게 그로 하여금 두뭇골로 통한 길을 부리나케 쫓아가게 마련해 버린 것이다.

그는 다시 마당을 휭 돌아 무어 잃어버린 거나 찾는 양, 구석구석을 기웃거리다가 그대로 대문을 나와 버렸다. 그 다음은 누가 보면, 느지막이 두뭇골 집에서 조반을 먹고, 지금 행길 큰집으로 가는 길이란 듯이, 늘어지게 담배를 뻐금뻐금 빨면서, 왼손을 하나 주먹을 만들어 뒤꽁무니에 대고, 구룡교 옆으로 개울을 끼고 나와서 행길로 올라선 것이다.

　평양 영감은 벌써 강으로 나가 버린 뒤였다. 그래서 곧 다래끼나 광주리에 점심을 담아 보내라고 이르고, 박 참봉은 무심결로 자리그물을 한 떼 더 들고 물역 뒷대문께로 나갔다. 그런데 채 뒷대문을 나서기 전에, 제 방에서 나와 토방으로 돌아드는 두칠이 처 쌍네를 만났다. 오늘 잡아 두 번째 보는 얼굴인데, 형준이의 말을 들은 뒤라 쌍네의 얼굴이 아까와는 달리 보였다. 그렇거니 해서 그런지, 저편에서 낯을 붉히고 여느 때보다 더 머리를 숙이고 길을 비킨다.

　"얘, 너 점심을 넣어 놨을 테니 매생이 있는 데루 이구 나오나라."

　예사대로 이렇게 이르니,

　"예."

하고 대답하기는 하나, 쌍네가 저쪽으로 사라져 없어졌을 때, 박 참봉은 제가 지금 말만은 여전히 했으나 속은 좀 주춤거리던 걸 되새겨 본다.

　'저게 처음은 종간나더니, 막서리의 처를 지내서, 인제는…… 그렇다, 인제는 셋째 아들의 정부란 말이다.'

　이런 걸 생각해 보면서, 그러나 이상하게도 그것이 별로 형걸이의 못된 소행인 탓도 아닌 것처럼 느껴지는 것이다. 그러므로 이렇게 일을 저질러 놓은 형걸이에게 급작스레 미움이 가든가 그렇지는 않던 것이다. 강가에 나서면서는 박 참봉은 벌써, 그런 지저분한 시끄러운 생각은 애써 털어 버리려고, 매생이가 있는 방수성 아래를 눈에 손을 얹고 먼발로 내려다

보다가,

"페양 영감, 잠시 매생이를 돌려 붙이우. 난두 같이 갑세
다."

하고 고함을 질렀다. 매생이는 기슭을 떠나서 고기잡이 터로
막 여울을 훑으려고 하던 참이었다. 그는 삿갓 쓴 머리를 소
리나는 쪽으로 돌려 보고, 그것이 박 참봉 나리라는 걸 알자,
아무 말도 안 하고 매생이를 궁개로 돌려 대며 다시 말뚝을
박은 기슭으로 저어 온다. 이것을 보고 섰다가 박 참봉은 방
수성을 내려서서, 어청어청 아래 청파니[青坡]께로 향해 걸어
갔다.

"아니, 머, 일을, 다 보셨습너니까?"

하고 비로소 벌죽하니 웃으면서 한 손으론 꽉 매상죽을 붙들
고 박 참봉을 맞아들이는데, 그는 그물을 먼저 들여놓고 끙
하고 배 안으로 들어서면서,

"대강 다 봤수다."

하고 배 가운데로 온다. 다시 매생이를 떼려는 걸,

"가만있수, 좀 끓일 것과 술을 넣으라고 했으니 인제 누가
니구 나오리다."

저만큼 방수성 위에서 아랫길을 잡아 쌍네가 광주리에 무
얼 담아 이고 이쪽으로 걸어오는 것이 보였다.

해는 따가우나 바람은 비류강 위를 스쳐서 싸늘하다.

급작스레 쏘가리 생선국을 끓여 반주로 한 그릇 먹고, 박
참봉은 얼근히 취해서 두뭇골 집으로 왔다. 어두운 지 한참
되는 초여름 밤인데 저녁때부터 날이 흐릿해 오더니 밤중 안

에 비가 오려는지 공기가 제법 훗훗이 물큰다.

　사랑으로 들어오니 작은댁 윤씨가 등잔을 돋우고 자리를 깔아 놓고 기다린다.

　"저녁은 머 잡수셨소?"

　"잡아 온 걸루 쏘가리 생선을 끓여 먹었지. 그래 참 고기 디레 왔던가?"

　"쏘가리 두 놈하구 지가리새끼 메기새끼랑은 끓여서 형걸이랑 주구, 모래무치랑 마지랑은 장조림을 해두었지요."

　박 참봉은 발을 뽑고, 자리끼를 부욱 끌어다 벌떡벌떡 마시는데,

　"부주주하시거던, 오미자나 밀수를 타올걸요."

하고 말로만 텀을 한다. 그러나 박 참봉은 물을 한참이나 마시고,

　"형걸인 집에 있나?"

하고 묻는다.

　"좀 전에 바람 쏘인다구 나가두군요."

　"또 나갔어?"

　박 참봉의 낯에 다소 언짢은 기색이 지나간다. 그러더니 곧 되짚어서,

　"어젯밤은 어느 때에나 돌아왔나?"

하고 묻는다.

　"글쎄요. 자정 전이었겠지요."

　윤씨의 대답에 박 참봉은 아무 말대꾸를 않고 한참을 멍하니 등잔불만 바라본다. 아직 사십 전인 윤씨는 눈매와 자태가

그대로 예쁘게 젊은 것 같다. 다른 날따라 없이 찌뿌한 영감이 어인 까닭인지를 모르고,

"어서 저고리랑, 이 감투랑 좀 벗으시구 누우시구려."

하면서 감투를 벗겨 문갑 위에 놓고, 손수 저고리를 벗기고 또 허리끈도 끌러 준다.

"해가 따거운지 좀 타셨구려."

그러나 몸을 맡긴 채 박 참봉은 자리에 누울 염도, 윤씨 말에 대답할 염도 안 하고 있더니,

"형걸이 놈이 밤에 어데 가 노는지 몰라?"

하고 느닷없이 형걸이 말을 또 묻는다.

"글쎄요. 저 학도덜끼리 어데 뫼여 놀든지, 교사네 집엘 가든지 그러겠지요."

박 참봉은 자리에 누워 버린다. 그러더니 또 일어나서 물을 한 모금 더 마시고,

"담배 붙일까요?"

하고 묻는 데는 대답을 않고,

"청시울서 무슨 소식이 없었나?"

하고 묻는다.

"오늘 저녁 해 넘어가기 전에 중매 여편네가 왔는데, 하는 말이 채 말은 안 뗐으나 될 성부르다구 하긴 합데다만, 원 색시나 가문이 맘에 들으야지요."

"왜, 그 집이 어드래서."

"어드렇다니요. 망조에 들어 기우는 집안 아니웨까."

"망조에 들었거나 집안이 기울거나, 규수나 똑똑하믄 그만

이지, 처갓집 국물을 얻어먹을 차빈가, 누가."

"글쎄, 세간이야 어찌 됐건, 규수가 똑똑하믄 그만이라지만, 처갓집두 너무 가난하구 보면 사사모사로 시끄럽지 않은가요. 그러나저러나 규수나 얌전하다믄 모르겠는데, 말을 들으니 질쿠냉이두 변변히 못 하구, 아이가 또 영리하질 못 하다누만요. 게다가 또 궁합이 안 맞는다는가 부외다."

"궁합이 안 맞아? 그럼 그른 혼사지."

질쿠냉이를 못 한다든가, 생김새가 좀 영리하질 못 하다든가, 한다는 것쯤은 어떻게든 우겨 대 볼 길도 있을 것이고, 더구나 사돈집이 쇠운에 들어서 세간이 기울어져 간다는 것 같은 건 소뱅이 문제도 안 되는 말이라고 제겨라도 보겠는데, 실소린진 몰라도 궁합이 맞지 않는다는 덴, 박 참봉도 어이할 방도가 없었다. 그래 그는,

"뭐이 뭐인데, 궁합이 안 맞나."

하고 좀더 소상히 천착해 본다.

"겉궁합이 토끼하구 뱀이라서 맘이 덜 내키는데, 속궁합은 또 말할 수 없게 나쁘답네다그래."

이 말을 듣고 박 참봉은 붙여 주는 담배를 몇 모금 빨다가 이어 윤씨에게 주고, 자리에 누워 버린다. 누비이불을 사뿐히 덮어 주면서,

"불을 끄리까?"

하고 윤씨가 묻는 것을,

"오늘 밤 형걸이 들어오거들랑, 인전 밤에 아여 밖에 나가질 말라구 일러두게."

하고 눈을 한 번 감아 본다.

"아니, 왜요. 어데 못 갈 델 간답디까. 그 애가."

윤씨가 좀 실색한 빛으로 묻는다. 박 참봉은 그렇게만 말해 두고, 사실은 깨우쳐 말하지 않으려고 한참 동안 망설이다가,

"그 녀석이 두칠이 처를 봐 댕긴다니, 원, 하구 많은 계집 중에."

이렇게 말하고, 이야기를 채 아물지 아니하니, 윤씨는 깜짝 놀라,

"그게 무슨 말씀이웨까. 형걸이가 막서리 처를 보아 당기다니, 어데서 음해의 말씀이라도 들은 게지. 차마 그럴 리야 있겠소. 그래 어데서 진정을 알아보셨나요?"

"글쎄 그렇게만 알구 있어. 여러 말 옮길 거 없이."

박 참봉은 몸을 한 번 뒤채고, 푸 술 냄새 섞인 한숨을 내쉬었다. 윤씨는 무얼 말하려고 입술을 나불나불하며 그의 옆에 앉아 있다.

10

  박 참봉이 은산서 솔가하여 두뭇골로 왔다가, 행길에다 큰
집을 사고 첩 큰댁을 갈라서 두 집 살림을 벌여 놓고 얼마 안
해서, 박리균네 동서끼리와 옆집 음해 잘하는 노파와 셋이,
선앙제터에 갔다 오는 길이라고 두뭇골 작은댁에 들러서, 박
참봉의 첩 윤씨의 얼굴 생김새를 보고 간 일이 있었다. 그때
그 음해 잘하는 노파가, 윤씨의 얼굴을 치쳤다 내리쳤다 하던
끝에 그가 알아 온, 열일곱에 시집와서 열여덟에 첫아들 낳았
다는 두 가지 사실에다, 된 소리 안 된 소리를 잔뜩 부연해서
하는 말이, 박 참봉 성권이가 한포락 적에 투전판에서, 남의
갓 시집온 색시를 도적질해 업고 왔다고 훼방을 놓고 다녔다.
  그때 이 고을 사람들은 원체 남의 음해 잘하기로 이름이 난
늙은 것의 수작이니, 뭐 믿을 만한 소리가 되겠느냐고 하면서
도, 결국 일종 시기하는 마음이 따라서 그대로 그 말을 받아

들이고 말았다. 그 뒤에 다시 그의 내력을 조사해 보는 사람
이 있었다면, 사실과 어금비금한 이야기를 전할 수 있었을 것
인데, 십 년, 십오 년, 이렇게 살아가면서 아이들이 장성해 가
고, 박 참봉네도 점차 이 고을선 토박이 사람이 되어 가는 데
따라, 사람들의 호기심은 사라지고 이젠 다시 윤씨의 경력을
알고자 하는 이조차 없어졌다.

　윤씨는——그의 아이 적 이름은 탄실(誕實)이었다——사실
열여섯 났을 때 순천(順川) 고을로 시집을 갔던 적이 있었다.
그의 친정은 자산(慈山) 고을서 오 리 가량 시골로 들어간 곳
에 있는 파평(坡平) 윤씨(尹氏)로서, 처음은 집안도 훌륭하고
세간도 넉넉해서 행세하는 집안이었으나, 말년에 쇠운이 들어
서 집안은 갑자기 기울어지고 역참(逆慘)이 잦아서 그만 말 아
닌 형편이 되어 버렸다. 친정의 불운을 지니고 시집을 갔었던
지, 그가 시집 가 반년이 못 되어 새서방이 장마났을 때 창말
앞으로 반두 사냥을 나갔다가, 거센 물결에 휩쓸려 세상을 떠
나고 말았다. 본시부터 시어머니와 사이가 나쁘던 데다 이런
일이 일어나고 보니, 왕신이 붙어 왔다고 비양청 소리가 높고,
집안이 모두 뻴기 뽑듯 하는 바람에, 세간을 둘러 싣고 순천서
자산 친정으로 돌아와 버리지 않으면 안 되었던 것이다.

　친정에는 늙은 부모와 올케가 아이 둘을 데리고 살고 있었
는데, 오라비는 연전에 상한으로 좀 앓다가 급작스레 죽어 버
렸다. 대감이 동했다나 무슨 왕신이 동했다나 해서, 지난 가
을에도 큰 도야지를 잡고 굿을 하고 철철이 토사를 하건만,
집안은 바로 서지 않고 세간만 점점 줄어들었다. 양주의 희망

은 딸 아래로 하나 있는 열 살 난 아들과 손자 오뉘가 있을 뿐인데, 며느리가 청상처럼 혼자 늙은 것도 보아나기 거북스러운 터에, 이번엔 한번 더 덮쳐서 과부 된 딸까지를 한 집에 두고 속을 썩여야 할 판이었다.

딸 탄실이가, 농바리를 싣고 초라한 보교를 타고 대문을 들어서는 날 저녁, 어머니는 방 안에서 울기만 하고, 아버지 윤 초시는 온다는 소식을 미리 듣고 종일토록 술을 마시느라 집에 있지도 않았다.

그러나 집안이 불편하려니 시누이, 올케, 두 과부끼리의 새가 또 그렇게 알뜰치를 못했다. 같은 팔자에, 함께 서로 위로하고 도우면서 살아갔으면 좋을 것이, 성격인가 성질인가가 서로 틀려서 하나는 우들푸들하고, 또 하나, 탄실이는 나이 아직 열일곱이니 철인들 뭐 제대로 들었겠냐마는, 포돌거리고 용졸거리는 편이어서, 같이 부엌에서 나돌다가도 가끔 충돌이 일어나는 것이다.

말썽이래야 별반 큰일로서 벌어지는 것도 아니고, 찌갯거리나, 행주질이나, 부침개질이나 또 바느질감 다루는 것 같은, 세세한 일거리도 의견이 맞지 않아 가지곤, 처음은 뭐라고들 쏭알거리다 그 다음은 서로 새프드름해졌다가, 무슨 딴트집이 생기면 이어 언성이 높아지는 것이다. 그러고선 종시 어머니의 귀에까지 들어가 큰 말이 나오고, 그러다가 어찌 되면 늙은 아버지 윤 초시의 귀에까지 가서, 집안이 발끈 뒤집히는 적지 않은 소동이 일어나게 되는 것이었다.

가뜩이나 화가 나서 마음을 붙잡지 못하던 때에, 안에서 소동이 튕겨 나오고 보면, 윤 초시는 그리 잘지는 않으나 바짝 성미를 돋우어서 높은 소리를 지르고, 때로는 다된 세상 잘되긴 파이니, 모두 다 제각기 집을 떠나고 말자고 고래고래 야단을 부렸다.

"메누리 성화, 딸 성화를 무슨 등이 빠질 염병 앓을 녀석이 보아 간다느냐?"고 "너이년들이 집안을 옳게 만드는 년들이거들랑, 항우 같은 새서방덜을 잡아 먹구 청승맞게 소년 과부들이 됐겠느냐?"고 마지막에는 할 말 못 할 말을 가리지도 않고 입으로 나오는 대로 주워섬기는 것이었다. 이렇게 한바탕을 고아 대고, 어디 또 술을 마시러 나간 뒤에는, 어머니가 안방에서 지청구를 올렸다. 어머니는 절반이 통곡조로 나온다. 그럭하고 보면 올케는 제 방으로 돌아가서 아이들을 안고 역시 울음을 올리고, 시누이는 윗방에 가 콜작콜작 눈물을 쥐어짜고 앉았는 것이다. 그러나 소동은 이것으로 끝나는 것이 아니었다. 윤 초시가 술이 취해 돌아온 뒤가 편안할 리 만무했다. 그는 문을 들어서면서 손에 닥치는 대로 집어서 땅에 굴렸다. 세간일랑 왜까닥 부수어 버리고 모두 내 손으로 죽여 버리자는 것이다. 아이들 울음소리가 집 안팎에 떠나가라고 높을 때에, 겨우 어머니는 영감의 몸을 붙잡아 떼어 말리고 며느리는 손을 빌며 죽을죄로 잘못했노라 빌어 보는 것이다. 그러면 아버지는 생뚱한 어머니를 붙잡고,

"이년, 네년이 바루만 가르쳤으면 집안이 이럴 수가 있능가. 당초에 네년이 낳기를 고약스레 낳고, 기르길 덜 되게 길러서 집안이 망조가 들었다."

하고 고래고래 기왓골이 떠나가라고 소리를 지르는 것이다.

"예. 다 내 잘못이왼다. 그러니 어떡허겠소. 마음을 진정하시소. 아이들두 잘못했누라구 일후엔 채심하겠다니 오늘만 참아 두시소."

하고 어머니는 설설 기면서 영감을 겨우 자리에 눕히는 것이었다.

이렇게 탄실이가 소년 과부가 되어서 친정살이를 해가며, 집안에 적지 않게 염증을 바치고 있을 때, 하루는 사랑에 시퍼렇게 젊은 박성권이가 찾아왔다. 성권이 아버지 박순일이가 다섯 해 전에 삼백 냥을 육자 변으로 지은 것이, 하나도 세음이 되지 않았다고 그 돈을 회계하자고 찾아온 것이다.

그때 박성권이는 아직 은산에 있었고, 그의 아버지 순일이가 아편으로 인연해서 평양서 객사를 한 지 일 년 뒤였다. 순일이가 죽기 전, 몇 해 동안 주색으로 아편으로 재산을 탕진해 버리고, 성권이가 스무 살이 될락 말락 한 때 집안을 상속했으나 남은 거라고는 채권(債權)이 얼마 있을 뿐이었다.

열아홉 수가 나빠서 아직도 앞이 청청하던 아버지 순일이를 객지에서 잃었다고 간혹 사람들은 말했으나, 박성권이나 그의 가족들로 보면, 끝끝내 자식에게 성화를 시키지 않고 그런대로 그만큼 해서 세상을 떠나 준 것이 오히려 다행하다 할 것이다. 남들이 들으면 욕할 말로 성권이나 그의 아내 최씨나가, 아버지 순일이가 세상을 떠났을 때, 어떤 종류의 안도를 품었다는 것이 근경에 가까운 말일 것이다. 사실 얼마 아니 남은 채무자를 찾아다니며 그것마저 말끔하니 싹 씻어 거두

어서, 그 껌뎅인가 하이얀 가룬가 한 놈의 약값으로 들이밀었
다면야. 장례비조차 없어져서 시체는 거적 장사를 겪고, 남은
가족은 당분간일망정 바가지쪽을 차고야 말았을 것이다. 제
아무리 박성권이란들, 소도 디딤발이 있어야 언덕에 오른다
고, 맨주먹 둘을 달랑하니 쥐고 나서서는 어디 돌려 대고 발
자국도 떼 놓지 못했을 것이다. 평양서 시체를 모셔다가 뫼를
쓰고 일년상을 치른 뒤, 문서를 추려 들고 박성권이는 채무자
를 쫓아 돌았다. 아버지와 달라서, 포학하고 아귀통이 센 그
는 사정없이 채무자를 닦아 세웠다. 아버지라면 낯이 있고 의
리가 있어 차마 못할 짓을, 그는 눈을 내려 감고 막무가내로
닥치는 대로 해냈다.

이렇게 해서 박성권이는, 자산 파평 윤씨네 이 집에도 찾아
오게 되었던 것이다. 성권이는 아버지보다도 연세가 지긋한
윤 초시를 사랑에 들어서자 대번에 후려 놓고 보았다.

"그래, 사람이 세상을 떠났는데도 이렇다 하는 조상 한 마
디 없고, 그런 무지몽매한 행동이 어디 있단 말요."

사실 윤 초시는 이 말에 할 말이 없었다. 제 집안에 참변이
잦고 재앙이 떠날 날이 없어서 경황도 없었지만, 박순일이의
아들이 아직 연소하여, 제 아비 순일이처럼 양순하고 보면,
별반 채무 독촉도 안 하리라고 태평하니 생각했던 것이, 제
집에 발을 들여놓고 통성한 뒤에 대뜸 하는 말이 이 말이니,
그렇잖아도 정신이 나간 듯했던 윤씨가 질겁을 한 것도 무리
가 아닐 것이다.

"글쎄 여보게, 내 사정말을 좀 들어 보게그려."

이렇게 윤 초시가 말 허두를 내다가 박성권이의 기색이 온당치 못한 것을 보곤 이어 말투를 고쳐서,

"바루 춘부장한테 내가 돈을 얻어다 쓰던 그해에, 금전인가 뭔가가 아주 쫄딱 망쌀이 지지 않았겠소. 그렇게 된 다음부터는 어찌 된 세상인지, 머, 내 집안 말 이렇게 털어놓구 하기두 부끄러운 일이지만서두……."

하면서 사정을 말하기 시작한다.

"먼저 내 작은아들놈이, 장가들 달에 등창났다구, 장가를 앞두구설랑 덜싹 그렇게 되고 말드니, 그 다음은 큰아들놈마저 이리 되고, 마즈막에는 갓 시집갔든 딸년마저 남편을 앞세우고 내 집에 돌아왔으니…… 자, 이렇게 집안이 아주 마지막 망조가 들고 보니, 어데다 낯을 들구 문 밖에 나가기나 하겠소. 그래 두문불출을 하구설랑, 난두 밖에 나가지 않구, 또 찾아오는 사람두 될수록 피하구, 이래서 아주 딱 세상관 담을 쌓고 지내 오질 않았겠소. 내가 돌아가신 춘부장 어른과야 의리로 보나 뭘로 보나, 그런 일이 생겼다문야 당장 쫓아가, 참 대소 범절을 왼통 맡아 치러두 과하다 하진 못할 겐데, 내가 그만 환장을 했었구려. 아니 참 내길래, 여태 목숨이라고 이걸 붙잡고 살어 나가지, 웬만한 이라면야 벌써 구구하게 이러고 있을 린들 있겠소. 그러니 머 박 재장께서두 그걸 언짢겔랑 애여 생각지 마시굴랑 춘부장 살어 계실 때나 조금두 다름없이……."

그러고는 안 나오는 웃음까지 주름 잡힌 얼굴에 그려 보는 것이다. 그러나 방갓을 쓰고 앉았던 박성권은, 그의 얼굴은

눈 붙여 보지도 않고,

"아시다시피 우리가 지금 누구 사정을 한가하니 듣고 앉았
을 처지가 못 되는 것이, 선친이 그럭허시다 세상을 떠나신
뒤, 내가 오죽하면야 이 모양을 하구서 남의 사랑을 찾아다닐
리가 있겠습니까. 그러니까 머, 조상을 했너니 안 했너니 따
위는, 거야말루 지내가는 말에 지나지 않는 게 아니겠소. 나
역시 잔뜩 쇠운에 든 집안을 맡어 가지구 남의 구구한 사정인
들 모를 리야 있갔쳉까. 아니 할 말루 과부 사정은 과부가 안
다구. 그러니깐두루 조상을 오느니, 뭐 이런 따위를 가지구야
어데 이러니저러니 할 건덕진들 되겠습니까. 무철한 맘에 괘
씸히 생각이 됐던 걸, 그대루 터져 논 게 그리 된 게니께루.
그러나저러나 저두 안즉 궤연을 모시고 있는 몸에, 오래 타처
에 와서 묵을 수도 없는 터인즉슨, 묵은 조를 한 번 뒤여서 세
음이나 보게 해주셔야 하겠수다."

박성권이의 말은 추상처럼 윤 초시에게는 냉랭하게 생각이
되었다. 제 애비와의 친교를 보더라도 존장에 대해 이럴 법이
없을 텐데, 아무리 채권자이기로니 포악스런 언행이라고 괘
씸한 생각이 드는 것이다. 그러나 어찌할 도리가 없었다. 빚
진 죄인이란 말처럼 그는 노염이나 분통이 나는 걸 숨기고 어
디까지나 이 젊은 놈의 마음을 농간해서, 그걸 풀어 놓도록
힘쓰는 외에 별 방도가 없던 것이다.

"글쎄 온, 아까 말씀 올린 걸 또 되풀이하는 것만 같지만,
내 신상이 지금 이 형편이 됐으니, 아까 박 재장 말씀대루 과
부 사정은 과부가 안다고, 어데 좀더 액운이 물러가고 형편

몰리는 게 페일 때까지, 참, 이런 말씀 올리기두 미안스럽기 ·
짝이 없지만, 어떻게 좀 사정을랑, 좀⋯⋯."

누가 보기에도 창피하리만큼 윤 초시의 입과 눈 가장자리
엔 비굴한 표정이 떠돌고, 그의 반백이 된 머리는 저절로 굽
신굽신 했다. '좀' 소리를 자꾸만 되씹고 앉았는 품은, 박성
권이 눈에도 참말로 보기에 난처했다.

그래서 애써 그의 얼굴을 보지 않기로 하고, 무어 미리부터
생각해 갖고 온 바를 쪼루루 외어 바치듯 한 뒤에 우선 자리
를 털고 자산 고을로 들어가서, 누구든가 앞에 설 사나이를
다시 들여보내, 어떻게든 작정했던 대로 실행을 할 채비를 차
렸다.

"글쎄 이러쿵저러쿵 할 거 없이, 사 년하구두 일곱 달 치를
육자 변으로 일 년에 한 번씩 표를 된 셈치고, 회곌 놔 보구
레. 들으니께루 안즉두 윤 초시 집엔 밭두 있구 집두 남었다
니, 아무것두 없는 맨 건달판이라믄 몰라두, 지닌 게 있으면
서야 남의 빚 못 갚겠다구 하겠습니까. 그러니까 다 회곗조를
깨끗허니 해치우굴랑, 그 댐엔 또 누구든 중흥하는 편에서,
서로 도와주게, 이렇게 하는 게 일의 순조가 아니갔쉥까. 자
산 고을 가서 볼일 좀 있으니간 밤에 사람을 보내든지, 내가
나오든지 하오리다. 나는 나대로 회계한 게 있으니께루, 자알
어데 바루 문서를 살펴보우다."

이 말이 떨어지자 박성권은 불쑥 일어선다. 윤 초시가 머리
를 들지도 못하고 박성권이의 하는 말을 듣고 있다가, 새하얗
게 낯이 질려서 따라 일어섰으나, 입술을 파르르하니 떨고 있

을 뿐으로 한참 동안은 말도 변변히 못한다. 방갓 쓴 박성권이의 뒷몸집이 대문으로 없어진 뒤에야 혼자서,

"이런 변이 있나."

또 한참 만엔,

"이럴 수가 세상에 있나."

그러고는 푹 바람벽에 기대 앉은 채, 정신이 빠져나간 것처럼 어릿어릿하여 눈을 감고 있었다.

윤 초시 딸 탄실이는 사랑에 방갓 쓴 손님이 온 건 알았으나 그게 어인 사람인지는 알 턱이 없고, 전날 같으면 절게든가 막서리든가를 시켜서 물을 길을 것인데, 이즈음은 시누이 올케간 누구나가 손수 두레박을 들고 물동이를 이지 않으면 안 되는 때문에, 그날도 대문 밖으로 나와서 자산 고을로 통하는 길 어귀, 커다란 버드나무가 선 우물가에 나가 물을 길어 갖고 오던 참이었다. 부엌에서 직바로 우물로 통하는 뒷문이 있어, 사랑 앞을 지날 턱이 없으므로 바깥손님에게 얼굴을 보인다든가, 그럴 리는 없었는데, 막 물동이를 이고 우물에서 서너 발자국 길 위로 나서다가, 대문에서 불쑥 횡하니 베로 만든 상복자락을 날리면서 나서는 방갓 쓴 손님과 정면으로 마주치고 말았다.

한 손으로 두레박을 들고, 또 한 손으론 겨드랑 밑까지 내보이도록 팔을 추켜들어 물동이를 잡고, 입으론 또아리끈을 물고서 오던 이런 때에, 지금 막 저의 집 사랑에서 나오는 손님과 길 위에서 마주치게 된 것이다. 탄실이는 눈을 내리깔았을 뿐, 어떻게 몸을 가눌지도 모르고 길 위에 딱 발을 붙이고

서 있다. 머리카락에 물이 흘러서 이마 위에 찟거분하니 흘러 내리지는 않았는가, 아니 앞가슴이 어떻게 똑바로 여미어지 기나 했는가. 치마폭은 제대로 아랫도리를 둘렀는가, 이런 걸 갈피갈피 생각할 겨를도 없이, 그래도 고 모양을 하고 방갓 쓴 사나이에게 관선을 당하고야 말았다.

박성권은 방갓 밑으로 차근차근히 마주선 젊은 여자, 지금 토실토실 볼편에 살이 오르는 것으로 미루어 열여덟을 넘을 것 같지는 않은 젊은 색시를 훑어보고, 가만히 길을 비켰다. 물동이가 방갓 밑을 스칠 듯이 지나가서, 그것이 윤 초시 집 뒷문으로 들어가는 것을 본 뒤 그는,

'처녀는 아닌데, 그것이 아마 윤 초시의 딸로, 바로 과수가 되어 친정살이를 한다는 그 여자렸다.'

하고 생각해 보며 고을로 들어갔다.

그런데 윤 초시는 사랑에서 한참 동안을 멍하니 앉아 있다 가, 그대로 나가자빠져서 정신을 잃고 까무러쳐 버렸다. 본시 부터 들락날락한다던 그의 정신이 그만 아주 틀려지고 만 것 이다. 집안이 온통 서둘러서 겨우 정신은 피어났으나, 그는 아무런 말도 자유로 지껄이지 못하게 몸이 아주 반편이 지고 말았다. 눈하고 입하고만 히물히물하고는, 손도, 발도, 그리 고 말하는 것까지도 그의 기능을 잃어버린 것이다.

자산 고을서 일볼 것이 있다고 하던 박성권이는 그날 저녁 에 임풍헌네 집에서 술을 먹고 앉아서 윤 초시의 딸, 탄실이 의 일을 미주알고주알 물으며, 임풍헌에게 탄실이를 어떻게 할 수 없겠느냐고 상론을 하다가, 부엌 사람이 전하는 말로

윤 초시가 급작스레 전신 불수가 되었다는 소식을 들었다. 성권이는 적지 않게 놀랐다. 그에게 손끝 하나 어쩌지는 않았으나 윤 초시가 전신 불수가 되도록, 기절을 했든가 정신을 잃었든가 한 직접 원인이, 그에게 있는 것은 누구나 부인할 수 없는 일이었기 때문이다.

"아니 그래, 재장이 그만 그 소년 과부한테 홀딱 반해 버렸단 말씀이오니까."

하고 껄껄 웃어 가며,

"그까짓 거쯤일랑은 염려두 마시우. 지금 그 집에서두 왓작 겜을 받혀 오구, 게다가 또 그 색시 가마 타구 시집가긴 인제 파이니, 어쨌건 내게다 맡겨만 두시소그려."

하고 떠들어 대던 삼십 활량인 임풍헌도, 윤 초시가 전신 불수가 됐다는 말을 듣고는, 취해 오던 술이 금방 깨기나 하듯이 어안이 좀 벙벙해서 멀거니 성권이의 얼굴을 쳐다보았다.

그러나 박성권이는, 제 생명 같다고 추상같이 울려 대던 채권을, 그대로 탄실이와 바꾸어 버리자는 생각을 먹을 만치 호기가 있었으나, 임기하여 응변하는 재치도 갖고 있었다. 그는 이어 술상을 물리고 임풍헌을 남겨 두고 혼자서 윤 초시네 집으로 달려갔다.

그가 윤 초시 집 사랑에 이르렀을 때에는, 사랑에는 다른 식구들도 나와 앉았다가 인차 물러가고 윤 초시 마누라만이 병자 옆에 앉아 있었다. 윤 초시 마누라는 낮에 이 방갓 쓴 젊은 녀석이 다녀가자 이런 변이 생겨난 것을 알고 있기는 하나, 처음부터 언성도 높이지 않고 도란도란 주고받는 이야기

끝에 일어난 일인지라(어떤 이야기였는지는 지금도 모르고 있으나 그때에 서로 손가락 하나 오락가락하지 않은 것만은 알고 있었다), 그에게 미움이 가기는 했으나, 어인 영문인지를 몰라 가벼운 호기심 같은 것이 나지 않는 것도 아니었다. 대체로 윤 초시 마누라나, 또 이 집 가족이나, 인근 동네 사람들이 나는, 이렇게 윤 초시마저 이 모양이 된다는 건 소뱅이 귀신이 발동한 것에 틀림없다는 생각을 굳게 하고 있었다. 그러므로 누구에게 미움이 가기 전에 귀신, 말하자면 왕신이든가, 대감이든가, 성주나, 지운이나, 이런 게 동한 게라고 그것을 두려워하는 마음이 우선 앞을 섰다.

"상복을 한 죄인이 이렇게 누누이 찾아와 미안하올세다."
하면서 좀체로 방 안으로 들어오지도 않으려는 것처럼, 성권이는 마루 위에 있었다. 마루 위에 성권이가 올라선 것을 먼발로 희미하게 바라보던, 아랫목 자리 위에 번뜻이 누운 윤 초시는, 낯색이 좀 달라지며 상판대기가 수상하니 히물히물 경련하고 입 모습을 쭝긋거려, 삽시간에 표정을 자꾸만 번개처럼 바꾸며 돌아갔으나, 그것이 웃는 겐지, 노하는 겐지, 분해하는 겐지, 기뻐하는 겐지는 보는 사람마다 생각할 탓에 달렸었다.

"아, 윤 초시 어른께서 이게 갑자기 무슨 변이오니까."
이렇게 적이 슬픈 표정을 낯에 띠며 말하니, 윤 초시는 성권이의 얼굴을 바라보던 눈을 덥벅 감아 버리고, 그 다음은 어깨를 추면서 눈물을 흘린다. 필시 이 방갓 쓴 젊은 녀석에게 무슨 곡절이 있다고 마누라는 생각하고 있을 때에, 박성권은

여전히 고즈넉한 표정을 낯에서 없애지 않고,

"갑자기 이 변을 당하셔서 대단히 놀랐을 게라고 짐작됩네다. 저는 은산골 사는 박성권이라는 사람이온데, 제 선친이바로 순박 순(淳)자와 편안 일(逸)자자로 여쭙는데, 작년에세상을 떠났습너니다. 선친의 유언이 자산 윤 초시 어른께서사 년 전에 돈 얼마얼마를 돌려 쓴 것이 있는데……."

이렇게 마루에 앉은 채 이야기를 시작하다가, 이 대목에서뚝 끊고 잠시 윤 초시의 얼굴과 그의 마누라의 낯을 번갈아쳐다본다.

'인제는 영감이 기절을 한 까닭을 알겠다. 과연 이 박순일의 아들놈이 돈 채근을 와서 무슨 포악한 말찌더기를 한 때문에 이렇게 갑자기 기절을 하여 정신을 잃은 것임에 틀림이 없다.'

하고 윤 초시 마누라가 생각하자, 금시에 슬픔과 미움과 원한이 뒤섞여 돌개바람 같은 종잡을 수 없는 표정의 선풍이, 화끈 그의 얼굴을 지나간다. 이 표정을 슬쩍 바라본 박성권은이어서 곧 다음 말로 옮아간다.

"약차 이만저만한 이유로, 그 윤 초시 어른께서도 이 근경에 여러 모로 재산에 손실이 들었어. 그러허니 우리도 함께기울어 가는 살림에, 본시부터 없는 것과는 달러, 있다가도없는 것처럼 딱한 일이 또 어데 있느냐. 그런즉슨 일후에 내가 죽은 뒤일지라두, 만약에 윤 초시 어른네가 다시 옛날처럼큰 세상살이를 한다면야 더 말할 나위도 없지만, 그렇지 못할지경이면 나와의 친교로 보아서도 돈냥간을 가지고 어떻게 머 가박스리 그렇게 할 처지가 아니야, 하니 네가 친히 찾아가서 이 아비의 뜻을 전해 올려라, 이렇게 말씀이 계시고 세상을 떠나셨는데, 내가 미천한 몸으로 큰집을 이었고, 또 한편으론 궤연을 모시고 있는 몸이라서 먼길을 떠나지도 못하다가, 오늘 낮에 겨우 이렇게 댁을 찾아오게 되었던 것이올세다."

다시 방갓 밑으로 눈을 들어 윤 초시 마누라를 쳐다본다. 그는 비로소 안심하는 빛을 얼굴 위에 내고, 지금까지 희미하게나마 원한과 미움이 가던 이 사나이가 결코 그럴 이가 아니고, 어쩌면 뒷날일지라도 저의 집을 돌보아 줄 그러한 사람이 될는지도 모를 게라는 생각을 가짐에 이르렀었다. 그런데 이 사람이 나가자 윤 초시가 곧 노전 위에 나가자빠져 버렸으니, 그건 또 어인 일일런가. 이렇게 아직도 채 풀리지 않은 의심을 눈과 눈썹 새에 약간 남기고 있는데, 박성권이는 또 이야기를 계속하려고 몸을 좀 도사리고 앉는다. 몸을 움직일 때에야 윤 초시 마누라는, 손이 여적 마루 위에 앉아 있는 것을 깨닫고,

"아니 참, 내 정신이 빠져서, 어서 이 방 안으로 좀 들어오시지요. 그리구 문일랑 닫으십세다."

하고 자리에서 일어나는 것을, 여기두 좋다고 몇 번을 더 사양하다가, 박성권이는 방 안 윗목에 들어와 앉는다. 문을 닫은 뒤 박성권은,

"윤 초시 어른께 처음 인사를 여쭙고, 또 선친의 생각하신 바가, 약차 이만저만하시다고 아뢰었더니, 그때에 무척 놀래시는 기색을 보이시고, 좀 어릿어릿하시는 것 같길래, 저는

인차 자산 고을에 볼 것도 있으니 그만 물러가겠노라구 아뢰지 않았겠습너니까. 그랬더니만 그게 무슨 소리냐구, 내 집이 아무리 누추하나마 그럴 수가 있겠느냐구, 막 제 손을 끌어앉히고, 피차에 이렇게 지낼 집안간이 아닌데 하시는 걸, 급히 다녀갈 길이라고, 그러시거들랑 잠시 동안 집안 이야기나 서로 나누자구, 이렇게 말씀을 올렸습지요. 그래 저로서도 그간 선친께서 타곳으로 떠다니시다 돌아가신 뒤, 미천한 제가 집이라구 맡아서 생도를 세운다는 게, 다행히 식구가 적어서 이력저럭 지내는 가지만, 그게 이루 참 형언할 수 없는 역경을 맞은 게나 다름이 없습네다. 안즉 나이 있으니 우리야 머 어떻게든 못 살어가겠습너니까. 그랬삽더니 존장께서는, 아무려나 그렇다니 마음이 적이 놓인다구 말씀하시면서, 내 사정일랑은 이루 말할 수 없이 참혹하다시면서 금점에 실패하신 뒤 가지가지 역참과 화환이 들어서, 대체 어인 변이 이럴 수가 있겠느냐구 그러시더니 적이 흥분하셔서 낯이 하얗게 질리신 채, 지난 일은 그렇다 치고 종차루 이걸 어쩌면 좋겠느냐구, 가령 내가 금시라두 세상을 떠난다든지, 노덕이 아차 하는 날엔, 무철한 것덜이 그대루 쪽박을 차고 나서는 판이 아니냐구 그러시길래 저는 또 위안의 말씀이나마 그게 무슨 말씀이십네까, 이 조카가 뼈가 성한 턱까지는 그럴 리가 있잤습네까 했더니, 제 손을 꽉 잡으시면서, 이렇게 고마울 게 없겠다구, 다른 것 다 말고, 무슨 순천 고을서 상배를 당하시구 돌아와 계신 아가씨가 계시다든가, 그 말씀을 누누이 하시두만요. 그래서 저두 그런 염려일랑 아여 마시고, 저에게 맡기

시라구 이렇게 이야기를 맺구, 자 시각이 바쁘니 고을을 갔다가, 다시 또 찾아 뵈올 날 소상한 말씀을 상론합자고, 그 길로 자산 고을로 들어갔던 것이올세다. 그때 어덴가 좀 신색이 다르신 것 같기는 했으나, 또 이런 변이 생길 건 미처 짐작도 못했었는데, 참 이제 뭐라구 말씀을 올린런지, 기여 제가 왔기 때문에 이렇게 되셨다는 걸 생각하니, 한 몸을 어떻게 바쳐야 옳을는지……."

잠시 허리를 굽혔다가, 윤 초시의 마누라가 적이 감사해하는 표정을 보고는,

"그저 박복한 놈은 가는 곳마두 일만 저지르고 다니니, 참."

하고 다시 한번 채쳐 본다. 그랬더니 윤 초시 마누라는,

"원, 그게 무슨 말씀이오니까. 다 그리 되실 팔자 소관이지요. 몇 년째 이 집이 받어 오고 겪어 나가는 액운이, 인자 아마 마즈막 고패를 도는가 보외다. 조상의 뫼를 잘못 썼든지, 전생의 무슨 업원인지, 대체 이럴 변이 어데 있갔소. 인제는 시금쪽해서 설움두 안 나구, 눈물두 안 나구, 아무런 일두 암찍하기 싫어서, 존신 섬길 생각두 없어지고 말았소. 성주가 동하셨다느니, 지운이 동하셨다느니, 대감님이 노하셨다느니, 왕신이 화를 내셨다느니, 그래 마지막에는 무슨 살이 들었다고 살풀이까지를 해가면서, 굿이라, 경이라, 푸닥거리라, 토사라, 머 이 몇 년간 장구 소리 끊은 적이 없건만, 세상살이는 날로 망조가 들어서 기울어가니, 이게 대체 무슨 변이겠소. 인젠 입에 신물이 납네다. 아무 꼴 보지 않고 그만 목숨을

끊어 죽어 버렸으면, 이 이상 더 상팔자는 없겠는 걸 자식덜 생각을 해서 그럴 수도 없고, 그래 이걸 세상이라고 살아오자니……."

윤 초시가 이때에 눈을 부릅뜨고, 얼굴을 붉으락푸르락하고 몸을 뒤채듯 야단을 치니,

"아니 왜 이러시우. 글쎄 영감마저 왜 이렇게 날 성화를 시키려구 이러우."

하면서, 이불을 덮어 주며 미음 사발을 들었다, 밀수 그릇을 들었다, 약사발을 들었다 하면서 서둘러 보나, 모두 합당치 않다곤지, 그대로 안면근육을 히물히물 떨고만 있으니,

"아이구 원통해라. 그럼 씨원히 뭐라고 말씀을 한마디 할 것이지, 이런 변이 어데 있소."

하고 울음조로 나온다. 그랬더니 윤 초시도, 기여 눈을 감고 쭈루루 낙숫물 같은 눈물만 볼때기로 흘린다.

이때 박성권은 의젓하니 몸을 일으켜 윤 초시가 누운 자리께로 가서 덤덤히 그의 얼굴을 내려다보다가,

"존장 어룬, 마음을 진정하시오. 그렇게 흥분하시믄 신상에 더 해로우십네다. 아무 염려 마시구, 또 부탁하신 말씀은 그대로 제가 뼈가 가루 되는 한이 있을지라구 실행하겠사온즉 아무 염려 마시구, 마음을 진정하셔서 몸을 고치셔야 안 합네까. 지금, 이 오마니께도 다 말씀을 올렸으니 염렬랑 아여 마시구, 푹 마음을 노시구 몸 치료를 하셔야 안 하겠습너니까."

하고 엄숙하게 위로조로 나오니, 말귀를 알아듣곤지 못 알아듣곤지, 윤 초시는 그대로 눈물만 흘린다. 옆에 앉은 초시 마

누라도 따라서 훌쩍훌쩍 울어 대면서,

"영감, 이제 다 이 재장한테서 자상한 말씀을 들었소와요. 뜻대로 할 터이오니 아무 염려 마시고, 하루 바삐 깨끗하니 탈을 놓아주소고레."

한다.

"그럼, 저는 고을 들어가서 볼일을 마저 보구, 또다시 떠날 길에 한번 찾아뵙구 가겠습너니다."

따로 누구에다 대고 하는 말이 아니고, 두 사람 윤 초시 부부에게 아뢰듯 하면서 성권은 몸을 뽑듯이 하여 사랑방 문턱을 넘는다.

"이거 원, 저녁두 못 대접하구. 참, 이게 원, 도리가 아니외다."

이리하여 박성권은 윤 초시 집을 물러 나와 그 길로 자산 고을에 와서 하룻밤을 잤다.

그런데 윤 초시는 새벽에 해가 치밀어 오를 때 기여 정신을 잃어, 다시 깨어나지 못한 채 까무러친 게 영영 주검이 되고 말았다.

아침을 먹기 전 부고를 듣고, 박성권은 고을서 대강 장례에 쓸 물건을 사서 지고 상갓집으로 나가, 사흘 만에 장례를 치르고, 이어 윤 초시의 딸 탄실이를 소실로 맞았다.

그러나 박성권이가 탄실이를 소실로 맞고도 곧 은산 있는 저의 집으로 데려올 수는 없었다. 전부터 잘살던 끄트럭이라 집이나 방은 넉넉했으나, 아직 아버지의 삼년상도 치르지 못한 처지였다. 그래서 탄실이가 그 이듬해에 형걸이를 낳고도,

한 해를 지나 삼년상을 치른 뒤에야, 자산서 친정살이를 그만 두고 겨우 은산으로 옮겨 왔다.

그 뒤에 곧 갑오년 전쟁이 일어났고, 전쟁이 끝나자 박성권은 솔가하여 지금 사는 이 고을로 이사를 해 처음으로 두뭇골에 집을 세웠다.

열여섯에 까다로운 시부모 밑에서 시집살이를 했고, 그 다음은 친정살이를 삼 년 가까이 해본 뒤에, 작은집살이로 들어선 윤씨 — 탄실이였으니, 어디서 한 번이나 남에게 고함을 치며 버젓한 살림을 가져 본 적인들 있었으랴마는, 두뭇골 와서 큰댁과 큰댁의 소생과 함께 작은 집에서 볶아 댈 때처럼, 속을 썩이고 속 상하는 세상을 살아본 적도 없었다. 원체 박성권이가 마누라나 첩의 소리에 귀를 기울이거나, 첩 큰댁 싸움에 참견을 하거나, 그럴 이도 아니고 아예 처음부터 첩 큰댁 간에 말썽 같은 게 생기도록 내버려 둘 위인도 아닌 탓에, 작은댁의 대우를 받고, 서자의 취급을 받는, 윤씨와 형걸이만 억울한 세상을 살았다. 이즈막과도 달라서 서모에게는 오문절도 안 하던 그때 시속이라, 언언구구가 수모나 모멸 아님이 없었으나, 이에 대해서 단 반 마디의 대꾸조차 건넬 수 없는 처지다. 이런 생활이 일 년 이상을 계속되었다면 어떻게 그의 팔자를 영영 고치기라도 해야만 할 결심을 먹었을는지도 몰랐을 것이다. 본시 추근추근치 못한 성질은 올케와의 한 부엌 살림에 적지 않게 누군누군해졌지마는, 아직도, 성미껏 해선 한바탕 포달거려 보아야 시원할 것을 그대로 삭이려니, 하루 종일 골치가 지끈지끈 쑤셔대는 적이 없지 않았다.

박성권이가 행길 거리에 집을 사고 큰댁과 그의 소생을 그리로 옮긴 뒤, 옹졸스럽기 짝이 없던 첩 큰댁 한집살이를, 이러나저러나 면하게 된 다음에야 숨을 내쉬고 제법 살림 같은 살림을 배포해 볼 수가 있었다.

집도 활짝 늘려서 앞마당을 갖춘 사랑도 세우고, 전에 쓰던 방은 대개 청간이나 토골로 고친 뒤 새로이 으젓하니 안방을 늘려서, 행길 큰집처럼 크지는 않으나, 무어 불편을 느낀다든가 그렇진 않을 만큼은 아담하고 청초해졌다.

비복도 거느리게 되어, 부엌에 드나들 염려도 없어졌고, 영감은 거지반 이 두뭇골 집에 와서 자고 조반상을 받았으므로, 음식 시세나 그런 것도 결코 옹색을 느끼지 않게 채비를 차리도록 마련이 되었었다.

윤씨는 작은댁이거나 소실이거나 하는 아름답지 못한 칭호를 받을 값이라도, 인제는 제법 큰집을 도맡아 갖고 사는 어엿한 부인네가 되었다. 아직까지 자산서 살고 있는 친정에는, 박성권이가 얼마간의 재물을 지니게 해주어 재정상 교섭을 끊어 버린 뒤부터는 친정 걱정도 덜고, 친정이라야 어머니는 그 뒤 얼마 해서 세상을 떠나고, 남은 건 남동생 하나였는데 그는 평양 있는 먼 일가로 여각(旅閣)을 보고 있는 집에 가 있는지 오래이므로, 인제는 그다지 생각을 쓰거나 그러지 않아도 좋을 식구뿐이었다.

윤씨는 앞이 트이는 제 팔자를 과히 안심하여 느끼게 되었고, 이럴수록 이게 모두 존신의 점지하신 덕분이라고, 저의 집 친정에서 어렸을 적부터 눈 익히 보아온 대로 각색가지 귀신을 섬기기 시작했다. 안방 뒤의 복낟가리하며, 대문에는 수문장, 상기둥엔 성주, 작은 기둥엔 사방으로 지운, 청간엔 제석, 부엌에는 종왕, 방 안 천장 밑에는 손각시까지 모셔 놓고 사철로 토사, 때때로 굿과 푸닥거리, 선앙제며 살풀이며 이루 들어 말할 수 없이 마귀를 섬긴다는데, 또 이 밖에 통선암(通仙庵)에 불공이나 치성을 드리는 것까지 잊지 않았다.

그런데 어이 된 일인지 세존님이 노염이나 갔는지, 형걸이를 낳은 뒤에 다시 태기가 없어서 연년이 세존제를 지내고 칠성단 묻어 놓고 밤마다 물을 떠 놓고 빌어 모시지만, 그 뒤엔 까막하니 소식이 끊어졌다. 처음 몇 해에는 거의 한 번도 들어 본 적이 없었고, 이 근경에나, 그것도 일 년에 몇 차례씩 겨우 방을 같이하는 큰댁이 딸과 아들을 낳아 보패와 형식이를 얻었는데 윤씨는 그 뒤 어찌 된 셈인지 자식을 가져 보지 못했다.

그러나 단 하나인 형걸이가 그래도 아들인 것, 그 아들이 생김생김도 출중하고 인물도 성글성글하여 사나이답게 생긴 것만은 윤씨에게 더없는 기쁨을 주었다. 어렸을 적엔 서당 아이들이나 또 큰집 형준이나 형선이와도 곧잘 싸움을 하였으나, 한 번도 그 애들한테 져 보는 적이 없고 뒷날 말썽거리는 남겼으나, 그런대로 상판대기를 들지 못하고, 매나 얻어 건사하며 풀이 죽어 다니는 것보다는 낫다고 생각했다. 더구나 연세로 따져도 형걸이가 셋짼데, 서자라고 분수엘 넣지 않고 형식이를 셋째라고 부르는 대신, 그를 자산놈, 자산놈 하고 불러 대는 것에 참을 수 없는 아니꼬움을 느끼던 윤씨는, 형걸이가 큰집 아이들에게 지지 않고 어디 코통이라도 터치고 들어오는 게, 한편 시원스럽기도 했던 것이다.

작은댁이나, 서자라고 푸대접을 받을 때는 혼자 속을 썩일 밖에 별도리가 없던 것이, 형걸이가 나이 차서는 그런 빛만 보이면 어느 놈이고 맞붙어서 해대었다. 항용 제 소생이 누구에게 상처를 입히든가 한 때에는, 뒷마무리를 하느라고 어머니가 그의 집을 찾아가서 미안하단 말이라도 올리는 게 습관이었으나, 아이들 싸움을 갖고 이러니저러니 첩 큰댁 간에 말썽을 만드는 건 박 참봉이 극히 싫어하는 성미였으므로, 혼자 속으로는 큰댁 최씨가 무슨 앙심을 먹는지 몰라도, 입 밖에는 터럭 끝만큼도 그런 기척을 내발리지 못했다. 그러므로 이건 마침 십상이라고 무슨 일이 있어도 시치미를 뚝 뗐다가, 간혹 얼굴을 대할 때거나, 그럴 때에 한두 마디,

"온 형걸이 성화에 참 속상해 죽을 일이외다. 아이놈이 어떻게 그리 세차고 포악스리 생긴 놈인지 원."

하고 인사마디나 해두면 그만이었다.

그러나 형걸이가 열 살을 넘어 총각 꼴이 보일 때부터는, 윤씨에겐 한편으론 딴 걱정이 새로이 불쑥 솟아올랐다. 그 근심은 형걸이가 열아홉이 잡히도록 줄창 계속되어, 지금 그의 가장 높은 고팽이에 올랐다고 할 것이다. 그것이 형걸이의 혼사 걱정이었다.

형걸이가 돌아오는 걸 기다리느라고 윤씨는 안방에 혼자 불을 돋우고 앉아 있다. 저녁부터 흐리고 물쿠던 날씨는, 밤이 이즈막해지니 기여 비가 내리기 시작했다. 빗발은 굵지 않

으나 바람이 좀 있어서, 우수수하니 나무를 울리고 마루에까지 빗발이 풍겨 들었다. 윤씨는 사랑으로 나가 등잔 심지에 불을 켜 보았다. 영감은 종일 강에서 해에 그을려 혼곤한데다, 얼근히 술에 취하여 나직하니 코를 골며 자고 있다. 윤씨는 자리의 주위와 앞뒷문을 한번 보살피고 불을 끈 뒤에 다시 안방으로 돌아왔다. 종은 먼저 재우고 그는 자리도 깔지 않은 채, 구름처럼 솟아오르는 생각과 추억에 서려서 담배만 빨고 앉아 있다. 박 참봉이 제 아버지 윤 초시를 지레 죽게 만든 불측스런 위인인 걸 알 턱이 없는 윤씨는, 제가 순천서 첫 서방을 여읜 때부터 친정으로 쫓겨 와서, 그 다음 올케와 철딱서니 없는 싸움을 거듭하는 생활이며 다시 박 참봉을 몸에 가까이할 때로부터 은산 살림, 두뭇골 살림에 이르기까지를 몇 번이나 되풀이하면서 되새겨 추억하면서도, 종시 그런 건 의심해 볼 염도 아니했다. 물론 지금 그가 그 비밀을 알았다고 했자, 박 참봉에게 아버지 원수를 갚거나, 이 집에서 몸을 빼내어 영영 딴사람이나 되거나, 그렇진 못했을 값이지만, 무슨 일에 영감에게 화풀이나 넋두리라도 할 때엔 영감을 공박하는 유리한 조건으론 될 수 있었을 것이다. 그러나 이 비밀을 대충이나마 눈치채고 있던 임풍헌이 갑오년에 어디론가 종적을 감추어 버린 뒤에는, 이 비밀은 영원히 박 참봉 혼자의 비밀이 되어 버리고 말았다. 벌써 박 참봉과 같이 살게 된 이후로 스무 해 동안, 물론 적지 않게 충돌이 일어났다든가, 불만이 있었다든가, 한 일이 없진 않았다고 해도, 영감이 그를 위하고 사랑한 것만은 사실이라고, 윤씨는 만족하여 그를 섬겨

214

오는 것이었다.

형걸이의 혼사, 그걸 두고 말해도 제가 작은집이고, 또 형걸이가 서자라는, 어떻게 할 수 없는 팔자 때문에 뒤틀리는 일이지, 박 참봉이 큰댁 아이들과 차별을 두든가, 그런 때문에 그리 되는 것이 아니란 건 윤씨도 잘 알고 있다. 영감은 오히려 형걸이가 계집애처럼 얌전하거나 그렇진 못해도, 사나이답고 좀되지 않은 성격에 다른 아이들보다도, 희망이나 기쁨을 느끼는 것이 사실이었다. 그런데 혼삿말이 한참 잦은 이즈음에, 형걸이가 막서리 처의 방으로 드나든다는 건 아무리 생각해도 모를 일이다. 영감이 적잖이 노해서, 형걸이를 밤엔 일체 문 밖에 나가지도 못하게 하라니, 인제 장차 일어날 일이 혼삿말에 못지않게 성화거리가 되지 않을 수 없었다.

그런 건 또한 종차로 일어날 일이라손 치더라도 우선 눈앞에 매달린 일로, 형걸이가 들어오면 뭐라고 말을 붙여서, 머리 깎은 이후, 여러 모로 뒤설킨 그의 감정의 문을 두드려 볼 수 있을 것인가 — 이렇게 사뭇 생각에 잠겨서 윤씨는 대문에서 발자취 소리가 나기만 기다리고 있다. 비가 약간 멈칫했다가 다시 또 퍼붓는다. 그러나 발자취 소리는 좀처럼 들려오지 않는다.

그리 익숙지도 못한 담배를, 얼마나 정신없이 빨아 뿜었는지, 돌려 닫은 방 안에는 연기가 자욱하여, 등잔이 안개 속에 서린 어화(漁火) 같은데, 머리까지 아찔아찔하다. 그는 일어나서 바람이 풍겨 들지 않는 윗문을 한 짝 열어 놓았다. 희미하나마 불빛이 쑥 뜰 안으로 내뻗쳐서, 비단실 같은 빗줄이 반뜩반뜩한다. 연기가 외곬으로 몰려 나가다간, 비바람이 휙 몰아치면 꾸풀꾸풀 천장으로 출렁대면서 찬 공기와 환기가 된다.

담뱃내가 다 나가서 문을 닫으려고 하는데, 중대문 소리가 난다. 인제야 형걸이가 돌아오는 것이다. 그는 문에 빗장을 지르더니 어머니 방에서 불빛이 훤하니 비치는 걸 보고, 곧바로 제 방으로 들어가려다가 잠시 이쪽을 바라본다. 우산도 못 얻어 쓰고 삿갓을 쓴 채, 갓신 신은 발은 대님을 풀어 활짝 걷어붙였다.

"형걸이 너, 인제 오네."

하고 불을 내대면서 물으니,

"오마니 여태 안 주무시우."

하면서 삿갓을 벗으며, 옷에 묻은 빗방울을 턴다.

"네가 안 들어왔는데, 비는 오구 해서 어떡허나 하구 기대리던 참이다."

"비 같은 거 오는데 머, 무슨 일 있을라구요."

하면서 형걸이는 제 방으로 들어가 버리려고 한다.

"그대루 좀 왔다 가거라. 자기 전에."

한 발을 토방 위에 올려놓다가 주춤하면서,

"저요?"

하고 뻔한 걸 한 번 더 물어보며, 형걸이는 고개를 숙이고, 토방 위를 삿갓을 든 채 건너온다.

"아니 우산두 못 얻어 쓰구 왔네? 어델 가 놀댔길래."

어머니의 말에 어디란 말은 못 하고,

"우산이 머, 집집이 그렇게 흔한가요."

하고 종시 낯을 면바로 들지 않은 채 발에 묻은 진탕을 만지거나 하듯 어름어름하고 토방에 서 있다.

"좀 둘어오나라."

"발두 진데, 머."

"게 걸레 있는데 씻으려무나."

형걸이는 방 안에 들어온다. 그러더니 그제야 대체 무슨 일이요 대관절, 하듯이 낯을 어머니께로 바로 쳐든다.

"게 좀 앉거라."

담뱃대를 놓고 어머니는 횡하니 아랫목에 가 앉는다. 형걸이도 윗목에 앉았다.

"아버지가 너 어데 밤에 댕기는지 걱정하시더라. 그러구 인제부텀은 밤에 나가지 말게 하라구 말씀하시드라."

댓바람에 요진통을 쪼루루 말해 놓고, 윤씨는 아들의 표정을 면발로 바라보았다. 흐릿한 불빛에도 눈에 띄게 획끈, 낯색이 변해지는 걸 알 수가 있었다. 그러나 형걸이는 아무 대답이 없다. 그저 덤덤히 앉아 있을 따름이다. 그동안 그의 안색은 몇 번이나 변하는 것 같았다. 그러나 이윽고 머리를 들어 어머니를 바라본즉 곧,

"그 말씀밖엔 따루 하실 말씀이 없으신가요?"

하고 물어본다. 별루 아무 감정도 안 섞인 나직한 말소리다. 그러나 어머니는 잠시 당황해한다.

"그렇다. 그래 너는 어째서 어른 묻는 말엔 대답을 않느냐?"

어머니는 처음엔 그렇지도 않았던 것이, 말을 끝맺을 때엔 어딘가 아들을 책망하는 어조로 나온 것 같아서, 제 자신이 가벼운 흥분에 싸인 것을 느낀다.

아뿔싸 ── 이렇게 감정을 돋우어 할 말이 아니었는데, 이 녀석이 불쑥 밸이라도 나서 뺑하니 건너가 버리든지 하면, 외려 말하지 않음만 같지 못하지 않은가. 어머니는 말만은 그렇게 해놓고도 내심은 어지간히 캥겨 도는데,

"어데 갔던 줄을 미리 아시고들 물으시는 것 같애서 대답지 않었습네다."

하고 여전히 침착하게 대답한다.

침착하니 존댓말로 대답하는 형걸이의 말이, 윤씨에게는 되레 폐부를 건드리는 데가 있었다. 차마 그렇게 둘러엎어서 말할 줄은 몰랐기 때문이다. 막서리 처를 보아 다닌다는 말이 사실이라면, 낯을 붉히며 머뭇거리다가, 무어 두어 마디 발명하는 말이라도 중얼대고 말 것이요, 만약 그 말이 생뚱한 지어낸 말이라면, 그게 무슨 당치 않은 말이냐고, 지금 막 아무 개네 동무 집이든가, 교사의 집에서 오는 길이 아니냐고 어엿하니 뻐겨 대고 휑하니 제 방으로 건너가 버릴 줄로 알았던 것이, 어머니의 한 말을 엎어 가지고 버젓이 내가 두칠이 처를 보아 다니우, 하듯이 밝혀 놓고 마는 것이, 윤씨에게는 천만뜻밖이었던 것이다.

"그래두 난 그 말이 정말루 들리질 않아서 물어본 말이다."

어머니는 낯을 좀 수그린다. 이 말을 듣고, 그 말하는 투가 어딘지 쓸쓸한 것 같애서, 형걸이도 좀 마음이 언짢은지 낯을

따라 수그린다.

"원, 또 얼마나 미욱스리 자주 다니믄, 남의 눈에 띄게 단긴단 말이냐."

이 말은 아들의 얼굴을 바로 보지 못하면서 어머니가 하는 말이다.

"누가 자주 갔나요. 큰집 맏형이 저두 맘치구 나왔다, 서루 들킨 게지요."

'아니, 맏형 형준이가?'

그러나 이 말은 입 밖에 내지 않고 윤씨 혼자 속으로 중얼거린 말이었다. 그는 다시,

'그리군 제 스스로 영감에게 고해바치다니.'

하고도 생각해 보았다.

그러나 이런 걸 듣고 이러니저러니 하면 동기간 의리도 상할 것 같아서, 윤씨는 다시 뇌지 않고 한참을 덤덤히 앉았다가,

"아무리 남아의 몸이라 할지라두 제 몸은 제가 사랑하구, 제 처신만은 바루 가져야 하느니라. 그 애가 아무리 맘에 든다 해두 신분이 있지 않으냐. 또 너는 지금 한창 혼삿말이 사방에서 자자한데, 소문이 밖에래도 나가면 창피두 하려니와, 다른 일에두 밑지는 일이 아니냐."

그러나 이때에 형걸이는 불쑥 일어났다.

"전 장가 안 갈래요."

그러고는 훌쩍 문을 열고 아직도 비가 내리는 뜰 안으로 나간다.

"아니, 머?"

하고 따라 윤씨도 일어섰으나, 다음 말이 나오질 않아, 그는 한참 동안 방 가운데 서 있었다. 이윽고 방문 있는 쪽으로 가 보니 형걸이는 벌써 제 방에 들어가 버린 뒤였다.

11

　장로교회당은 구룡교에서 강선루 쪽을 향해 올라가다가 왼편으로 꼬부라져서 임강정 있는 바로 그 맞은 집, 전날 김 이 방네 집 자리였다. 모서리에 부엌을 두고 양쪽 기역자로 두 칸씩 방을 들였던 것을, 모두 뜯어고쳐서 부엌을 메우고 양쪽 바람벽을 친 뒤에 높직하니 마루를 놓아 그곳에 강도상을 만들었다. 행길 쪽으로 있는 기역자의 한쪽 두 칸 방이 남자 예배석이요, 안으로 꺾인 기역자의 또 한쪽 두 칸 방이 부인네들의 예배석이다. 지붕은 영세대로 두어 두고, 대문만 고쳐서 높직하니 돌 지붕을 넣고, 그 꼭대기에 맵시 나게 나무로 열십자를 만들어 세웠다. 그 옆에 사다리처럼 다섯 여섯 층계를 만들어서, 노전으로 위를 덮고 그 밑에 종을 매달았다. 김 이 방네가 청간으로 쓰던 방을 고치고 늘려서, 평양서 온 이 조사네가 살고, 그 윗방에 새로이 동명학교 교사로 온 문우성이가 기숙을 하고 있었다. 문 교사는 평양 일신학교 출신으로 예수교의 독신자였고, 학교에서는 산술, 역사 등을 가르쳐 주는 서른도 안 된 젊은 선생이었다.

모란꽃이 한창이니 오월 단오는 아직도 좀더 있어야 한다. 모란꽃이 져서 떨어지고, 가시울 밑과 논두렁 같은 데 창포가 줄기차게 성하고, 신작로 기슭에 부득꽃이 피고, 마지막으로 함박꽃이 활짝 피어오르면 이곳에 단오절이 찾아온다.

그때까지는 아직 보름하고도 얼마가 더 남아 있다.

밤새에 내리던 비가 활짝 갠 화창한 공일날이다. 동명학교 학도 박형선, 박형걸, 손대봉, 이태석, 김길손 등은 아침 예배를 보고 찬미책들을 옆구리에 긴 채 어슬렁어슬렁 문 교사의 뒤를 쫓아 모란꽃이 핀 살구나무 밑으로 몰려 나왔다.

이들 중의 몇 사람, 손대봉이나, 형걸이나, 형선이는 어렸을 때, 아직 동명학교가 생기기 전, 서당을 그만두고 기독학교를 얼마간씩 다닌 적이 있어서, 기독교에 대해선 결코 판백지가 아니었다. 그러므로 그들은 요한 삼장 십육절이니, 삼장 찬미니, 주기도문이니 이런 건, 그 참뜻을 알지는 못할 값이라도 제법 소리 높이 읊어 대기는 했다. 그러나 그들은 안식일을 지킨다든가, 예배를 본다든가, 밥 먹을 때나 잠자리에 들 때에 기도를 올린다든가, 그런 건 도시 할 염도 안 했고, 찬미책도 성경책도 사지 않았다. 학교가 기독학교니 옛말 듣는 조로 성경말을 들었고, 창가 배우는 여대로 찬미를 불렀던 것이다. 무당이 굿할 때 하는 사설이나, 조사나 영수가 올리는 기도나, 때때로 장난삼아 흉내를 내 보고 웃고 떠드는 장난감이 되기는 매일반이었다.

그러므로 기독학교가 폐지된 뒤에는 예배당엔 갈 염도 안 했고, 성탄일 같은 때에도 구경삼아 가면 가고, 안 가면 말고 하는 그런 정도였다.

그러던 것이 문 교사가 부임해서 얼마 안 돼, 이들은 다시 예수를 믿는다고 예배당엘 다니기 시작한 것이다.

문 교사가 부임된 뒤부터라고 해도, 그가 공부 시간마다 줄창 예수교 선전을 했다든가 그런 때문은 아니다. 본시 문 교사는 강서 태생이라고 하는데, 인물이 깨끗하고 새 지식이 해박해서, 이 고장에 오자 곧 학도의 마음을 사로잡고 말았다. 동명학교 교사라야 한문 선생 같은 건 서당 훈장과 다를 게 없었고, 신식 학문을 배워 주는 이라야 어느 시골학교를 한 해나 두 해, 대충대충 건너뛰며 배워 갖고 온 나 많은 분들뿐이었고, 그래도 정영근 교사 같은 이는 체육이나 조련을 가르치는 관계로 젊은이들의 마음을 끌었으나, 이 역시 너무 엄하고 세차서, 학도들이 가까이하긴 힘든 사람이었다. 그러던 판에 대성학교 물도 먹었고, 지난봄에 일신학교도 졸업했고, 그래서 신학문이나 개화사상엔 발이 활짝 넓은데다가, 또 하나 더해서 예수를 믿는 덕에 양인들과도 교제상이 넓어, 이즈음 은 양서를 이 책 저 책 뒤적여 보는 판이니 학도들이 홀딱 반해 버릴 건 정해 논 이치였다.

이 조사의 소개로 이 고장 학교에 부임이 되었는데, 그는 오는 대로 그의 윗방에 기숙하고 검소한 독신 생활을 시작했다.

처음 그는 처자도 안 거느리고 혼자만 달랑하니 찾아와서,

단정한 독신 생활을 하는 것이 일반의 주목을 끌었다. 그가 강서에서도 명문의 자제라는 걸 안 뒤에는, 일반은 더욱 그의 생활을 괴이하게 생각했다. 마누라와 의가 나쁘든가, 그렇지 않으면야, 청청한 몸에 안타까이 외지에 와서 홀아비 살림을 한다느냐고, 부인네들까지 문 선생의 이야기를 입심거리로 삼았다. 아마 상처를 한 뒤거나, 그렇지 않으면 어디 첩이라도 두었다가 이 고장 형편을 보아 종차로 데려오려는 겐지 모른다거나, 이렇게들 소문을 놓다가 이즈음은 예수 믿는 집 부인네들 입에서 나온 말로, 엄격한 양반 집안의 자손이라 아들은 개화사상에 떠서 교사질을 나다녀도, 자부(子婦)는 타고장에 내보낼 수 없다고, 저렇게 혼자 나와 다니는 게라는 소문이 퍼진 뒤에는, 아마 그 말이 비등할 게라고, 다시 딴 소문을 퍼뜨리지는 않았다.

그러나 학생들 간에는 그가 독실한 기독교 신자라는 것이한 가지 이야깃거리가 됐다. 학도들 중에는 유학을 세우는 집안에서 자라나서 서학을 싫어하는 이도 있었으므로, 어떻게 되어 저런 점잖은 선생님이 예수를 믿는다더냐고, 수상히 생각하는 이도 있었지만, 고을서 자라나서 기독학교를 치른 학도들에게는 전과는 다른 태도로 예수교를 다시 한번 돌아보는 힘 있는 동기가 됐던 것이다.

그러나 학도들이 문 교사를 쫓아 예수교 회당엘 드나들게된 직접 동기는 모두 제각기 딴 모습을 띠고 있었다.

우선 형걸이는 문 교사와는 다른 학도들보다 유달리 가까워질 까닭이 있었다.

문 교사가 고등과 일년 교실에서 수학을 가르치기 몇 날째 만에, 학과를 마치고 하학할 무렵이 되어 미취자를 조사해 본 적이 있었다. 장가 아니 간 학도는 두서넛 됐으나, 선치도 안 싸고 통히 약혼조차 안 한 학도는 스무 명 가까운 한 반 학도 중에 박형걸이 혼자뿐이었다.

　생김새도 비범하고, 차림차림이나 몸 가지는 품이 결코 가난한 집안 아이도 아닌데, 어인 까닭으로 아직 조혼사상의 희생이 되지 않았는가 하여 퍽 이상하게 생각했다. 물론 개화사상이 들어온 뒤에는, 열한두 살 나이에 장가를 보내지 않으려는 개화해 가는 집안도 드물하였으나, 열아홉이 되도록 혼사도 정하지 않았다는 건 그의 집안이 상당히 개명한 신식 집안이거나, 그렇지 않으면 필시 무슨 곡절이 숨어 있을 게라고 생각했던 것이다. 문 교사는 교실을 나오면서 형걸이를 불러, 밤에 틈이 있거든 내가 기숙하고 있는 집이, 바로 예배당 안에 있는 이 조사네 집 윗방이니, 한번 놀러 오라고 말했다.

　자세한 형걸이의 설명과 그 설명 속에 얽히고설킨, 형걸이와 형걸이 모친 윤씨의 고민을 낱낱이 듣고, 문 교사는 신분의 차별이나, 적서의 구별 관념이나가, 모두 어떤 시대의 찌꺼기인가를 소상하니 가르치고, 지금 문명하는 시대에는 그런 차별이 절대로 있어서는 안 될 것을 말했다. 이어서 그는 비복을 해방할 것과, 미신을 타파할 것과, 조혼사상을 물리칠 것과, 생활 습속을 개량할 것을 말하고, 이것을 위해 몸을 바침이 청년 남아의 할 것이라 가르쳤다. 형걸이는 문 교사의 이야기를 알아들은 대목도 있고, 도무지 무슨 곡절인지 영문인지를 모르고 넘기는 대목도 많았으나, 문 교사의 하는 말은 모두 옳은 말이라고 생각하면서 잠잠히 듣고 있을 뿐이었다. 이런 일이 있은 다음부터는 형걸이와 문 교사와의 사이는 유별난 교의로써 맺어져서, 사제의 엄격한 관계는 잊지 않으면서도 어딘가 그것을 넘는 정의를, 피차간 느끼고 있었다. 바로 형걸이가 쌍네와 가까이하기 비롯한 전후의 일이었다. 그러나 형걸이는 쌍네와의 관계에 대해선 절대로 입을 다물고 아무 의논도 하지 않았다. 그리고 인제 다시 혼삿말 같은 데 귀도 안 기울이리라고, 내심으로 굳게 작정한 것도, 문 교사에게는 말하지 아니하였다. 그는 얼마 안 해 공일날이나 삼일밤 예배 같은 때엔, 회당에 다니는 교인이 되어 있었다.

형선이가 예배당에 다니게 된 건, 또다른 경로를 밟아서였다.

형선이는 그의 갓 데려온 아내, 보부가 예수는 믿지 않노라 하지만, 뒤주 속에 시집올 때 성경책과 찬미책과, 예수가 승천할 때의 그림과, 십자가 앞에서 꿇어앉은 그림 등속을 넣어 갖고 온 것을 알고 있었고, 정 좌수도 회당에 다니진 않으나, 기독교를 배척치 않는다는 건 잘 알고 있었다.

"예수 믿는다구 뭐랄까 봐 그러나?"

사실 보부는 귀신이나 마귀를 존신이라고 섬겨 오는 집안에서 예수교 문세를 중얼대다가 시집살이도 못 하고 쫓겨 온 색시를 알고 있었고, 비록 새신랑 되는 형선이야 그러랴마는, 빈정대는 말에도 틈새를 보이지 않으려고,

"믿으면 믿는다고 밝히지요. 믿지 않으니까 않는다구 하는 게지요."

226

하고 새침을 뗀다.

"그럼 성경책은 웬 겐가. 그리구 목수 아들인가, 그 텁석부리 말이야, 그 사람 하늘루 올라가는 그림인가, 그건 다 웬한 겐가?"

"심심할 때 이야기책 대신에 보른 어떤가요. 그림이야 머, 비단필이나 삼성에 붙은, 딱지를 모아 두는 어대지요."

그러나 형선이가 바륵바륵 웃으면, 보부도 그 웃음이 무엇을 말하는지 알면서도 그대로 따라서 바륵바륵 하고 웃었다.

그런데 문우성 교사가 온 뒤에, 그가 예수를 독실하게 믿는 걸 알고 얼마쯤 지나서, 형선이는 밤에 제 아내더러,

"새루 온 문 교사가 예수를 믿는대. 아주 독실하다는데, 난 두 회당에나 갈까."

하고 말해 본 적이 있었다. 이때에도 남편이 제 마음을 떠보는 줄 알고, 아무 대답이 없었다.

"그 찬미책하고, 성경책하고, 좀 꺼내 주게."

그때에야 비로소, 남편의 말이 진정인가 농인가를 판별해 보려는 듯이, 바느질에서 눈을 떼고 남편의 얼굴을 쳐다본다. 별로 농 같지가 않아서,

"건 뭘 할라구요?"

하고 한번 물어본다.

"두뭇골 형걸이두 믿구, 모두 가는데, 난두 가 볼까 하구."

"머, 남이 믿으면 믿으시나요."

"자네가 믿길래 믿어 보려네."

농말인 줄은 알면서도 보부는 발신하니 웃으면서,

"망측해라, 누가 머 믿는답디까."

한다. 그러나 그는 곧 옷가지 호던 걸 반짇고리 속에 넣고 일어나서, 옷 뒤주를 열고 그 속에서 성경책과 찬미책을 꺼냈다. 어딘가 기쁘두름한 홍조를 띤 빛이 얼굴에 떠올랐다. 형선이가 그걸 한 손으로 받아 쥐니, 보부는 다시 아래께 문을 열고 서랍에서 성화를 꺼낸다.

"이 그림이 십자가에 못 백혀서 사흘 만에 예수 승천하는 그림, 이건 겟세마니 동산에서 예수가 기도 드리는 그림, 이건 예수 어렸을 때 그림, 이거 마리아라구 예수 오마닌데, 참 곱게 생겼지요."

보부가 하나하나 가르쳐 주는 걸 덤덤히 바라보고 있다가 형선이는 얼굴을 비스듬히 쳐들어서 보부를 바라보며,

"한다하는 조사 영수 찜쪄 먹겠군."

하고 히죽이 웃었다. 그는 아내의 지식이 넓은 데 만족한 것이다.

"난두 기독학교 댕겨서 성경줄이나 들었건만 원. 그래두 찬미는 몇 마디 하지. 어데 이번 주일에 가 볼까?"

"가 보시구려. 아무러나 개화하신 이들이야, 마귀 섬기는 것보담 월등 낫지요."

인제는 보부가 정면으로 권하는 판이다. 형선이도 속으로 '짜장 그러렷다' 하고 생각했으나, 아무 말도 안 하고 성경책을 뿌르르 펼쳐 들었다.

"자네 가구 싶어 어떡하겠나?"

책장을 공연히 필각필각 뒤치면서 형선이가 물어본다.

"가구 싶으면 가나요. 내외하는 아낙이 그렇지요, 머."

"내 용서 맡어 줄게, 자네도 같이 가세나."

그러나 남편의 이 말이 농말인 건 뻔했다. 그러므로 보부는
씩 웃으면서,

"남덜 다 갈 때 차차 가지요."

한다.

"지금두 머 남덜이야 안 댕기나, 많이덜 댕기는데."

"그래두 난 후댐에 갈래요. 어서 당신이나 열심히 믿우. 나
야 애기나 낳거든 장옷 쓰구 댕기지요."

형선이는 아내의 갑자기 발그레해지는 얼굴을 홀린 듯이
한참이나 쳐다보다가,

"인제 밤두 깊었는데 자리 깔구, 불 끄지."

했다.

형선이는 그 다음 공일날부터 예배당엘 갔다.

이 밖에 손대봉이는 형걸이의 권유, 그리고 김길손이나 이
태석이는 다시 이 손대봉이나, 형걸이의 인도로 예배당에 출
입하게 된 것이다. 대봉이는 예수교란 건 어떤 건데, 그 진리
는 뭐고, 죽으면 천당에 가고, 뭐, 이러퉁한 말은 하나도 쓰지
않았다.

"얘, 길손아, 이 댐 공일에 회당에 가자."

한마디 툭 던지면 저쪽에선,

"겐 멀 하레?"

하고 반문한다. 그러면 곧,

"너, 색시랑 체니 구경 안 할련? 함께 찬미하구, 기도 올리

구, 오라바니, 누님 어쩌구 한다. 재미있다."

이렇게 꼬여 대면 처음엔,

"망할 자식."

하고 어깨를 툭 치며 웃고 돌아서지만, 공일날 아침엔 일찌감치 조반을 먹고,

"대봉이 있나?"

하고 찾아왔다. 대문 밖으로 나가면 기척하고, 경례하고, 입나팔 분 뒤에,

"문 선생님 믿는다지."

하고 엄숙하니 딴전을 울린다. 그러면 대봉이는,

"그럼, 문 선생님이 믿길래 가는 게지, 될 말인가."

하는 것이었다.

이렇게 해서 그들은 각각 예배당에 다니기 비롯한 것이다.

예배가 끝나면 남자들이 먼저 다 나가 버린 뒤에 한참을 더 기다렸다가 부인네들이 장옷을 쓰고 회당에서 나와, 자기 집으로 돌아가게 되어 있었다. 마침 남자반 예배석에서는 나 많은 축들은 상론할 게 있다고 빈자리가 없으므로, 부득이 문 교사는 청년들을 데리고 뒤꼍 살구나무 밑으로 온 것이다.

"지금 조사님 말씀대로 마귀를 불살려 버리는 예배가 두세 고장 있는데, 거기 참례하려거든 점심덜 잡숫고 다시 이리로 모여 주시오. 그러나 머, 장년반에서 참례할 테니까 우리 청년이 전부 몰려갈 필요는 없고, 역시 먼저 주일처럼 미신 타파의 전도대를 두어서 친근한 집이나 흠 없는 집에 가서 각각 성경책과 찬미책을 나누어 주면서, 우리 하느님 말씀의 진리

230

를 펼쳐놓는 데 노력하시는 게, 더욱 안식일을 지키는 본정신에 합당할까 합네다. 우리의 생활의 실제를 들어서, 귀신이나 마귀를 섬긴다고 굿과, 푸닥거리와, 토사와, 경과, 점과, 살풀이와, 치성 같은 데에 피땀을 흘려 모은 재산이 얼마나 생뚱하게 흘러 버린다는 것을 실지상의 있는 일을 들어서 설명하고, 개화한 외국인들의 훌륭한 생활을 자세하게 비교해 가면서 깨우치도록 말씀하고, 이 찬미책과 성경책과 그림 등속을 두고 보라고 나누어 주시오. 한번 그렇게 해놓은 집은 그 뒤 끊임없이 자주 놀러 다니면서, 무슨 사소한 일을 들어서라도 늘상 하느님의 진리를 들어 말씀하십시오. 동시에 우리가 날마다 말하는 생활 풍습의 개량 같은 거나, 비복의 해방 같은 거나, 이런 걸 널리 들어서, 어서 우리 어두운 생활에서 광명한 세계로 나아가자고 권유하십시오. 끝으로 가장 주의할 것은, 무례하거나, 또는 감정이 상하게 하지 말 것. 무엇보다 먼저 친밀해지는 게 중요하니까. 그리고 가도가 엄격한 집에 무시로 안방을 엿본다든가, 이런 건 우리 청년들이 오해를 받기가 쉬우므로 절대로 주의하고 명심해야 하겠습네다."

이 말을 들으며 형걸이는 모란꽃 포기 옆에서 잠깐 딴 생각을 하고 있었다. '안방을 엿본다든가, 이런 건 우리 청년들이 명심하여 삼가야 하겠다는 걸.' 들으니 언뜻 두칠이 처 쌍네 생각이 났다. 형선이가 빤히 형걸이를 쳐다본다.

'혹시 형선이도 형준이 입에서, 내가 두칠이 처 방에서 나오더란 말을 듣고, 그 일을 알고 있는 것은 아닌가. 그렇다면 형수 되는 정보부나, 온 집안이 알고 있을는지도 모를 일이

다.'

이렇게 생각하니 낯이 후끈하면서 형준이에게 미움이 가고 잠시 동안일지라도 제 얼굴을 빤히 쳐다보던 형선이에게도 미움이 가는 것 같다.

퍼뜩 대봉이를 보았더니, 그는 지금 칠성이 처의 생각을 했었던지 형걸이를 보고 벌쭉하니 웃는다.

"그럼 두 분씩 갈라서, 한 분이 성경과 찬송가를 각각 한 책씩 들고 그림은 큰 거 작은 거 합해서 다섯 장씩, 이렇게 나누어 들고 곧 떠나 주십시오. 밤 예배에 다시 오실 때에, 전도한 결과를 자세하게 말씀하시도록 해주시오."

잠깐 부인네들의 예배석을 끼웃하여 바라보더니,

"부인네들도 다 갔으니 인제 각각 헤어지시오."

형걸이와 대봉이는 한패가 되었다. 그들은 임강정 앞으로 나와서 비류강 가장으로 내려왔다. 방수성 위에 서서,

"뉘 집 뉘 집이 가 볼까."

하고 형걸이가 물어본다.

"네 소견대로 한 집 가구, 내가 앞장서서 한 집 가구, 이번엔 이렇게 한번 갈라서 해보자."

대봉이의 대답을 가만히 되새기더니,

"넌 어데 갈라구 생각한 곳이 있네? 난 한 군데 있다."

하고 형걸이가 말한다.

"뉘 집이가? 너부텀 말해 봐라."

"왜, 방선문께 나가노라믄 국숫집이 있지, 박 누구라든가, 그 집 아니믄 그의 아우 마방하는 집으로 갈란다."

형걸이의 말이 채 끝나기 무섭게 대봉이는 달려들었다.

"이놈 뭐 어드래?"

멱살을 받쳐 쥐려고 하니, 형걸이는 고개를 뒤로 젖히면서,

"안 그러마, 안 그러마, 다신 안 그러마."

하고 껄껄 웃어 댄다. 형걸이가 가자는 집은 박리균네와 그의
동생 박성균네 집인데, 대봉이가 이제 며칠 안 있다 박성균의
딸 금네한테 장가드는 걸 놀려 대는 말이었기 때문이다.

대봉이는 성이 삭았어도, 좀 입맛이 밍밍한지 시푸드름해
있다.

"왜, 그 말에 노했나?"

하고 물으니,

"망할 자식 노하긴 누가."

하고 씩 웃으며 시원스레 대답은 했으나, 그 싫디싫은 금네한
테 장가들 걸 생각하니, 미상불 속이 상해 기분이 울적하지
않진 못했던 것이다.

한참 동안을 아래쪽으로 덤덤히 걸어가다가,

"내가 생각한 곳은 강선루 앞인데, 그리루부텀 댕겨 갈까.
우리 일갓집 뒤채에, 새루 평양서 이사해 온 집이 있다."

하고 대봉이가 말하는 것을, 형걸이는,

"그럼 그럭하지."

하고 그 말에 따라간다.

그들은 다시 길을 되짚어 임강정 골목으로 올라와서 행길
로 나섰다. 대봉이는 앞장을 서서 바른쪽으로 올라가다가, 관
가 우물께로 꺾어서 돌아간다. 한참을 가다가,

"이 집 뒤채다."

하고 대봉이는 어떤 돌집 앞에 와 선다.

"이 뒤꼍으로 돌아 들어가면, 따루 떨어진 집이 있다."

잠깐 더 그대로 서서 설명을 하다가, 가만히 형걸이 귀밑에 다 입을 대고,

"기생집인데 괜찮을까."

하고 나직이 물어본다.

"글쎄."

하고 형걸이도 그의 말이 뜻밖이고, 도시 생각조차 안 했던 곳이라, 잠깐 동안 머뭇거리며 새겨 보다가,

"귀천의 차별이야 두겠나. 그러니 관계야 없겠지만서두, 글쎄 원 우리 학도 신분에."

하고 망설이는 기색을 보인다.

"그럼 괜찮다. 차별을 없애는 게 종교의 목표가 아닌가. 어쨌거나 뒷감당은 내 할게 따라만 오게. 난두 이사왔다는 소식을 들었을 뿐이지 한번 본 적은 없다. 뽕두 딸 겸 뭣두 볼 겸 이지."

대봉이는 그의 팔을 끌듯이 하며 앞장을 선다. 형걸이도 싫지는 않다. 들어가는 걸 발뺌해 줄 건덕지나, 발명할 수 있을 만한 트집만 있으면, 젊은 사람의 마음이라 입맛이 당기지 않진 못했던 것이다. 모시 다듬은 두루마기를 살랑살랑 휘날리며 한 손으로 책과 그림을 들고 각담을 돌아 뒤꼍으로 갔다.

"아니 계시우."

하고 문 앞에서 대봉이가 불러 본다. 대문 앞은 채마밭이다.

안에서는 대답이 없다.

　"아니 계시우니까."

하고 또 한 번 부르고는 형걸이를 보면서 눈을 하나 찔끔한다.

　"거, 누구요."

　가느다란 젊은 여자 목소리다.

　"내웨다."

하고 제법 어른처럼 대답하곤 또다시 형걸이를 바라본다.

　"오만, 누구 찾아오신가 분데, 좀 나가 보시소고레."

　대문 밖에 서서 두 총각은 아름다운 여자 목소리를 홀리듯이 듣고 섰다. 이윽고 회청백이 낡은 걸 끌면서, 오십이 넘었을 부인이, 삼성 치마를 두르고 뜰을 건너 나와서 대문 빗장을 뽑는다.

　"어데서 오신 이들인가요."

　대문 앞에 와서 찾는 손이 시퍼런 학도 청년인 것을 본 여인은 좀 의아해서 두 사람의 얼굴을 번갈아 본다.

　"아랫거리서 온 사람인데, 주인 계신가요."

하고 이번에는 형걸이가 나섰다.

　"예, 안주인만 있습네다. 그런데 무슨 일이신가요."

　이렇게 더듬더듬하고 있는데, 안에서 젊은 여자의 목소리가,

　"누구시든지 들어오시라구레. 으레껏 찾아오신 이들을."

　이 소리를 듣더니 여인네는 급작스레 벌신하니 웃으면서,

　"자, 누추한 방이지만 좀 들어들 오시소고레."

하고 대문 한편에 비켜선다.

"에 좋수다, 여기두."

하고 대봉이는 한번 사양해 보는데, 형걸이는,

　"그럼 잠깐만."

하고 대문 안으로 으쓱하니 들어선다. 그래 대봉이도 따라 들
어섰다.

　주렴발을 친 윗방에서 갓 단장한 듯한 기생이 쌩긋하니 웃
으면서, 한 손으로 발을 들치고, 반들반들하게 물걸레질을 쳐
놓은 마루로 나온다.

　"수구레 누추한 집을 찾아 주셔서 죄송합네다."

하고 고요히 한짝 무릎을 꿇고 반절을 하듯 한다. 예사대로
하자면 떨어지게 반말을 할 것이지만, 형걸이는,

　"느닷없이 찾아와서 되레 안됐수다."

하고 어름어름한다.

　"자, 이리로들 올러오시지요. 방은 누추하지오만, 이리로
들어오시지요."

　기생은 처음 마루를 권했다가 다시 방 안을 권한다. 대봉이
는 형걸이를 슬쩍 보더니,

　"그럼, 좀 들어가서 이야기하세그려."

하고 토방에 갓신을 벗고 마루로 올라선다. 기생의 안내로 그
들은 방 안에 들어갔다. 기생 어미는 부엌 건너 외간방으로
들어가 버린다.

　기생이 안내한 방은 늘레로 두 칸 방인데 기직 위에 돗자리
를 깔고, 아랫목에는 보료에 사방침을 놓았다. 뒤꼍으로 뒤
주, 자개 장롱, 의걸이를 쭈르라니 늘어놓고, 아랫목 머리맡

에는 문갑이 놓였다. 옷 곁에는 화초 병풍을 나직하니 둘렀고, 그 앞에 놋으로 만든 유경이 놓여 있다. 문갑 앞에는 흰 옥초합과, 놋재떨이 위에 긴 연죽이 하나 얹혀 있다. 병풍 머리에 세운 가야금이, 천장 밑에 선반을 매고 모셔 놓은 손각시 들어 있는 챙지에까지 올라 대이었다.

"인젠 벌써 여름이라고 낮이면 더우신걸요."

하고 태극선을 꺼내 권하고, 이어,

"의관 파탈하시고 앉으시지요."

한다. 두 사람은 들고 온 책과 그림을 놓고 모자를 벗어 보료 뒤로 밀어 놓는다.

보료 위에 두 젊은 손님을 모셔 앉히고 기생은 방 가운데 앉아서, 옥초합을 끌어다 담배를 담는다.

"평양서 온 지 오래웨까."

하고 형걸이가 말을 걸어 본다.

"한 달포 넘었어요. 일가 사람이 자파에서 사는데, 이 고장이 산수도 좋고 명미하다 하시기에 구경두 할 겸, 그리구 이곳서 옛날 부용(芙蓉)이란 명기가 나지 않았습니까. 제 이름을 바로 부용이라 여쭙길래, 이것저것 그리워서 한번 찾아온 것이야요. 너무 생소한 고장이라, 여러 나리님 사랑만을 하늘처럼 믿고 온 셈이지요."

담배가 다 담겼다. 소털 같은 기새미가 노랗게 대통에 들어 담겼다.

"심심하실 텐데 담배 붙이지요."

가느다란 옥가락지와 금지환 낀 손으로 긴 연죽을 내대니,

대봉이가 사양 않고 끌어 받아서 입에다 물려고 하다가, 문득
예수 믿는 사람은 술 담배를 금한다던 말을 생각하고,

"모처럼 붙인 걸 사양키는 어려우나 미처 담배를 못 배왔
소."
하고 점잖게 재떨이 위로 도로 놓는다.

"이 서방님께서도, 그럼."
하고 형걸이를 쳐다보니, 그는,

"나도 못 배웠습네다."
하고 대답한다. 그러나 속으론, 부용이가 저더러 서방님이란
게 우스웠다.(이렇도록 장성해서 총각일 줄은 누가 보아야 생각
지 못할 것이다.)

"참, 얌전들 하시구려. 무엄한 말씀이지만."
하고 부용이는 그리 크지 않은 흰 이를 아래쪽만 내보이면서
웃어 본다.

"얌전해 못 배온 게 아니라, 잘 피우든 걸 요즈음 끊어서 못
먹는 게라우."
하고 형걸이도 웃는다.

"아니 담배를 끊으셨어요."
갑자기 웃음을 털고 낯색을 정색하면서, 부용이는 형걸이
를 쳐다본다.

"그런 게 아니라요. 인제 제대루, 우리 화장수를 시작해야
겠군, 우리 둘이 화장수를 떠난 게라오."
잠깐 대봉이를 쳐다보고, 형걸이는 까치다리 했던 걸 좀 풀
었다가 도사리고 앉는다.

"우리가 댁을 찾아온 까닭이, 바루 우리들이 담배 술을 끊은 까닭과 같으외다. 직바로 지름길을 해서 털어놓구 말해 보면, 부용이한테 우리가 예수를 믿으라고 전도하러 온 게외다."

얼굴이 달걀같이 개름하고, 눈매가 정기 찬 부용이의 얼굴에 잠시 복잡한 표정이 오락가락한다.

예수를 믿으라니, 지나가는 농의 말인지 혹은 비천한 계집이라고 실없이 놀려 대는 사설인지, 그렇지 않다면 무슨 깊은 딴 뜻을 두고 빗대어 하는 말인지, 도무지 알 수가 없다. 혹 자기가 잘못 들은 말일는지도 모르겠다고, 이렇게 부용이는 생각하고 있는 것이다.

"온 농의 말씀을 하셔도."

이렇게 한 마디 나직이 종알거리다가 말고, 고 아름다운 눈매로 약간 형걸이를 흘겨보듯 하다가 끝을 새름하니 웃어 버린다. 형걸이는 그렇지 않다는 발명의 말을 하려고 입을 날름거리다가, 부용이의 입술이 흩어지는 데 질려서 얼굴을 바로 보지도 못한 채 한참 동안을 더듬는다.

"그럴 리가 있나요."

하고 앞을 지르고 나선 건 옆에 앉았던 대봉이었다.

"이걸 보소구려. 이게 찬미책하구 성경책이 아니웨까. 또 이 그림하며."

수다스럽게 책을 내놓고 지정머리를 치려고 하는데, 부용이는,

"저 같은 사람을 그처럼 생각들 해주시니 고맙긴 하외다만, 가령 제가 예수를 믿는다면, 어데 회당에라두 제법 갈 수 있

는 몸인가요."

하고 약간 나무람 섞인 한숨조로 나온다.

"왜요. 어데 예수교에서 사람 차별 두는 줄 알우."

대봉이가 대서기는 했으나, 형걸이는 역시 부용이의 하는
말이 근경에 가깝다고 속으로 생각했다.

"제가 괜히 예배당만 가 보셔요. 그날부터 점잖은 집 부인
네는 하나도 오들 않을 겝니다."

"그래두 할 수 없지요. 예수라는 이는 사람에게나 어데 귀
천을 가리거나 그렇진 않았으니까요."

대봉이는 어찌 되었든 건둥건둥 주워섬기고 있기는 하나,
형걸이는 이런 데 와서 전도고 뭐고 하는 게 역시 탈선처럼
생각됐다. 그러나 이왕 왔던 김이니 그대로 갈 수는 없다고,
가라앉는 제 기분을 속으로 느끼면서도 이렇게 말해 보았다.

"그렇게 생각하는 건, 부용이의 잘못인 줄 압네다. 예수를
믿으라는 건, 그저 덮어 두고 회당에나 오라는 말은 아니겠지
요. 사람 따라서는 위선 오는 게 장땅이라고, 회당에 부지런
히 소일삼아 댕기는 가운데서, 차츰 예수교의 진리나 본정신
을 깨달아 가는 이도 있겠지만, 부용이 같은 분이야 그럴 필
요도 없겠지요. 회당을 간다든가 안 간다든가 그런 것보담두,
위선 성경이든가 찬송가를 보구서 그 참 정신을 깨닫고 매일
하는 생활 가운데 그 정신을 배어들게 하면 그게 더 중할 줄
압네다. 참 부용이 말마따나, 부용이가 회당엘 온다고 보면,
아직 낡은 습관에 젖은 완고한 분들이 눈살을 찌푸리고, 부인
네들 중에는 회당에 안 오게 되는 경우가 생길는지두 모르겠

습네다. 한 사람의 진정한 분을 얻기 위해서, 쓸데없는 가짜 신도를 백만을 잃는대도 가당할는지 모른다면, 그 말두 일리는 있지만 아직 이 세상이 그렇게까지 되기야 쉽습니까. 그러니까, 우리들이 부용이 집에 찾아온 진정은 어데 있든 간에 전도 나왔던 김에 한번 놀러 들린 걸로 셈을 치고, 어떻든 우리의 본뜻만 저버리지 말아 주면 될 게 아니웨까. 이 책일랑 놓구 갈 테니까, 심심파적으로 보아 보소. 우리 생각은 사람은 본대 귀하거나 천하거나 하는 구별이 있을 턱이 없다. 모두 한가지 같은 사람이 팔자를 잘 타구 나면 양반이요, 그렇지 못하면 상놈이요, 이러니까, 이 뜻을 잊지 말구 마귀나 미신이나 이런 데 잡히지 말구서, 새 문명을 받아서 잘살자는 겝니다. 이거 머, 화장수 타령이 너무 길어졌으니, 이건 이젠 이만해 둠세."

형걸이는 빌쭉하니 웃으면서 대봉이의 얼굴을 쳐다본다. 그러는 동안 부용이는 다소 흥분된 빛을 낯에 그리며,

"좋은 말씀을 들려 주셔서 감사하와요."

하고 진정으로 감사한 생각을 가슴 깊이 새겨 넣은 듯이 가만히 머리를 숙여 인사를 한다.

"허, 머 이럴 것까지 없구. 자, 그럼 우린 또 딴 곳에 들러 볼 곳도 있으니까, 인제 가 보아야겠수다."

모자와 나머지 책들을 들고 일어서니,

"아니, 원 이렇게 가시다니 될 말씀이웨까. 식혜나 감주래두 한 잔씩 올리려구 지금 막……."

하고 따라 일어서서 문께를 막아서며,

"오만, 저 화채든가 식혜든가, 얼런 상 좀 차리세요."
하고 일변 또 건넌방을 향해 소리를 지른다.

"아니올세다. 뒷날 또 놀러 오지요. 많이 놀았으니께루. 인제 다른 델 또 가 보아야지요."

대봉이는 어느 결에 모자를 쓰고 두루마기의 주름살을 털면서, 주름을 들치고 마루로 빠져나간다. 차마 처음 보는 남의 서방님(사실은 총각이지만)의 손을 붙들 수는 없어, 발을 동동 굴러 보고 싶게 안타까웠으나 어름거리다가는 또 한 분마저 놓칠까 저어하여, 부용은 형걸이 앞에 가로서서 피해 나갈 길을 막아 버린다. 형걸이는 모자를 집고 다시 그림 뭉치를 집어 들다가 문득 생각난 듯이,

"참 그림두 한 장 받아 두시오. 이게 예수 어렸을 적에 성모 마리아에게 안긴 그림이외다."
하고 그 중에서 한 장을 뽑아서 문갑 위에 놓다가, 잠깐 마당 밖을 눈길해 보았다. 대봉이는 마당 가운데 서서 형걸이가 나오길 기다리고 있다.

"온 이렇게 여럿을 함께 많이 주셔서 황송하온데. 그런데, 글쎄 저 서방님이 저렇게 나가셨으니 어떻게 합니까. 제가 나가 모시고 올 테니, 잠깐만 이대로 기다려 주세요."

그러나 형걸이는 모자를 쓰고 두루마기 고름만 고쳐 맨다.

"자 비키시오."

주름에 손을 대려는 걸 덥석 두 팔로 잡고, 제가 지금 한 행동이 무엇지도 채 생각지 못하면서, 동백기름 냄새가 풍기는 곱게 빗은 머리를 쌀레쌀레 내젓는다. 형걸이가 부용에게 잡

힌 제 손을 내려다볼 제, 비로소 부용이는 물감처럼 낯을 붉혔다. 그러나 그는 손을 놓지 못하고 한참 동안을 그럭하고 서 있었다. 발 친 방 안은 아무 데서도 보이지 않았다.

12

며칠 전에 나카니시 상점에서는 이 고장에선 보지 못하던 잡화 상품을, 새로이 평양서 소달구지에 한 차판이나 실어 왔다. 여태껏 평양과 이 고을과의 일백육십 리 길에 짐을 나르는 데는 마바리꾼이나 돌림장수 모양으로 당나귀나 노새에 싣고 다니든가, 도부꾼이나 납지개 장수처럼 등에 지고 다니든가, 상사에 겨울날 눈과 얼음을 이용해 소발구를 쓰든가 하는 외엔 별도리가 없었다. 그러므로 웬만한 이삿짐이나 잡곡이나 소금이나 그 밖에 해산물 같은 큰 짐은, 대동강을 치거슬러서 비류강까지 올라오는 뾰루대와 수상선 편을 이용해 왔었다. 두서너 집 포목점에서 주단이나 포목을 실어 오든가, 칠성이네가 자전거를 타고 평양 가서 물건을 해오는 것도 이 배편을 이용했고, 나카니시네가 부페짐이 되는 잡화를 상자로 해올 때나, 심지어는 김선구네가 그 알뜰한 과자를 몇 상

244

자 해오는 데도 이 뾰루대와 수상선편을 이용해 왔다.

그러던 것을 단오를 앞두고 날이 가물어서 물이 적어진 관계로 배편은 날이 지체된다고 나카니시네는 단연코 새로 난 소달구지에 한 차판을 실어서, 번뜻한 신작로로 밤낮 하루해를 걸려, 평양서 이 고장까지 운반해 왔던 것이다.

육중한 두 개의 커다란 바퀴가 붙은 달구지를, 황소가 헐떡이며 끌고서 돌차니 고개를 넘어서 망지다리를 지나 방선문으로 들어설 때, 후루매 입고 게다 신은 젊은 나카니시는 물론, 그 밖에 많은 아이들과 일없는 한가한 친구들이 일부러 구경을 하러 마중을 나왔었다. 그들은 달구지를 따라 거리를 올라와서, 그 달구지 위에 실었던 짐짝을 내려놓고 하나하나 끄르는 것까지 바라보고 있었다. 짐을 내려놓은 뒤에 소는 박성균네 마방으로 끌고 가서 여물을 먹이고, 따라온 달구지꾼은 방 안에 들어가서 국수 두 돈 오 푼짜리를 세 그릇이나 조져 대었다. (국수는 박리균네가 누르던 것을 이즈음 집을 떨어고치노라고, 분채를 성균네 부엌으로 옮겨 놓았던 것이다.)

어린아이들 중에는 달구지가 신통할 뿐 아니라, 달구지 부리는 험상궂은 작자가 국수 세 그릇을 먹어 대는 것이 또한 신기해서, 인차 나카니시네 집 앞에 몰려 있는 저희 동무 아이들께로 뛰어가서, 좀더 이야기를 보탬해 가며 인제 달구지 끌고 온 장정이 연거푸 국수 다섯 그릇을 먹어 대더라고 헛소리를 놓았다.

그러나 그까짓 국수를 먹는 것보다 아이들은, 지금 한참 짐을 끄르는 대로 그 상자나 볏짚 수세미 속에서 보지 못하던 이상하고 괴상한 물건이 자꾸만 쏟아져 나오는 것이 더 재미나고 신기했다. 한 가지 물건이 나올 때마다 어른들 틈에 어깨를 걸고 서서, 그들은 그것이 무엇에 쓰는 것인지를 맞혀 대느라고 새새덕거리고 재깔대었다. 나카니시도 우쭐했고, 그 집 고초카이 다로오라고 하는 군청 하인의 아들도 무슨 큰 벼슬이나 한 것처럼 의기양양하다.

달구지에 실어다 부리고, 지금 가게에 벌여 놓고 쌓아 놓고 하는 상품 가운데서는, 석유 열 상자가 제일 돈 먹은 물건이었다. 미국 뉴욕 솔표 석유라고 쓴 나무 상자 속에 흰 생철로 만든 왜유초롱이 두 개씩 들어 있었다. 이놈을 아홉 상자는 그대로 져다가 뜰 안에 쌓아 놓고 그 분주한 통에 천천히 해도 좋으련만, 여러 사람이 보는 중에서 그 중 한 초롱을 쑥 뽑아 놓더니 아깝지도 않게 장도리로 칼을 대고 구멍을 뚫는다. 그러더니 볏짚 수세미 속에서 양철로 만든 펌프를 빼 들고 와서 구멍에다 넣고, 연신 쇠줄을 한 손으로 낚았다 놓았다 한다. 수채처럼 된 구멍에서 석유가 쪼루루 갓난아기 오줌 싸듯 나와서는, 남포 방등이 속으로 들어가는 것이 보인다.

뒤꼍에 쭈르라니 매단 크고 작은 남포등 중에서 큰 놈을 하나 내려서 갓을 씌우고, 알을 꽂고, 석유 든 방등 가운데 척 늘어진 심지 위 끝에 성냥을 그어 댄다. 해도 지기 전에 불을 켜 놓는 것이다. 길 가운데 둘러서서 나카니시의 하는 품을 보고 있는 고을 사람들은, 신기해서 혀를 빼문다. 연신 그 가격이 얼마냐고 물어 대니, 장기를 보아야 알겠다고 상점 사람은 장한 듯이 뻐겨 댄다.

새것을 갖고 이럴 지경이면, 지금 나카니시가 남포등에 불을 붙여 댄 갑에 든 성냥도, 이 고을엔 처음 오는 물건이었다. 부싯돌이나, 이런 것보다는 편리하다고 많이 사용해 오던 잎 성냥 대신에, 끝에 노란 인이 붙은 놈, 아무 데나 되는 대로 대고서 찍 그으면 켜지는, 들고 다니기 간편한 가치로 된 성냥이 지금 처음 이 고장에 들어온 것이다. 이쑤시개나, 댓자박이나, 살가시 같은 놈을 돌잔등이나 기둥이나 바람벽에 그으면 불이 나니 신기하지 않을 수가 없다. 담배 붙이는 데는 일등 십상이겠다고 누가 말하니, 어린아이 있는 집에서 밤에 불 켰다 죽였다 하기에 무한 좋겠다는 사람도 있고, 또 밤중에 통숫간에 가기에 알맞겠다고 말하는 이도 있었다.

구두버선은 벌써부터 알고 있기는 했으나 타래째로 묶어 놓은 놈은 처음이다. 갱고지 최관술이가 목다리까지 올려 엮은 구두 속에 꼬여진 놈을 삼성 자박지로 볼을 받아서 신고 다니는 것만 보았지, 무슨 생선 말린 것처럼 툭을 지어서, 맥기를 묶어 놓은 놈은 보지 못했던 것이다. 갱고지 최 주사 나리, 이젠 볼 받은 구두버선은 안 신게 됐다고 누가 말해서, 둘러선 사람들은 모두 소리를 높여 웃었다.

쪽물을 들인 종이 봉지에 불광을 그린 딱지를 붙인 건 양초요, 네모난 양철통에 색시가 서 있는 그림이 붙은 건, 오색이 각각 딴 봉지니 물감통이 분명하고, 단장 모양으로 강충하니 껍데기 구럭을 싸서 넣은 놈은 필시 양산일 게다. 커다란 나무 상자를 조심성 있게 들고서 많은 수세미, 대팻밥을 집어내길래, 그것이 무엇일꼬 하고 바라보니, 말깃말깃한 사발과

물이든가 밥알이든가 김치쪽이든가가 빤하니 들여다보이는
유리그릇과, 오줌을 누기엔 너무나 황송한 꽃 그림 찬란한 요
강들이었다. 동창(東倉)이나 직동(直洞) 있는 토점이나 사기
점에서 왜글찌글한 커다란 놈을 시프르덩덩한 바탕에다 왜정
빛으로 줄을 돌려 긋고, 생선 같은 걸 되는대로 짓갈겨 그려
서 구워 낸 쌍사발만 보아 오던 눈으로, 이 반들반들한 사기
그릇과 유리그릇을 보니, 어디 김치나 된장국이나, 이런 걸
담아서는 금시에 흠이 나고 터질 것만 같다.

　마지막으로 그리 크지 않은 상자가 둘이 남아 있다. 하나는
동아연초주식회사라고 쓴 것으로 미루어 히로궐련이 분명하
다. 그보다 좀더 작은 또 한 상자 속에서는 작은 말똥땅지로
만든 서너 너덧 상자 갑이 나왔다. 그 중의 하나를 아깝지 않
게 터뜨리니, 그 속에서 작은 종이 봉지를 하나 꺼내고, 다시
그 종이 봉지를 터뜨려, 팥알처럼 발간 놈을 쪼루루 손에 쏟
아 입에다 탁탁 털어 넣는다. 버적버적 씹어 삼키고는 하아
하고 고추 먹은 입을 불듯 한다. 그의 앞에서 입을 헤어 하니
벌리고 쳐다보던 김 존위(金尊位)에게,

　"하나 먹었소까?"
하면서 나카니시가 너덧 알 집어서 치받치는 손에다 놓아 주
니, 많은 사람들이 보는 가운데서 그는 텁석부리를 헤치고 입
안에 한 알씩 집어넣고 정성들여 어금니로 잘근잘근 씹어 본
다.

　"맛이 있소까?"
하고 물으니 존위는 후우 하니 숨을 내뿜으며,

"맛이 있소. 맛이 있소."

하고 고개를 꺼뜩꺼뜩한다.

형선이는 학교에서 점심을 먹으러 오다가 나카니시네 집 앞에 사람들이 많이 모여 선 게 수상해서, 대문간을 들어가다 말고, 그 집 앞에 가까이 와서 사람들의 등 뒤로 가게 있는 쪽을 넘겨다보았다. 불을 켜서 매단 남포등을 바라보고 지금 막 상자와 궤짝 속에서 꺼내서 벌여 놓은 여러 가지 상품을 한참 동안이나 바라보다가, 시간이 늦을까 하여 제 집으로 뛰어 들어갔다.

사랑에 아버지가 있었으나 그는 안방으로 들어가서 어머니보고,

"등피랑 구두버선이랑 양산이랑 머 이런 거 많이 나카니시네 집에 왔습디다. 사랑에나 하구 두서너 방에 쓰게, 석유하고 남포등 서너 너덧 개 사옵세다."

하고 말해 본다.

"하나나 사 오믄 사 왔지, 거 네 개씩 무슨 소용이간. 아지까리 기름 대레 논 게 한 말이나 되는데, 건 언제 쓰간."

어머니는 실속을 차리려고 아들의 말엔 좀처럼 귀를 기울이지 않는다.

"글쎄 사다 한번 켜만 보시구레. 당초에 낮처럼 밝구, 그놈만 켜 놓으면 넓은 방 안이 왼통 낮같이 밝겠습디다."

"아바지보구 말해 보려므나. 내야 아니."

형선이는 서너 너덧 개라고 하지만, 두뭇골 집에서도 이곳에서 켜면 본따서 너덧 개 쓸 것이니 적어도 열 개는 가져야

대하 • 249

될 게라고 생각하는 것이다.

"온 참, 오마니도 무던히 딱하시외다."

혀를 차며 제 방으로 들어가는 형선이 뒤에서, 어머니 최씨
는,

"무슨 돈으로 기름 세력을 할라구. 등피 없이도 비단 저고
리에 버선코만 잘 기웠다."

하고 혼잣말하듯 뇌고 있었다.

형선이는 제 방으로 와서 아내가 들어다 주는 점심상을 받
아 놓고도 한참이나 남포등이며, 구두버선이며, 양산이며, 이
런 걸 본 대로 아내에게 설명해 주고 있었다.

이때에 맏형 형준이는 제 방 윗목에서 낮잠을 자다가 깨어
났다. 그는 낑 하면서 벌써부터 몇 놈씩 몰려다니며 웅웅거리
는 파리 떼를 손으로 휘 날린다. 그러더니 아랫목에 앉아서
아이에게 젖을 먹이는 아내에게,

"형선이는 뭐라고 저리 지껄인다나. 남 잠두 못 자게."

하고 잠투정을 한다.

"나카니시네 집에 남포등이라나 등피라나가 왔다구, 오마
니보구 사라구 그럽네다."

하고 아내는 제 말 같지 않다는 듯이 종알거려 댄다.

"사 올라믄 사 오든지 하지, 떠들기는 왜 떠들어 대는 거
야."

"누가 머 얼마나 떠들었다나요. 생뚱한 소리 하지 말우. 또
괜히 의만 덧나지 말구."

아내가 핀잔주듯 하니 형준이는 아무 말도 안 하고, 픽 돌

아누워 다시 잠을 청해 본다. 그는 아까부터 꿈을 꾸려고 안타까워하는 것이다. 뭣이든 꿈만 꾸면 곧 그놈을 풀어서 해몽을 한 다음 통수로 있는 신 도감(都監)을 따라서, 삼십육계의 덕대가 앉아서 기다리는 박 이방네 뒷방으로 갈 참이다. 그런데 대낮에 일부러 잠을 청하려니 그게 좀처럼 올 리도 없거니와, 겨우 들었던 잠은 아이가 울든가, 파리가 콧잔등에 날아와서 간지럼을 피든가, 또 뜰 안에서 뭐라고 중얼거리든가 하면, 꿈도 채 맺기 전에 깨어 버리고 마는 것이다. 눈만 벌겋게 퀭해 가지고 아무리 꿈꾼 것을 생각하려고 해봤자, 무어 시시펑덩한 걸 꾼 것도 같은데, 도무지 생각할 수가 없는 것이다.

지금도 겨우 으레 눈을 붙이고 잠을 이루었던 것을, 형선이가 안방 마루에서 어머니와 중얼대는 바람에 놀라 깼는데, 그 다음 다시 잠을 청해도 눈만 새록새록해질 따름이었다. 꿈을 꾸었던 것 같기도 해서, 이리저리 머리를 가다듬어 갈피갈피 더듬어 보나, 어딘가 풀숲을 자꾸만 뛰어가다가 무슨 구렁텅이를 보고 이걸 넘을까, 그렇지 않으면 돌아서 갈까, 하고 망설이다가 깬 것도 같고, 또 어떻게 생각하면 웬 한 처녀하고 나무를 베러 시퍼런 낫을 들고 산속으로 들어가다가 깬 것도 같아서, 통히 어이 된 판국인 걸 알 수 없어 화만 더럭더럭 나는 판이었다.

염병할 놈이 남포등이고 뭐고, 그놈 까탈에 넝쿨째 떨어지려던 호박이 하늘로 올라가 버린 것 같아 금시 아무개고 손에 잡히는 대로 쥐어박기라도 하고 싶었다. 그러나 그렇지 않아도 뒤주 속에 시집올 때 갖고 온 돈을 뒤져 가지고, 며칠째 밖으로 나가는 통에 어지간히 골치가 틀린 아내가, 이런 대목에 화를 터뜨려 놓기만 하면 대낮에 그것도 적잖이 두통거리겠다고, 그는 천둥같이 동하는 울화를 꿀꺽 들이삼키고 휙 몸을 뒤쳐 벽을 향해 돌아눕고 말았던 것이다.

형준이가 삼십육계에 손을 댄 것은 불과 얼마밖에 안 되는 최근의 일이다. 그가 남아돌아가는 정력을 처치할 길이 없어, 하룻밤 막서리 처 방에를 들어가려다가 형걸이와 부딪치던 그때만 해도 형준이는 도박이나 잡기의 성질을 띤 것엔 손도 대지 않았었다. 어렸을 때부터 투전장을 갖고 노는 데는 더러 섞였으나, 투전판을 따라다닌다든가, 돈을 대고 큰판을 벌여 놓든가, 그런 적은 한 번도 없었다.

그러나 두칠이 처 쌍네에 대해 품었던 정이 제대로 쏠려 흐르질 못하고, 깊은 웅덩이 속에서 부글부글 끓어오르고 있을 때, 그는 집 안에 처박혀 있을 수는 없었다. 이런 때엔 어디 신선한 산속이나 해변 같은 데 여행을 하든가 했으면, 정신도 깨끗해지고 마음도 제법 후련해지련만, 그런 데까지는 미처 생각이 미치지 못하고, 그는 곡우(穀雨)가 훨씬 지난 어느 맑은 날 아침 소만(小滿)이 가까우니 꺽지가리가 한창이겠다고, 평양 영감에게 자리그물을 한 떼 얻어 들고 비류강으로 나갔다. 집 안에 처박혀 있으면 마음만 더 초초하고 집안 식구가 눈에 바로 보이지 않아서, 고기 사냥이나 하면서 소풍이나 할 참이던 것이다.

갈로 결은 삿갓을 머리 위에 올려놓고, 다리를 종아리까지 활짝 걷어붙여서 맨발로 짚신을 신은 뒤에 으슥한 뒷대문을 나섰다. 방수성을 따라 조금만 내려가면 향교 골목과 직통하는 숭선교 다리에 이른다. 그는 다리에 올라서 난간도 없이 밋밋하니 저편 쪽 회진대 옆까지 뻗친 거머텁텁한 길을 건너간다. 다리 밑에는 맑은 강물이 급류가 져서 흘러간다.

천주봉(天柱峰) 앞에서부터 십이봉을 끼고 둥그렇게 커다란 호수처럼 퍼졌던 강물은, 잔잔하니 강선루와 자복사의 탑을 거꾸로 비추면서 기름처럼 유유히 흐르다가 바로 다리 위 출운대(出雲臺) 앞에서부터 여울이 져서 다리 밑에 이르러선 제법 옥계를 이룬 곳조차 있다. 초여름 아침 강바람에 볼편을 쏘이면서, 여울물에 어울려서 그는 콧속으로 홍얼홍얼 강서메나리를 한 곡조 넘겨 본다.

조개는 잡아서 구럭에 넣고,
내 님은 잡아서 품 안에 넣네.

이렇게 한 곡조를 뽑아 넘기고는 '홍야라 뎅야라 앙' 하면서 후렴을 정조 있게 가늘게 지어 뽑는다.

그는 다리를 다 건너고 산길에 올라섰다. 고개를 넘어서 넘은 강으로 가려는 것이다. 비류강은 반도처럼 된 긴 산을 돌아서 다시 위쪽으로 흘러 오른 것이다. 앞 강에서 산속으로 숨어들었던 물이 넘은 강에서 콸콸콸 솟아오른다고 비류강이라고 이름 지었다고 한다.

고개를 돌아서 강기슭으로 내려오면서 그는 또 한 곡조를, 이번엔 홍에 겨워 소리를 바짝 높여 가지고 뽑아 본다.

당항라 적삼에 소낙비 맞은 님,

오리알 같은 젖통 좀 보소.

이놈을 걸찍하게 한 번 섬겨 놓고, 이제 다시 후렴으로 간드러지게 메겨 넘기려는데 산등에 있는 사직정 쪽에서 인기척이 난다. 이렇게 이른 아침에 어인 소리일런가 —— 해서 소나무 틈으로 소리나는 쪽을 보니, 사람들이 많이 모여서 웅성거리다가, 누가 이편을 가리켰는지 모두 형준이를 바라본다. 무얼 하는 사람들이 남의 눈을 피해 저렇게 둘러섰는지, 갑자기 겁이 덜컥 났다. 그래서 못 본 셈치고 강기슭으로 덥벅덥벅 몸을 피하려고 하는데 등 뒤에서,

"형준네 재장 아닌가."

하고 아는 척하는 소리가 따라온다. 돌아보니 신 도감이었다. 호둘기 바람에 감투만 쓰고 그는 헐레벌떡하며 산을 내려오는 것이다.

"아니 어데루 가는 길이와."

하고 거반 가까이 와선 발을 천천히 놀린다.

"심심해서 꺽지래두 좀 잡아 볼려구요."

형준이가 대답하니, 도감은 그의 앞에 와 서면서,

"오라 참 꺽지가리 할 때로구면."

하고 대꾸를 한다. 그러더니 사면을 한번 둘러보고,

"임자 자미난 거 한번 안 해 보려나."

하고 나직이 물어본다. 그 말로 대강 짐작은 했으나 형준이는 짐짓,

"자미난 거라니요. 머 새박에 술추럼은 아닐 게구."
하고 반문했다. 그랬더니 바른손으로 '그게 무슨 말이냐' 고 툭 공기를 휘젓듯 하면서,
"술추럼이 머 자미나는 겐가."
하고 다시 바싹 귀에다 입을 대더니,
"육계의 폭지 하나 안 써 보려나."
한다.
"아니오. 내가 무슨 그런 걸 할 줄 아능가요."
형준이는 낯색을 달리하며 사양한다.
"그것두 머, 할 줄 알구 모르구가 있답마. 꿈꾼 대루 해몽해서 치장 붙이문 되는 게지. 임자는 일수가 좋을 테니까 해볼 만하웨니."
신 도감은 형준이를 꼭 삼십육계 판으로 끌고 가려고 한다. 순사의 눈이나 끄나풀의 눈을 피해서 날마다 자리를 옮겨 가면서 하는데, 오늘은 사직성 뒤 수풀 속에서 육계 판을 벌여 놓았던 것이다. 인기척이 안 나게 조심해서 하던 차에, 마침 육계문을 열어 보니 만금(萬金)에 대포다. 그래서 육계꾼이 신기한 바람에 그만 처소를 잊고 으아 하니 환성을 올렸으나, 문득 아래쪽을 보니 그물을 메고 강가로 내려가는 삿갓 쓴 사람이 이쪽을 올려다보고 있었다. 그래서 막 대치장을 읽기도 전에 주(走)자를 놓으려고 하다가, 신 도감이,
"그게 박 참봉의 맏아들일세."
하는 바람에 모두 달아나기를 그만두었던 것이다. 말이 다른 데로 나가면 재미가 없으니, 형준이를 붙들어다 한몫 끼워 놓

자고 성론이 되어, 신 도감이 그를 쫓아 이리로 내려왔던 것이다.

"인제 만금에 대포가 터졌는데, 육계꾼이 일수가 좋은가 볼세. 치장 돈이 백 냥인데 덕대가 삼천 냥을 물으려니 똥을 싸는 판일세. 자, 이런 판에 한번 해보지 않구 언제 하겠나."

그래도 좀처럼 듣지 않으니,

"괜히 쓸데없는 고집은 그만두게. 임자가 너무 제기면 모두 끄나풀인 줄 알구, 또 무슨 일이 일어날지 알구 그러능가."

하고 은근히 위협하듯이 말이 나온다. 마음이 그리 꿋꿋치 못한 형준이는 하는 수 없이,

"내게 돈 가진 것두 없구."

"돈이야 내 얼마든지 꾸어 주지. 머, 임자만 해가지구야 돈 안 대줄 사람이 있겠나. 꿈만 바로 꾸었다믄 대구푼 대루 대게나."

하는 수 없이 형준이는 그를 따라 산으로 올라갔다.

가 보니 사람은 불과 여남은 사람밖에 없었다. 그 중에 육계꾼은 다섯 여섯, 그 밖에는 덕대와 치장과 통수들이다. 통수들이 점잖은 사람들한테서 모아 온 폭지와 돈을 맡아 갖고 그들 대신 육계문 열 때 셈을 보아 주는 것이다. 난봉꾼이기는 하나 삼천 냥 돈을 물어내는 덕대는 그래도 상판이 새파랗게 질렸다. 그는 형준이도 잘 아는 이였다. 투전 잘하기로 유명하던 오만달(吳萬達)이란, 사십이나 되었을까 말까 한 건달 놈인데, 눈이 하나 해뜩한 알백이다. 지금 치장을 부르는 대로 커다란 전대에서 돈을 치러 주는데, 정각 뒤 수풀 속 웅덩

이가 진 속에서는 서너 너덧 육계꾼이 처소도 잊어버리고 떠들어 대고 있다.

"자, 내 꿈을 좀 보게. 어찌 됐던 간에 흰 백설기를 한 시루 잔뜩 해놓구, 이놈을 떡집 작은 메누리하고 마주 앉어 서루 시시닥거리며 먹어 댔는데, 양껏 먹구 그 댐엔 그 색시와 또 적지 않게 의좋게 놀았단 말일세. 그러니 이놈이 꿈을 뭘루다 푼단 말인가. 처음은 떡을 실컷 먹은 것보다두, 색시와 논 게 더 생각이 내끼드라니. 사부인(四婦人) 가운데서 명주든가, 상초루 쓰려구 했다가, 저 알백이가 사부인을 달았을 것 같진 않단 말야. 그리구 이놈이 또 첫판이길래, 만금에다 썼네그려. 그랬더니 아 이놈 보게, 대포루 맞어떨어지데그려, 대포루. 참 그놈 신통두 하데."

이렇게 상투에 그냥 수건만 질끈 동인 젊은 녀석이 지절거려 대니, 맞은편에 앉았던 곰보딱지가,

"내 평생에 꼬장떡을 또 배가 터지두룩 먹어 본 적은 금시 처음일세."

하고 꼬장떡 먹은 꿈 꾸고 만금에 붙였다가, 대포가 맞은 게 신기하다고 지절거려 댄다.

"여보게 말 말게. 난 어젯밤 물 떠 놓구 아주 손이 발이 되두록 빌었네."

시시평덩한 꿈타령을 주절대고 있으니, 돈을 다 나누어 준 덕대는 눈살을 찌푸리고,

"인젠 그만들 떠들게. 또 그러다가 감옥 구덩이 속에서 꿈 꾸지 말구."

하면서 편잔을 준다. 형준이는 정각 옆에 쭈그리고 앉아서, 덕대와 통수들과 육계꾼들이 떠들어 대는 것을 멍하니 바라보고 있었다. 커다란 장지에 누렇게 들기름을 먹인 뒤에, 먹으로 사람의 몸뚱어리를 그리고, 서른여섯 고대에 각각 육계의 문을 적어 놓은 것이 판판한 잔디 위에 놓여 있다. 신 도감은 그놈을 집어 들고 형준이 앞으로 온다. 또 한 손으론 황양목으로 새긴 각판을 들고서, 종이를 쭉 판판한 땅바닥에 펼쳐 놓더니,

"자 이게 모두 삼십육문일세. 여기서부텀, 점괴(占魁), 판계(板桂), 영생(榮生), 봉춘(逢春)."

한 번 뚝 끊어지곤 각판을 찾아서 가르쳐 주고, 다시 이어서,

"그 댐이 사부인으로 간옥(艮玉), 명주(明珠), 상초(上招), 합동(合同). 알지 이건. 부인네와 합동해 본 꿈이거들랑 합동 — 이렇게 되는 게니께루. 그 댐은 삼괴(三塊), 합해(合海), 구관(九官), 태평(太平), 자 이럭허군 목뎅이가 일산(日山), 의관이나 사포나 이런 건 화관(火官), 정리(井利), 발뒤축이 천량(天良), 눈은 광명(光明), 유리(有利)는 옹(翁) 유리라고 영감이나 두상망택이, 강사(江祠), 복손(福孫), 이렇게 쭉 내려가는 걸세. 아마 알겠지."

형준이도 대강한 걸 알고 있기는 했으나 잠자코 들었다. 이렇게 신 도감이 한참 동안을 설명하느라고 바쁜데,

"인제 앉은 자리에 한 번 더 달아매 보자나."

하고 덕대가 물어본다. 그는 지금 삼천 냥이나 잃은 놈을 어

떻게 반분이라도 봉창을 대고 싶었던 게다. 그랬더니, 웅덩이 속에 있던 곰보가,

"꿈은 어떡허나."

하고 앉은 자리에서 되짚어 벌여 놓은 것을 못마땅하다는 듯이 말해서,

"아니 여보게, 대포 맞히구 안 하는 법두 있는가. 꿈이야 눈 붙이면 꿀 게지. 인제 하자구 해."

하고 마주 앉은 수건 쓴 녀석이 팔을 두르며 뛰어나온다. 그래 그 자리에서 또 한판을 벌여 놓기로 했다. 신 도감이 폭지라고 종잇조각을 갖고 형준이한테 온다.

"집에 가서 써 놔두면 내 갖고 와두 되는데 한판에 섞이기가 좀 무엇하거들랑 그렇게 해보지."

그러나 형준이는 아무 대답도 안 하고 폭지를 받았다. 그는 지금 어젯밤 꿈을 생각하고 있었던 것이다.

덕대는 종이와 붓을 갖고 외딴 쪽으로 간다. 그는 목을 매어 달아매일 육계문을 남이 모르게 쓰려고 숲 속으로 가는 것이다.

"산꼭대기루 오를 땐 아마 곤산(坤山)이나, 지고(志高)를 써 널 모양이네그려."

하고 웅덩이서 나온 곰보가 놀려 대니,

"잘 알거들랑 생각대루 폭지에 써 넣게나."

하고 싱글싱글 웃으며 나무 수풀 속으로 사라진다.

형준이는 부끄러운 일이긴 하지만, 어젯밤 쌍네의 방엘 들어갔다가 순사에게 붙들린 꿈을 꾸었던 것이다. 어찌 된 판국

이지, 반항하는 쌍네를 끌어안고 한참 동안 뒤치고 엎치고 하면서 돌아가는데, 덜컥 문을 열고 달려든 장정이 있었다. 이게 두칠인가, 형걸인가 하고 놀라 보니 뜻밖에 순사였다. 순사는 네가 지금 강도질을 하러 이 집에 들어온 게 분명하다고, 아무리 변명해도 박승을 지우며 잔말 말라고 정강이를 후려 찬다. 덜미를 잡아 내동댕이치는 바람에, 문으로 내 쏠리다가 문턱에 발뒤꿈치가 걸려서 막 앞으로 거꾸러지던 차에, 요행 눈을 뜨니 꿈이었던 것이다.

그러니 이 꿈을 갖고 사부인이나 원길(元吉)이나 원귀(元貴)나, 길품(吉品)을 써 넣을 턱도 안 되고, 불가불 점괴(占魁)나 써 넣어야 할 텐데, 같은 점괴라도 제 스스로 순검이 되어 봤다든가, 그들과 술추렴을 하든가 했다면 모르겠는데, 남의 유부녀 방에 들어갔다가 강도 혐의를 받고, 순사에게 결박을 당해 문턱에 발뒤꿈치를 걸고 거꾸로 굴러 떨어진 꿈이 되고 보니, 어딘가 께름칙한 게 불쾌했다. 그러나 쓰게 된다면, 점괴밖에 쓸 게 없다고 생각하면서, 남들이 모두 써 넣기만 기다리고 있었다.

한참만에 수풀 속에서 덕대가 보퉁이를 꾸려 들고 나오면서,

"육계문 목 매서 달아매네."

하고 소나무 가장자리가 꾸부정하니 가지를 챈 끝에 그놈을 꾀꼬리 둥지 모양으로 매달아 놓는다.

치장은 흰 종이에 각판을 들고 폭지가 들어오길 기다린다. 통수들은 모여들고, 다른 육계꾼도 어슬렁어슬렁 모여들었

다. 그들은 돈과 각판을 기록한 폭지를 치장에게 내밀었다. 형준이도 하는 수 없이 점괴를 쓰고 있는데, 신 도감이 찾아와서,

"얼마나 대겠습마. 한 스무 냥 대겠나. 첨인데."

하고 물어본다.

"그러시구레."

형준이는 신 도감에게 폭지를 주었다. 폭지를 조사해서 치장 붙이는 것은 형준이도 가까이 와 보았다.

"자, 육계문 연다."

알백이 눈을 샐름샐름하면서 덕대는 나뭇가지에 손을 뻗쳐서 보자기를 따온다. 모두 그 보자기 푸는 것을 눈이 뚫어지게 들여다들 본다. 알백이는 재치 있게 풀어 젖히면서,

"이번에 아마 또 대포 맞는가 보다."

하고 싱글싱글 웃어 댄다.

"흥, 이번엔 아마 모두 헛불인가 볼세."

덕대의 웃는 품이 수상하다고 곰보가 건네 보는 수작이다.

"대포라는데 왜 이러나, 자 대포다. 대포 보게."

그러나 보자기 속의 육계문은, 필득(必得)이었다.

"누가 맞혔나."

필득을 써 넣은 자는 곰보 하나밖에 없었다. 그러나 곰보는 제 꿈에 그리 자신이 없었는지 얼마 많은 돈을 대지는 못했었다. 댄 돈에 사십 곱을 치러 주고 나니, 나머지 붙였던 돈은 모두 덕대가 휩쓸어 갖는다.

한 시간 안짝에 돈 스무 냥을 날리고 보니, 도박이나 잡기

에 경험이 없는 형준이는 좀 입맛이 밍밍했다.

"아니 무슨 꿈이길래 점괘를 썼습마."

하고 신 도감이 묻는다. 그래, 쌍네 방에 들어갔다든가 이런 건 쪽 빼고, 그저 순사한테 박승을 지워서 내굴리는 통에, 문턱에 발뒤꿈치가 걸려 넘어진 꿈이라고만 말하니,

"그럼 해몽을 잘못했네그려. 발뒤꿈치가 걸렸으니까, 필득이야 되잖나. 꿈은 참 잘된 꿈인데, 그걸 그만 점괘를 써서 틀렸네그려. 참 그 꿈 용하이. 자네는 좌우간 복은 잔뜩 지구 다니는 사람일세."

하고 진정으로 탄복을 한다.

가만히 생각해 보니 신 도감의 말이 딴은 그럴듯도 했다. 발뒤꿈치가 걸려서 거꾸러지다가 깨었으니 필득이라 — 그러고 보니 한 가지 꿈을 갖고도 여러모로 되새겨 볼 필요가 있다고 그는 생각해 보았다. 스무 냥을 잃기는 했을 값이라도, 그놈의 노름도 재미나지 않은 건 아니라고 형준이는 신 도감의 말마따나, 제가 짜장 일수가 좋거나 횡재할 운이 텄는지도 모를 게라고 생각해 보는 것이다.

그날은 그걸로 돌아갔다. 집에 와서 돈 스무 냥을 갖고 신 도감 집을 찾아갔더니 신 도감은 돈을 받으며,

"인제 내 좋은 판엔 가끔 알기울 게니, 꿈만 좋은 놈을 꾸시게. 판에 섞이기 싫으면 폭지만 써서 보내게나. 그러면 다 맡아서 좋도록 하지 않으리. 임자는 모르니 말이지 점잖게 사랑에 앉아서 통수들을 거쳐서 여기다 맛을 붙인 이가, 이 고을 안에도 유만부득일세. 심심파적도 되거니와 가끔 잘 맞아떨

어지면 횡재도 하잖나."

그때에 형준이는 별로 또다시 삼십육계에 손을 댈 생각은 먹지 아니하였다. 그러나 아침에 깨어서 지난밤 꾼 꿈이, 하도 신기하고 그럴듯할 때엔 조반상도 잘 받지 않고 이러저러 육계문이나 각판에 맞추어서 해몽을 하는 것이 여간 재미나는 게 아니었다. 해몽해 놓은 게 잘된 것 같으면 한번 붙여 보고픈 생각이 자연히 생겨났다. 그래서는 아침을 먹고 바람을 쏘일 겸, 아내의 뒤주에서 돈을 한 오십 냥쯤 꺼내 들고 신 도감한테로 가보는 것이다.

만일 세 번이면 세 번, 그것이 전부 헛방을 놓았다면, 꿈이고 벼락이고, 무에 맞을 턱이 있는 노름이냐고 쉬 집어치워 버렸겠는데, 장님도 문걸쇠 잡을 때 있다고, 그것이 꼭 한 번 맞아떨어진 적이 있었다. 그래 한 번 꿈이 들어맞은 데 입맛이 당겨서, 그 다음도 틈틈이 이 육계에다 손을 대게 된 것이다.

밥 먹으면 잠을 잔다고 야단이었고, 잠을 잔다고 누우면 꿈이 꾸어지이다, 라고 일부러 손을 숨통 있는 가슴에다 올려놓고 빌어 섬기며 지랄이고, 자다 깨어나선 미친놈 모양으로 눈이 멀개서 꿈을 풀어 보느라고 정신이 빠져 앉아 있는 것이다.

그의 아내는 처음, 제 남편이 이즈음 어이 된 일인 줄을 몰랐다. 가끔 바깥출입이 잦고, 출입했다 돌아오면 노상 잠이다. 그래 미상불 어디 계집을 하나 두고 보아 다니는 겐 줄 알았다. 그러고 보니 남편의 태도도 어딘가 그전처럼 저에게 삽삽치가 못한 것 같다. 그래서 하루는 남편더러,

"요지음, 머 볼 일이 생겼소?"

했더니 그는,

"볼 일은 무슨, 누가 금점이 좋은 게 있다길래 좀 가보는 게지."

하고 대답한다.

'금점? 금점이라면 아버지도 알게 하지 않고 무슨 금점이랄까.'

그래서 다시 한번,

"어데 머 금점을 시작했소?"

하고 물어보니,

"금점을 시작했다나. 좋은 겐가 나쁜 겐가 알구야 시작하지. 여편네가 공연한 참견이야."

하고 성까지 내는 바람에 다시 그 이상은 캐묻지도 못했다.

오늘은 그런데 형준이는 낮잠을 자고 있다. 판이 좋고 육계꾼도 많을 텐데, 장근 산에서만 하는 것도 들킬 염려가 있다고, 이번엔 박 이방네 집 뒷방에서 치장을 붙이고 육계문을 열기로 작정한 것이라고 신 도감은 말한다. 그래서 아침부터 어젯밤 꿈은 신통치 않다고, 이렇게 새 꿈을 얻기 위해 낮잠을 자고 있던 것이다. 겨우 눈을 붙여서 소원대로 꿈을 꾸었는지, 형준이는 인차 방을 차고 밖으로 나간다.

꿈은 커다란 배를 타고 비류강을 건너 본 것이니, 판계에 틀림없다고 생각한 것이다. 그래 제 손에 있는 대로 서른 냥을 댈 건가, 아내나 어머니에게 얼마를 더 타 내서 한 쉰댓 냥쯤 댈 건가, 하고 망설이다가 그대로 삼십 냥을 들고 신 도감한테로 갔다. 신 도감은 여태껏 기다리던 참이라고 그래 꿈을 잘 꾸었는가 묻더니, 오늘은 방이 좁고 그래서, 여럿이 모이는 건 위태한데 그래도 가보겠는가고 묻는다. 그렇다면 구태여 갈 필요도 없을 게라고 폭지에 '판계' 라고 써서 꽁꽁 말아 주고 돈냥을 곁붙여 주었다. 육계문은 밤중 으슥해서 열게 될 테니 어디 만날 장소를 정하고 기다리라고 한다. 형준이는 잠시 생각하다가, 그러면 우리 뒷대문 밖, 가시울타리 옆에서 만나자고 말했다.

벌써 저녁때였다. 그는 집으로 오다가 아까 형선이의 말을 생각하고, 나카니시네 집엘 들러 보았다. 거기서 이것저것 새로 들어온 물건 구경을 하다가 집으로 와서 저녁을 먹었다.

밤이 이슥해지도록 그는 안방에 들어 있었다. 형선이가 저녁을 먹고 사랑으로 안방으로 나들더니, 종시 남포등하고 석유 한 초롱을 사 왔다. 큰 놈은 사랑에 매달고, 작은 걸 안방에 하나, 형준이 방에 하나, 형선이 방에 하나씩 매달았다. 저녁을 먹고는 이 남포등이 신통해서 모두 이야깃거리가 그것뿐이었다. 안방에서는 보패가 등잔불하고 비교해 본다고, 둘을 내놓고, 껐다 켰다 하면서 재깔대었다.

형준이 처도 밝은 불 밑에서 고운 옷을 해본다고 시집올 때 해갖고 온 영초 저고리에 깃을 달고 앉았는데, 성기와 어린 딸아이가 무릎에 기어올라서 성화를 부린다고,

"넌 좀 아버지한테루 가려무나."

하고 성기를 형준에게로 떠민다. 형준이는 삼십육계 생각을 하느라고 아이고 뭐고 그런 덴 도시 정신이 가질 않았다. 그런 걸 모르고 아이를 떠맡겼으니, 남편이 발끈하니 성을 내는

것도 까닭이 없지는 않았다. 그는 아이들 성화 받기 싫다고 벌떡 일어나더니 밖으로 나가 버린다.

"아이 안 보랄 게, 나가지 마시구레."

하고 나직이 불러 보았으나, 그 말엔 귀도 안 기울이고 어디론가 상투 바람으로 나가 버렸다. 그는 남편이 이즈음 집안에 마음을 붙이지 못하는 게 제 불찰인 것 같아서 내심 조심해 오던 차였다. 그래서 그는 지금 제가 남편에게 한 거동에 대해서도 곧 뉘우침이 갔다. 그러나 그만 일에 성을 내던 남편은 아니었다. 이러다간 남편의 애정을 영영 잃어버리지나 않을까 하는 두려움도 들어 간다. 쫓아 나가 남편의 팔이나 옷자락을 붙들고, 제발 안 그렇게 나가지 말라고, 어리광이라도 피워 보고 싶었으나, 아직 시어머니와 시누이도 안방에 앉아 있고, 또 맞은 방에는 작은동서가 시아우와 자지 않고 불을 켠 채 있으니, 무엄하게 아무렇게나 굴어 댈 수도 없다. 하는 수 없이 화나는 것을 아이들께로 돌릴 수도 없어서, 옷가지를 반짇고리에 틀어박고 새침하니 입술을 다문 채 아이들을 끼고 누웠다. 그는 마음이 언짢아서 갑자기 울고 싶었다.

형준이는 사랑 마당 가운데 서서 하늘을 쳐다보았다. 날이 찌뿌듯하다. 그믐이 가까우니 아직 달은 없고 별도 큰 것만이 이따금 반짝반짝한다. 저녁 바람은 신선하다. 박 참봉이 나가 버린 사랑엔 오늘 새로 사 온 대등피에도 불을 켜지 않았다. 마루에 와서 궁둥이를 걸치고 앉아 보나 삼십육계 생각만이 머리에 떠올랐다.

대체 대낮에 꾼 꿈하고는 여간 뚜렷하고 신통한 게 아닌데

―― 커다란 너벅선을 뱃사공이 이편 저편 장대로 짚으면서 건너던 것이며, 함께 배 위에 탔던 나뭇단을 옆에다 한 단씩 놓은 여편네들하며, 이런 게 모두 지금도 눈앞에 선하니 나타난다. 그런데 한 가지, 무엇 하러 십이봉으로 갔다가 배를 타고 오던 길인지, 그게 똑똑질 않았다. 그러나 그까짓 배를 타게 된 원인 같은 건 별로 소용이 없을 게다. 배를 타 보았으니 '판계'면 그만이다 ―― 이렇게 혼자 두루두루 생각해 가며 생담배가 타는 줄도 모르고, 이번엔 영락없이 떼어 낸 육계문이라고 좋아서 앉았는데, 두칠이가 뒷간 뒷길로 제 방에서 나오더니, 큰 대문으로 나가려고 마당을 건너다가 형준이를 보고 인사를 한다.

"어데 가나?"

하고 물으니,

"일꾼두 두엇 얻구, 또 제삿집이두 좀 들렀다 올라구 합네다."

하고 공손히 서서 대답한다.

"누가 제산가?"

해서,

"문길덱〔文吉德〕이 아버지 첫돌이 아니웨니까."

하고 대답한다. 그는 잠시를 더 발을 땅에다 붙이고 주춤주춤하다가, 다시 인사를 하고 대문으로 나가 버린다. 그러더니 몇 발자국도 안 나가서, 도로 돌아 들어와 안으로 빗장을 질러서 대문을 닫고 저는 온 길로 되짚어 돌아간다. 큰 대문을 잠가도 좋을 시각이라, 그는 제 손으로 큰 대문을 닫고, 물역 뒷대문으로 나가려는 것이다.

삼십육계의 '관계' 생각을, 마치 노루 때린 몽치, 삼 년 동안 우려먹듯 하고 있던 형준이는, 이때에 문득 두칠이 처 쌍네의 생각을 했다.

'형걸이는 그 뒤에도 두칠이가 어데 간 줄만 알면 그대로 드나드는 모양이다. 대체 아버지는 형걸이보고 무슨 책망의 말이나 했는가. 책망을 했는데도 형걸이는 저렇게 다니는 것일까.'

형준이는 지금 이런 것을 생각하고 있다.

그러나 실인즉 형걸이는 이틀밖에는 드나들지 않았다. 형준이한테 들킨 건 별로 마음에 치부도 해두지 않은 양, 그 이튿날도 쌍네 방에 왔었으나, 비를 맞으며 집으로 돌아가서 어머니에게 핀잔을 듣곤 발을 끊듯이 여태껏 한 번도 발길을 안했다. 하기는 그 이튿날 하루를 지나서 곧 두칠이가 돌아왔으니 올래야 올 수도 없었을 것이다.

'오늘 밤도 두칠이가 좀 늦게야 돌아올 테니, 형걸이가 기색을 알았으면 또 올는지도 모르렷다. 이번엔 아주 단단히 타이르든가, 집안에 모두 알게 하든가, 그렇게라도 해야만 할게다.'

이렇게 생각이 갔으나, 그의 마음 한쪽에서는,

'쌍네보고 형걸이와의 관계를 갖고 위협을 하면서 신 도감이 찾아오는 걸 기대리기도 할 겸, 한번 장난이래도 쳐 볼런가.'

이런 걸 열심히 생각하고 있었다.

268

삼십육계로 인해서 얼마간 잊었던 딴 정력이, 이때에 불쑥이 치밀어 오르는 걸 형준이도 의식한다.

　'어데까지든지 형 된 도리를 해야만 한다. 형의 책임이란건 동생들의 행동을 감시하여 그릇됨이 없게 경계해 주는 데있다.'

　겉으로는 이렇게 제 자신에게 타이르면서, 또 한편 깊숙한속으론,

　'두칠이가 없는 방으로 들어가서, 쌍네에게 한 손으론 사탕을 주면서, 또 한 손으론 칼로 위협도 하면서, 그러면 염려 없이 제 손아귀에 들게 되렷다. 그래서 한껏 속이 후련해져서있노라면 신 도감이 판계로 육계문이 딱 맞아떨어졌다고 삼십 냥의 삼십 곱이나 되는 돈을 듬뿍 날라다 줄 것이고, 그럭하면 얼마를 척 집어서, 신 도감 수고했다고 쥐어 주고, 그 나머지에서 한 절반은 갈라서 쌍네에게 주어 버릴 것이다. 안받으려고 하면, 상전 서방님이 주는 돈은 받아야 한다고, 의젓하니 꾸짖으며 그에게 억지로라도 들려 줄 것이다.'

　이런 걸 생각하면서, 그는 마루에서 통숫간 뒤로 통한 길을걸어 뒷대문께로 갔다.

　두칠네 방은 캄캄하다. 벌써 자지는 않을 텐데 ── 바로 얼마 전에 상전댁 부엌에서 짐승의 여물을 들고 외양간으로 나들다가 제 집으로 밥 광주리를 이고 나갔으니, 두칠이와 저녁을 먹고 지금쯤은 제 부엌을 겨우 치우고 난 뒤에, 방 안에서종일 고되게 일한 몸에 다시 바느질 같은 걸 들고서 남편 돌아올 동안을 기다리고 있을 것인데, 이렇게 일찌감치 불을 껐

다면, 이것이 혹 두칠이가 없다는 표적으로 형걸이를 끌어들이는 수단이나 아닌가. 그러나 쫙 열린 뒷대문 밖에서 흰 것이 하나 어른거리는 게 보였다.

쌍네는 저녁을 먹은 뒤 겹옷 두어 가지를 애벌빨래를 해다가 지금 뒷대문 밖 가시울타리 옆에 고잇다리를 걸쳐서 널어놓고 있던 참이었다.

대문 밖에 나서서 형준이는 쌍네가 빨래를 다 널기까지 그를 바라보고 섰다가, 쌍네가 버주기를 한옆에 끼고 들어오려고 할 때에, 그의 옆구리 괴춤을 꽉 잡았다. 버주기를 빼앗아 겨우 깨지지나 않을 정도로 토방 위에 동댕이쳐 놓고, 덥석 쌍네의 허리를 돌려 안았다.

쌍네는 형준이의 행동이 뜻밖이었다. 얼마 전에 두뭇골 도련님이 제 방에 들어왔다가 나가는 것 잡아 갖고 책망을 하더니, 그 이튿날은 기어이 그걸 상전 나리에게 일러바쳐 말썽을 일으켰고, 그뿐 아니라 늙은 종의 귀에까지 가게 이야기를 퍼뜨려 놓은 이가, 지금 스스로 내 몸에 손을 댄다는 건 도무지 알 수 없는 노릇이었다. 이런 것도 늙은 종이 쌍네를 불러 갖고 부엌에서 들었노라고 가르쳐 주지 않으면 알 턱이 없다. 사나이답지 않게 샐샐거리고 다니는 것이 아니꼽고 이튿날 다시 두뭇골 도련님이 왔다 간 뒤론 얼씬 발길도 안 하는 것이 필시 그 탓이라고 적잖이 얄밉게 생각하고 있는 터에, 이번엔 제 몸을 통째로 낚아 보려고 팔을 걸고 대서는 것이 아무리 상전 서방님의 하는 행동일망정 괘씸하기 짝이 없었다. 그는 몸을 꽉 가다듬었다.

270

"노시라구요."

이렇게 말하면서 제 허리에 감긴 팔을 홱 뿌리쳐 버렸다. 그럴 줄은 몰랐던 터에 뜻밖에 쌍네의 하는 품이 왈패스러운데 놀라, 뒷들뒷들 한 발자국을 물러섰다가,

"아니 네가 이럴 참이냐."

하고 적이 위협조로 다시 대선다.

"이러지 않으면 어떻게 해요."

그 다음 말은 입 밖에 내진 않았으나,

'내가 남편에 대한 정조는 못 지킬 갑시 인륜(人倫)을 깨뜨리진 못해요.'

하는 도고한 심보가 드러나 보인다.

"아니 너 정말 이러기냐."

하고 재우쳐 말하는 데는 쌍네는 아무 말도 대답지 않고, 딱 얼굴을 바로 세우고 쳐다보았을 뿐이다.

"오냐 그럴락커던 두칠이보구 말해서, 도무지 너들을 내 집 안에 두지 않게 마련해 줄 테다."

이렇게 말해 놓곤 '이래도 좋으냐' 하듯이 또 한 번 쌍네의 얼굴을 바로 본다. 쌍네가 아무 말도 못하는 걸 보고, 이건 필시 굴복임에 틀림없다고, 얼굴의 표정을 느긋하니 늦추고 바른손을 다시 내밀어 본다.

"맘대루 하시구려, 죽기밖엔 더 할라구요."

그러나 '맘대루 하라' 는 것이 '내 몸을 서방님께 맡기니 마음대로 주무르며 놀아 대슈' 하는 뜻이 아니고 '죽으면 죽었지 난 당신 소청 들을 순 없소' 하는 의미라는 건 그의 어조로

넉넉히 짐작할 수 있었다. 그는 쌍네의 뺨을 한 대 갈겨 대곤 그대로 가시울 문을 지나 물역으로 나갔다. 강기슭 방수성 위에 서서 잠시 기다리면서 마음을 진정시키고 있는데 신 도감이 아래쪽에서 온다. 물어보니 육계문은 '판계'가 아니고 '청운(靑雲)'이었다고 한다. 그는 아무 말도 안 하고 횡하니 문길덕이네 집으로 갔다.

　싸리문 밖에서 옹성대는 안뜰을 향해,

　"두칠이 예 왔나."

하고 부르니 두칠이가 헐레벌떡하며 뛰어 나온다.

　"저를 부르셨습너니까."

　형준이 앞에 서 있는 두칠이에게 그는,

　"자네 아내가 행실머리가 없어 두뭇골 형걸이가 드나드는데, 그대루 두단 집안에 창피한 일 생길 테니 어데루 떠나가게."

　느닷없이 하는 말이 무엇을 뜻함인지, 한참 동안 두칠이는 영문조차 몰랐었다.

13

　바로 형준이가 쌍네한테서 마음을 이루지 못하고 삼십육계
마저 헛방을 짚은 뒤에, 문길덕이네 집으로 쫓아와 두칠이를
불러내, 형걸이와 쌍네의 행동을 꼬챙이질하고 있을 때, 형
걸이는 강선루 앞 관가 우물께를 호둘기 바람으로 거닐고 있
었다.

　형걸이는 어머니한테 두칠이 처를 보아 다닌다고 꾸중을
들은 이후, 어머니의 말대로 다시 쌍네의 방에 들어가지는 않
았으나, 밤에는 일체 밖에 나가지 말라는 훈계의 말은 들으려
고 하지 않았다. 한 이틀 동안은 나가지 않았으나, 삼일 예배
에 회당에 간다고 나간 뒤부터는, 안 나가는 날도 없지 않았
으나, 무슨 일이 있으면 서슴지 않고 나다녔다. 박 참봉이나
윤씨는 나가지 말라고 한번 이르기는 했으나 시퍼렇게 젊은
놈을 울 속에 가두어 둘 수도 없을 뿐더러, 이루 못 나간다고

잘게 굴기도, 나이 찬 아들에게 미안스런 일이었다. 그래서 그 다음부터는 저야 장가 안 가겠노라고 한마디 뿌루퉁했던 김에 내뱉은 말이 있기는 하나 하루바삐 맞차운 규수를 탐문해서, 형걸이의 혼사를 작정해 놓는 게 부모의 할 도리라고 생각했었다.

형걸이는 오늘 밤 저녁을 먹고, 날은 흐릿하고 공부라고 별로 책도 읽기 싫고, 그래서 문 교사의 집에나 놀러 갈까 하고 집을 나섰다. 그러나 대문 밖을 나서 구룡교 쪽으로 걸어 나오며 생각하니, 문 선생의 집에도 너무 자주 가면 외려 방해가 될 것 같다. 어젯밤에도 갔었는데, 오늘 밤 또 찾아간다면 언제 가나 싫은 낯 하지 않고 반갑게 맞아 주긴 해도, 문 선생 할 공부도 따로 있을 텐데 역시 체면을 차려야 할 것도 같다. 그래 나왔던 김이라, 대봉이를 찾아갔더니, 그는 벌써 어디로 나가고 집에는 없었다. 이칠성이가 어디 간 눈치나 알고, 지금은 칠성이 처한테 가서 화투라도 치면서 놀고 있을 게 분명하다. 칠성이 처는 평양 사창마당에서 국수 장사하는 집 딸인데 처녀 적부터 좀 난봉기가 있었으나, 그런대로 어디 상원으론가 시집을 갔던 것이 남편이 어리고 정이 붙지 않는다고 제 편에서 남편을 소박하고 친정에 와 있었다. 칠성이는 본시 돌림장수 할 때부터 평양엔 자주 다녔으나, 좌전에서 세매끼 장수로 돌아설 무렵엔, 사창마당 국수집엘 제 집 다니듯 드나들었다. 그러다가 새서방 싫어 친정살이하는 그 집 딸과 눈이 맞아서, 부담마를 태워다가 살림을 차린 것이다. 살림은 차렸으나, 제 버릇 개 주지 못하고, 칠성이가 장사로 다른 고장에 여행할 땐 심심해서 견딜 턱이 없다. 혼자서 투전목이나 화투장을 주무르고 앉았는 것도 한두 번이다. 시골에 와서 처박혀 고적도 하고, 칠성이가 오면 원체 정 없이 붙은 남편은 아니므로 그런대로 재미가 날 만했으나, 그가 어디론가 다니러 가면 혼자서 죽을 지경으로 쓸쓸했다. 자행거 구경 왔던 대봉이는 그래서 곧 좋은 말동무가 되었고, 처음부터 대봉이를 딴 생각 있어 놀러 오란 건 아니지만, 날이 거듭해 친근의 도수가 잦아지면, 나이 찬 총각이라 무슨 일이 지금쯤은 생겨났는지 아무도 알 이가 없다.

형걸이는 대봉이의 근경을 대체로 짐작은 한다. 그러므로 칠성이네 집으로 대봉이를 찾아갈 생각은 먹을 염도 안 했다. 대봉이가 혼자서 들어가 논다면 모르거니와, 그렇지 않고 뜻밖에 칠성이라도 나오면 면구스런 일이기 짝이 없다. 그때 형걸이는 쌍네 생각이 잠시 나긴 했으나 두칠이도 집에 있을 것이고, 또 그가 없다고 하여도 좀처럼 가고 싶진 않았다.

그래 그는 집으로 돌아와 잠이나 자 버릴까 했다가, 문득 일전에 전도를 한답시고 찾아갔던 부용이 생각이 났다. 대봉이의 홀렁이로 들어가서 객쩍은 수작을 늘어놓고 나오긴 했으나 기생이 예절 있고 몸가짐이 품위가 있고, 그리고 무엇보다도 주렴발 옆에서 제 손목을 잡았다가 낯이 발개져서 어쩔 줄을 모르던 생각이 간절해서, 그는 저도 채 의식지 못하면서 강선루 쪽으로 거리를 올라가다가, 이렇게 관가 우물께로 휘어 돈 길을 거닐고 있던 것이다.

휘파람도 불지 않으면서 천천히, 그러나 속으론 부용이 생각을 이리저리 해보면서 걸음발을 옮겨 놓는다.

부용이는 지금 무엇하고 있는가. 평양서 처음 온 기생이라 널리 알려지진 않았다고 해도, 그의 용모와 몸맵시와 사람 대하는 품으로 보아, 한번 본 사람이면 누구나 놀러 갈 만한 인물이니, 이렇게 날이 어둡고 별조차 드문 밤엔 한량이나 난봉꾼이 아니라도, 그의 집을 찾아가서 주안을 베풀고 가야금이라도 들으면서, 운치 있게 밤을 새기를 아끼지 않으리라 생각됐다. 달 밝은 밤에는 달이 밝아 맑게 노는 게 좋을는지 모르나, 이렇게 날씨가 묵죽한 기분을 돋우는 날, 오히려 술잔을 들어 감격을 나누는 이가 더 운치를 아는 이일는지 모른다. 그렇다면 예수교 전도라고 한번 들렀던 저 같은 약관이, 학도의 신분으로 기생의 집을 엿본대야 차례가 올 리도 없고, 차례가 왔단들 어느 기생이 있어 반갑게 맞아 줄 인들 있으랴 생각이 든다. 결국 그를 찾는다는 것도 공연한 허사라 생각이 되는 마음은 더한층 울적하다. 그러나 그대로 돌아가기는 싫다. 담장 밖을 배회하며 방 안에서 나는 가야금 소리라도 듣고 싶다. 간혹 새어 나오는 맑고 고운 목소리라도 듣고 싶다.

그렇게 생각하면서 천천히 발을 옮기고 있는데 얼추 대봉이네 일갓집 된다는 그 집 대문 앞에 왔을 때, 입에 담을 수 없는 욕지거리를 하며, 얼근히 취한 젊은이 둘이 부용이 집 담장을 돌아 행길로 나선다.

"촌놈들 버릇없이, 사람 잘못 봤다야 늘상 경이나 치기 알맞지."

이렇게 누구를 보고 하는 말인지 모르게 중얼거리며, 형걸이 쪽으로 가까이 오는 젊은이는 국자보시를 저마다 쓰고 지카다비를 신은 양다리에는 감발을 치고 저고리는 꺼머룩한 양복을 걸쳤다. 목에 수건을 매고 절반도 안 탄 히로담배를 휙 던지며 나오는 게, 이 고장선 며칠 전부터 처음 볼 수 있는 측량사이기 갈 데 없다. 그런데 뒤이어서 윗자락이 흩어진 채 몸을 가누지 못한 사십 줄 든 사나이가 하나, 누구에게 부축을 당해 가느다랗게 아이구 소리를 뇌며, 바로 그 담장을 나오더니 저편으로 내려가 버린다.

측량가들은 휙 형걸이 옆을 지나친다. 지금 사람을 치고 나온 힘이 아직도 어깻죽지에 남아서, 형걸이 같은 건 보는 둥 만 둥, 툭 부딪쳐서 밀친 채 길 위에 침을 테 하고 내뱉는다. 저편에 선 또 한 자는,

"무에구 닥치는 대루 파김치를 만들어 버려."

하고 마치 지금 어깻죽지로 부딪쳐 밀친 어린아이놈도 걸리는 대로 후려갈기라는 말조다. 형걸이는 가슴에 뭉클하는 것이 올라 솟구는 걸 느낀다. 그는 얼굴을 돌렸다.

"여보게, 자네덜 사람 그렇게 잘 치나?"

깔보는 데 분이 난다기보다는, 지금 싸움이 필시 부용이 집에서 일어났으리라는 데 더 격분이 동한다.

"그래 좀 겪어 보려나?"

국자보시는 일시에 머리를 뒤로 돌리고 이제라도 덤벼들어 올 자세를 취한다. 형걸이는 침착하니 서서 그들을 살펴본다.

"너희들, 사주 막 냈구나."

어린아인 줄 알았던 것이 돌이켜 보니, 두 발로 꽉 땅을 디

디고 태연하니 팔장을 결었다. 건방진 자식이 —— 이렇게 생각
하면서 얼큰하니 취한 머릿속에 은근히 격정이 화염처럼 퍼
져 나갈 때, 어느 결엔가 형걸이의 두 팔이 하나씩 그들의 멱
을 받쳐 들었다. 머리로 받으려는 걸 미리 앞질러 놓는 태세
다. 대가리를 둘러보았자 동발처럼 터거리를 받친 형걸이의
팔 힘을 이길 수가 없다 바른손에 붙들린 자가 날쌔게 발길질
을 하려 대드는 걸, 인차 멱을 낚아채며 앞이마를 갖다 대니,
떡 소리가 나면서 이어 파김치가 되어 쓰러진다. 인제는 한
사람 대 한 사람이다. 그러나 숨을 돌릴 겨를도 없이 형걸이
의 왼편 팔에 돌처럼 굳은 두 개의 손이 달려들어 온다. 두 손
은 대장간 집게처럼 형걸이의 주먹을 부여 뜯더니, 만신의 힘
을 갖고 팔뚝을 휘어서 제 배통 가까이로 끌어 낚는다. 인제
다리만 후려차면 팔이 꺾이면서 형걸이는 저만치 가서 나가
떨어질 판이다. 형걸이는 머리로 상대편의 앙가슴을 황소처
럼 받으며, 왼팔을 잡힌 채 바른손으로 다시 멱을 올려 잡는
다. 손이 잘못하여 입술에 가 닿으니 수염이 지저분한 넓은
입이, 날쌘 앞니로 형걸이의 손잔등을 물어뜯는다. 갑자기 전
몸뚱이를 휩쓸고 스쳐 가는 아픔은 그러나 오히려 마지막 힘
을 다하게 하는 자극물이 되었다. 손이 찢어져도 좋다. 욱 하
고 밀어서 맞은 집 바람벽으로 몰아넣고, 죽어라고 배퉁이와
앙가슴을 받고 있는데, 저편도 기진하여 입도 팔도 맥을 잃
고, 그대로 건들거리다가 바람을 등진 채 물러앉고 만다. 몸
을 뽑고 갓신발로 대가리께를 한번 넘겨 차니, 국자보시가 머
리에서 떨어져 구르고 사람은 맥없이 돌베개를 벤다. 피가 흐

278

르는 손을 꽉 붙들고 다시 길 위에 나서니, 캄캄한 밤에 사람의 그림자가 웅성웅성한다.

"거 맞은 건 누군데, 때린 건 누군가?"

형걸이는 행길 쪽으로 뒤를 사리고 뺑소니를 쳤다. 순사가 오든가 하면 이편에 잘못은 없지만, 시끄러울까 저어한 까닭이다. 강역으로 빠져나가서 가만히 숨을 돌리려는데 등 뒤에 쫓아오는 이가 있다. 그는 그 그림자가 가까이 오기 전에 몸을 감추려고 방수성 밑으로 내려 뛸까 한다. 그러나 뒤쫓아 골목길을 더듬어 내려오는 발자국 소리가 거칠지 아니하여, 그는 잠시 동안을 엉거주춤한 자세대로 서 있어 본다. 저 어깨에 닿는 손이 저를 해하려 들면, 그대로 방수성 밑으로 끌고 떨어져 물속으로 굴러들면 그만이다. 그러나 거칠지 아니한 발자취마저 딱 멎어 버리고 강가는 예전처럼 고요해진다. 승선교 밑 여울물 소리가 멀찌감치 들려온다. 그는 고개를 돌이켜 보았다.

손을 내밀면 잡힐 만한 곳에 뜻하지 아니한 웬 젊은 여자가 서 있다.

"누구요?"

하고 물어본다. 필시 싸움터에서 따라온 여자임에 분명한데, 이렇게 자기 등 뒤에 와서 아무 말 없이 서 있을 여자는, 이 윗동네에는 있을 성싶지 않다.

"저올세다."

하고 대답하는 목소리는 아직도 기억이 찬란한 부용의 것이었다.

"부용이."

가느다랗게 형걸이도 중얼거려 본다. 그만큼 그는 뜻밖이고 또 반가웠던 것이다. 지금 제 손에 넘어진 두 측량기사, 부용이 집에서 행패를 하고 나오던 길인 줄은 짐작했으나 싸움터에 구경꾼이 끼어서 부용이가 섞여 있던 것을 알 턱이 없었고, 뒷감당이 귀찮아서 주(走)자를 놓을 때에 뒤를 밟아 따라온 이가 부용이었을 줄은 꿈 밖의 일이었던 문제이다.

형걸이는 길 위로 한 발자국 물러선다. 그곳에 부용이가 있다. 얼굴도 자세히 보이지 않는다. 가만히 걸어서 부용이 옆에 와 선다. 향긋한 기름 향기가 풍겨 돈다. 부용이는 아무 말도 못한다. 형걸이도 아무 말을 못한다. 가지런히 섰다가 형걸이가 한 발자국 위쪽으로 옮겨 놓으니, 가벼운 마른 갓신 소리가 그의 옆을 따라온다.

그들은 덤덤히 이화정 쪽을 향하여 비류강 안을 거슬러 올라간다.

강에서는 개구리 우는 소리가 나직이 들려온다. 개구리 알을 까느라고 별 없는 캄캄한 밤에 개구리는 이를 갈듯이 안타까운 소리를 내는 것이다.

부용이는 나이 열여덟이 되도록 누구의 앞에서 이렇도록 말문이 오므라들어 보긴 이번이 처음이었다. 어렸을 때부터 손님 앞에서 인사성 있고 이야기를 잘 받는다고 귀염을 산 그였다. 인사 한 마디 변변히 못하고 치하의 말 한 마디를 올리지 못한 채, 이렇게 덤덤히 사나이의 옆을 따라가 보기란 난생처음 겪어 보는 일이었다. 가슴 안에 꽉 차 있는 사연을 말해 보려고 애를 써 본다. 그러나 입술을 열고 나오는 말이란 말이 하나도 제 마음을 그대로 아뢰어 주지는 못할 것 같다.

　부용이는 오늘 저녁 어떤 선비처럼 차린 손님을 뫼시고, 술상을 배설한 뒤에 추수(秋水) 김부용(金芙蓉)의 시담(詩談)으로 기름 조는 줄을 모르고 있었다. 그런데 밤이 이슥할 무렵에, 본데없는 왼데 녀석 둘이 보쌈에 꺽지 격으로 뛰어들어 휘두를 때였다. 손님이 있다고 좋은 말로 얼러 주는 것도 종시 듣지 않고, 생트집을 잡아서 드디어는 손님에게 무엄한 행패질까지 하고 말았다. 뫼시고 왔던 가신이 겨우 손님을 부축해 갖고 나간 뒤에, 조금 있자 밖에서는 또다시 사람 싸우는 소리가 요란스럽다. 혹시 금방 옷고름도 가누지 못하고 돌아간 손님에게, 그 녀석들이 포학스런 행패질을 거듭하는 건 아닐까 하고 부리나케 쫓아 나와 보니, 그 손님의 그림자는 간곳 없는데, 행길 가까운 곳에서는 트리싸움이 벌어졌다. 벌써 구경꾼은 네다섯 모였는데 캄캄하여 똑똑지는 않으나, 세 사람 중의 두 사람은 조금 전에 제 집을 나간 외방 사람인 게 분명했다. 한 자는 길 위에 거꾸러져서 두꺼비처럼 우무럭거리며 신음 소리를 올리고 있고, 또 한 자는 호둘기 바람인 웬 청년과 얼러붙어 돌아가고 있다. 부용이 집에서 나오다가 이 청년과 다시 싸움이 어우러진 게 분명하다고 생각하면서, 그때는 벌써 여남은 사람 모인 군중 틈에서, 두 사람을 상대로 싸우고 있는 이가 누군지를 알려고 부용이는 안타까이 머리를 솟구어 본다. 그러나 바람벽으로 몰아다가 머리를 상대편의 배퉁이에 박고 처박아 대는 청년의 얼굴을 찾아볼 길은 바이 없었다. 두 사람은 서로 맞붙어서 한참 동안을 비벼 대고, 윽박질하고, 헛발질을 하고, 후려갈기고 하면서 옴짝 안 한다. 한참만에 어디를 단단히 꼬집히든가 물리든가 했는지, 씩씩거리는 숨결에 섞여서 외마디 비명이 들릴 때, 부용이는 그 목청이 어디서 들은 법했고, 그래서 더 안타까이 얼굴을 가까이 가져가는데, 휙 그의 아는 얼굴이 하나 지나간다. 바람벽에 몰아박고 맥을 못 추게 굴렁이를 지운 뒤에, 민첩하게 몸을 뽑아 달아나는 청년의 얼굴 — 그것은 일전 공일날 예수를 믿으라고 부용이 집에 찾아왔던 그 학도 청년의 얼굴이기 갈 데 없었다.

그 학도 — 이름도 성도 모르지만 두 손목에서 울리는 억센 혈맥을, 그는 한참 동안이나 제 손목에 넣어 본 일이 있다.

항우 같은 두 외방 사람을 거꾸러뜨리기는 했으나, 한참 어울려 싸울 땐 비명을 올리리만큼 그는 피곤했을 것이다. 비호처럼 몸을 뽑아 행길을 건너 강기슭으로 달아나는 학도의 뒤를 쫓아, 부용이는 저도 모르는 흥분에 싸여 골목길을 뛰어 내려왔던 것이다.

그러나 이렇게 그 청년 학도의 옆에서 덤덤히 위쪽을 향해 고요한 강기슭을 걸어 올라가면서, 부용이는 심장에서 뭉쳐들던 솜방망이 같은 것이 사뿐히 풀어지는 것을 느낀다. 그것은 와사처럼 가슴에 찼다가 목구멍과 코를 통하여 얼굴로 퍼져 올라간다. 그것이 전 몸뚱이에 퍼질 때 비로소 부용이는, 제가 행복된 분위기 속에 싸여 있다는 것을 느낀다.

"여기 앉아 봅시다."

이화정이 저 언덕에 우중충하니 서 있을 것이나, 칠흑 같은 밤엔 그것조차 보이지 않는다. 수양버들이 머리 위에서 간지럼을 피우는 걸로, 그들은 버들 포기 밑에 온 것을 아는 것이다.

늙은 버드나무 긁을 손으로 더듬어서 가지런히 두 자리를 찾아본다. 형걸이는 다치지 않은 한 손을 캄캄한 속에 내밀어 본다. 치마에 손끝이 스치는 듯하는데, 곧 따가운 섬섬옥수가 그의 손을 찾아든다. 먼저 제가 앉고, 그 옆에 부용이를 이끌어 앉혔다. 여자의 향기가 버드나무 밑에 엉켜 돈다. 천주봉만이 겨우 하늘 속에 희미하게 제 모습을 드러내고, 그 밑에 흐르는 강물도, 정각도, 아무것도 보이지 않는다. 승선교 위에 어화가 하나 별처럼 간들간들 졸고 있다. 개구리 소리조차 멀어졌다.

"내가 누군지를 아시겠소?"

형걸이는 가만히 물어본다.

"모르는 이를 따라서 별 없는 밤에 이렇게 무엄스리 굴 년이 있겠습니까."

형걸이는 한 손으로 부용이의 두 손을 꼭 잡아 본다. 가락지가 따끈한 손 속에서 산뜻하니 차다. 한 손 속에 두 손을 넣고, 부용이는 비로소 사나이의 바른손을 생각한다. 그리고 아까 싸움터에서 울리던 외마디 소리를 연상한다.

"오른손을 다치셨나요?"

"대단친 않으나, 그 녀석이 물어뜯은 모양입니다."

"본데없는 치사한 놈들."

부용이는 꾸짖으며, 사나이의 손 속에서 두 손을 가만히 뽑아 손수건을 찾아보나, 엉겁결에 뛰쳐나오느라 그것조차 잊고 나왔다. 그는 소리 안 나게 치마 고름의 한 끝을 끊는다.

"이걸로 동여맵시다."

"피는 멋은 모양이니 그대루 두어두 좋을 텐데."

"아니요. 이걸로 더 맵시다."

캄캄한 속에서 잔등이 부풀어 오른 손을 부용이는 동여매준다. 그 손을 제 손 속에 가만히 올려놓고 쓰다듬듯 해본다.

"쑤시지 않아요?"

"술 취한 김에 물어뜯었을 테니까, 무슨 독을 깊이 먹었겠소. 두어 두면 낫겠지요."

그들은 이 이상 더 싸움 이야기를 하고 싶지 않았다. 이렇게 아름답고 좋은 밤에, 그런 쌍스러운 생각을 갖고 싶지 않았던 때문이다.

"이 고장이 마음에 듭니까?"

이 말엔 선뜻 대답지 아니하고 부용이는 가만히 웃어 본다. 산도 좋고 물도 좋으나, 당신 탓에 더욱 마음에 든다고 대답하고 싶으나, 그 말이 차마 입 밖에 나오질 않던 때문이다. 그는 한참만에 이렇게 대답했다.

"뫼는 푸르고 물은 깊은데, 사람조차 외로우니 여기가 도원이 아니겠소."

형걸이는 부용이가 무산 십이봉과 비류강과 강선루를 읊은, 옛 시를 들어 말함인 줄 알고, 속으로 그 원시를 외어 보았다. 장문보(張文輔)의 시에,

山碧水深人寂寂(산벽수심인적적)
不知何處問桃源(부지하처문도원)

이라는 게 바로 그것이었다. 이것을 입 속으로 외우고 나
서, 형걸이는 부용이더러 물어본다.

"부용이, 강서루의 압축(壓軸)은 들은 적이 있소?"

"온 지 얼마 되지 않아서 아즉 들은 적이 없습니다. 어떤 선
비다려 물으니 그 양반도 모르노라 말하시둔요."

"난두 들은 데 얼마 되지 않은데, 가르쳐 주는 이도 지은이
의 이름은 모르면서."

잠시 말문을 닫았다가,

"응상에 운유습이오(凝想雲猶濕),

영정에 우불수라(榮情雨不收),

서기 조모우하야(庶幾朝暮遇),

십일에 구등루라(十日九登樓)"

한 번을 다시 외우고 난 뒤,

"별루 잘된 것 같지 않은데, 신선 내리는 누각이란 이름을
따서 지은 글 같습니다."

부용이는 가만히 입 속으로 한구 한구 새겨보다가,

"마지막이 어떻게 되던가요?"

하고 물어본다. 형걸이가 한 번을 읽으니 뒤이어,

"거이 아침나죽 맛날까 하야.

열흘에 아홉 번 다락에 오르더라."

하고 글자를 따라 새겨본다. 바람이 우수수하니 인다. 버드나

뭇가지 흐느적거리는 소리가 솨 하니 들린다. 이어서 바람은 자는 듯하면서 비가 푸득푸득 내린다.

"비가 오나."

하고 형걸이는 손을 내밀어 본다. 빗방울이 하나 손 위에 떨어진다.

"비가 옵니다. 옷을 적시기 전에 어서 갑시다."

형걸이는 일어서나, 부용이는 자리가 아까운 듯이 일어나지 않는다.

"비 좀 맞으면 어떤가요."

하고 한번 졸라 보았으나, 형걸이가 일어서서 움직이지 않으니, 하는 수 없이 그도 따라 일어선다.

"비 오시는데 제 집에 들렀다 가세요."

하고 형걸이 옆에 와 서면서, 부용이는 졸라 본다.

"난 시하에 달린 몸이라, 일찍 들어가야 합니다."

"그래두 비가 오시지 않어요."

"비가 오니까, 비 맞지 않게 얼른 가야 안 합니까."

그들은 올라왔던 길을 천천히 내려가면서 도란도란 이야기한다.

"집에 들러 우산 쓰고 가시면 되지 않아요."

형걸이는 아무 말도 안 한다.

"전날에 오셨다가두 총총히 가셨는데, 전 아직 성함도 모릅니다. 그게나 알으켜 주시고 가셔요."

"이름 같은 거야 아나 마나, 또 아시려면 여기서도 넉넉하지요."

286

그러나 그는 길 가운데서 제 이름자를 가르쳐 주려곤 하지 않았고, 강선루 앞 골목으로 올라서서 행길가에 나서면서도, 부용이가 이끄는 손을 뿌리치려곤 하지 않았다. 아까 싸움하던 자리엔 개새끼 한 마리 보이지 않는다. 예까지 오니 빗발만 제법 잦아졌다.

형걸이는 부용이 뒤를 따라 그가 안내하는 대로 대문을 들어섰다. 대문에 빗장을 들이고 제 방으로 들어서면서, 마루에 선 채 허성대는 형걸에게 수건을 내어 준 부용이는,

"어서 들어오세요. 비가 풍길는지도 모르니까."

하면서 발을 들치고 내어다본다. 형걸이는 전날 대봉이와 대낮에 찾아왔던 이 방이, 어쩐지 처음 보는 딴 방 같은 느낌을 주었다. 그는 윗문으로 가만히 방 안에 들어선다.

"온, 자리를 깔어 놨으니, 참 어머니두 무던히는 성급하시지."

혼자 종알종알하며, 붉은 깃 달린 남빛 차렵이불을 접어서 발치 구석으로 몰아놓고, 보료를 내려 깔면서,

"비 맞으셔서 선선하실 텐데 아랫목으로 내려오세요."

하고 웃어 본다.

"비야 무슨 비를 맞었을까마는, 이렇게 호둘기 바람으로 파탈한 몸이라서 되려 미안하외다."

물기가 남아 있는 손으로 얼굴을 내리 쓰다듬으면서 형걸이도 버륵하니 웃어 본다.

"온, 별말씀도 다 하시네. 그러시지 마시구 어서 이리 좀 내려오세요. 방이 누추하다구서 너무 흠 삽지 말으시구."

제 방 안에 들어와서 유경에 켜 놓은 불이 벌겋게 밝은 가운데를, 치마폭도 가볍게 오락가락하면서 주고받는 부용이의 말은, 밖에서보다 퍽 가벼워진 것 같다. 어석버석한 느낌이 없고, 마음을 허락한 사나이란 듯이 거침없이 하는 말조다. 형걸이는 부용이가 그렇게 친밀하게 저를 대해 주는 게 되레 고마워서, 권하는 대로 아랫목에 와서 펄썩하니 까치다리로 앉는다.

사나이를 모셔다 앉히고, 부용이는 다시 가만히 그의 얼굴을 쳐다본다. 이마, 코, 눈, 입, 귀 ─ 부용이는 만족한 듯이 낯을 수그려 가슴과 무릎을 본다. 그러나 무릎 위에 놓인 손을 보고 그는 깜짝 놀라 일어난다. 그 길로 장롱에서 눈덩이 같은 솜을 꺼내, 사온 지 얼마 안 된 석유를 묻혀 오는 것이다.

"아이머니나."

손으로 헝겊을 끌러서 상처를 보고 부용이는 또 한 번 놀란다. 부풀어 오른 손잔등에 이빨 자국이 또렷하다. 석유를 바르고 입술을 가까이 대고 여러 번을 불어 주다가,

"솜으로 좀 지져 볼까요?"

하는 것을,

"내버려 두시오. 만지믄 되레 오래 간다우."

하고 형걸이는 웃어 버린다. 그러나 부용이는 솜으로 지지는 대신, 문갑 서랍에서 흰 오징어 뼈를 내어, 칼로 갈아서 상처에 뿌려 준다.

형걸이는 이렇게 부용이의 보살핌을 받으면서, 이상한 감흥을 느낀다. 만일 이대로 집에 들어간다면 어머니가 눈이 동

288

그래져서 이게 어인 상처냐고 법석을 대며 일변 솜으로 지진
다, 약을 바른다 하고 서둘러 대고, 한편으론 상노아이 삼남
이든가 종을 시켜 의술을 불러들이며 야단이 날 만치 치료에
극진할 것이지만, 어머니의 애무와는 다른 어떤 형언할 수 없
는 감흥을 그는 부용에게서 느끼는 것이다. 어머니의 사랑을
받을 때는 사랑을 받는 자기보다 사랑을 주는 어머니가 더 행
복되리라고 생각이 갔는데, 지금 그는 비로소 사랑을 받는 자
기의 행복감에 그윽이 취하여 있는 것이다. 상처를 쓰다듬어
주는 부용이보다, 안심하여 가끔 사양하면서 상처를 내맡기
고 앉았는 형걸이 자신이, 한없이 행복해 보인다. 그는 일순
간 그 상처가 길이길이 나을 날이 오지 않고, 이렇게 섬세하
고 따스한 체온이 흐르는 부용이의 두 손길이 언제까지나 제
옆에서 떠나지 않을 것을 상상해 본다. 아름답고, 행복하고,
윤택이 나는 생활일 것이라고 막연히 생각해 본다.

　"무얼 그리 생각하십니까?"

　묻는 말이 곱고 아름다워서 형걸이도 빙그레 웃어 본다.

　"엉뚱한 생각에 잠겼던 중이었소."

　이 말을 채 끝마치지 못했는데, 형걸이의 왼팔은 가만히 부
용이의 등을 기어 올라간다.

　"몸은 문 위에 서 있으나, 마음은 그대 따라 길 위에 가도
다."

　이렇게 읊어 본다. 이윽고 부용이의 머리를 만져 보다 말
고, 얼굴을 돌려 유경 있는 윗목을 바라본다. 병풍 앞에 놓인
등잔불이 너울너울 붉은 춤을 추고 있다.

身離倚門立(신리의문립)
魂逐美人去(혼축미인거)

그러나 부용이는 옛날, 추수 김부용처럼,

驢勞凝我重(여로응아중)
添載一人魂(첨재일인혼)

이라고 대 놓을 수가 없었다.

나귀 힘들어하매
어인 줄을 몰랐더니,
그대 마음 더 엎쳐서
이토록 무거웁네.

　이토록 뾰족하니 놀려 댄 추수의 마음이, 사나이를 위하고
사랑하는 마음에서 나온 것이라곤, 부용으로서 상상할 수 없
었다. 이백 년도 더 오래인 옛날의 일이매, 지금의 부용으로
서는 상상키도 힘든 일이나, 옛날의 추수 김부용이가 어느 선
비의 노래에 대하였다는, 그와 같은 구절 속에 풍겨 도는 마
음씨는 결코 사랑하는 생각 속에선 나올 수 없는, 깜찍한 재
주라고 오늘날의 부용이에게는 생각되는 것이다. 그러므로
형걸이의 읊는 노래에 그는 추수의 구를 갖고 대 놓을 수는
없었던 것이다. 이렇듯 형걸이가 저에게 마음을 주는 것이 고

마워, 지금은 아늑한 행복 속에서 밤이 깊은 줄도 모르고 있으나, 인제 한번 환선(紈扇)을 들어 갈라진 뒤엔, 언제라고 다시 만날 기약인들 있으랴 생각하니, 추수의 유명한 상사시(想思詩)가 머리에 떠오른다. 그래 그 중의 한 구절을 들어,

"사건에 눈물은 젖었으되, 만날 기약이 막막하외다."

하고 어리광 피운 말에 섞어서 가만히 외어 보고, 얼굴을 들어 사나이를 본다. 바른팔을 뻗쳐 문갑 위에서 붓을 들어 둘둘 만 장지 위에,

紗巾有淚(사건유루)
紈扇無期(환선무기)

라고 적어 본다. 붓을 놓는 걸 기다려 형걸이는 왼손으로 다시 부용의 허리를 휘감아 본다.

"진정 그렇게 생각하오."

그러나 부용은 아무 말이 없다. 얼굴을 바짝 들고, 이렇게 젊은 여자의 마음을 다짐받는 청년의 열정이 어떤 것인가를 찾아보기나 하려는 듯이 형걸이의 두 눈을 바로 들여다본다. 두 눈이 딱 마주쳤다. 그러나 눈보다 입이 먼저 쫑긋쫑긋 흩어진다……. 껴안았던 팔을 놓고 형걸이는 부용의 손을 장난질한다. 마디가 없이 날씬하니 쪽 빠진, 옥 같은 손이 발그스름한 핏빛에 홍도색을 띠고 있다.

"추수 비상에 각수명가(秋水臂上刻誰名),
묵입 설부 자자명이라(墨入雪膚字字明)."

가만히 중얼거려 보니, 부용이는 곧 길게 실을 꿴 바늘과 벼루를 가져다 놓고,

"차라리 비류강 물이 다하여라(寧有沸流江水盡),

어이 그대와의 이 기약 잊으리오(妾心終不負初盟)."

한참 동안을 그렇게 쳐다보다가 먹을 진하게 갈고, 제 왼팔을 걷어붙인다. 형걸이는 동여맨 바른손에 먹칠한 바늘을 들었다.

"무어라 새길까요?"

"성함을 새기세요."

그때야 그는 부용이가, 아직 제 이름을 모르고 있는 것을 깨닫는다. 그러나 그는 제 이름을 기다랗게 부용의 팔뚝에 새기고 싶지 않았다.

"우리는 별이 됩시다. 해도 말고, 달도 말고, 캄캄한 밤에 혼자 빛을 내는 별이 됩시다."

형걸이는 부용이의 팔에 바늘 끝을 가져간다. 날카로운 바늘 끝이 하이얀 부용의 피부를 뚫는다. 까만 흑점이 또렷하니 새겨지도록 부용은 만족하니 웃고 있었다. 다시 형걸이의 바른 팔뚝에 까만 수영을 꿰고 나서, 둘은 덤덤히 기름 조는 소리를 듣고 있었다. 첫닭이 울어도 형걸은 부용의 집을 나오지 않았다.

14

문길덕이네 제사를 끝까지 보지 않고, 두칠이는 비가 푸득
푸득 들을 때에 제 집으로 돌아갔다.

처음 상전댁 맏서방님 형준이의 말을 듣고, 그는 댓바람에
제 집으로 쫓아오고 싶었다. 아내에게 사연을 다져서 묻고,
대답이 애매하고 모호하면 분나는 대로 한바탕 후려갈기기라
도 해야만 속이 후련할 것 같았다. 그러나 그는 어이 된 일인
지를 좀더 자기 혼자 되새겨 보려고, 그대로 가만히 아무 일
없는 듯이, 같은 친구들이 모인 방 안으로 들어가 앉아서 한
참 동안을 생각에 잠겨 있었다.

어디로 하루바삐 떠나 달라는 말은, 물론 대수롭게 여길 건
덕지가 되지 못한다. 제아무리 맏서방님이라 할지라도, 집안
일을 도맡아 처리하는 날이 오든가, 박 참봉이 세상을 떠나든
가 하기 전에는, 그가 나가라 들어오너라 할 그런 계제는 되

지 못하는 걸 두칠이는 잘 알고 있다. 형준이가 박 참봉보고 말해서 박 참봉이 다시 이러니저러니 할 수는 있다 처도, 형준이 그의 말만 갖고는 곧 집을 떠난다든가 그러지 않더라도, 과히 뒤탈이 없을 것쯤은 두칠이로서도 짐작이 된다. 박 참봉까지도 친히 그렇게 생각하는 것이라면, 뒷날 다시 자기를 불러 놓고 분부가 있을 것이다. 그러므로 형준이가 하루바삐 이 집을 떠나 달라는 말은, 그렇게 겁나는 말이 되지는 않는다.

그러나 사실을 따져 놓고 보면, 집을 떠나 달라는 말이 사실이라고 해도, 그로서는 결코 그것만으로 인하여 뼈아픈 일이 생기진 않을 것이라 생각한다. 단 두 식구, 이즈음 농토를 떠나서 신작로 닦는 델 쫓아다니든가, 측량대를 둘러메고 싸다니든가, 남의 짐을 지고 다녀도 입에 풀칠이나 하기엔 그리 힘들 게 없다고 생각하는 것이다. 성한 몸이 하루 종일 뼈가 노곤하도록 일해 주고, 어디 가서 못 살 것이냐 하는 생각이 가끔 들었으나, 저에게 쌍네를 아내로 주고, 다시 절게로부터 막서리로 한 등 높여 주기까지 한 박 참봉 나리 댁을, 아무 분부 없는데 제 편에서 뛰쳐나오는 것은, 배은망덕도 심한 일이라고 제 스스로 단념하고 마는 것이었다.

그러므로 박 참봉이 친히 이러저러한 까닭으로 인연해서, 너는 차후로 내 집을 떠나서 살아라, 하고 말한다면 모르거니와, 그러기 전에는 형준이 말쯤을 갖고, 봇짐을 싸서 지는 게 되레 안 될 일이라고 생각하는 것이다.

그러나 두칠이의 생각이 외곬으로 흘러 웅덩이 속으로 침전해 버리는 것은, 그의 아내의 소위 '행실머리'와 두뭇골 도

런님과의 관계 여부에 있었다.

두칠이도 물론 아내가 그를 달가워하지 않는 것을 잘 알고 있다. 머리를 올려 주기 퍽 전에 제가 아직 절게로 있을 때 일만 해도 그렇고, 그 뒤 두칠이가 분명히 쌍네의 남편이 된 뒤에도 아내가 그를 정성껏 모시든가 그러지 않는 것쯤은 두칠이도 잘 알고 있다. 그러나 어떻다고 반항을 하거나, 실없이 포달거리거나, 구박을 하려 들거나, 그런 일은 없었으니, 날이 가고 아이가 생기고 그러노라면 저절로 화합한 가정이 되리라고, 은근히 기다리고 있었다. 으레 잉태했던 아이를 유산을 해버려, 적잖이 낙망이 갔으나, 그는 그것으로 결코 절망하지는 않았다. 아내는 그대로 아름다웠고, 비록 말은 없고, 보는 사람에 따라서는 서먹서먹하다고도 할 것이나, 결코 그에게 슬픔을 주든가 그렇진 않았다. 부잣집 색시나 첩들이 하는 것처럼, 간사하고 삽삽하고 살뜰스러운 맛은 없으나, 가난하고 비천한 집 아내답게, 건강하고 부지런하고 순박하다고 생각해 온 것이다. 그는 아내를 믿어 왔다. 아내를 사랑하는 마음은, 절게 시절보다 더하면 더했지, 조금도 변함이 없었다. 십 년이 하루 같은 고된 일을 하면서도, 아내를 생각하면 즐거움이 되었고, 하루 종일 시달린 몸에서 감발을 풀고, 저녁상을 받으면서 아름다운 아내의 얼굴을 보면, 이튿날 호미 들고 집을 나설 생각이, 괴로움이 되진 않았던 것이다. 쌍네만 옆에 있다면 그는 무슨 일이라도 할 것 같았고, 그가 손을 잡고 쫓아만 온다면, 어디라도 무서울 것 없이 찾아갈 수 있을 것 같았다. 그런 쌍네였고, 그런 아내였다.

지금 제 아내가 자기를 속이고 마음을 다른 사람과 나눈다는 말을 처음 들었을 때, 두칠이가 한참 동안 그게 어이 된 수작인지 종잡을 바가 없었던 것도 결코 무리는 아니었다. 그럴 리가 없다. 그래서는 안 된다고 속으로 몇백 번을 도리질을 하고 나서, 그러나 머리를 들어 보니 역시 맏서방님이 움직이지 않는 표정으로 제 앞에 서 있다. 분함보다 슬픔이 앞을 섰다. 말할 것을 간단히 해치우고는 형준이는 노한 사람처럼 뚜벅뚜벅 걸어가 버린다.

제 아내와 통한다는 사나이가 다른 사람이 아니고 바로 두뭇골 도련님이라니, 그렇다면 어이 된 영문으로 그 말을 맏서방님, 친히 제가 와서 내게 일러바치는 것일까 — 물어보고도 싶었으나 이미 형준이는 그 자리에 없었다.

두칠이는 자리에서 일어나서 어디 뒷간에라도 잠깐 다녀올 사람처럼 길덕이네 집을 나왔다.

"주안 나오게 됐는데 어데 가나?"

하고 길덕이가 묻는 것을,

"요 밖에 잠깐 다녀오겠네."

하고 대답해 버렸다. 대문 밖에 나서니 비가 푸뜩푸뜩 떨어진다.

걸음을 바삐 옮겨 놓으면서 얼굴과 머리에 찬 빗방울을 맞으니, 마음은 더한층 초조해진다. 강역으로 돌아서, 가시울타리께로 와서 제 방을 바라보았을 때, 그는 난생처음 무서운 격정이 화염처럼 가슴속에 꿈틀거리는 것을 느꼈다. 홱 문을 낚아채고 들어가면, 캄캄한 방 가운데서 뭣이든가 손에 잡히

는 대로 휘둘러 칠 것 같다. 그는 제 자신이 두려웠다. 이대로
내버려 두면 어디로 뛰어다닐지 모를, 성난 말처럼 생각이 갔
다. 그는 손으로 울타리 문을 열고 뒤뜰로 들어서, 제 방문을
연다. 방 안은 캄캄하다. 문 여는 기척이 나면 안에서 일어나
는 인기척이 있어야 할 텐데 그것이 없다.

"어데, 갔나?"

대답이 없다. 문 옆에 세운 물푸레채로 방 안을 휘저어 본
다. 반짇고리가 걸리고는 아무것도 닿는 것이 없다. 방 안은
텅 빈 것이다.

'이것이 어데로 갔을까?'

'과연 형준이 서방님이 이르는 말은 사실일까?'

두칠이는 방 안에 들어갈 염도 하지 않고, 빗발이 제법 잦
아진 뜰을 향해 문턱에 허리를 걸치고 앉았다.

한참 앉았으려니 뽕밭머리에서 발자취 소리가 잦게 들리
고, 이윽고 가시울타리 문을 밀더니, 쌍네가 비를 피해 들어
온다. 토방에 올라서서, 어디서 얻어 쓴 것인지, 낡은 자루를
한 귀퉁이를 넣어서 고깔처럼 둘러썼던 것을 벗어 놓고, 덥석
문설주로 대서다가, 무릎으로 남편의 정강이를 건드렸다.

"아이머니나."

하고 그는 약간 놀란다.

아내의 살 냄새가 비에 젖어서 두칠이의 코숭이 앞에 풍겨
돌았다. 그는 가만히 앉은 채로 묻는다.

"어데 갔더랬어?"

아내는 주춤거리다가 엉겁결에,

"품 한 자루 빌릴까 해서 꼬맹이 집에."

그 다음은 마무리를 채 않고 남편의 몸을 피해서 방 안으로 들어간다. 눅눅하니 젖은 치마폭이 두칠이의 볼편을 스치고 방 안으로 넘어간다.

쌍네는 방 안으로 들어가더니 천연스럽게 자리를 깔아 놓는다. 그는 지금 엉겁결에 한마디 내붙인 거짓말에 용기를 얻은 것이다. 형준이한테 그 일을 당할 뻔하곤, 쌍네는 한참 동안을 생각다 못해 점 잘 친다는 보살할미를 찾아갔었다. 조용히 늙은 노파를 마주 대하고 앉아서,

"내가 지금 무슨 죽을 혼이 들었는지 큰일이 났소와요."
하고 이야기를 시작할 땐, 그는 부끄럼도 아무것도 생각지 못했다.

"임자 나이 몇이던가?"
"스물둘입지요."

까맣게 때에 전 등잔에 콩알만한 작은 불심이 기름을 빨아올리고 있다. 그 밑에 쭈그렁 바가지처럼 오골쪼골한 보살할미가 개다리상에, 길게 꿴 엽전 타래와 따로 몇 닢 꿰지 않은 엽전을 들고, 까치다리를 야무지게 한 채 당돌하니 앉아 있다.

"임자 서방의 나이는 몇이와?"
"아마 서른하나입지요."

"서른하나?"
지렁이 같은 가느다란 눈을 비집듯이 홉떠 본다.

"그래 말해 보시게."

쌍네는 잠시 눈을 밑으로 깔고 가만히 생각해 본다. 생각이 막혀서 찾아오긴 했으나, 털어놓고 제 몰골을 이야기하자니 부끄럽기 짝 없는 일이었다. 낯을 들어 한번 작은 방 안을 두리번두리번하는데,

"아무두 내 집엔 없으니 마음을 턱 놓으시게."

하고 보살할미는 재촉한다. 쌍네는 손을 오므락오므락 만지면서, 가끔가다 주춤주춤하면서도, 쪼루루 단숨에 이야기를 놓는다.

"꽃 떨어질 때니께, 한 달반이나 된가 보외다. 우리 집에서 촌에 한 이틀 보항간 새, 늘상 날보구 수상스레 구시던 셋째 도련님이 밤에 내 방에 들어왔으니 어떡할 도리가 있사와요. 그래 난두 젊은 마음에 장난으루다 치부대일 생각치구서 그랬더니만, 그게 무슨 되집어 쓴 병집인지, 두 번 되온 그이 생각이 도무지 머리빡을 떠나질 않소와요. 그러자 우리 집에서 돌아왔으니, 도련님을 뵈올 길은 없어졌는데, 또 일 흉하게 되려니 맏서방님마저 내게다 마음을 치시고 찐덕거리시는구만요. 그이는 내가 셋째 도련님과 그런 걸 알구 있지요. 인제 오늘 밤 안으로 필시 우리 집에두 알게 될 테구, 이리 되믄 한 세상 구박받구 사는 바엔, 아예 일을 터쳐 버리는 게 외려 속시언할 것두 같구. 아니 머 내 손으루 일을 저지르지 않는데두, 세상은 뒤죽박죽되구 말 테니, 종차루 어찌야 좋을지 도무지 염이 나지 않는구려. 그러니 처음부텀 맘에 없는 서방 털어 버리구 사는 게 팔자소관인지, 도련님이 그러시는 게 진정의 마음인지, 한번 장난에 그치는 겐지, 모두를 신령님께

물으시어, 청청히 밝혀 주시도록 한 괘 놓아 주시우다."

보살할미는 반백이나 된 머리빡을 끄덕끄덕한다. 터거리로 쌍네의 손 있는 편을 한번 눈질하여, 쌍네는 바른손에 쥐고 있던 백통전을 가만히 상 위에 올려놓았다. 돈을 본 다음에야 보살할미는 엽전을 들고 중얼대기 시작한다. 한참을 중얼대다가 엽전 타래를 획 상 위에 던져 본다.

"본서방과는 팔자에 없는 연분이군."

이 말을 들으면서, 쌍네는 가슴이 덜컥 물러앉은 것 같은 착각을 맛본다.

"정녕 그런지 또 한 번 던져 보시우다."

이렇게 말하는 쌍네의 목소리는 약간 떨리는 듯했다.

'역시 팔자에 없는 연분임에 틀림없는가 보다. 처녀 적에 그렇게 싫던 두칠이다. 억지로 한자리에 누워서도, 아무 감흥이 내솟구지 않던 두칠이다. 내 속에 들었던 그의 씨가 세상 밖에 나오기 전에 흘러 버린 것도, 인연을 뒷날까지 남기지 않으려 한 때문일 게다. 모든 것이 높으신 존신께서 점지하시는 일임에 틀림이 없다.'

개다리상 위에 두 닢 맞붙은 엽전이 하나도 없는 것을 물끄러미 들여다보며 쌍네는, 두칠이와는 갈라져야 할 팔자소관인 걸 거듭 생각하고 앉았다.

그러나 그렇게 생각은 하고 있으면서도, 장차 그와 갈라지게 되기까지의 일이 한심하고 두려웠다. 한편 측은한 생각이 두칠이에게로 가는 것도 속일 수 없는 진정이다. 두칠이가 그를 얼마나 미칠 듯이 사랑하고 있는지 쌍네도 잘 알기 때문이

300

다. 그래서 그는 이 점괘에 틀림이 없는가를 다져 보듯이, 또 한 번 엽전 타래를 던져 보라고 졸라 보는 것이다. 그러나 보살할미는 머리를 쌀레쌀레 내젓는다. 그는 염불 소리처럼 곡조를 붙여서,

"두 번 세 번 시끄럽게 굴면 존신 대감께서 노염이 나신답니다."

하고 쌍네의 요구를 거절해 버린다.

쌍네는 하는 수 없이 박 참봉네 셋째 도련님, 두뭇골 도련님과의 연분이 팔자에 있는 것인가를 물어볼밖에 없었다. 머리를 흔들흔들 놀리며 엽전 타래를 바른손으로 들 때에, 쌍네는 한없이 긴장했다. 보살할미가 던지는 엽전 타래에 나타난 대로, 그의 운명은 결정이 된다고 생각하는 것이다.

'도련님, 두뭇골 도련님, 키 크고 미춫하고 사나이다운 훌륭한 도련님. 어이 이 비천한 몸이 작히 귀하신 몸을 섬길 수 있겠나이까. 팔자에 없으소서. 지나가던 길에 한번 걷어차 본 돌멩이로 대해 주시소사.'

입 밖에 낼 듯이 쌍네는 속으로 빌어 섬긴다. 그러나 그의 내심이 이런 말과는 딴판이었던 것은, 보살할미가 휙 던지는 엽전 타래 맨 마지막에, 두 닢의 엽전 닢이 맞붙은 걸 보고, 눈물을 흘릴 만치 기꺼워한 걸로도 족히 알 수 있을 것이다. 두뭇골 도련님과 쌍네는 하늘이 정해 준 배필이며, 존신이 점지해 놓은 연분이라고, 상 위에 흩어진 엽전 타래는 말하고 있지 아니한가.

쌍네는 보살할미의 집을 나왔다. 비가 내린다. 마음 같아선

비가 줄기차게 오는 속을 흠뻑 물에 젖으면서 걸어 보고 싶었다. 그러나 그는 페어진 자루 하나를 얻어서 고깔처럼 머리에 쓰고, 가만히 생각에 잠겨서 걷는다. 이미 그의 갈 길을 환하니 아는 바엔, 그것을 어떻게 실행에 옮길까가 문제가 되지 않을 수 없었다. 뭣이든가 부딪치고 싶은 대로 부딪쳐 오라. 이미 하늘이 정해 놓은 배필이다 —— 이렇게 생각하면 팔을 걷어붙이고, 칼로 두부모를 가르듯이, 썽둥썽둥 잘라 댓바람에 두칠이와의 관계도 처리해 버리고, 그리고 두뭇골 도련님과 어디 먼 곳으로 도망이라도 치고 마는 게 마땅할 것 같다. 그러나 과일이 여물어 꼭지가 물러서 떨어지도록, 나무 아래 누워서 입을 벌리고 기다리자, 이미 존신이 점지한 인연이니, 저절로 두칠이는 물러가고, 도련님이 무르익은 과일처럼 내 품에 떨어질 것이다 —— 하고 생각하면, 아무 말 않고 잠잠히 날이 오기를 마음을 굳게 먹고 기다리는 것이 온당할 것도 같다. 두루두루 이런 생각으로 맴을 돌듯 하다가, 채 생각이 결론을 잡기 전에, 그는 제 집에 다다랐던 것이다. 품 한 자루 내달라고 꼬맹이 집에 갔던 길이란 말은, 엉겁결에 지어 만든 생뚱한 거짓말이었다.

캄캄한 방 안에서 이불을 깔아 놓고 아무런 일이 없었던 것처럼 쌍네는 치마를 벗고 자리 속에 누워 버린다.

"냉수 한 그릇 떠와."

두칠이는 문턱에 앉은 채 심부름을 시킨다. 그러나 쌍네는 숨을 죽이고 가만히 누워 있다.

"귀가 메였나."

302

결코 이런 말을 재차 할 만한 사나이가 아니었다. 냉수를 떠다 달라는 것까지도, 두칠이 입에서 나음직한 말이라곤 생각되지 않는다. 먹고 싶으면 아무 말 없이 제 발로 부엌까지 가서 제 손으로 사발을 들어 퍼먹었다. 설사 냉수를 떠오라고 심부름조로 말했을 값이라도 아무 대답이 없으면 혼잣말로 '벌써 잠이 들었나' 하고쯤 말해 버리고 말았을 것이다. 그래야 할 두칠이가 오늘은 볼멘소리로 '귀가 메였나'고 호령이다. 필시 무슨 말이 두칠이 귀에 든 것이라고 생각한다.

"이래두 생게 냉큼 못 니러날까."

이 말이 채 떨어지기 전에, 쌍네는 푸시시 이불을 들치고 자리에서 일어났다. 그는 남편의 이 목소리를 들으면서 등살에 오싹 소름이 칼처럼 끼치는 것을 느낀 때문이다. 그는 비로소 사나이의 힘을 눈앞에 의식한다. 어떤 공포가 무서운 폭발력을 감싸고 이 캄캄한 비 내리는 어둠 속에 장비되어 있어, 어느 한 귀퉁이를 잠시 건드리기만 하면, 벼락처럼 온 우주를 뒤엎어 버릴 것 같은, 그런 힘이 쌍네의 눈앞에 어른거리는 것만 같다. 왕대 사발에 냉수를 떠 들고, 발끝을 조심히 더듬어서 남편의 앉은 곳으로 간다.

쌍네가 떠다 주는 물사발을 받아 들고, 두칠이는 일순간 아내의 얼굴에 물벼락을 들씌우고 싶은 충동을 느낀다. 그러나 그는 펄떡펄떡 뛰는 팔을 꾹 자제하면서, 사발의 물을 요란한 소리가 나게 벌컥벌컥 마셔 버린다. 비는 아직도 내린다. 한 방울이나 남았을까 한 빈 사발을 뜰 안쪽으로 쏟아 버리듯 하고, 그는 사발을 도로 아내에게 주었다.

"더 떠올까요?"

하고 묻는 말에 두칠이는 아무 대답도 못 한다. 이렇게 물어본 쌍네의 가슴에도, 불현듯이 남편에 대해 측은한 생각이 솟아오르지 않진 못했던 것이다. 그러나 그것은 결코 남편 두칠이에 대한 애정이 소생한 것은 아니었다. 그것이 결코 사랑이 아니라는 것을 의식했을 때, 쌍네의 가슴엔 눈물이 어렸다.

두칠이는 가만히 문턱에서 일어난다. 방 안에 들어서더니, 아내의 옆에 아무 말 없이 서 있다. 빗소리와 낙숫물 소리를 귀 따갑게 들으며, 그는 아내의 잔등에 왼손을 감았다. 그는 무서운 힘을 갖곤 아내를 부둥켜안았다. 두 눈으로 펑펑 쏟아지는 눈물을 덜컥덜컥 삼키면서,

"먼 데루 가 살자."

아내의 앙가슴에 낯을 비비며,

"단둘이 먼 데루 가 살자."

쌍네도 함께 솟아오르는 눈물을 참지 못하면서, 그러나 두칠이가 하는 말이 무엇을 뜻함인지 깨달았을 때, 소스라칠 듯이 온몸을 부르르 떨면서 놀라지 않을 수는 없었다.

이튿날 아침 두칠이는 일찌감치 조반은 먹고도, 해가 한 발이나 퍼지도록 밭으로 갈 염을 내지 않았다.

쌍네는 마음이 놓이지 않는 것을, 예전대로 상전 댁 부엌에서 늘상 하는 맡은 일을 습관대로 해내치고 있었다. 그러나 여느 때와는 다른 남편의 수상한 태도가, 장차 무슨 일을 저지를 생각인지, 종잡을 길이 없어 일이 손에 붙질 않았다. 연

자간으로 겨를 푸러 갔다 오는 길에 두칠이가 사랑 마루에서 주춤거리고 있는 것을 보고, 그는 겨 담은 버주기를 마당에 놓고 그늘에 숨어서, 남편의 하는 양을 눈붙여 보고 있었다. 흰 갓신이 놓인 것을 보니, 박 참봉 나리가 두뭇골서 막 조반을 먹고 금방 나온 김인 듯싶다.

"나릿님, 저올세다."

손을 읍하고 두칠이는 서 있더니, 안에서 무슨 소리가 들린 뒤에,

"긴하게 여쭈울 말씀이 있사와 왔습너니다."

하고 두어 번 헛기침을 해본다. 들어오라는 분부가 났는지 신을 마루 밑에 벗어 놓더니, 두칠이는 사랑방 문을 가만히 열고 안으로 들어간다. 그 다음은 목소리가 연자간 앞까지는 들려오지 않는다.

쌍네는 가슴이 두근거렸다. 필시 적지 않은 사태가 종차로 벌어질 것 같은 무서운 예감이 가슴속을 구렁이처럼 설레고 돌아간다. 그는 허둥지둥 중대문을 들어서서 사랑방 부엌으로 들어갔다. 여물을 끓이는 겸 사랑에 군불을 때는 부엌이다. 그러나 이곳에서도 방 안의 말소리는 들려오지 않았다. 부엌과 방과의 사이에는 두꺼운 바람벽이 가로막혔을 뿐으로 한 짝의 문도 달리지 않았기 때문이다. 그는 미친 사람 모양으로 뿌르르 안부엌에 들어갔다. 찬장에서 놋대접을 꺼내 바리에 숭늉을 떠서 받쳐 들고 다시 사랑으로 나갔다. 부엌 안에는 아무도 없고, 둘째 아씨가 혼자서 볏짚물에 머리를 감고 있었다. 사랑에서 숭늉 떠오라는 호령이 언제 났던가 싶어,

꺼먼 머리칼을 놋대야에 담근 채 둘째 아씨는, 쌍네의 나가는 양을 잠깐 동안 바라보다가 만다.

사랑 문 밖에 서서 쌍네는 물그릇을 든 채 귀를 기울인다.

"글쎄, 자네 생각이 그렇다니, 나루서는 뭐라 말할 수는 없어 하대, 누가 도로(道路) 공부(工夫)루 나가 본 친구래두 있능가. 공연히 남의 꾐에 떠서, 인간은 많지 않다 해두, 솔가해 몰려갔다가 낭패 보는 수도 많으닝께루."

이렇게 천천히 말하는 것은 박 참봉이었다.

"따루이 또 이 고장을 떠나야만 할 긴요한 사정두 생겠삽구, 그래서 겸사겸사 한번 가보려구 결심한 것이올습너니다."

"응, 글쎄 그렇다믄 하는 수 없지, 지어 오던 농사나 누구에게 맡기구, 또 이왕이니 단오나 내 집에서 새구 가게 하시게. 지금 신작로가 어데까지 갔는지 모르나, 자네 내외가 내 집에 와서 해준 일이 적지 않어. 그러니 게까지 가는 노비나 그러한 건, 내 결코 섭섭하게 안 할 터니께. 단오나 지내서 떠나게 하게."

의젓하니 박 참봉은 두칠이의 요구를 허락하고 앉았다. 이 고장을 떠나야 될 긴요한 사정이 무엇인지를 아는지 모르는지 그는 묻지도 않고, 두칠이가 이 집을 떠나서 원산 방면으로 도로 공부가 되어 가겠다는 것을 허락하고 앉아 있는 것이다.

쌍네는 이 이상 더 방 안의 이야기를 들을 필요가 없었다. 들고 있던 숭늉 같은 건 방 안에 들여놓으나마나, 그는 그것을 그대로 들고 다시 부엌으로 돌아왔다. 돌상 위에 물그릇을 놓고, 둘째 아씨의 눈마저 피해 그는 혼자서 뒤꼍으로 나간다. 멍울이 밤알만큼씩 큰, 함박꽃 포기 앞에 와서 시름하니 쭈그리고 앉아, 그는 흐르는 눈물을 어이할지 모른다.

둘째 아씨 보부는 머리를 볏짚물에서 빼서 다시 맑은 물에 헹구고 있었는데, 쌍네가 치마폭에서 바람이 날 지경으로 부엌을 앞뒤로 드나드는데, 보아하니 신색과 거동도 수상하고 금방 들고 나갔던 물그릇을 그대로 들고 들어온 것도 무슨 곡절이 있어 보인다. 얼마 전에 만동서한테서 귀넘겨 들은 말로, 두뭇골 시아우가 쌍네 방엘 들어갔다는 걸 들은 법한데, 그런 걸로 인연해서 무슨 사연이 벌어진 것은 아닐까 생각이 간다. 수건으로 물을 적셔 내고, 머리카락을 대충 틀어서 비녀로 꽂은 뒤에, 그는 넌지시 부엌 뒷문으로 쌍네의 모양을 살펴보았다. 복낱가리가 있고, 창포가 줄기차게 무성하고 빨랫줄이 건너간 뒤꼍에, 함박꽃 포기를 마주 대하고 앉아서, 쌍네는 어깨를 추며 있다. 울고 앉았는 것에 틀림없었다. 보부는 민망스런 생각이 가서, 잠시를 그대로 문설주에 손을 대고 내다보다가, 가만히 발을 옮겨 놓아 쌍네의 곁으로 갔다. 뒤에 가서 섰는데도 쌍네는 돌아다도 안 본다. 아는지 모르는지 — 그래서 보부는 한 발자국 그의 옆으로 대서면서, 바른손을 쌍네의 어깨에 얹어 보았다.

역시 손을 얹은 이가 누구인지를 알고 있는 양, 돌아다보지도 않고 쌍네는 슬며시 일어난다.

"왜 울어, 무슨 일이 생겼는가?"

부드럽게 말을 건네니, 쌍네는 한 번 더 덜컥 울음을 삼키

고 발을 옮겨 놓아 움둥으로 들어간다. 밑은 땅속으로 움이
되고, 그 위는 광이 된 컴컴한 두 칸 방이다. 떡시루, 모랭이,
다랭이, 체, 도투마리, 바가지짝, 쳇다리, 콩나물 시루 — 이
런 것이 지저분히 놓여 있을 뿐, 퀭하니 어둑시근한 시서늘한
방이다. 귀신을 모신 당지기가 벋장 밑에 선반으로 얹혀 있고
그 밑에 늘어뜨린 백지장이 너울너울 창살로 숨어드는 바람
에 나부낀다. 보부도 따라 들어갔다. 조용한 곳에서 호소라도
해보고 싶다는 쌍네의 심보가 엿보였고, 그것이 그대로 젊은
보부의 마음을 건드리는 것이 있었기 때문이다.

쌍네는 낡은 노전을 아무렇게나 깔아 놓은 데를 신발째 올
라서서, 가만히 방 가운데 도사리고 앉는다. 무릎 위에 팔굽
을 괴고 한곳을 눈 붙여 보고 있더니, 푸우 한숨을 내짚는다.
보부가 아직도 마르지 않은 머리카락에서 흐르는 물을 수건
으로 묻혀 내고, 쌍네의 옆에 엉거주춤 섰으려니,

"아씨, 저의 일을 어떡허면 좋사와요."
하고 다시 한숨을 내짚는다. 이 바람에 보부도 눈을 약간 찡
그리면서 그의 옆에 따라 앉았다.

"무슨 일인지 얘기해서 될 일이면 들어래두 보자꾸나. 들어
서 될 일두 아니겠지만."
하고 보부는 미간 새에 수심을 그려 보인다.

"전 인제 아씨 옆에두 못 있고, 먼 데루 가게 된답니다."
이야기를 시작하면, 잠시 설움이나 탄식은 잦아드는 법이
다. 제 이야기가 남의 이야기 같아야, 이야기 투가 풍겨 내는
짠조롬한 구슬픈 맛에, 저 자신도 취해 버린다. 이야기를 듣

308

는 보부도, 어느 결에 이 애처로운 조자에 휩쓸리듯, 마음속에 솟아나는 애끓는 애상을 맛보게 된다. 보부는 저보다 나이는 위지만, 이렇게 어리광 조로 호소를 하는 쌍네의 감정이 어린애의 것처럼, 귀염성이 가고 애처로운 생각이 들었다.

"무슨 재미에 아무도 없는, 쌍트런 노동꾼만 사는 산속에 가서, 무서운 세상을 살아야 한답니까."

그러나 보부는 잠시, 그의 이야기하는 사연이, 어찌 된 것인지를 알아듣지 못한다.

"아니, 난 듣는 배 처음인데, 그게 어찌 된 일인가, 좀 자상히 말을 해봐야지."

나직하니 다정스레 보부는 재촉한다.

"어데서 무슨 소문을 듣구……."

여기서 잠깐 말을 끊더니 무슨 커다란 비밀이나 건드리는 것처럼, 목소리를 한층 더 낮추어서,

"맏서방님이 제 욕심 못 채우시군, 공연한 꼬창질을 해서, 인제 우리는 이 고장을 떠나야 될 판국이야요. 평시에 마음에 드는 사람이라믄 산속에믄 어떻구 물속이믄 어떻겠소마는, 팔자에두 없구 한 걸 어떻게 서늘쩍하게 살아간답니까. 그런데 그 화상은 부득부득 찰거머리처럼 못살게만 구는구만요. 이렇게 아씨랑, 마나님이랑 계실 땐, 이런 거 저런 거 마음이 래두 쏘여서 그런대루 살아가든 걸, 인제 단둘이 떠나서 허구한 날 그 화상을 눈앞에 보구, 어떻게 살아간단 말이웨까."

"그러니 어떡허니, 팔자소관이 그래서, 연분으로다 작정된 남편인데, 바늘이 가는 데면, 실이란 건 따라가지 않을 순 없

는 법이 아니냐. 마음을 돌려 잡어서 여태껏 살아왔으니, 인
제라구 급작스레 못살 변 있겠니."

"아니와요, 그런 것만두 아니와요. 어찌어찌해서 길을 잘못
잡은 게지, 팔자에두 없는 연분이랍니다. 생뚱한 딴사람 될
그런 화상이랍니다."

"그럼 무슨 딴 인연이, 어데서 불쑥 솟아난다는 말이냐?"

이 말에 쌍네는 아무 대답도 아니한다. 낯을 푹 수그리고
덤덤히 앉아 있는 것을 보면서, 이때에야 문득 보부는 두뭇골
도련님의 생각을 했다. 쌍네는 지금 제가 두뭇골 도련님과 하
늘이 정해 놓은 배필이라고 말하고 싶은 것은 아닐런가. 쌍네
의 여태껏 해온 말과 전날 동서에게서 들은 소문과, 그리고
거침없이 해오던 말이 지금에서 급작스레 주춤거리는 품이
필시 두뭇골 도련님을 마음속에 그려 놓고 하는 말임에 영락
이 없다고 보부는 생각해 본다.

그러나 보부도 생각이 여기에 미치매, 무어라고 입을 열어
말문을 터 줄 수는 없었다. 오늘 아침 시어머니한테 들은 말
엔, 두뭇골 도련님의 혼사가 어젯밤으로 작정이 되었다는 것
이다. 남전(南田) 강릉(江陵) 최씨(崔氏)의 규수인데 근본은
한다하는 양반이나 가세가 빈한해서, 측출(側出)과 혼사를 지
내게 되었다고 한다. 혼사가 작정되었으니, 이젠 부랴부랴 편
지 부치고 예장 싸고 장가를 들여야 한다고 한다. 늦어진 장
가이고, 또 그대로 두면 무슨 일이 생길는지도 모르니, 어서
급히 서두는 게 무방하다고, 시어머니는 며느리들 앞에서도
서슴지 않고 말했다. 그러니 쌍네에게 이렇게 된 사유를 털어

서 들려주고, 공연히 딴마음일랑 먹지도 말고, 마음을 잡아서 여필종부의 부덕(婦德)을 지킴이 가당하다고 타이르고도 싶어지나, 그렇게 하는 것이 박정하다기보다는, 무슨 불순한 질투 비슷한 생각에서 나오는 언행 같아서, 보부로서는 선뜻 입밖에 내놓을 수가 없는 것이다.

사실 보부는, 지금 아무렇지도 않은 것 같고, 또 저 혼자밖에는 그 일을 속속들이 아는 이조차 없다 쳐도, 기왕에 아무일도 없었던 시아우라고 그대로 넘겨 버릴 수 없는, 한 가닥의 희미한 줄기가, 아직도 두뭇골 시아우에 대하여 뻗쳐 있는 것이 진경에 가깝다. 남편 형선이와 시동생 형걸이를 바꾸어 보고, 고이고이 닫아 두었던 가슴을 열어 처음으로 잔잔한 물결 속에 파문을 그린 이가, 실로 두뭇골 시동생이 아니었더냐. 지난 늦은 겨울, 형선이가 제게 장가를 드는 날까지, 보부는 형걸이에게 사모하는 마음을 보냈고, 장가온 새서방이 형걸이가 아니고 형선인 것을 알았을 때에도, 특별히 어떻다고 불만을 표시하든가, 불행을 예측하든가 그렇지는 않았을 값이라도 역시 서운하고 쓸쓸하고 죄스러웠던 것만은 사실이라 아니 할 수 없다. 그날 밤 마루에 큰 돌을 던진 키 큰 사나이는 혹시 형걸이, 그 사람은 아니었던가 하는 생각도 없지 않다. 그 뒤에 자기가 이 집에 시집온 뒤에도 형걸이는 친밀히 드나들지 않았고, 저에게 대하여도 어떻다 할 행동이나 예절의 표시가 없다. 형수면 형수, 그에 마땅한 예절의 표시가 있어야 안 하냐. 그러나 간혹 안뜰에까지 들어오는 경우가 있다 하여도, 그는 보고도 못 보는 태도다. 그럴 때마다 보부는 형걸이에게 대하여 뼈 간지러운 부끄러움을 느꼈다.

형걸이가 두칠이 처 쌍네의 방에 들어갔었다는 말을 맏동서의 입에서 들었을 때, 그는 처음엔 그 말을 믿지 않았다. 아무런 관계도 없는 그러한 시아우의 일이라면, 다른 사람에게는 몰라도 남편에게만은 잠자리 속에서라도, '두뭇골 작은 이에게 이런 말이 들리는데' 하고, 오늘 아침 부엌에서 형님한테 이러저러한 말을 들었노라고, 장난삼아라도 옮겼을 것인데 보부는 그대로 귓등에 흘려들어 두었을 뿐, 누구에게 그 말을 옮기지도 않았다.

지금 이렇게 쌍네의 입에서 눈물 섞인 절절한 고백을 들으면서 컴컴한 광 안에 앉아 있으니 이상한 느낌이 가슴속에 떠오른다.

두뭇골 시동생이 쌍네의 방에 들어간 것이 사실이라 해도, 그리고 쌍네와 단둘이서는 어떠한 맹세를 했는지 몰라도, 그가 쌍네와 더불어 한평생을 같이하리라고는 생각되지 않는다. 그저 발걸음 내치는 대로 한번 들러 본 술막임에 틀림없을 것 같다. 그것이 공교롭게 퍼져 나가서 일이 여기까지 되었는데, 아무리 비천한 쌍네의 몸이라고 할지라도, 형걸이의 행동엔 난폭하고 비겁한 데가 있다고 아니 할 수 없을 것 같다. 그러나 수상하리만큼 보부는 시동생 형걸이가 저지른 행동에 대해 잘못을 가릴 생각이 나질 않았다. 결코 행실머리를 아무렇게나 가질 그러한 온당치 못한 청년같이 생각할 수가 없는 것이다. 맏동서는, 첩 자식이니 행실머리를 가지는 게 아무래도 바르질 못하다고 입을 삐죽거렸으나, 그 말을 들을 때에도, 보부로서는 한결로 그렇게 생각할 수는 없다고 생각했다. 그러면 자기는 역시 두뭇골 시아우에 대해, 아직 한 가닥의 애끓는 사모의 마음을 품고 있는 것일까. 그러나 그것은 생각하는 것도 죄스럽고 불순한 온당치 못한 수작이었다. 그는 도리질을 한다. 역시 보부 자신이 형걸이와는 아무런 관계 없는 사람이 되어 버린 것처럼, 육체를 서로 나눈 쌍네도 차후에는 형걸이와 아무 관계 없는 딴사람이 되어 버릴 것이다. 막연하게 이렇게 생각하면서,

"두뭇골 도련님두 장가는 안 간다구 뻐기두만서두 어찌할 수 없는가 보데. 웃어른이 작정해 주시는 걸 거역하는 법은 없으니께. 그러니 이왕 남편이라고 섬겨 오던 바에야 지금 갑작스리 이러니저러니 할 수야 있나."

하고 말했다. 이러한 말을 해가면서 보부는 뜻밖에 어떠한 가벼운 쾌감을 맛보았다. 이러한 자기의 말에 안색이 어두워 가는 쌍네의 표정을 말끔히 쳐다보고, 보부의 쾌감은 조장되는 것 같았다. 이 쾌감이 무엇인지를 알지 못한다. 그러나 이것이 자기의 잔인스런 성미의 탓이 아니라, 형걸이에 대한 질투에서 나온 감정의 한 가닥이라고 생각이 갔을 때, 보부는 제 자신에 대해 한없이 놀라며 낯이 화끈 붉어지는 것을 깨닫는다.

그는 이러한 야속스런 자기의 심정에 염증을 느끼며, 몸을 털듯이 불쑥 일어난다.

"자, 누가 보면 흉하겠다. 어서 밖으로 나가자. 생각한다구 별수가 나는 게 아니다. 될 대로밖에는 안 되는 세상이다. 자

어서 밖으로 나가자."

　보부는 앞서서 쨍쨍하니 밝은 초여름의 태양 밑으로 나서면서 속으론, '두뭇골 형걸이는 나의 시동생이다' 하고 뇌어 보았다.

15

단오가 왔다. 단오를 맞고, 단오를 이용하기 위해, 이 고을
은 새로운 활기를 띠었었다. 그것이 드디어, 제철 만난 함박
꽃과 부득꽃과 싱싱한 창포와 더불어, 난만하니 피어 터진 것
이다.

방선문 안 박리균네는 박 참봉한테서 집문서를 잡히고, 육
자 변으로 사백 냥의 돈을 취해다가 집을 활짝 떨어 고쳤다.
국수 장사를 그만두고 방을 많이 갈라서 신식 여관을 차려 놓
았다. 동명여관이라는 넉 자와, 주인에 박리균이란 다섯 자가
먹 냄새 상긋하니 나무 현판 위에 찬연하다. 백묵을 갈아 나
무에 바르고 진하게 간 먹으로다 반초를 흘려서 써 붙인 것이
다. 그의 동생 박성균네 집도 대충 낡은 군데를 고쳐서, 리균
이가 하던 국숫집을 인계하여 크게 벌여 놓고, 전에 하던 마
방도 그대로 겸했다. 단오에 이 고장에 몰려들 씨름꾼과, 각

처에서 운동회로 인연해서 몰려들 학도들이 이 집에 들게 될 것을 미리부터 예상했던 것이다. 운동회가 끝난 뒤에도 손님이 잇대어 끊일 날이 없을는지는, 아무도 단언할 수 없을 것이다. 그러나 우선 출발만은 화려했다.

눈치 빠른 나카니시네가 단오 전에 달구지에 한 차판을 실어 온 잡화 상품은, 단오도 되기 전에 대부분이 팔려서, 그는 몇 가지 운동회 때 쓸 상품을 더 첨가해서 다시 한 달구지 가까운 짐을 평양서 해왔다. 집집이 남포등 없는 집이 없고, 양말 신지 않은 젊은이가 드물었다. 대팻밥으로 만든 농립도 순식간에 팔려 버렸고, 몇 통씩 해온 히로담배도 날개가 돋친 듯이 사람사람의 호주머니 속에 날아가 들었다.

박 참봉네 아랫집 김용구네는, 남처럼 밑천이 없어서 활짝 가게를 번화하게 늘리지는 못했으나, 어떻게 재치 있게 이익을 취해 보자고, 커다란 납지게를 하나 장만해다가 이층으로 덕대를 매고, 나무 목판 두 개를 질 수 있도록 마련했다. 이 지게에다, 호두엿이며, 쳇다리과자며, 얼음과자며, 깨엿이며, 과실이며, 혹은 둥굴레나 각색 과일 같은 것까지라도 듬뿍 실어 가지고, 씨름터와 운동회장과 부인네들이 오르는 소재에를 번갈아 행상해 볼 생각을 먹었다. 밑천이 밭으면 밭은 대로, 자분자분 이익을 내 보자는 게 그의 심보다.

이 밖에 자행거를 처음 사 온 것과, 평양서 하이칼라 색시를 얻어 온 걸로 인기를 끌었던 세매끼 장수 이칠성이는, 이번 기회에 포목점을 벌여 보든가, 잡화상을 차려 놓든가 할 생각으로 두루두루 생각한 끝에, 포목점이라야 이 고장엔 벌써 다섯 개두 더 넘는 큰 상점이 전부터 있어서, 그 틈에 끼어 이익을 취하기도 힘들었고, 잡화상은 어름거리는 통에 나카니시네한테 눌려서 단념해 버리고, 그 대신 자그마하니 두세 종목을 골라서 그들과 경쟁해 볼 채비를 차렸다. 그래서 자행거를 타고 날래게 평양과 기타 원산지(原産地)를 오락가락하면서, 단오에 옷감으로 많이 쓰일, 당항라, 명주항라, 갑사, 모시, 고사, 이렇듯 한 것만 골라서 여러 필씩 사다가 싸게 팔았고, 한편 잡화로는 석유하고, 농립하고, 양말하고, 성냥 같은 몇 가지만 밑지지 않을 정도로 헐값으로 팔아서 싸게 판다는 효과를 내어 인기를 끌었다. 그 덕에 쌀, 미역, 소금, 명태, 준치, 이런 것을 위주로 하던 세매끼 장사가 제법 번화스럽게 잘 팔렸다.

떡 장사, 국수 장사, 지짐 장사, 묵 장사, 술 장사 — 이런 음식점들도 각각 양껏 지략을 짜내서 판로를 열어 보려고 애썼고, 이 밖에 서너 너덧 집 되는 마방에서도, 비록 박리균네처럼 신식 여관은 못 차려 놓았으나, 깨끗한 손님을 맞아서 재울 수 있도록 설비를 고쳐 놓았다.

이리하여 이 고장에 근래에 없는 호화스런 단오가, 한창 가문 쾌청한 천후를 타서 유감없이 벌어졌다.

오월 초사흗날부터 놀이를 시작해, 첫날은 부인네들로 하여금 금산(錦山)에 올라 그네를 뛰게 했는데, 특히 이날, 사자춤과 학춤의 구경이 있었고, 이튿날 초나흗날은, 부인네들의 놀이는 저대로 맡겨 놓고, 이와 어울려서 방선문 밖, 소우전 마당에서 씨름을 붙였다. 씨름꾼이 양덕(陽德)이나 강동(江

東), 삼등(三䇲) 등지의 다른 고을에서도 많이 쓸려 온 탓에, 이틀을 잡아서 일정을 변경한 것이다. 대운동회가 이 고을에서 열리는 발련으로 씨름꾼이 이렇게 많이 모여들게 된 것이다. 상품은 처음 송아지로 했다가, 여러 고을서 쉽지 않게 모여들었는데 좀더 남부끄럽지 않은 걸로 높여야 한다고, 송아지는 이등으로 돌리고 일등엔 살진 암소 한 마리를 내걸었다. 이렇게 이틀을 씨름으로 보내고 단오 이튿날, 마지막 날에 이 고장서 처음인 대운동회가, 향교밭 삼일경을 헝클어서 갓 닦아 놓은 동명학교 넓은 운동장에서 열리게 된 것이다.

소재에 오르는 부인네들의 놀이도, 첫날은 금산, 둘째 날은 십이봉, 셋째 날은 향교 솔밭으로, 남정들의 씨름과는 관계없이 모였으나, 대운동회가 열리는 날만은, 딴 모임은 일체 갖지 못하도록 명령이 내렸다. 씨름은 사나이들의 놀음이라, 부인네들의 구경꾼은 하나도 없었으나, 운동회는 개화된 모임이어서 스스로 씨름 같은 것과는 다른 것이라고, 어린 색시나 처녀나, 새파란 집난이들은 할 수 없다 치고, 삼십이 넘어 사십 줄을 접어드는 삭가지 쓰는 축들이나, 늙은이, 기생들만은 많이 관람할 수 있도록, 날짜도 요량해서 작정하고 널리 장려도 했던 것이다. 특히 동명학교의 문우성 교사나 정영근 교사나가 열심히 주장하여, 체육 사상과 건강 증진의 필요를 이런 기회에 부인네들 속에까지 널리 선전하여, 부인네들이 솔선하여 자녀들을 학교로 보내어 신학문을 공부하도록 장려하자는 취지를 대회의 취지로 삼는 것을 잊지 않았다. 그러므로 대회의 참모 본부가 있는 바로 옆자리, 가장 점잖은 자리를 택하여, 넓은 차일을 치고 부인 관람석을 특설해서까지, 이네들의 참관에 편의를 돕고자 한 것이다. 대운동회의 회장은, 이 고을 군수요, 동명학교 교장인 강문필(姜文弼) 군수가 되었다. 그는 까만 연미복에 윗부리가 쫙 퍼진 윤나는 산고모를 쓰고, 앞자락에 커다란 꽃을 달고 운동회장에 임석했다.

운동회에는 평양서 대성학교와 일신학교 학도가, 각각 열 명씩 온 외에, 용강(龍岡)과 강서(江西)와 영유(永柔)의 앞대에서 다섯 명 여섯 명씩 참가했고, 가까운 고을에선 순천이 빠지고, 은산, 자산서 열 명씩, 그러고는 이 고장서 고을보다도 먼저 개화사상을 받아들인 대드리, 갱고지, 남전서 학교 생도 전부가 거진 참례해서, 동명학교 학도까지 합하니 이백오십 명이 훨씬 넘었다. 동명학교 학도 중에는 머리를 아직 깎지 않은 학생까지 있어서, 운동회에 참여하지 않는 작자까지 있었으니 제복도 일치하지 못했으나, 평양이나 앞대에서 온 학도들은, 무명에다 검정 물을 들여서 양복을 일치하게 해 입고, 신발은 그대로 참신이나 메투리나 짚신이었으나, 흰 각반까지 한결로 깍듯하니 올려 찼고, 한두 명씩 나팔수까지 끼어 있어서, 그 복색하며, 조련하며, 거동이 제법 군대처럼 놀라웠다. 그들은 운동회를 앞두고, 혹은 초닷샛날, 초나흗날 가까운 곳에서는 당일 아침 새벽에, 각각 열을 정비해 갖고, 한패는 평원 도로를 거쳐 방선문으로, 한패는 서쪽으로부터 승선교 다리로 비류강을 건너서, 또 한패는 윗길로부터 산비탈을 돌아서, 마중 나간 시민과 동명학교 학도들에게 영접되어 나팔 소리 유량하게, 이 고을로 들어와서 숙소를 따라 흩어졌던 것이다. 동명학교 운동장으로 들어가는 향교 골목 입구에는 물론, 읍내의 처처에 커다란 솔문을 세우고, 솔문에는 현판에 메밀이나 좁쌀로 크게 축하와 환영의 문자를 새겨, 흥성흥성한 기분을 돋우어 놓았다. 운동장에는 새끼줄을 돌려치고 만국기를 오색이 찬란하게 날려 띄우고, 한쪽으론 차일을 치고, 그 밖에 일반 관람석에는 멍석과 노전을 깔아 놓았다. 아침이 되자 조반을 먹어치우고, 집집에는 운동장으로 행렬을 지어서 올라가는 학도들을 구경하느라고, 남녀와 노유가 모두 문 밖에 나와 서 있고, 내외하는 아낙들도 대문 틈과 바자 틈으로, 설거지를 하다 말고, 이 광경에 눈을 쏟고 있었다. 학도들이 숙소 따라 한패 한패 향교 고샅으로 올라가니, 그 뒤에는 운동을 관람하려는 시민의 무리가, 흰 새의 떼처럼 몰리어 꼬리를 물고 줄을 만들어 뒤따라 섰다. 엄하게 내외하는 집 색시 처녀를 남겨 놓고, 이날 고을 안의 집집은 빈집처럼 텅 비었었다.

이 찬란하고, 화려하고, 흥분을 자아내는 날, 박성권, 박 참봉은 다른 사람 따라 없이, 무척 유쾌했다. 그는 오늘에야 갓 마흔에 첫 버선이란 격으로 사십 평생 처음 하늘을 얻은 것처럼, 마음이 흡족했다. 대운동회에 기부금을 오백 냥이나 하고, 씨름대회에도 이백 냥을 한 탓인지 모르나, 대운동회 부회장의 직함이, 그의 가슴에 커다란 붉은 꽃송이를 달게 한 것이었다. 진사, 초시도 많고, 생원, 좌수, 참봉, 이 밖에 아전의 경력을 가진 이가 한둘이 아닌데, 차함 참봉 박성권에게 부회장의 명예직이 떨어지게 된 것은, 시세가 벌써 어이 된 것을 말하는 증거이기도 하나, 한편 돈의 힘을 무언중에 설명하는 좋은 재료로도 될 것이다. 그러나저러나 박성권, 박 참봉은, 이 고을 사람이 추대했고, 관청에서 인정한 운동회의 부회장, 바로 강 군수의 다음 가는 자리에 올라앉게 된 셈이다. 그가 오늘 아침 유난히 유쾌하고 반가운 새날을 대하게 된 것도, 결코 이유 없음이 아닐 것이다.

이러니저러니 시끄럽던 형걸이의 혼사도 편지까지 부쳤으니 인제 다 된 혼사다. 맞차운 곳이 없어서 이곳저곳 물색하던 중, 뜻밖에 좋은 혼처가 생겨났다. 세간이 기울어서 가난하다고는 하나, 문벌은 쩡쩡한 남전 강릉 최씨다. 사돈집 가산이나 재물에 딴 맘을 갖지 않은 바에야, 가난 같은 게 무슨 상관일 것이냐. 궁합도 맞고, 형걸이 모친 윤씨가 친히 승교를 타고 가서 간선을 한 것이니, 인물도 나무랄 데 없을 게라고 생각했다. 두칠이 처 쌍네의 문제 같은 건, 본시 문제라고 할 것도 없었는데, 그것마저 두칠이가 먼 데로 색시를 둘러지고 이 고장을 떠나가겠다니, 마침 십상으로 잘된 일이라 생각하는 것이다. 사사모사로 일은 쫙 펴이는데, 운동회의 부회장의 직함이 호박처럼 떨어져 굴러왔으니, 이제야 운이 뻗칠 대로 뻗쳤다고 은근히 만족하는 것이다. 형걸이가 제 모친더러, 자기는 누구에게나 장가를 안 든다고 푸념질을 했다고는 하나, 덧나갔던 어린 마음에 한번 중얼거려 보는 말임에 불과할 것이다. 일은 잘 된다 잘 된다, 고 그는 혼자서 중얼거려 보았다.

지금, 대운동회 회장 강 군수는 학도 일동을 모아 놓고 개회 연설을 한 뒤에 아침 한때만 회장석에 앉아서 시상을 하다가 오정 가까워 관가로 돌아가 버리고, 부회장 박 참봉이 점심을 치른 뒤에 점잖게 앉아서 회장의 대리를 보고 있다. 그의 옆에는 벼슬 있는 사람과 이 고을 유지가 나란히 해 앉았는데, 넓은 운동장 안에서 지금 한창 경기 중에 있는 줄다리기를, 흥미 있게 바라보고 있다. 학도 전부를 두 번에 나누어서, 그것을 다시 두 패로 갈라 갖고 굵고 기다란 줄을 양쪽에서 당기는 것이다. 한편에서 발을 벗디디고 힘을 다하여 '영차' 하면 또 한편에서도 이를 악물었다가 '영차' 하고 맞당겨, 굵은 닻줄은 활짝처럼 곧게 움직일 염을 안 한다. '영차' 소리만 세차게 들려오다가, 한편 쪽의 땅을 벗디딘 발이 앞으론 더듬더듬하는 듯하다간, 그만 쏴르르 무너져서, 줄은 순식간에 한편으로 끌려가고, 이어서 '와 ―' 하는 함성과, 군중의 우레 같은 박수 소리가 하늘을 뒤흔들 듯이 요란스럽게 일어난다. 자리를 바꾸고 다시 경기가 시작되려고 할 때에, 비로소 관람석에서는 재재하니 이야기소리가 떠오르는 것이다.

박 참봉은 커다란 갓을 단정하니 올려놓고, 기골이 장대하고 관골이 찬 얼굴로 운동장 쪽을 향해서, 버륵하니 의젓한 미소를 입가에 띤다. 다듬은 모시 두루마기에 항라 겹바지를 옹구뿔로 척 늘어뜨렸는데, 두 짝의 흰 갓신이 삼성 버선을 뺑뺑하니 둘러싸고, 책상의 밑다리 위에 올려 놓여 있다. 이윽고 그는 커다란 부채를 들어 두어 번 쓰적쓰적 앞자락께를 부쳐 본 뒤에, 옆에 앉은 사돈 정 좌수더러,

"이런 습속이 앞대에는 아직도 남아 있는 모양입지요?"

하고 물어서, 정 좌수도,

"아직 남쪽에서는 쥐불이라든가 이런 것과 함께 퍽 치성한 모양입니다마는, 그것을 개화된 운동으로 고쳐 놓고 보니, 상당히 재미스런 경기 같으오."

하고 대답한다. 그러나 그들은 다시 운동장에서 일어나는 함성에 휩쓸리어 이야기하던 것을 중지하고 앞을 바라본다.

줄다리기가 끝나니, 이긴 편이 쭈르니 나란히 하여 대표가 받아 간 상품, 연필 두 자루씩을 나누어 받고 있는데, 이편 준비를 맡아 보는 쪽에서는, 나팔을 한번 띠따띠따 불어서 일반의 주의를 환기한 뒤에, 다음은 기마전(騎馬戰)이라고 경기자들의 출동을 외치고 있다.

"기마전이라면 말을 타고 싸우는 것인가요?"

하고 누가 물어서,

"말이야 있겠소마는, 어떤 자는 말이 되고, 어떤 자는 기수가 되겠지요."

하고 대답하는 이가 있다.

'추립' 소리가 나고 '기척', '우로 나란히', '번호' 소리가 연달아 난 뒤에, 두 패로 갈라 선 학도들은, 각각 인솔자의 뒤를 따라 운동장 가운데로 들어온다.

박 참봉은 얼굴에 점잖은 미소를 띠고 누가 누군지 분별키 힘든 학도들의 행렬을 바라보다가, 붉은 끈을 머리에 동인 형걸이를 오른편 쪽 패 첫머리에서 발견하고, 잠시 그의 거동을 눈붙여 보았다. 윗저고리는 벗어부쳐서 흰 속적삼만 입은 형

걸이가, 세 사람으로 된 말안장을 툭툭 두들겨 보면서, 기고
만장하여 싱글벙글하고 있는 것이 보였다.

　'그렇게 내세우고 보니 그놈만한 인물이 없겠군'
하고 박 참봉은 속으로 만족하니 그를 바라보고 있다. 무어라
고 뻑 호령을 치니 양쪽이 모두, 어슬렁거리며 말안장 위에
기어 올라간다. 튼튼한 자가 앞에 서고, 그 뒤에 두 사람이 나
란히 서서 어깨와 손을 잡아 안장을 만든 것이다. 형걸이는
저의 집 흰 말을 타던 본새로 대번에 휙 하고 올라앉는다. 바
른손으로 잠시 말이 된 앞사람의 머리를 어루만지듯 하다가,
이윽고 높직이 하늘가로 팔을 들어 본다. 한편에 기마가 열
필씩이다. 도합 스무 필의 기마가, 홍백으로 갈라서서 백병접
전을 할 판이다. 정영근 교사가 마당 가운데서 두 편을 바라
보며 기합과 호흡을 맞추다가 장안이 숨을 죽이고 조용해졌
을 때 호각을 불고, '시작, 접전' 하고 하늘이라도 울릴 듯이
호령을 부르니, 기수들은 번쩍 손을 들고 쌍방에서, '아—'
하는 함성을 지르고 어슬렁어슬렁 뛰어나온다.

　박 참봉은 이러한 '으아' 하는 젊은이들의 함성에 가슴이
뿌엿하니 끓어오르려는 것을 느꼈다. 그는 울렁거리려는 제
가슴의 고동을 가만히 향락하면서, 형걸이를 찾아보았다. 홍
군 쪽의 선두에 서서 말잔등에서 익숙한 몸짓으로, 연신 허리
를 일으켜 세우고, 바른손을 높직이 들고서 적의 진지로 달려
들고 있다. 마침 저편에서 선두를 선 기마와 처음으로 접전을
하려고 달려 붙는다. 왼손으로 말 된 사람의 어깨를 툭 쳐서
무어라고 신호를 건네니, 말은 비스듬히 커브를 돌아서 적수

의 옆으로부터 습격해 들어간다. 백군의 기수가 양손을 뻗쳐서 형걸이의 가슴 있는 쪽을 잡을 듯하는 것을, 몸을 휙 비틀어서 피하고 난 뒤, 인차 바른손을 밑으로 솟구어 적군의 팔때기를 잡아 휘둘러 친다. 안 떨어지려고 말 위에서 허우적대는 것을, 멱암치를 잡아서 또 한 번 밀어 버려서, 적수는 몸의 균형을 잃어버리고, 드디어 헝클어지는 안장에서 미끄러져 떨어진다. 말에서 떨어지든가, 머리에 동인 끈을 빼앗기면 전사자로 된다. 하나를 거꾸러뜨린 형걸이는, 헝클어진 자세를 정비해 갖고, 지금 한창 벌떼처럼 맞붙어서 닝닝거리고 돌아가는, 백병전이 벌어진 가운데로 들이덤빌 채비를 차렸다. 말머리를 쓰다듬듯, 앞장선 친구의 어깨를 뚜덕뚜덕 두드려 주면서 막 앞머리를 돌리려고 하는데, 뒤로부터 제비처럼 날쌔게 적기 하나가 달려든다. 서로 맞붙어 싸우자는 것이 아니라, 그저 옆을 한번 뽐내면서 스쳐가고 말듯이, 적기는 비스듬히 곡선을 그으면서 화살처럼 몸을 뽑아 나가더니 형걸이의 뒷잔등께서 꿩 채려는 매마냥으로 그의 머리에 동인 붉은 끈을 낚으려 한다. 하마터면 앗기고 말 것을, 용하게 몸을 돌려 손을 맞잡아서, 그대로 접전이 되고 말았다. 처음은 허리를 돌리고 맞잡고 싸우다가, 형걸이 탄 말머리가 돌아서서 겨우 본 격식대로 싸움이 벌어졌다.

박 참봉은 눈덩어리 굴듯이 돌아가는 마당 가운데에서는 좀 떠나서, 변두리 가까운 귀퉁이에서 벌어진 두 적수의 접전을 흥미 있게 바라보고 있었다. 형걸이가 먼저 하나를 무난히 넘어뜨리는 데는 별로 아무렇지도 않은 듯하더니, 지금 간간

한 위기를 벗어나서 겨우 몸을 제 자세대로 가지려고 할 때엔, 이상하게도 두 주먹이 꽉 쥐어졌다.

몸을 내솟구기는 했으나, 형걸이는 힘에 꿀리는지 덮치는 손을 피하면서, 말 한편 잔등으로 자꾸만 밀려가는 것 같다. 말안장이 된 두 학도가 연신 팔에다 힘을 주어, 형걸이를 말께서 떨구지 않으려고 젖 먹은 힘까지를 다하여 뻗대는데, 앞장선 학도는 자꾸만 몸이 흔들리어 사시나무처럼 상반신을 후들후들 떨고 있다. 이것이 한참을 계속하니, 박 참봉은 가슴 조이던 것을 좀 풀어놓고, 주먹 쥐었던 것을 가만히 펼쳐 본다.

'내 자식이라서 이토록 마음이 조이는가.'

생각해 보니 우스웠다. 제 편벽된 생각이, 아이들처럼 채신머리없이 보여서 눈을 딴 데로 팔려고 하나, 시선은 다시 형걸이에게로 옮아간다.

형걸이는 원래 말에 능하다. 말잔등에서 떨어져서 배통 옆구리에 달려서도 좀처럼 굴러 떨어지질 않았다. 왼손으로 저희 편 앞장선 학도의 어깨를 북 끌어서 누르는 듯하더니 형걸이의 몸은 금시에 불길처럼 솟아오른다. 밑에서 허우적대던 것이 절굿공이처럼 불쑥 치솟는 바람에, 상대편 기수는 형걸이의 바른손에 머리를 눌리었다. 어느새 낚아채는 손길에 머리에 동인 끈을 앗겼을 뿐 아니라 남은 힘에 밀려서, 뒤쪽으로 허공에 두 손을 허우적대다가 발디딤보를 잃어서 마당에 떨어진다.

몇 초 동안에 번개처럼 해 내치는 형걸이의 표범 같은 거동을 바라보고 있다가, 박 참봉은 하마터면 무릎을 딱 칠 뻔했다. 들었던 손은 아무도 모르게 가만히 무릎 위로 내려놓았는데, 갑자기 옆자리의 부인석에서 높은 함성이 들려서, 그 소리는 마치, 제 손으로 무릎을 때린 소리처럼 박 참봉의 귀에는 들렸다. 어떤 부인이 안타깝게 마음을 졸이다가, 저렇게 감탄하는 함성을 부끄럼 없이 내쏟고 있는 것일까, 필시 형걸이의 눈부신 경기를 보다가, 엉겁결에 지르는 소리임에 틀림없는데, 자기는 아비라서 그렇다 치고, 차일 속에 앉은 부인 중에 누가 있어서 그렇도록 유심히 형걸이를 보고 있던 것인가, 아닌 게 아니라 괴이쩍은 생각도 안 나는 것이 아니었다.

적기 둘을 넘어뜨리고, 형걸이는 의기가 양양해서 진(陣) 가운데로 들어온다. 벌써 말잔등에서 내려서 마당에 앉아 전사자가 된 이가 수두룩하다. 남은 것은 오륙 기, 그러나 남은 오륙 기가 어우러져 붙기 전에 정전(停戰)의 호각이 울었다. 한 개의 차로서 백군이 이겼다. 만세를 부르며 패군의 장수 형걸이는 제 진지로 말을 탄 채 들어온다. 박 참봉은 만족했다. 그리고 스무 살 전후의 자기의 생활이 눈앞에 뻔히 떠오르는 것 같았다.

만장의 박수 소리를 넓은 벌판을 휘몰아치는 비바람 소리처럼 들으면서, 박 참봉은 저의 가슴속에 젊은 혈기가 떠오르는 것을 느꼈다. 몸을 도는 혈액이 갑자기 속도를 가한 것 같은 착각을 느꼈다. 청춘—생각하니 마흔에 그는 이미 청춘이 갖는 모든 즐거움을 잃어버린 것 같다.

좌석을 돌아다보니, 점잖은 유지 신사가 두런두런 이야기를 주고받고 하면서, 조용히 경기를 구경하고 있어, 자기처럼 흥분한 혈조를 몸이나 낯에 나타낸 이는 하나도 없는 것 같다. 박 참봉은 일시에 제 가슴속을 찬 가을바람이 스쳐 가는 듯한 쓸쓸함을 맛보았다.

재산을 모으기에 이십 년 동안, 그는 모든 젊음과 열락을 버렸던 자기를 지금 새삼스럽게 발견했다.

경기는 그러는 동안에 이인삼각을 지나 장내 일주 경주의 결승전이 시작되었다. 각 곳에서 온 학도들과 동명학교 대표 선수와의 전부의 예선에서 선발된 여덟 사람의 경주였다. 그 중에 형걸이가 있었다. 형선이도 경주는 잘했으나 결승에까지는 못 오고 떨어졌다. 대봉이도 떨어지고, 이 고장 출신으론 형걸이와 또 한 학도의 두 명이 겨우 뽑히고 그 외에는 전부 딴 고장 학도였다. 힘이나 기운으론 이 고장 학도들이 개시개시 꿀릴 리 만무였으나, 워낙 바르게 훈련을 받은 평양이나 앞대의 학도들에게 뜀박질에 견딜 턱이 없다. 그래도 그 틈에 두어 사람 뽑힌 것만 다행이라고 모두 이들이 이기기만 바랐다.

"자제분께서는 개사 명창이군요."

하고 뒷자리에서 누가 말을 건네서,

"몸은 성해서 다행이올세다."

하고 박 참봉도 대답했다.

여덟 사람의 경주자는, 횟가루로 줄을 그은 마당에, 왼발을 하나씩 내짚고, 호각 소리가 나기를 기다리고 있다. 주먹을 쥐고, 다리엔 아킬레스건을 긴장시키고, 두 눈은 땅 위를 뚫어지라고 내려다보고 있다. 미상불 귀는 초롱불처럼 밝게 뚫려 있을 것이다.

"하나."

하고 정영근 교사가 쨍쨍 울리는 목소리로 손을 들며 외치니, 일반 관중은 모두 그쪽으로 눈을 쏟는다.

"둘."

그 다음은 삑 하고 호각을 분다. 다듬이질 소리 같은 궁글르는 소리가 일어났다. 여덟 명의 경주자는 마당을 달아난다. 둥그렇게 양쪽으로 새끼줄을 친 가운데를 쏜살처럼, 달음박질치는 것이다. 윙 하니 커브를 도는 것을 보니, 형걸이가 앞장을 섰다. 이것을 본 군중은 와 하고 소리친다. 박 참봉도 남이 지르는 소리를 쫓아서 와 하고 소리를 한번 질렀으나, 인차 본정신이 들어서 그만두었다. 그런데 형걸이의 바로 뒤에서, 부리나케 쫓아가는 선수 하나가 있었다. 그는 그다지 악도 안 쓰면서 한 발자국 떨어져서 유유히 따라간다. 그곳에서 서너 자 가량 떨어져서야, 나머지 여섯 명은 각각 삼등을 다투면서 따라가고 있었다.

이윽고 두 사람은 결승점으로 달려 들어온다. 그러나 박 참봉이 앉은 방향에선 똑똑히 보이질 않는다. 둘이 똑같이 줄을 넘는 것만 같다. 관중은 와 하고 고함을 지르며, 손뼉을 두드리며 야단들이다. 부인석에서도 고함 소리가 들린다.

"누가 일등입니까?"

하고 묻는 소리가, 이곳저곳서 들렸으나,

"나두 잘 모르겠쇠다."

하는 소리뿐, 아무도 똑똑히는 모른다. 그러나 상을 타러 오는 것을 보니, 일등은 평양서 온 학도였다. 결승점 바로 앞에서 형걸이는 이등으로 떨어졌던 것이다. 형걸이는 둘째로 서서 벌건 깃발을 메고 싱글싱글 웃으면서 이쪽으로 걸어온다. 박 참봉이 일등에게 상을 주면서,

"참 장하오."

하고 말하다가, 흘낏 뒤꼍에 선 형걸이를 보니, 그는 부인석으로 딴눈을 팔고 있다.

상을 다 받아 가지고 박수 소리에 싸여 선수들은 제자리로 물러간다. 박 참봉은 가만히 얼굴을 돌려 부인석을 보았다. 엇비스듬하니 앞에 휘어서 차일 속은 안 보였으나 앞쪽은 엿볼 수가 있었다. 중늙은이들 틈에 예쁜 젊은이가 하나 유난히 눈에 띈다. 장옷도 안 쓰고, 머리를 기름 발라 빗은 품으로 기생이 분명하다.

박 참봉은 인차 눈을 돌렸으나, 운동장 저편을 멀리 바라보는 양하고, 또 한 번 부인석을 엿보았다. 기생은 마침 이쪽을 바라본다. 눈이 마주치니, 기생은 얼굴에 부끄럼을 그리고 곧 낯을 돌린다. 일찍이 본 기억 없는 기생이다.

박 참봉은 다시 운동장을 보았다. 장애물 경주의 준비로, 경주장 군데군데에 그물, 사다리, 밧줄, 이런 걸 배설해 놓고 있는 것이 보인다. 그러나 박 참봉의 눈앞에는 금시 옆자리에서 본 기생의 얼굴이 떠나질 않았다. 남에게 눈치채이지 않도록 또 한 번을 슬며시 바라보니, 아름다운 젊은 여자의 그림자는 그때엔 벌써 보이지 않았다. 어디로 갔을까. 그는 나의

눈길을 의식하고 어디로 몸을 감추어 버린 것일까. 그렇다면 대체 나의 눈에 어떤 수상한 기색이 나타났었다는 말인가. 먹을 것을 노리는 이리 같은 눈길이었단 말인가, 그렇지 않으면, 젖을 달라는 어린 아기의 눈동자였단 말인가. 그는 자기가 누구인지를 알고 있는 것일까, 그리고 대체 그는 어디서 온 기생일런가 — 박 참봉은 자기가 속으로 이런 것을 몸달게 안타까이 천착하고 있는 것이 괴이쩍고도 부끄러웠다. 나이 찬 자식이 수북하고, 손자까지 두고, 첩 큰댁을 두고, 방금 형걸이가 한눈을 팔고 있던 부인석을 흘끗흘끗 엿보고서 마음이 들떴다면, 그리고 이런 걸 누가 안다면 얼마나 부끄러운 일이냐 싶었다.

'나는 어느 새에 이렇게 늙었는가.'

그러나 운동장에서 일어나는 호각 소리에 정신을 차리면서 그는,

'그러나 나는 아직 사십이 아니냐.'

하고 혼자 속으로 뇌어 보았다.

16

대운동회마저 지나고 나니 웅성대던 고을 거리는 장마 건
힌 뒤인 것처럼 갑자기 쓸쓸해졌다. 각처에서 모여들었던 씨
름꾼과 학도들이 제 고장을 따라 뿔뿔이 흩어지고, 운동 구경
한다고 가까운 농촌에서 몰려들었던 늙은이 젊은이가 하루
사이에 없어지고 난 뒤엔, 지저분한 종잇조각, 대팻밥, 쓰레
기가 디굴디굴 굴러다니는 어수선하고 허청한 거리로 변했
다. 색이 낡아서 누르스름한 솔문이, 떨어져 가는 현판을 매
단 채 이곳저곳 우중충하니 서 있고, 씨름터와 운동장과 소재
와 산에는, 짓밟힌 풀과 흩어진 쓰레기만이 지저분하다. 변화
가 한번 지나가고, 숙조한 기색이 초여름이 찾아드는 이 고을
의 거리를, 애수를 담뿍 지니고 흘러간다.

오늘은 오월도 초여드레, 운동회가 지나서 벌써 사흘째 되
는 날이다.

쌍네는 저녁도 아니 먹고 실낱같은 야윈 달이 모우봉 위에 잠깐 솟았다가 그대로 넘어가 버리는 것을, 실심하니 바라보면서 뒤꼍 토방 위에 앉아 있다.

두칠이는 얼마 되지도 않는 짐을 대충 꾸려 놓더니, 친구들끼리 헤어지는 마지막 술추렴을 한다고 조금 전에 집을 나갔다.

쌍네는 인제 마지막 순간이 찾아온 것을 느끼면서, 제 몸을 어떻게 조처를 대어야 할지를 차근차근히 되새겨 보려고, 이렇게 캄캄한 토방에 혼자 앉아 있는 것이다. 두칠이는 박 참봉의 허락을 맡아 가지고, 제가 부치던 밭과 논을 남에게 떠넘긴 뒤에 내일 아침 새벽 원산 방면으로 길을 떠날 채비를 차린 것이다.

두칠이를 따라 원산 방면으로 가야 할 것이냐, 그렇지 않으면 그의 손아귀에서 벗어나서, 새로운 생활을 개척하여야 할 것이냐. 그는 보살할미의 점괘를 지금도 잊어버리지 않고 생각하고 있다. 그곳에 믿음을 걸고 있는 만큼, 이렇게 곤경에 빠져 있는 이 찰나에라도 어떤 기적이 생겨날 것만 같아서 그것을 한편으론 무한히 갈망하고 있다.

절망에 빠져서 어이할 바를 모르고, 이렇게 이 궁리 저 궁리를 되풀이하다가, 아무러한 줄거지도 붙잡지 못한 채, 드디어 마지막 길을 택해 허둥지둥 캄캄한 밤길을 깊숙한 심연을 향해 걷고 있을 때, 난데없는 빛이 나타나든가, 옛날 이야기책 모양으로, 비몽사몽간에 허이연 영감이 나타나서 갈 바를 지시해 주든가 —— 그런 것이 다 허황하다면, 내가 내일 남편과 함께 먼 곳으로 떠나는 것을 알고, 두뭇골 도련님이 나를 구하러 무슨 계책을 세워 갖고, 지금 저기 저 강가로 뽕밭 머리를 지나, 가시울타리께로 성큼성큼 뛰어오는 그런 기적 아닌 이변이라도 일어나 줄 것을 안타까이 바라 보기도 하는 것이다. 꼭 있을 것만 같다. 꼭 있어야 할 것만 같다. 그렇게 생각하면 지금 그런 이변이 꼭 일어나고 있는 것만 같다. 그는 귀를 기울인다. 벌떡 일어나 본다. 캄캄한 뽕밭 머리에서 거친 사나이의 발소리가 들리지는 아니하는가. 캄캄하여 보이지는 않으나, 저기 저 가시울타리께 도련님이 살며시 찾아와서 기색을 살피고 있는 것은 아닐까. 퍽 전부터 그러고 서서 뜰 안쪽이 고요하여 생각을 단념하고, 그대로 돌아갈 생각을 먹고 있는 것이나 아닐까. 이렇게 안타까이 되새겨 보면, 꼭 그럴 것 같고, 그럴 것임에 틀림없을 것 같다.

쌍네는 뿌르르 맨발 채로 토방을 뛰어내린다. 가시울타리 문께로 뛰어와 본다. 문은 열렸다. 두 손으로 허공과 앞뒤를 저어 보나, 아무것도 손에 걸리지 않는다.

"여보세요."

하고 불러 보아도 아무 대답이 없다. 제 숨소리가 제 귀에 높다.

"거 누구요?"

불러 보나 숨을 쉬고 있는 동물은 쌍네 저 혼자뿐이었다. 아무도 없다. 아무것도 없다. 모든 것이 거짓이었던가.

푸 한숨을 짚고, 울타리 문에 손을 얹은 채, 암담한 절망에 흠뻑 젖어 본다.

'역시 모든 것이 꿈이고, 거짓이었다. 보살할미가 형걸이와 내가 연분이라고 한 것도 거짓 점괘였다. 하늘이 정했고, 존신이 점지한 나의 남편은 저 못생기고, 징글징글하고, 염치없고, 소처럼 둔하고, 송진처럼 추군추군한 저 두칠이가 아닌가. 두뭇골 도련님에겐 새로운 배필이 어엿하니 작정되었다. 예쁘고, 나이 젊고, 살매가 곱고, 몸맵시가 날씬하고, 귀태가 나고, 학문이 있고, 그런 색시가 양반 집에서 도련님의 품안에 찾아들기로 이미 작정이 된 뒤이다. 도련님이 지나치던 길에 한번 들러 본 술막을, 지금까지 생각에 묻어 두었을 턱이 있을 거냐.'

다시 쌍네는 토방으로 돌아와 앉는다.

'결국 나는 두칠이를 따라가야만 한다.'

이런 생각을 제 마음에 타이르고, 그것이 가장 온당한 처사라고 생각해 본다. 저 같은 것이 어디다 머리를 솟고, 도련님에게 염을 낸다는 말일까. 하루 낮의 꿈이었다. 일생에 단 한 번 위태위태하나, 찬란한 무지개를 타 본 데 지나지 않는다. 이미 무지개는 없어졌고, 저는 저대로 두칠이의 옆에 앉아 있다. 어이 무지개가 다시 그려지길 기다릴 것이며, 무지개가 뻗쳐진다 한들, 어이 저 같은 몸이 두 번 다시 그 위에 올라앉을 수 있을 것이냐.

'두칠이는 어찌할 수 없는 나의 남편이다. 거역할 수 없고, 또 거역하면 안 될, 내게 가장 합당한 배필이다.'

애써 그렇게 생각해 보고, 애정이 솟아오르기를 솔깃하니 기다려 본다. 가슴속이 포근히 더워 오고, 손길과 젖가슴께가

따스해 오고, 그리고 입술가가 안온한 온기에 싸이도록 애써
본다. 그러나 그 다음, 이렇게 충분히 준비된 애정이 담긴 품
으로, 덥석 징글징글하고 낡은 물수건 냄새가 코를 찌르는 두
칠이를 안을 것을 생각하니, 입이 메스껍고, 눈에 현기증이
일어나고, 가슴속에서 구역이 치밀어서 어떻게 할 도리가 없
다.

'할 수 없다. 그것만은 내 힘으로도 어찌 할 수 없다.'

그는 머리를 감싸 들고, 등골을 떨면서 토방에서 일어났다.
여태껏 어떻게 그의 옆에서 잠을 이루었는지 이상하다. 여태
껏 어떻게 그와 함께 잠자리를 같이할 수 있었는지 수상하다.
여태까지 어떻게 저의 몸을 그가 주무르는 대로 내맡겼었는
지 괴이쩍다.

그는 발걸음이 내치는 대로, 울타리 문을 벗어나서, 허둥지
둥 캄캄한 가운데를 줄달음질쳤다. 눈물이 자꾸만 볼편을 뜨
겁게 적시면서 흘러내렸다.

한참을 미친 사람 모양으로 뛰다 멎으니 두뭇골 앞이다. 개
울물의 징검다리를 건너뛰고, 느티나무가 선 가까이로 가면
두뭇골 댁이다. 그는 발을 멈칫하고 사방을 두루 살핀다. 넓
은 들 위엔 캄캄한 암흑이 가득 차 있을 뿐, 아직 밤이 마악
찾아드는 초아지내, 드문드문 창문에 비치는 불광이 눈에 든
다.

그러나 쌍네는 그리 오랫동안 그곳에 머물러 있지 않는다.
그는 그대로 낯익은 작은 길을 더듬어서 개울께로 내려가, 성
큼 징검다리를 넘어 뛴다. 자갈을 밟는 소리가 우쩍 한다. 이

소리에 개가 컹컹 짖는다. 그러나 쌍네는 개 짖는 소리를 개의치 않고 느티나무께로 걸어간다. 그는 박 참봉 댁 사랑 마당과 통하는 대문 앞에 서서야, 걷던 다리를 멈추었다.

사랑방은 캄캄하다. 벌써 박 참봉은 잠자리에 든 것일까. 저녁을 먹은 지 얼마 안 되는 초아지내이니, 그가 벌써 잠자리에 들었을 리는 없을 텐데…… 그리고 생각하는데 퍼뜩, 박 참봉이 저녁에 강 군수의 초청으로, 강선루에 대연이 있어서, 저녁도 안 먹고 그리로 행차하던 것을 생각했다. 그는 강선루에서 아직 돌아오지 않은 것이 분명하다. 그렇다면 지금 이 집에는 종과, 상노아이와, 윤씨와, 도련님만이 있을 것이다. 도련님은 제 방에 혼자 누워 있는가, 앉아서 책을 읽고 있는가 — 두루 이런 것을 생각해 보다가 그는 문턱 위에 올라섰다.

인제는 마지막 이야기라도 들어 보고, 아니 그것이 안 되면 얼굴이라도 한번 바라보고, 나의 갈 길을 떠나리라. 무엇이 무서우며, 무에 겁날 것이냐. 쌍네는 마음을 도고하게 먹고 대문을 들어섰다. 그러나 문을 들어서서 그는 다시 걷던 다리를 멈추었다. 개라도 컹컹 짖으면 하는 수 없이, 개를 꾸짖으며 안으로 성큼성큼 들어가야 할 것을, 개마저 어디로 숨었는지, 안방엔 불이 밝고, 도련님이 있는 방에도 불이 환한데, 발길이 차마 앞으로 나가질 않는다. 어느 문 앞에 가서 누구를 찾을 것이냐. 안방 앞으로 가서 마나님을 부르고, 내일 떠난다는 인사나 여쭈자면 못할 것도 없을 것이다. 그러나 그의 목적은, 어떻게든 도련님을 만나 보는 데 있었다. 될 수 있으면 그와 단 한 마디라도 말을 건네 보는 데 있었다. 그리고 욕심대로 한다면, 대체 나를 어떻게 해주겠느냐고, 단 한 마디 도련님의 대답을 듣고 싶은 데, 여기까지 달려온 목적은 있었다. 그러나 마나님을 불러 놓고야 어떻게 다시 도련님을 뵈올 길이 있을 것이냐. 역시 성큼 뜰 안으로 내려서서, 안방 앞으로 갈 수는 없을 것 같다. 그렇다고 도련님 방으로 곧바로 찾아갈 수는 더욱 힘든 일이 아니냐 — 이렇게 잠시 동안을 서서 망설이고 있는데, 도련님 방에서 불빛이 확 뜰 안으로 빗자루처럼 뻗치더니, 이어 방문 여는 소리가 난다. 엉겁결에 쌍네는 문턱을 도로 넘어서 대문 밖으로 나왔다. 대문 옆에 숨어서 귀를 기울여 본다. 신발 소리가 나고, 그 다음엔 분명한 도련님의 목소리,

"어머니, 문 선생 댁에 잠깐 다녀오겠습니다."

안방 문이 열리는 소리. 이어서 윤씨의 대답,

"아버지두 안 오셨는데, 그럼 속히 다녀오너라."

다시 문 닫는 소리. 그리고 대문께로 점점 가까이 오는 갓신 끄는 소리. 발자취 소리는 이쪽으로 가까워 온다. 그것은 대문으로 들어선다. 문턱을 넘는다. 드디어 보이지 않는 검은 그림자가, 공기의 파동을 지으며 횡하니 쌍네의 앞을 지나갔다. 쌍네는 문판장에 붙이고 섰던 몸을 떼었다.

단오를 지난 뒤 동명학교는 한 주일 동안 임시 방학을 했다. 형걸이는 운동회가 지난 뒤 외지에서 왔던 단체가 출발할 때마다 잠시 전송을 나갔을 뿐, 사뭇 집 안에 처박혀서 이미

결정이 된 제 혼사에 대해 생각해 보았다. 남전 사는 강릉 최씨의 딸이라고 하나 어떻게 생겼는지, 성품이 어떤 인지는 알턱이 없다. 어머니는 큰댁 어머니가 친히 승교를 타고 가서 간선을 하여, 아주 마음에 딱 맞는 색시라고 했으나, 그이들의 보는 눈, 보는 생각이 젊은 형걸이의 생각과 일치할 리도 만무할 터요, 설사 그것이 장님 문걸쇠 잡는 격으로 용하게 일치했다고 할 값이라도, 형걸이로서는 부모의 작정대로 호락호락 따라갈 수 없는 몇 개의 곡절이 있다.

두칠이 처 쌍네의 생각은 그렇게 깊게 생각지도 않는다. 그 역시 자기를 아무렇게도 생각지 않으리라고 쓸어버리는 것이다. 맏형 형준이가 가운데 나서서 이러니저러니 하고 쏘다니는 것도 귀찮았고, 실상인즉 이미 부용이와 같은 세련된 아름다움을 경험한 형걸이에게는, 쌍네에게 갖던 강렬한 애욕은 잠시 동안 그의 가슴에서 한 보를 물러나지 않을 수 없었던 것이다. 그러나 결혼에 대해 곡절이 있다는 것은 결코 부용이와의 약속을 염두에 둔 것만은 아니었다. 무어라무어라 하여도 부용이는 기생이다. 아무개나 꺾을 수 있는 노류장화다. 그리고 서로 나눈 정을 영원히 잊지 말자고, 살에 수영을 끼어 서로 맹세는 하였으나, 그것은 결코 형걸이의 결혼과는 별문제라고 부용이도 생각하고 있을 것이다. 처음 부용이가 형걸이를 알아 사귀고, 비로소 애정을 팔뚝에 새겨서 맹세할 때에도, 형걸이도 이미 처자가 있는 남의 새서방인 줄 알고 한 일이었다. 그러므로 형식상으로 보자면 형걸이는 결혼을 하든, 장가를 가든, 부용이의 애정에 변함은 없을 것이라고 생각할 수 있을 것이다. 그러나 막상 당하고 보니, 형걸이로서 부용의 애정은 적잖이 그의 행동을 견제했다. 부용이는 어떻게 생각하는지 모르나, 형걸이 자신만은 부용이를 잊을 수 없을 것 같다. 그렇다고 그와 어엿하니 결혼생활을 이루어 보자면, 어떻게, 무엇부터 차비를 차려야 옳을는지 도무지 염이 나질 않았다.

이러한 생각 외에 그는 문우성 교사에게 말로 서약은 안 했으나, 그의 앞에서 조혼사상에 대한 자상한 설명을 들을 때에, 아직도 미혼인 것을 좋은 기회로, 뜻을 세우기까지는 완고한 풍습에 희생이 되지 않으리라, 내심에 결심한 바가 있었다. 그는 문 교사에게도 이야기하지 않고, 저 혼자 제 자신과 굳게 약속한 이 결심을, 그대로 흐르는 물 가운데 쉽사리 씻어 버리고 싶지는 않았다.

그러나, 이러한 그의 생각을 세우자니, 종차로 벌어질 일이 결코 단순치 않을 것 같다. 싫어서 죽겠다고 야단이던 손대봉이도 오는 보름날, 박성균네 집 금네한테 종시 장가를 들기로 되었다고 한다. 그런 이야기를 들을수록 그는 제 앞에 다가오는 문제를, 점점 초초하게 생각지 않을 수 없었던 것이다.

문우성 교사에게나, 혹시는 부용이에게나, 이런 걸 털어놓고 상의하는 건, 결코 잘못된 일이 아닐 것 같다. 될수록 말썽을 일으키지 않고, 해결을 지을 수 있는 방책을 찾아보든가, 그렇지 않으면 그들의 조력이라도 구하여 어떻게든지 이 난관을 벗어나야, 첫 번 당하는 희생에서 자기 자신을 구원할 수 있을 것처럼 생각됐다. 어찌 되면 문 교사에게 부용이의 이야기까지 털어놓아도 괜찮으리라 생각되기도 한다.

그래서 오늘은 저녁을 먹고, 군수가 운동회의 관계자를 초청하여 강선루에서 베푼 대연에서, 아버지가 돌아오기를 기다리다 못해, 지금 제 방을 나와 대문 밖으로 나서던 참이다. 그는 어머니에게 허락을 맡아 갖고 마당을 지나 대문으로 올라섰다. 대문턱을 나서서 버드나무와 우물이 있는 옆으로 느티나무 그늘을 선선하게 느끼면서, 징검다리를 건너지 않고 개울을 낀 채 실금실금 걸어가는데, 뒤에서 발자취 소리가 나는 것 같다. 그는 제 귀를 의심하면서 그 자리에 멈칫하고 서 보았다.

"도련님 저올세다."

나직한 떨리는 목소리는 틀림없는 쌍네의 것이었다. 형걸이는 뜨거운 불길이 등골을 스치고 지나가는 듯했다. 진정 뜻밖이었다. 그러나,

"도련님 저와요."

하고 또 한 번을 등 뒤에서 들었을 때, 형걸이는 낯을 돌리었다. 짜장 뜻밖이기는 했으나, 돌이켜 생각하면 쌍네가 저를 찾아온 데 까닭이 없다 할 수는 없었다. 그는 내일 두칠이와 함께 먼 곳, 원산 방향으로 일터를 찾아서 길을 떠난다고 아니하는가. 길을 떠난다는 소리를 듣고 형걸이는, 그것으로 쌍네와의 관계는 짧은 한 토막의 삽화처럼, 영구히 그의 청춘의 한 모퉁이에 잠겨 버리고 말 것이요, 쌍네 역시 기구한 일생에 한 점 색채를 점 찍은 채, 그대로 평범한 생애의 가운데로

다시 흘러 들어가는 기회가 되고 말 것처럼 생각하고 있었다. 그것은 커다란 비류강의 강물 같을는지도 모를 것이라고 생각했었다. 물은 웅덩이에서 오랫동안 감돌다가, 때로는 급한 여울물을 흐를 때도 있다. 작은 바위가 있으면, 그와 부딪쳐서, 구슬을 뿌리며 물결은 찢어지고 흩어지나, 곧 그것을 넘으면, 다시 제 결대로 넘쳐서 대동강으로 황해 바다로 흘러간다. 형걸이나 쌍네나, 감격에 넘치고 정열에 싸였던 이틀 밤은 결국, 물결이 작은 바위를 만났던 거나 같은 것일 게라고 생각해 본 것이었다. 커다란 강물이 바다를 향하여 흐르면서, 도중에서 만났던 바위와 돌멩이를 생각지 않는 것처럼, 쌍네도 형걸이도, 그 짧은 기억을 오랫동안 담아 두진 않을 것이라고 생각해 보았던 것이다. 그러나 지금 그렇게 생각했던 쌍네가, 중대한 시일을 앞두고 밤을 타서 형걸이를 만나러 왔다. 형걸이의 가슴에는, 뭉게뭉게 회오와 자책에 섞인 뉘우침이 떠오르지 않을 수는 없었다. 그러나 그런 걸 되새겨 볼 필요나 경황조차 없이, 캄캄하여 보이지는 않으나, 형걸이의 얼굴에는 당황해하는 기색이 붉은 혈조를 그리면서 지나쳤다.

형걸이가 몸을 돌이키는 것을 보더니 희끄무레하게 희미한 쌍네의 몸은, 자분자분 몇 발자국을 앞으로 걸어온다. 형걸이는 그러나 화석이 된 것처럼 꼼짝을 못하고, 그 자리에 덤덤히 서 있을 뿐이다. 쌍네는 형걸이의 한 발자국 앞에서 겨우 발을 멈췄다. 그는 억한 생각에, 형걸이의 손길이 치마폭에나 옷자락에 스치기만 해도, 그대로 푹 몸을 실리든가, 뜨거운 열정을 내맡겨서, 형걸이의 몸을 부여 뜯고야 견딜 것 같은 욕망을 겨우 억제하고 섰는 것이다. 형걸이의 대답, 그것이 입술에서 떨어지기만 하면, 쌍네는 아무것도 돌보지 않고, 사나이에게 온몸을 맡겨서 처분대로 내버려 둘 것 같다. 가슴속이 뜨거운, 질식할 듯한, 마른 증기로 꽉 차 있는 것 같다. 그러나 형걸이는 아무 말이 없다. 그는 쌍네의 욕망과 애욕을 의식지 못하는 것일까. 얼굴도 몸도 보이지는 않는다. 그러나 가슴에 떠오르는 화염같이 강렬한 정열을 누르느라고, 몸을 떨고 서 있는 난만한 육체의 파동이 끼치는 첫여름의 캄캄한 공기를, 형걸이의 젊은 피부는 감촉하지 못하는 것일까.

"도련님, 저와요."

또 한 마디를 가만히 뇌인 뒤에, 그러나 그 이상, 쌍네는 저의 가슴을 억제할 길이 없었는지, 덥석 형걸이의 가슴을 향해 조약돌처럼 날아들더니, 그 다음은 어깨를 추며 흑흑 느껴 운다. 두 팔은 형걸이의 몸뚱이를 끌어안고, 눈물이 뜨겁게 흐르는, 불덩이처럼 달뜬 쌍네의 얼굴은, 황소처럼 사나이의 가슴에서 몸부림쳤다.

형걸이는 적잖이 쩔쩔맨다. 그러나 그는 두 팔을 들어 미친 물결처럼 덤비는 쌍네의 몸을 가만히 안아 주었다. 그러고는 두 손으로 쌍네의 얼굴을 찾아서, 눈물을 흘리는 두 눈을 입술로 찾았다. 다시 얼굴을 가슴에 묻어 주었으나,

"길에서 누가 보믄 어쩌는가. 자 저리로 비켜, 응."

하고 쌍네를 달랠 만큼, 그는 냉정한 기색을 잃지 않았다. 쌍네는 어리광처럼 또 한 번을, 온 몸뚱어리로 사나이의 살을 비비어 보았으나, 이윽고 가만히 그곳서 물러났다. 그들은 길

가에서 두어 발자국 밭두둑께로 물러섰다. 둘은 잠시 덤덤한 채 서 있었다. 상긋한 풀 냄새를 풍기며 초여름 바람이 길을 건너, 벌판으로 뻗어 나간다. 바람은 두 사람을 어루만지며 캄캄한 밤에 개울을 건너 버드나무와 느티나무를 우수수 울린다.

쌍네는 달떴던 얼굴에 바람이 스쳐서 한결 두 눈이 버석버석해졌다. 다소곳하니 식어 내리는 격정을 맛보면서, 그는 잠시 무엇 하러 제가 도련님을 찾아왔는가를 생각해 보았다. 마지막으로 그를 만나 보러, 그리고 그의 마지막 말을 들어 보려고 찾아온 것임에 틀림은 없을 것이다. 그러나 만나 본 뒤엔 어떻게 하려던 것일까. 그와 같이 도망이라도 쳐 달라고, 어떻게 하든지 두칠이의 손아귀에서 자기를 뽑아내 달라고 요구하러 온 것이었던가. 처음 생각은 또렷하니 그랬던 것 같지도 않다. 그러나 이렇게 그의 옆에 와서, 바로 칠흑 같은 장막 속에 싸여서, 그의 체온을 제 근육으로 느끼고 마음속으로 향락하고 있으려니, 슬며시 그러한 욕망이 생겨나지 않는 것도 아니다. 보살할미의 점괘가 그의 머리를 스쳐 간다.

그러나 한편 제 마음대로 사나이의 몸뚱어리를 주무르고 나서도, 역시 저와는 어떠한 상거가 있는 사람 같은 느낌을 금할 수는 없는 것 같다. 두 몸이 한 몸이 된다든가, 두 마음이 그대로 한마음이 된다든가 — 높고 강렬한 감격 속에서도 이러한 통일된 생각을 맛볼 수가 없고, 어딘가 자기는 이 사나이를 남편으로 섬기든가 그럴 수는 없는 사람같이 느껴지는 것이다. 그와 나는 피가 서로 다른 사람일런가. 쌍네는 다시 쓸쓸해졌다. 두칠이의 얼굴이 눈앞에 선하니 떠오른다.

"어쩨 이 밤에 이런 델 왔어."

쌍네에게 던지는 첫마디 말이다. 그러나 무척 서먹서먹한 말이다. 어쩨 이 밤에 이런 델 왔는가고, 형걸이는 묻는 것이다. 대체 그는 그 까닭을 몰라서 묻는 것일까. 쌍네는 대답지 아니하였다. 대답할 말이 없기 때문이다. 대답할 필요가 없기 때문이다. 쌍네는 순간에 퍼뜩 본정신이 든 듯이 낯을 들었다. 머릿속을 찬바람이 씽 하고 지나가는 듯하다.

"도련님은 까닭을 모르십니까?"

난생처음 말해 보는 날카로운 말이었다. 쌍네는 이 말을 가까스로 뱉어 놓곤 온몸을 부르르 떨었다. 그 자리에 이렇게 더 섰을 수가 없도록 몸과 마음이 사시나무처럼 떨렸다. 그는 휭하니 그곳서 몸을 돌렸다. 길로 내려서서 캄캄한 가운데를 덤성덤성 걸어갔다. 형걸이, 그이에게 걸었던 가느다란 희망의 닻줄은 끊어져 버린 것이다. 단 한 마디의 그 말, 이미 그것은 사랑하는 사람의 말이 아니었다.

'나는 어째서 그를 찾아, 염치도 무서움도 돌보지 않고, 이렇게 밤을 타서 그를 만나러 왔던 것일까.'

"여보."

"여보."

하고 부르는 형걸이의 목소리가 들려온다. 그러나 들을 필요가 없었다.

"내 말을 듣고 가요."

"이럴 게 아닌데그래."

뒤쫓아 오다가 길 가운데 서서, 형걸이는 안타까이 쌍네의 등 뒤로부터 중얼거린다. 그러나 쌍네는 두 손으로 귀를 틀어막고, 구룡교로 통한 길을 눈물에 어리어서 덤성덤성 달음질치듯 했다. 그는 제 집으로 가는 길로 올라서지 않고 비류강 방수성 있는 쪽으로 나갔다.

자정이 훨씬 넘도록, 두칠이가 기다리는 방 안에는, 쌍네의 모습이 나타나지 않았다.

캄캄한 장막 속으로 덤성덤성 뛰어가는 쌍네를 불러 보다가, 멍하니 길 위에 서서, 형걸이는 금방 저와 만났던 여자가 쌍네가 아닌 딴사람처럼 생각됐다. 그러나 그는 역시 틀림없는 쌍네였다.

무엇으로 얻어맞은 듯이 머리가 띵하다. 여태껏 대수롭지 않게, 문제 밖으로 밀어 놓았던 사건이 불쑥, 아닌 밤중에 솟아나서 홍두깨처럼 그의 머리를 후려갈기고 달아났다. 그는 비로소 제가 저지른 행동에 대해 뼈아프게 책임을 느꼈다. 그것은 난생처음으로 겪어 보는 경험이었다. 지금 그는 쌍네에 대해 생각지 않을 수가 없어졌다. 그러나 그까짓 생각 같은 것이 쌍네에게 무슨 일을 치를 것이냐. 그는 나의 단 한 마디 말에서, 모든 것을 예단하고 그대로 줄달음치고 말았다. 그는 내일 아침이면 나와 모든 사람과 이 고을을 아주 하직하고, 좋건 싫건 새 생활의 개척을 위해 길을 떠날 것이다. 이 지경에 이르러 저는 어떠한 행복을 쌍네에게 덧붙여 줄 수 있을 것이냐. 그러나 어쩐지 마음 한 귀퉁이에, 묵직한 납덩어리 같은 것이 엉켜 돌아서 마음이 가볍지를 않다.

누구에게 모든 것을 말하고, 제 행동의 그릇됨을 사죄하고 싶은 마음이 생긴다.

그는 다리를 옮겨 놓았다. 역시 문 교사를 만날밖에 없다. 결혼 문제, 쌍네에 대한 문제, 그리고 끊을 수 없는 애정의 뿌리가 박혀 버린 부용에 대한 문제 —— 이런 걸 털어놓고 상론해 볼 수 있는 사람, 그는 문우성 선생밖엔 없었다. 그러나 교회당으로 가는 길 도중에서 부용이의 집 앞을 지나치려니, 역시 부용이를 먼저 만나 보고 싶은 생각이 난다. 쌍네에게 얻어맞은 머리를 깨끗이 씻어 줄 이는, 그리고 그에게 상처당한 가슴을 고스란히 풀어 줄 이는, 우선 부용일 것같이 그의 젊은 마음에는 생각되는 것이다. 그는 골목 어귀에서 한참 동안을 서서 망설이다가, 종시 발길을 부용이 집으로 돌려놓았다. 그를 만난 지도 퍽 오래된다. 운동회 때문에 못 만나고, 그 뒤에도 운동회 날 운동장에서 먼발로 그의 웃는 낯을 눈 넘겨 바라보았을 뿐, 한 번도 만나지 못했다. 눈앞에 가로누운 이 집 안에서, 부용이가 달랑 하니 앉아서 추수의 상사시를 읊으면서 생각에 잠겼을 것을 그려 보니, 발꿈치를 윗길로 떼어 놓을 수가 없었던 것이다.

그는 골목을 지나 대문께로 갔다. 지금 누가 나왔는지, 혹은 금방 누가 안으로 들어갔는지, 대문이 걸리지 않고, 방싯하니 열려 있다. 그래서 주인을 부르지 않고, 잠시 문 앞에 서서 귀를 기울이려니, 부용이 방에서 이야기소리가 난다. 누구 손님이 온 것인가, 그렇다면 하는 수 없이 문 선생 댁을 먼저 다녀올밖에 없다고 두루 생각하면서, 불이 빤히 밝은 방을 다시 한번 들여다보았다.

그러나 그 순간 형걸이는 얼굴을 대문에서 떼고, 귀를 의심했다. 방에서 들려오는 목소리는 몹시 귀에 익다. 아니 귀에 익다뿐 아니라, 그 목소리는 바로 그의 아버지 박 참봉의 목소리가 아니냐. 그는 저도 모르는 짧은 시간에, 몸을 그늘에 숨기고 막혔던 숨을 겨우 쉬었다. 아버지, 그가 어째서 이 집에를 오게 된 것인가. 그는 형걸이와 부용이의 관계를 누구한테 듣고, 차후를 조심해 달라고 부탁의 말을 하러 온 것일까. 그러나 아무리 생각해도 그런 상스런 수단을 취할 아버지가 아니었다. 역시 강선루에서 오는 길에, 좌석에 불리었던 부용이와 함께 돌아오다, 지나는 걸음에 잠시 들른 것에 틀림없을 것이다. 그렇게 생각하면서 겨우 형걸이는 숨을 돌렸다. 그러고는 약간 미소까지 입가에 그려 보았다. 그는 호기심에 끌리어 다시 가만히 귀를 기울여 본다.

"그래, 그렇도록 너는 내가 싫으냐?"

아버지답지 않은 목소리에, 형걸이는 낯이 화끈 달아올랐다. 아버지는 적잖이 취했다. 부용의 말은 잘 들리지 않았다. 뭐라고 도란도란 대답하는 말이 끝나기도 전에 다시 탁하고 늘어진 아버지의 목소리가 덮치듯이,

"그럼 어째, 내 말은 안 들으려니, 응."

하고 추근스레 들려온다. 또 아무런 대답이 부용에게서는 들리지 않는다. 형걸이의 눈앞에는 지금 방 안에서 벌어지고 있을 광경이 자꾸만 선하게 나타나서 견딜 수가 없었다.

부용이는 어떡하고 앉았는가. 몸을 도사리고 아버지 입에서 나오는 요구를 좋은 말로 흘려 넘기면서. 그리고 아버지는 어떡하고 앉았는가. 갓을 쓴 채, 술이 잔뜩 취하여, 눈과 얼굴에는 이글이글한 정이 차서, 두 손으로…… 형걸이는 얼굴을 문에서 떼고 등살을 폈다. 그는 가슴속에 있는 이상한 격정이 끓어오르는 것을 참을 수가 없는 것이다.

　'아 — 아버지는 취하셨다. 정신을 잃고 계시다.'

　속으로 그렇게 중얼거려 보나, 가슴은 가라앉지 않는다. 그러나 어떻게 할 도리가 있단 말인가. 가도오도 못하고 대문에 서성대고 있는데, 갑자기 부용이의 깔깔대는, 교태가 담뿍하니 담긴 웃음이 흘러나왔다. 그 웃음에, 부용이답지 않은 교태가 섞인 것이 형걸이에게는 적지 않게 불쾌했다.

　"나리가 참 미치셨나. 그러시지 마시구 어서 약주나 드세요."

　"허허, 난 인제 술은 싫다. 그래 무엄하게, 나, 나더러 미쳤다니. 그래 내가 미쳤다. 아닌 게 아니라 너한테 내가 미쳤다."

　말이 끊어졌다. 형걸이는 이 이상 말을 더 들으려고도 아니한다. 그러나 대화가 끊어진 동안, 방 안에선 무슨 일이 일어나고 있는 거냐. 그것을 깨우쳐 생각하는 건 더욱 무서운 일이었다. 귀를 기울이니, 역시 목소리를 낮추어 이야기는 계속되고 있었다.

　"그래, 그 뜻을 말해 봐라."

　아버지의 말소리가 높아져서 나직하나 똑똑하게 들려온다.

"그래, 어서 그 뜻을 말해 봐. 아무렴 내가 노헐 턱이 있겠나, 원."

한참 동안을 묵직한 침묵이 흐르더니, 이윽고 적지 않게 당황해하는 어조로,

"아니 말은 않고 어째 우느냐?"

이 소리를 들으며 형걸이는 긴장했다. 몸을 바위처럼 굳게 땅 위에 붙이고, 저도 의식지 않으면서 귀를 기울이는데, 그 다음엔 울음에 섞여서 무어라고 두어 마디 부용의 말이 들리고,

"아니, 뭐?"

하는 돌연스레 높직한 놀라는 아버지의 목소리가 문풍지를 울린다.

"천륜을 깨뜨려?"

흰한 문풍지 위에 육중한 박 참봉의 그림자가 우뚝 솟았다. 그 그림자가 갑자기 커졌다가 이어서 문 여는 소리.

"나리, 잠깐만 참으셔요."

하면서 쪼루루 뒤따르는 긴 치마의 그림자. 그러나 박 참봉은 벌써 뜰 안에 내려서서 갓신을 발부리에 꿰고 있었다.

형걸이는 엉겁결에 캄캄한 그늘에 몸을 숨겼다. 대문을 잡아 젖히더니, 성난 짐승처럼 씨근거리며 박 참봉이 대문을 넘어선다. 갓이 후들후들 떨리면서, 그는 격분한 감정을 누르지 못한 채 골목을 지나서 없어진다. 아버지 뒷모양을 배웅하고 나서도 형걸이는 그림자 속에서 환한 데로 나설 용기가 나질 않았다. 그는 그대로 한참 동안을 숨을 죽이고 그늘 속에 파

묻혀 있었다. 부용이가 뜰을 건너 대문께로 온다. 그는 박 참봉이 간 방향을 잠깐 바라보고는 문설주에 손을 얹고 푸 한숨을 짚고 있다.

형걸이는 부용이의 얼굴을 살폈다. 피로가 가득 찬 얼굴에 눈물 줄기가 먼 불광에 한번 번뜩하고 빛난다. 형걸이는 가만히 가서 등 뒤로부터 부용이를 껴안고 그의 등을 어루만져 주고 싶었다. 그는 그의 얼굴에서 어떤 성스러운 표정을 발견하는 것 같았다. 그러나 그의 발은 땅에서 떨어지지 않았다.

이윽고 부용이는 문을 잠그고 뜰을 건너 제 방으로 들어가 버린다. 방문이 닫히는 것을 기다려, 형걸이도 비로소 대문 앞까지 나섰다. 대문 판장 틈으로 부용이 방의 발광이 은은히 보인다. 그는 잠시 종교적인 정신적 분위기를 그 불광에서 느껴 본다. 그는 한참 동안을 그럭하고 서 있을 뿐이었다.

만나고 싶고, 만나면 아무 말도 않고 그의 아름다운 얼굴을 마주 쳐다만 보고 싶었으나, 그는 찾지도, 그의 방에 들어갈 수도 없는 자기를 마음속 깊이 깨달아 본다.

그는 애끓는 생각에 서리어서, 다시 눈 익혀 부용이의 방을 바라보다가, 이윽고 용기를 내어 발을 옮겨 놓았다.

길 가운데 나서서, 사방이 괴괴해진 걸 느꼈다. 아직도 선선한 바람이 행길을 횡하니 지나간다. 어디로 갈 것인가. 그러나 다시 생각해 볼 필요도 없이 뻔한 일처럼 생각됐다. 그는 제가 아까 문우성 선생의 집을 찾아서 교회당으로 가던 것을 다시 한번 뇌어·보듯 생각해 보았다. 머리가 갑자기 가뿐해지는 것 같다.

문 선생한테로 가자! 그러나 문 선생을 찾아가는 목적은 아까와는 판판 달랐다. 어떻게 할 바를 몰라 해결의 방도를 상론하고 위안을 받으러 가는 것이 아니고, 새로운 결심을 실행하는 첫 계제로 그를 찾는 것이다. 문 선생은 벌써 전도자의 지위에서, 수단을 조력해 주는 원조자의 지위에 내려선 것이다.

형걸이의 마음속에 이루어진 결심, 그것은 막연하기는 하나, 오늘 밤 안으로 이 고장을 떠나서 평양으로든가, 더 먼 곳으로든가, 새로운 행방을 잡아 보자는 것이었다. 그는 몇 시간 뒤에 평원 도로를 향해, 방선문 밖 신작로를 걸어 나갈 것을 상상하며, 문우성 선생이 기숙하고 있는 예배당으로 병대처럼 뚜벅뚜벅 걸어갔다.

작품 해설 및 작가 연보

작품 해설

구인환(서울대 명예교수 · 소설가)

개화의식의 확산과 풍속사의 조명

세상은 잠시도 쉬지 않고 변한다. 물이 고여 있듯이 항상 그대로이니 세상이 그 자리에 머물러 있는 것같이 보이지만, 기실은 잠시도 머물러 있지 않고 변한다. '십 년이면 강산도 변한다' 라든가 '세월이 쏜살같다' 는 말이 벌써 세상이 쉬지 않고 변하는 것을 말한다. 우리가 살고 있는 세상은 그 자리에 머물러 있는 것 같지만 기실은 잠시도 제자리에 있지 않고 흘러간다. 역사에서 시대를 구분하는 것 자체가 세월이 흘러 감을 말하고, 세월이 흘러가는 것은 그에 따라 많은 것이 변하고 있음을 말한다. 요하의 주변에서 상동성 일부를 지배하던 부여(夫餘)시대를 지나 만주 일대를 석권하던 고구려시대에 접어들고, 삼국을 통일하여 고려시대를 맞이하는 것 자체가 세월이 쉬지 않고 변하는 것을 말한다.

　이 변해 가는 세상이 가장 먼저 표출되는 것은 겉으로는 풍속(風俗)의 변화이고, 속으로는 의식의 변화로 나타난다. 세상을 살아가는 데는 먼저 먹고 입고 살아가는 의식주(衣食住) 외에 장가가고 시집가며 죽어서 장사 지내는, 사람이 살아가는 데 꼭 겪어야 하는 관혼상제(冠婚喪祭) 등 많은 관습에 의해 이루어져 풍속이 변해 가는 것을 볼 수 있다. 근대화인 개화가 불고 백 년이지만 그사이 엄청나게 풍속이 변해 있는 것을 보아도 세상이 얼마나 빨리 변하는가를 알 수 있다. 물론 그 축이 되는 기본의 틀은 크게 변하지 않는다고 해도 외형적인 것은 세상도 모르게 서서히 변해 가는 것을 볼 수 있다. 그래도 풍속이야 가시적(可視的)으로 변해 가지만 의식은 눈에 띄지도 않고 바람에 연기가 날려 퍼지듯이 싹이 트고 번져 나간다. 그것은 삽시간에 세상에 번져 기존의 의식과 충돌을 일으킨다. 서울이나 평양을 비롯하여 전국의 방방곡곡에 번져 나가 기존의 의식을 흔들면서 차차 사회에 풍미(風靡)하게 된다. 이러한 의식은 풍속의 개량으로 나타나고 풍속의 개량은 의식의 확산을 가져온다. 조선조의 역성혁명(易姓革命)은 말할 것도 없고 소위 개화기라고 불리는 한말(韓末)의 변화나

6·25전쟁 때에 미국을 비롯하여 16개국 참전으로 엄청난 변화를 가져온 것은 그 특이한 사례가 된다. 이같이 세상은 그 의식이나 풍속이 모르는 사이에 변해 가고 있는 것이 사실이다. 이광수는 1917년에 발표한 〈혼인론〉에서 "언제 남녀가 자유롭게 만나 서로 사랑할 수 있는 세상이 올 것인가"라고 설파하고 있는데 그것은 실현된 지 이미 오래고, 이제는 사람이 보는 길에서도 서로 껴안고 가는 세상으로 변하고 있는 것이나, 정비석의 《자유부인》에서 대학 교수가 타이피스트의 무릎을 지그시 바라보았다고 해서 물의가 되었던 시절에서 지금은 무릎 위 한 뼘 이상 올라간 초미니스커트가 일반화되어 있으니 그 변화란 엄청난 것이다. 우리는 김남천의 《대하》에서 이러한 의식과 풍속의 변화를 축으로 하여 개화기를 중심으로 의식의 확산과 풍속사의 조명을 볼 수 있다.

《대하》는 1939년에 발표된 김남천(金南天, 1911~1953)의 장편소설이다. 김남천은 일본 호세이 대학 재학 중이던 1929년에 카프에 가담하여 1930년 평양고무공장 노동자 파업에 참가하고 그 체험을 희곡 〈파업조정안〉과 단편소설 〈공장신문〉(1931), 〈공우회〉(1932)로 작품화하여 본격적인 문

학 활동을 시작한다. 임화와 같이 카프 활동을 하다가 1931
년 조선공산주의협의회 사건으로 2년간 복역하고 1935년 5
월 21일 임화, 김기진과 협의하여 카프 해산계를 경기도 경찰
국에 제출한다. 이때의 경험을 바탕으로 한 소설 〈물〉은 임화
와의 논쟁을 통해 작가적 실천의 문제를 당시의 문단에 제기
한다. 그 뒤에 《조선중앙일보》 기자로 근무했으며, 해방 후에
조선문학가동맹의 서기장을 지내다가 1947년에 월북하여
1953년 남로당 숙청 때에 임화와 같이 숙청되어 그의 아까운
재능을 발휘하지 못하고 이데올로기의 희생양이 되고 만다.
김남천은 카프 해산 이후에 고발문학론과 관찰문학론, 로망
개조론 등 소설의 창작 방법에 대한 많은 비평을 발표하고 직
접 창작을 한다.

　〈남매〉, 〈소년행〉, 〈처를 때리고〉 등의 단편과 〈문예구락
부〉, 〈바다로 가다〉, 〈노고지리 우지진다〉 등의 중편 그리고
《대하》, 《사랑의 수족관》(1939) 등 장편소설을 발표한다. 특
히 노동운동의 체험을 쓴 〈물〉의 임화와의 논쟁과 〈맥(麥)〉,
〈경영〉의 대동아 공영권의 허구성을 비판하고 새로운 세계의
도래를 보리로 표상화하여 그려 논란의 대상이 되었다. 소설
가로서, 문학비평가로서, 문학운동가로서 김남천은 그의 이

론과 창작을 마음껏 펼치지 못하고 공산주의 이데올로기의 희생양이 되고 말았지만, 그의 작품만은 문학적 향취를 가지고 남아 있고 특히 《대하》는 풍속소설의 한 주류로 널리 알려져 있다.

《대하》의 줄거리는 이러하다. 청일전쟁을 틈타 치부를 한 박성권의 서자 형걸이는 문우성 교사의 영향으로 새로운 눈을 떠가는데 자신의 배필로 점찍어 놓은 보부가 적자인 형선의 아내가 되자 적서 차별과 사회적인 관습에 불만을 터트린다. 그러던 중에 여종 쌍네와 관계를 가지고 기생 부용과도 사랑을 하면서 방황하게 된다. 그러나 쌍네가 적극적으로 형걸에게 다가오고, 박성권이 부용에게 마음을 두는 등 어지러운 상황이 이어지자, 형걸은 머리를 깎고 집을 떠나기로 작정을 한다. 그 결심의 첫 단계로 문우성 선생을 찾아간다. 이러한 사건 속에 혼인하는 풍속을 비롯하여 개화기의 풍속이 그려져 있다. 그 특징을 서너 가지로 요약해 볼 수 있다.

첫째는 1908~1911년의 개화기를 배경으로 개화기의 풍속을 보여주면서 개화기의 시대적 의미를 제대로 포착하지 못하고 있다. 김남천은 시대적 모순을 체험하면서 갈등을 하는 사람으로 형걸을 등장시키고 있지만, 형걸의 갈등은 시대적인 것이라기보다 사적(私的)인 것으로 보인다. 형걸이 적서 차별의 모순을 통감하면서도 자신의 배필로 점찍어 놓은 보부가 적자인 형선과 혼인하자 쌍녜와 관계를 맺으면서 방황하는 것은 적서 차별이라는 사회적 모순에 대한 비판과 개혁의 차원으로 승화되지 못하고 극히 개인적인 감정으로 나타난다. 문우성 선생의 영향으로 개화사상에 젖어 있기는 해도, 그것이 의식화되어 내면화하지는 못하고 있다. 그가 단발을한 것도 보부가 적자인 형선과 혼인을 하자, 그 반발로 한 행동으로 오랜 관습을 깨고 새로운 세계의 지향을 위한 단발은아니어서 사적인 차원에 머물러 있다. 또한 가출의 건만 해도쌍녜와의 관계와 아버지 박성권이 자기와 사랑을 나누던 부용에게 관심을 갖는 것이 동기가 되어 집을 나가는 사적인 행위에 그치고 있다. 적서 차별의 폐지와 만민 평등이라는 개화의식을 실천하고 그것을 확대하여 사회적인 모순을 해결하려는 적극적인 행동을 보여주지 못하고 있다. 그것은 김남천이개화의식에 대한 확고한 의식이 없었다는 반증이 되어서 《대하》가 소설의 전형으로 형성하는 데까지 미치지 못하고 있는것을 알 수 있다.

두 번째는 풍속사적인 것이 나타나 있으며 가부장의 전통적 수구의 경향이 나타나 있다. 소설은 그 시대의 풍속을 나타내고 그 속에서 살아가는 인간의 삶을 여실하게 보여준다. 그러니 어떠한 소설이라도 그 시대의 풍속이 나타나지 않은 소설이 없다. 비록 그 소설이 이상의 〈날개〉와 같은 심리주의 소설이나 장용학의 〈요한시집〉과 같은 실존주의 소설이라고 해도 그 시대의 삶의 양상이나 생각을 아주 전혀 다른 곳으로 비약할 수도 없는 것이다. 물론 박태원의 〈천변풍경〉이나 손창섭의 《길》과 같이 그 풍속을 그대로 나타내기도 하지만, 어느 소설이든 소설에 그 시대의 풍속이 드러나지 않는 것이 없다. 《대하》에서는 혼인식이나 첫날밤, 그리고 생활의 여러 단면에 얽힌 풍속을 여실하게 보여준다. 또한 이러한 풍속 속에서 옛날 전통을 지키려는 수구적인 측과 새로운 변화를 추구하려는 개혁적인 측의 충돌이 나타난다. 박성권은 청일전쟁의 틈을 타 치부를 하고는 옛날의 전통적 관습에 따라 살려는 봉건적인 인물이다. 그의 조부는 고작 지방 아전일 따름이었으나, 박성권은 적서 차별을 엄격하게 지키려는 보수주의자다. 형걸이 자신의 아내로 찍어 놓은 보부를 적자인 형선과 결혼시켜 형걸은 머리를 깎고 방황하며 쌍네와 관계를 맺으며 탈출로를 찾으려 한다. 《홍길동전》에서 홍길동이 서자임을 탄식하는 말을 하고 집을 나가는 장면을 연상케 하는 일이 벌어져, 결국 형걸이도 집을 나가 문우성 선생을 찾아가 새로운 방향을 모색하려고 한다. 여기에서 수구적으로 구습을 지켜 보신하고 영화를 누리려는 경향과 새로운 세계를 지향하려는 경향의 충돌과 그 비극적인 현실을 볼 수 있다. 이러한 신구 충돌의 현상은 어느 때고 있는 것이지만 《대하》에서와 같이 적서 차별이 축이 되어 전개되는 것은 그리 흔한 일이 아니다. 이런 봉건적이면서 풍속이 잘 나타나 있는 소설로 한설야의 《탑》과 이기영의 《봄》을 들 수 있으며, 손창섭의 《길》이나 박영준의 《종각》과 같은 작품을 들 수 있다.

셋째, 인생 유전의 도도한 대하에로 흘러가는 구습 속에서 새로운 지평을 여는 새로운 가능성을 보여주고 있다. 인생은 아무리 큰 파도가 밀려와도 도도히 흘러가고, 그 흘러가는 세월 속에 신구의 대립이 있는 가운데 조금씩 앞을 향해 흘러간다. 바로 이 흘러가는 물결 속에 부침하는 것이 바로 인생의 희노애락이다. 박성권의 치부와 축첩, 형걸과 형선의 적서 갈등, 보부와 형선의 혼인, 형걸의 삭발, 쌍녜와의 관계, 기생 부용과의 사랑, 형걸의 가출과 문우성 선생의 만남에 의한 진로의 모색 등 모두가 대하와 같은 인생 유전의 파노라마다.

첫날밤과 같은 재미있는 풍속을 삽입하여 인생 유전의 대하와 같은 흐름을 보여주고 있는 것도 이 소설의 한 특징이라고 할 수 있다.

　이와 같이 《대하》는 한국의 근대소설사에서 풍속소설로서의 위상을 분명하고, 개화기의 한 삶의 양성을 이해하여 그 시대의 의미를 추출하는 데에 한 길잡이가 될 것이다.

작가 연보

1911년 평안남도 성천 출생.

1929년 카프 도쿄 지부가 발행한 동인지 《무산자》에 임화 (林和), 안막(安漠), 한재덕(韓載德), 이북만(李北滿), 김두용(金斗鎔) 등과 함께 가담.

1930년 평양고무공장 노동자 총파업에 참여하여 선전·선동 활동 수행.

1931년 평양고무공장 노동자 총파업에서의 경험을 희곡 〈파업조정안〉으로 발표. 단편 〈공장신문〉을 《조선일보》에 발표. 카프 제1차 검거사건에 연루되어 옥살이를 함.

1932년 단편 〈공우회〉를 《조선지광》에 발표.

1933년 《조선중앙일보》 기자 역임. 소설 〈나란구〉(《조선지

광》 2월호), 〈물〉(《대중》 6월호), 〈생의 고민〉(《조선
중앙일보》)에 발표.

1934년 소설 〈문예구락부〉(《조선중앙일보》), 〈어린 두 딸에
게〉, 〈우리들〉 등 발표.

1937년 소설 〈남매〉(《조선문학》 3월호), 〈처를 때리고〉(《조
선문학》 6월호), 〈소년행(少年行)(《조광》 7월호),
〈춤추는 남편〉(《여성》 10월호), 〈제퇴선(祭退膳)〉
(《조광》 10월호) 등 발표.

1938년 소설 〈세기(世紀)의 화문(花紋)〉(《여성》), 〈생일 전
날〉(《삼천리 문학》 4월호), 〈미담〉(《비판》 6월호) 등
발표.

1939년 소설집 《대하(大河)》 발간. 소설 〈바다로 간다〉(《조
선일보》), 〈길 위에서〉(《문장》 7월호), 〈어머니〉(《농
업조선》 9월호), 〈단오〉(《광업조선》 10월호) 등 발
표.

1940년 소설 〈노고지리 우지진다〉(《문장》 6월호), 〈경성〉
(《문장》 10월호), 〈어머니 3제(三題)〉(《조광》 11월
호) 등 발표. 《사랑의 수족관》 발표.

1941년 소설 〈기행(紀行)〉(《조광》 11월호), 〈맥(麥)〉(《춘

추》2월호), 〈그림〉(《문장》2월호), 〈개화풍경〉(《조
광》5월호) 등 발표.
1945년 소설 〈8·15〉(《자유신문》), 〈목화〉(《한성시보》10
월호) 등 발표.
1947년 월북. 북조선문학예술총동맹 서기장을 맡아 기관지
《문학》 발행.
1953년 휴전 직후 남로당계 박헌영(朴憲永) 세력을 제거하
는 사건과 관련, 당시 문화계 주모자로 몰려 사형
됨.

```
판 권
본 사
소 유
```

(밀레니엄북스 63)

대 하

초판 1쇄 인쇄 | 2005년 12월 25일
초판 1쇄 발행 | 2005년 12월 30일

지은이 | 김남천
펴낸이 | 신원영
펴낸곳 | (주)신원문화사
책임 편집 | 박은희, 장희진

주 소 | 서울시 강서구 등촌1동 636 – 25
전 화 | 3664 – 2131~4
팩 스 | 3664 – 2130

출판등록 | 1976년 9월 16일 제5 – 68호

＊ 잘못된 책은 바꾸어 드립니다.

ISBN 89 – 359 – 1312 – X   03810